Michael Sohmen

D1798062

SIE IST WIEDER DA

(Sie war dann mal weg)

Roman

Impressum

© 2017 Michael Sohmen

Buchcover und Layout: Michael Sohmen
Herstellung und Verlag: BoD - Books on Demand, Norderstedt

Druckversion 2
Erste Veröffentlichung Februar 2017
2. Überarbeitete Auflage Juli 2017

Kontakt: michael@pilgern-online.de
Internet: http://www.pilgern-online.de

ISBN: 9783744874267

Inhalt

Eines Morgens in der Zukunft

»Sie ist aufgewacht!«

Es waren die ersten Worte, die ich hörte. Als ich wagte, meine Augen zu öffnen, bereitete mir das Licht intensive Höllenqualen. Sofort schloss ich sie wieder und versuchte, anhand der Stimmen eine Antwort auf die Frage zu finden, die sich mir aufdrängte. *Wo bin ich?*

Nebulös tauchten erste Erinnerungen auf. Szenen eines Wahlkampfs erschienen vor meinem geistigen Auge. Ich entsann mich, dass dieser der schwierigste war, den ich in meiner Karriere jemals durchstehen musste. Nun jedoch befand ich mich auf einem Krankenbett und war aus einer Bewusstlosigkeit erwacht. Offenbar hatte man mich auf einer meiner Wahlkampfveranstaltungen attackiert. Es war die logische Erklärung. Diese Bundestagswahl hatte sich derart zugespitzt, dass es zuletzt um nichts weniger ging als um unser aller Schicksal, die Erhaltung unseres demokratischen Systems und unserer christlichen Werte. Mein Land war gespalten. Parteien der extremen Rechten und der radikalen Linken waren derart stark geworden, dass ich alles daran setzten musste, unsere Wähler vor einer Riesendummheit zu bewahren. Braun und Tiefrot waren politische Richtungen, von denen man lange gehofft hatte, dass sie in der Versenkung der Geschichte verschwinden würden. Die galt es zu bekämpfen. Wer so wie ich als Politikerin ständig in der vordersten Reihe stand, war jederzeit gefährdet. Überall. Von spontanen Ausbrüchen geistig verwirrter Menschen, die hofften, es mit einer Messerattacke zur besten Sendezeit ins Fernsehen zu schaffen bis zu Aktivisten, die ein politisches Attentat verübten. Oder einen Berufskiller engagierten, der bereit war, gegen eine große Summe Geld dergleichen zu tun. Wenn letzteres der Fall gewesen wäre, hatte er seinen Auftrag nicht erfüllt. Ich war am Leben. Abermals unternahm ich einen Versuch, die Augen zu öffnen. Sehr langsam gelang es mir. Ich konnte mich an das gleißende Licht gewöhnen und erkennen, wo ich mich befand. Meine erste Annahme bestätigte sich. Dies war ein Krankenzimmer. Es sah aus wie eine Intensivstation. Von meinem linken Arm führte ein

Plastikschlauch zu einem Ständer. Eine durchsichtige Flüssigkeit tropfte aus einem Beutel in einen Zylinder. Waren es Schmerzmittel? Oder nur eine harmlose Kochsalzlösung? Von meiner Position aus konnte ich keine Aufschrift erkennen. Das Kürzel *NaCl* hätte ich ohne medizinische Kenntnisse sofort entschlüsselt. Schließlich habe ich ein Studium der Physik absolviert.

Ein älterer Mann mit Hornbrille trat in den Raum. Eine Kompanie von Begleitern in weißen Kitteln folgte ihm. Dies war mit Sicherheit der Oberarzt, der zusammen mit seinen Kollegen meinen Gesundheitszustand begutachten wollte. Mich erinnerten solche Auftritte immer an eine Entenfamilie auf Wanderschaft. Besser gesagt, von Schwänen. Komplett in weiß.

»Mensch Merkel?« Er lächelte. Seine Worte empfand ich als sehr befremdlich. Es war eine seltsame Art, jemanden, der gerade aus seiner Bewusstlosigkeit erwacht war, zu begrüßen. Vielleicht war es eine psychologische Strategie, um einen vorsichtig auf das hinzuweisen, was man war. Falls der Patient Gehirnschäden davongetragen hätte. Es ergab Sinn, dem potentiell Desorientierten zu erklären, dass er ein Mensch war und danach seinen Namen auszusprechen. Das leuchtete mir ein. Es war schlau. »Sprechen kann sie wohl noch nicht«, flüsterte der Mann zu seinen Begleitern.

»Doch, ich kann sprechen!«, meldete ich mich zu Wort. »Nur hatte ich gerade nachgedacht, warum Sie mich nicht mit *Frau Merkel* ansprechen. Oder mit *Doktor Merkel*. Doch das erwarte ich nicht von Ihnen. So viel Wert lege ich nicht auf meinen Titel. Machen Sie sich nur keine Umstände, gerne können Sie mich einfach mit *Frau* ansprechen.« Die Weißkittel tuschelten untereinander. Der Anflug von Entsetzen in einigen Gesichtern wich Ratlosigkeit. Nun sprach der Arzt erneut.

»Es geht Ihnen gut, wie ich sehe. Darf ich Sie dennoch mit *Mensch Merkel* ansprechen? Empfinden Sie diese Bezeichnung als störend?«

»Ich bin Schlimmeres gewohnt«, entgegnete ich. Das war Ironie. Im nächsten Moment bereute ich die Antwort. Denn sie brachte Erinnerungen zurück, die ich hatte verdrängen wollen. Ständig beschimpft zu werden, das brachte mein Berufsalltag mit sich. Jederzeit hatte ich es tapfer hingenommen, das war mein Erfolgsrezept. Genau das schätzten die Meisten an meinem Charakter. Denn anders als die Sensibelchen schluckte ich Beleidigungen wie bittere Pillen und stand am Ende als moralischer Sieger da. Auf diese Weise war ich auf meiner Karriereleiter stetig aufwärts geschritten. Ganz anders als dieser Schröder, der großzügig austeilen, aber kaum etwas einstecken konnte. Dieser Mensch, der damals beim Kopf-an-Kopf-Rennen um das Kanzleramt in der Wahl knapp unterlegen war. Der sich dennoch als Sieger fühlte und in aller Öffentlichkeit so frech und beleidigend wurde, dass er sich binnen weniger Minuten in sein politisches Aus katapultierte. Sein größter diplomatischer Fehltritt. Und sehr ungeschickt, da er seinerseits vor Gericht gezogen war, als jemand behauptet hatte, er würde seine Haare färben. Eigentlich hätte ich diesem Schröder dankbar sein können, dass er derart leichtsinnig seinen Abgang von der politischen Bühne bereitet hatte … Nein! Dankbarkeit führte nun doch zu weit.

Es gab weit schlimmere Persönlichkeiten. Zur wahren Geduldsprobe wurde dieser vor Überheblichkeit strotzende Berlusconi, der mit seinen Kritikern wenig zimperlich umsprang. Ein Mann, der im Austeilen derart weit ging, dass er einen Eintrag im Guinness-Buch der Beleidigungen verdient hätte. Falls es ein solches Werk gegeben hätte. Die Retourkutsche kam von meinen Amtskollegen. Die Bezeichnung des italienischen Premiers als Clown war durchaus passend, politisch jedoch unprofessionell. Einzig und allein zählte, wie man in der Öffentlichkeit dastand. All dies war ein harter und steiniger Weg, doch musste man das Wesen der Diplomatie verstehen, sich selbst zu beherrschen lernen und ein enormes Maß an Selbstdisziplin aufbringen. Nur dann konnte es einem gelingen, in der Position des Regierungschefs viele Amtszeiten zu überstehen. Oft hatten sie mich fast so weit, dass ich alles hingeschmissen hätte. Für die Griechen hatte ich alles riskiert und meine ganze Überzeugungskraft in die Waagschale geworfen. Und womit hatten sie es mir gedankt? Mit diesen widerwärtigen Darstellungen in SS-Uniform und mit Schnurrbart. Wenn Dummheit laufen könnte, dann wäre … vielleicht ist es nicht überraschend, dass der Marathonlauf in Griechenland erfunden wurde. Ständig vor den eigenen Problemen davonzulaufen, das schien ihre Lebensauffassung zu sein.

Immer noch konnte ich mir aber nicht erklären, was diese Bezeichnung *Mensch* bedeuten sollte.

»Mir ist bewusst, dass manche Dinge für Sie ungewohnt sein könnten«, riss der Doktor mich aus meinen Gedanken. »Im Zuge der Gleichberechtigung wurde die Anrede *Herr* und *Frau* durch die neutrale Bezeichnung *Mensch* ersetzt. Zudem verzichtet man heutzutage auf Titel, um Menschen ohne einen höheren Bildungsabschluss nicht zu deklassieren. So ist es zumindest bei uns. Im Demokratischen Bayern.«

»Hat Herr Seehofer das durchgesetzt?«, fragte ich spontan. Beim Wort *Herr* blickten meine Besucher mich wieder entsetzt an. Ich korrigierte mich: »Der Mensch Seehofer.« Diesen ständig polternden Ministerpräsidenten hatte ich wohl unterschätzt. Es war ein geschickter Schachzug. Als Mann konnte man mit Feminismus bei Frauen durchaus erfolgreich nach Wählerstimmen fischen. Was die Abschaffung der Titel anging, könnte es die eine oder andere Stimme von politisch Linksgerichteten für seine Christlich-Soziale Union einbringen. Doch ein Punkt war seltsam. Was sollte das? Bayern war eine Demokratie, solange ich denken konnte. Trotz langjähriger Alleinherrschaft durch die Christsozialen. »Was meinten Sie mit *Demokratisches Bayern?*«

»Nun, Sie befinden sich in Bayern. Das Land ist eben demokratisch.« Er lächelte. Doch ich wurde immer noch nicht schlau daraus. Man musste ihm wohl jede Information Stück für Stück aus der Nase ziehen. Unbedingt wollte ich zudem erfahren, wie es um die Wahlen stand. Vielleicht war mittlerweile alles entschieden und die Abstimmung für meine Partei erfolgreich verlaufen? Denn einem Politiker, der einem Attentat zum Opfer fiel und seinen Wahlkampf abbrechen musste, brachte dies klare Sympathiepunkte ein. Auch wenn die Wahrheit nicht angenehm sein würde, ich musste einfach wissen, wie die Lage war.

Selbst wenn die Bundestagswahl schlechter verlaufen wäre, als ich befürchtet hatte. Es war wichtig, zu erfahren, ob die große Koalition wieder gelingen würde. Ob wir vielleicht noch die Freidemokraten oder die Grünen hinzunehmen müssten, damit es für eine Regierungsmehrheit reichte. Diese Ärzte werden sicher die Abstimmungsergebnisse verfolgt haben.

»Wie steht es um die Wahl? Können Sie mir etwas darüber berichten?«

»Welche Wahl?«, fragte eine der Ärztinnen verdutzt, worauf der Oberarzt sie mit einer Handbewegung zum Verstummen brachte. Diese Geste erschreckte mich. Seine Reaktion konnte nichts Gutes bedeuten. Sie hätten es mir sicher sofort gesagt, wenn die Unionsparteien sich erfolgreich durchgesetzt hätten. Oder sich zumindest auf einem akzeptablen Niveau gehalten hätten. Es war nicht auszuschließen, dass die SPD im Schlussspurt derart abgesackt wäre, dass es nicht mehr für eine große Koalition reichte. Das wäre zwar bedauerlich. Doch letztendlich waren diese Genossen selbst schuld. Hätten sie etwas mehr Profil gezeigt und den Wählern einen überzeugenden Grund angeboten, warum man sie anstelle dieser Linkspartei wählen sollte, hätten sie leicht Paroli bieten können. Zwar hatten die Linken nur Blödsinn in ihrem Programm, doch kamen ihre Sprüche bei den Wählern gut an. *Kleine Leute werden stets ausgebeutet und müssen schuften wie blöde*, skandierten sie immer. Denen hätte ich gerne einmal erklärt, dass es überhaupt der schwierigste Job war, Menschen auszubeuten. Doch das verschwieg ich lieber. Mit solchen Wahrheiten war keine Medaille zu holen.

»Es gibt sicher noch einiges zu erklären. Doch es ist besser, Sie erholen sich noch eine Weile«, sprach der Oberarzt mit ruhiger Stimme. Trotzdem erkannte ich, dass sich hinter seiner Stirn Unausgesprochenes verbarg. Seine Stimme wirkte unecht. Ich hörte Unsicherheit. Nach vielen Jahren im diplomatischen Einsatz hatte ich gelernt, hinter die Fassaden zu blicken. Was die modernsten Röntgengeräte der Welt nicht vermochten, das konnte ich an der Stimme und anhand der Körperhaltung erkennen. Ich konnte sehen, was im Kopf der Menschen vor sich ging. Die rechte Hand, die der Arzt in der Tasche seines Kittels verborgen hatte, ließ irgendetwas beständig klicken. Es war möglicherweise ein Kugelschreiber, den er unaufhaltsam auf- und zuschnappen ließ. Der Mann war wahnsinnig nervös … Nein! Nicht irgendwann. Jetzt und sofort musste er mich über die derzeitige Lage ins Bild setzen. Ich richtete mich im Bett auf und sprach höflich, aber bestimmt.

»Mir geht es bestens!« Mein physischer Zustand machte mir keine Sorgen, obwohl ich fühlte, wie steif meine Gelenke waren. Es war wohl darauf zurückzuführen, dass ich eine lange Zeit hier gelegen haben musste. Meine wahre Sorge galt jedoch meinem Land. »Meine Damen und Herren, sagen Sie mir einfach, wie es um die *Bundesrepublik Deutschland* steht. Ich will die Wahrheit wissen!«

»Sie meinen die *Islamische Republik?*«, fragte die sehr ungeschickte wie vorlaute Ärztin. Auf den strafenden Blick ihres Chefs reagierte sie verstört und schlug sich die Hand vor den Mund.

»Entschuldigen Sie uns einen Moment. Wir müssen kurz etwas besprechen.« Der Oberarzt sprach kurzatmig. Ein Knacken in seiner Kitteltasche hörte sich an, als ob er den Kugelschreiber gerade zerbrochen hatte.

Mein Zimmer leerte sich schnell, die Tür wurde geschlossen und ich hörte sie draußen diskutieren. Durch die schallgedämmte Tür konnte ich nicht verstehen, worüber gesprochen wurde. In meinem Kopf brüteten die Gedanken über dem wenigen, was gesagt worden war. Was sollte das mit der *Islamischen Republik?* Machten sie sich womöglich über mich lustig? *Der Islam gehört auch zu Deutschland,* hatte Bundespräsident Wulff gesagt. Er tat dies angesichts der heimtückischen Morde, die von Neonazis begangen wurden. Weil erst die Falschen beschuldigt wurden, bis endlich herausgefunden wurde, dass die Täter aus der rechtsextremen Szene stammten. Es waren genau die richtigen Worte zur richtigen Zeit. Nach den brutalen Attentaten in Paris hätte man das kritischer formuliert. Vielleicht so: *Wenn der Islam bereit ist, sich an unser Grundgesetz zu halten, dann ist er willkommen.* Ich hatte mich in meiner langen Amtszeit mit vielen Vertretern dieser Religion getroffen. Häufig konnten wir eine gemeinsame Linie finden. Schließlich hatten wir ähnliche Grundwerte. Meine politische Einstellung ist, soweit wie möglich einen Konsens herbeizuführen und Meinungen anderer zu tolerieren. Soweit sie noch tolerierbar sind. Dazu gehört auch der Islam. Keinesfalls würde ich soweit gehen, mein Land dieser Religion zu unterwerfen und umzubenennen. Offenbar trieben diese Leute Scherze mit mir und hatten einen Heidenspaß dabei, mich vorzuführen. Vielleicht hatten sie konträre Ansichten zu meiner Politik und wollten mir eins auswischen. Das ginge eindeutig zu weit! Von seriösen Ärzten hätte ich etwas anderes erwartet, als sich über Patienten lustig zu machen. Was auch immer sie für Beweggründe haben mochten. Aus öffentlichen Diskussionen kannten sie mich wahrscheinlich als einen Menschen, der alles mit sich machen ließ. Sie konnten aber nicht sehen, was sich hinter den Kulissen so abspielte. Über die Jahre hatte ich ein Netzwerk mit Kontakten zu den einflussreichsten Bürgern der Bundesrepublik aufgebaut. So konnte ich dafür sorgen, dass Leute, die nicht erkennen wollten, wer hier alle Fäden in der Hand hielt, klein aussahen. Und zwar ganz, ganz klein!

Ich werde sie zur Rede stellen. Zuerst musste ich mich von dem Zeug befreien, das in meinem linken Arm steckte. Vorsichtig zog ich das Pflaster ab und drückte einen Finger fest auf die Armbeuge, um die Nadel vorsichtig herauszuziehen. Meine Beine waren beim ersten Versuch sehr wacklig, doch nach einigen Streckübungen konnte ich aufstehen und mich ohne größere Einschränkungen frei im Zimmer bewegen. Ich wollte nun auch wissen, was mir aus den Beuteln eingeflößt worden war. Das eine war Natriumchlorid. So, wie ich vermutet hatte. Dies wird fast jedem verabreicht, der über mehrere Tage bewusstlos dahindämmert, damit er nicht dehydriert. Der zweite Beutel war beschriftet mit *Nährlösung*. Diese wurde Patienten zugeführt, die mehr als eine Woche versorgt werden mussten. Keine Schmerzmittel waren dabei. Also war ich nicht ernsthaft krank, nur längere Zeit ohne Bewusstsein gewesen. Wie lange? Ohne Zögern öffnete ich die Tür. Schreckhaft wie Kaninchen zuckte die weißgekittelte Versammlung zusammen.

»Nun mal Klartext! Was wird hier gespielt?«, forderte ich und setzte darauf, dass mein energisches Auftreten die entsprechende Wirkung erzielen würde. Ich war keine Patientin mehr, sondern eine resolute Frau, der man Rechenschaft schuldete. »Es wäre das Beste, Sie holen mir einfach einen meiner Berater. Von mir aus auch den Gabriel.«

»Wen meinen Sie? Den Erzengel?«, fragte die Ärztin mit großen Augen. Das fand ich nun völlig daneben. So abstinent von Politik konnte einfach niemand sein, dass er meinen Vize nicht kannte. Speziell, wenn man der gehobenen Bildungsschicht angehörte. Doch wie sie mich alle stumm wie Goldfische ansahen und nichts erklären wollten, beziehungsweise ahnungslos mit den Schultern zuckten, brachte mich aus der Fassung. Fast konnte ich mich nicht mehr beherrschen, ihnen noch deutlicher die Leviten zu lesen. Hier war der Punkt erreicht, an dem meine Gutmütigkeit endete. Jetzt war endgültig Schluss mit lustig. Sollten diese werten Herrschaften mich weiter auf den Arm nehmen, dann würden sie schon sehen, mit wem sie sich angelegt hatten und bald erkennen, wer von allen hier Anwesenden den meisten Einfluss über ihre zukünftige Karriere hatte.

»Wenn Sie nicht in der Lage sind, einen meiner Berater hierher zu bringen, dann bleibt mir nur übrig, dies selbst zu tun.« Nach einem Blick herab auf diesen Schlafanzug, in den ich gekleidet war, gab ich noch die Anweisung. »Bringen Sie mir meine Kleidung. Ich fahre sofort nach Berlin!«

»Mit Sicherheit wollen Sie nicht dorthin. Das ist eine sehr, sehr schlechte Idee.« Der Oberarzt schüttelte den Kopf. »Es ist derzeit unmöglich, dorthin zu gelangen.«

»Was ist denn das Problem? Wird im öffentlichen Personenbeförderungswesen mal wieder gestreikt? Rufen Sie mir einfach ein Taxi, das mich ins Kanzleramt chauffiert.«

»Nein. Derzeit weiß ich nichts von einem Streik. Das Problem ist …« Er dachte kurz nach. »Es geht nicht. Wegen der Grenzanlagen im Osten. Da kommt keiner durch. Weder von Bayern aus, noch mit einem

Umweg über das islamische Restdeutschland. Keiner wird hineinge-lassen. Selbst auszureisen soll nicht möglich sein.«

So langsam machte mich die Situation konfus. Es drängten sich in meinem Kopf immer mehr Fragen in eine Warteschlange und bisher gab es keine einzige Antwort, die mir gefallen hätte. Eines war glasklar: die Bundesrepublik befand sich in einer schwierigen Lage. Es musste sich einiges verändert haben, während ich bewusstlos war. Wie lange wird dies wohl gewesen sein? Weder meinem Vizekanzler, noch seinem Kandidaten Schulz traute ich zu, dass sie in meiner Abwesenheit für derartige Änderungen gesorgt hätten. Trotz aller Äußerungen, die sie im Wahlkampf von sich gaben. Dinge, die sie zwangsläufig sagen mussten, damit sich die SPD als eigenständige Partei präsentieren konnte und sich ihre letzten verbliebenen Wähler für ihre Partei entscheiden mochten. Dennoch stand der Vize stets voll und ganz auf meiner Linie, auf Gabriel konnte ich mich immer verlassen. Übereilte Aktionen passten ganz und gar nicht zu ihm. Es musste also deutlich mehr Zeit vergangen sein, als ich bis zu diesem Augenblick vermutet hatte. Offensichtlich hatte ich nicht nur die Zeit der Bundestagswahl verpasst. Es muss wohl eine neue Regierung an die Macht gekommen sein – eine, die allerlei Unfug trieb. Die alten Grenzsicherungen waren also wiederhergestellt geworden. Jemand muss sich den Spaß erlaubt haben, die DDR nach altem Vorbild wiederzuerrichten. Dafür kam nur einer infrage, dieser Sonneborn! Nicht zu fassen! Was für ein hinterhäl-tiger Chaot! *Die Partei* hatte er vorgeblich als Parodie auf die SED-Ein-heitspartei gegründet. Alle hatten dies für Spinnerei, besser gesagt, für eine Satire gehalten. *Niemand hat vor, eine Mauer zu errichten*, hatte er zitiert. Dazu das Augenzwinkern – das fanden alle köstlich. Da werden einige, vielleicht zu viele, gedacht haben: *der ist so witzig, den wählen wir!* Keiner hätte daran gedacht, dass der Mann es ernst meinen könnte. Selbst ich nicht. Das muss ich leider zugeben. Jetzt ergibt der ganze Unfug einen Sinn. Wie naiv war ich, dass ich seine Strategie nicht durch-schaut habe! So viele Staatslenker hatte ich getroffen, die als Komödi-anten großartig gewesen wären, die sich und ihre Possen sehr ernst nahmen. Die ich ernst nehmen musste, da sie sich selbst für Wesen mit

12

Vernunft und Verstand hielten. Bizarre und narzisstische Persönlichkeiten, bei deren Auftritten manch einer laut gelacht hätte. Das hatte ich mir jedoch niemals erlaubt. Damals in der widersprüchlichen Zeit der DDR hatte ich gelernt, wie man Menschen genau einschätzen konnte. Ich wusste, wer von ihnen ein Pappenheimer war und wer nicht. Solch eine Heimtücke wie bei diesem Herrn Sonneborn habe ich in meinem ganzen Politikerleben noch niemals erlebt. Das war ein Geniestreich. Ich musste dringend handeln! Zuallererst brauchte ich jetzt einen aktuellen Lagebericht.

»Bitte! Ich muss wissen, was im meinem Land passiert ist. Gibt es in Ihrem Haus einen Internetzugang? Oder wenigstens einen Fernseher, damit ich mich über alle Neuigkeiten auf den aktuellen Stand bringen kann?«

»Damit kann ich Ihnen leider nicht dienen. Zudem muss ich mich noch um andere Patienten kümmern.« Der Oberarzt vollführte eine wegwerfende Handbewegung. »Aber ich kümmere mich darum, dass Sie in dieser schwierigen Situation nicht im Regen stehen gelassen werden. Jetzt, da Sie nach langer Zeit zu Bewusstsein gekommen sind. Ich werde einen Termin mit unserem Hauspsychologen vereinbaren.«

Er ließ mich alleine stehen und zog die weiße Mannschaft hinter sich her. Was sollte ich tun? Abwarten, das kam für mich nicht infrage. Ich ging auf mein Zimmer und öffnete den Wandschrank. Dort hing mein rotes Jackett und die anderen Kleidungsstücke. Auch meine Handtasche befand sich darin. Ohne lange Suche fand ich mein Handy. Es ließ sich nicht einschalten. Was mich nicht überraschte, denn spätestens nach einer Woche, die sicher vergangen war, musste der Akku leer sein. Das Ladegerät hatte ich immer dabei und schloss es an die Steckdose an. Nun konnte ich mein Gerät direkt einschalten.

Ich wählte Herrn *Altmeier* und aktivierte die grüne Taste. Es tat sich nichts. Der Balken, der die Verbindungsqualität zeigte, leuchtete rot. Kein Netz verfügbar. Nun konnte ich die Beschwerden vieler Patienten über die Tricks der Weißkittel verstehen. Dieses Krankenhaus stand wie viele andere wohl unter permanentem Zwang, zusätzliche Einnahmen zu generieren, um seine Kosten zu decken. Also hatten sie einen Störsender installiert, damit die Leute gezwungen waren, die fest installierten Festnetztelefone zu benutzen. Wahrscheinlich, wie üblich, für einen Wucherpreis. Doch in meiner aktuellen Situation war der Preis irrelevant. Selbst, wenn ein einziger Anruf hundert Euro kosten würde. Ein Zimmertelefon fand ich in meinem Raum leider nicht. Wahrhaft ein miserabler Service! Ich kam mir vor wie eine Gefangene, die von jedem Kontakt zur Außenwelt abgeschnitten war. Irgendwo in dieser Anstalt sollte es doch eine Möglichkeit geben, einen Anruf nach Außerhalb zu tätigen. Ich musste mich einfach auf die Suche begeben.

Nachdem ich meinen Klinikanzug gegen meine seriösere Kleidung ausgetauscht hatte, mit der ich mich auch in die Öffentlichkeit wagen durfte, betrachtete ich mich vor dem Spiegel. Das rote Jackett sollte dringend gebügelt werden. Meine Frisur war eine absolute Katastrophe. Ich sah aus wie eine Vogelscheuche. Was für eine Frechheit! Während ich bewusstlos war, hatte man mein Äußeres völlig vernachlässigt. Um solche Dinge schien man sich in dieser Klinik einfach nicht zu kümmern. Die Bewohner dieser Einrichtung wird dieses nachlässige Äußere zwar nicht stören, aber in diesem Zustand konnte ich mich nicht in die Öffentlichkeit wagen. Als Politikerin, die Deutschland repräsentierte, auf keinen Fall. Ich muss dahingehend etwas unternehmen. Bügeln würde ich notfalls selbst tun. Einen Frisör würde jedes halbwegs vernünftig organisierte Krankenhaus irgendwie auftreiben können. Was diese Einrichtung anging, da stand es nicht gerade zum Besten. Doch wenn man die Leute sanft unter Druck setzte - so richtig sanft - dann ging fast alles.

»Mensch Merkel!« Die Tür flog auf und eine der weißgekleideten Damen stand plötzlich im Raum. Das war kein Stil, so frech hereinzuplatzen. Ohne anzuklopfen! Solch ein Verhalten an den Tag zu legen, war äußerst fragwürdig und fast dekadent. Eine Kanzlerin hatte ein Recht auf Privatsphäre wie jeder Normalbürger auch. »Der Psychologe hat gerade Zeit, ich soll Sie zu ihm bringen!«

»Nun gut, dann gebe ich diesem Menschen eine Chance. Vielleicht kann er mir erklären, was hier vor sich geht.« Jetzt war ich gespannt, was der Mann mir zu sagen hatte. Weit größere Herausforderungen hatte ich schon gemeistert. Obwohl man mir häufig vorgeworfen hatte, ich würde stur an einer einzigen Lösung festhalten und wäre wie eine eiserne Lady, wäge ich jedoch stets alle möglichen Alternativen ab. Wenn mir Leute stolz ihren *Plan A2* präsentierten, arbeitete ich längst an *Plan B*. Oder *Plan B2* ... Doch bevor man große Reden schwang, sollte man sich ein genaues Bild von der Lage verschaffen. Und das war jetzt mein Ziel.

Die Vorführdame klopfte an die Tür des Raums 210. Nach einer Weile öffnete sich langsam die Tür. Ein völlig verlebt wirkender Mann stand auf der Schwelle und blickte zu Boden. Oje! - ich hoffte, das war nicht der Psychologe, sondern sein Patient, der gerade die Therapiestunde beendet hatte.

»Unser Psychologe, *Mensch Strang!*«, stellte sie mir die armselige Figur vor. Also doch! Gerade im letzten Moment konnte ich meinen Unterkiefer am Herunterklappen hindern. Wenn jemand auf dieser Welt so etwas wie eine Seelsorge benötigte, dann war es dieser Mann. Es war allgemein bekannt, dass Psychologiestudenten dieses Fach wählten, um mit sich selbst zurechtzukommen und ihre eigenen Probleme zu verstehen. Diese Sitzung wird Zeitverschwendung sein, war mir in diesem Augenblick klar. Vielleicht half der Umstand manchen anderen, wenn er sah, dass es diesem Psychiater, offensichtlich noch viel schlechter als ihnen selbst ging. Um zu denken: *im Vergleich zu ihm bin ich eigentlich ziemlich gut dran*. Danach gingen sie therapiert hinaus. Eine andere Erklärung wäre der Gedanke: *bevor ich mir noch so eine Sitzung zumute, reiße ich mich lieber zusammen und höre auf mit dem Jammern*. Was sollte ich jedoch bei dem Mann? So ein Psychologe wird genauso wenig dem Land dienen wie dessen Kollegen und Vorgesetzte. Hier wäre ich selbst die Therapeutin. Mit hängendem Kopf bat er mich hinein und wies zu einer Ecke, in der eine Couch stand. Aus reiner Höflichkeit nahm ich Platz.

15

Er setzte sich mir gegenüber. Der Mann war auf den zweiten Blick noch wesentlich therapiebedürftiger. An weißen Streifen, die sich von seinem Handgelenk bis zum T-Shirt zogen, erkannte ich, dass er seine Arme geritzt hatte. Zwei davon waren rot und sehr frisch. Er war demnach noch aktiv, seine psychischen Schmerzen durch körperliche Qualen zu überdecken. Vielleicht hatten sie den armen Menschen gerade erst aus der Psychiatrie geholt. Warum setzte man mir einen Patienten als Psychiater vor? Mitleid hatte ich mit ihm - okay - aber ich war hier nicht die Betreuerin. Weder hatte ich ein psychiatrisches Beratungsgespräch nötig, noch half mir dies alles irgendwie weiter, um meine Sorgen um das mir liebgewonnene Land zu lindern oder mir die Befürchtungen zu nehmen, dass es um diese bewährte Demokratie schlecht stand.

»Worüber möchtest du mit mir Reden?« Der Mann setzte sich in den Sessel gegenüber, zog eine Rasierklinge aus der Tasche und begann, sich am Arm zu ritzen. Er begann im Handgelenk, zog die scharfe Klinge langsam seinen Unterarm aufwärts, worauf es purpurrot heraustropfte. Während er am Oberarm sein blutiges Werk fortsetzte, sprach er weiter: »Wir können über alles reden, was dich quält. Was martert dich gerade?«

Ich sprang auf, öffnete die Tür und lief hinaus. Wenn mich etwas gequält hatte, war es, ihm bei seiner Selbstverletzung zuzusehen. Ich bin zwar offen für Vieles. Jemand wie ihm eine Chance zu geben, gehörte dazu, aber in so einem Fall wäre er besser bedient, wenn er professionelle Hilfe bekäme, statt jemanden betreuen zu müssen. Es schüttelte mich, als ich daran dachte, was dieses leidgeplagte Wesen sich selbst gerade angetan hatte. Direkt vor meinen Augen. Ich wusste, dass es nicht gut um den Medizinsektor stand. Dass es aber solch katastrophale Ausmaße angenommen hatte, schockierte mich mehr als je zuvor. Man hatte mir immer wieder vorgeworfen, dass ich den Bereich kaputtgespart hätte. Als könnte ich für alles, was auf der Welt passierte, verantwortlich sein. Bis in die kleinsten Lebensbereiche. Wenn schon, hätten sie das dem Schäuble vorwerfen können – oder dem Gesundheitsminister. Wie hieß der nochmal? … Egal, der Posten ist sowieso ein

Schleudersitz. Jetzt wünschte ich mir, dieser Seehofer würde immer noch dieses Amt innehaben, dann könnte er mir nicht ständig in die Bundespolitik hineinpfuschen. Doch eines musste ich ihm zugestehen: er war einer der wenigen halbwegs befähigten Gesundheitsminister gewesen. Wenn ich an seine Nachfolgerinnen Fischer, Schmidt und den Rösler dachte, kam mir immer noch das Grauen. Manchmal wünschte ich mir das Gesundheitssystem der DDR zurück. Andererseits war dies fast das Einzige, was im Sozialismus funktioniert hatte und daher hatte ich mich mit dem System der Bundesrepublik schnell anfreunden können. Man gab sich sehr viel Mühe, auch wenn nicht alles perfekt war. Doch warum - das fragte ich mich immer wieder - mussten sich alle immer bei mir beschweren und fordern, ich müsste unbedingt etwas unternehmen, wenn es jemandem irgendwo wehtat oder wenn man sich ungerecht behandelt fühlte. Als könnte es diese einzige Person richten, die gerade das Kanzleramt führte. Benzinpreise wären zu hoch und die Kanzlerin sollte dafür sorgen, dass der Sprit billiger würde. Kurz darauf waren die Ölpreise viel zu niedrig und deswegen jammerten sie alle abermals. All ihre Ersparnisse hätten sie in Öko-Energie investiert und riskante Wetten auf das vielversprechende Fracking abgeschlossen, plötzlich wäre ihre gesamte Altersvorsorge futsch aufgrund des niedrigen Ölpreises. Ich konnte eben nicht zaubern und mich nicht um jedes Wehwehchen jedes Einzelnen im Alleingang kümmern. Wir waren eine Demokratie. Regieren hieß nicht mehr oder weniger, das Land zusammenzuhalten. Anders als eine Diktatur, in der eine Person über alles bestimmte. Nicht 'der Staat bin ich' – nein, selbst als Kanzlerin war ich nur ein Rad an diesem Wagen. Vielleicht war ich ein größeres Rad als ein Durchschnittsbürger. Aber nicht das einzige. Mit einem fährt es sich zudem nicht gut. Deutschland wäre nicht Exportweltmeister geworden, wenn unsere starken Firmen Mercedes, Volkswagen, BMW, Audi oder Porsche ihre Autos nur mit einem Rad ausgeliefert hätten. Sie hatten den Dreh raus, lieferten alles mit vier Rädern. Plus Ersatzrad. Und Lenkrad – abgesehen von diesem komischen Joystick, der sich niemals durchgesetzt hatte. Solange diese Fahrzeuge noch nicht selbst fuhren. Die einzige Firma, die schwächelte, war Opel. Die Firma gehörte aber nicht uns, sondern war ein Subunternehmen unserer amerikanischen Freunde. Natürlich wollte ich nicht schlecht über sie reden, da wir ihnen den Frieden auf der Welt verdankten. Bis auf die Länder, in denen Bürgerkrieg herrschte, Staaten wie … das ginge jetzt jedoch zu weit. Gute Freunde durften auch Fehler machen. Selbst größere. Bei katastrophalen Dummheiten konnte man sich notfalls auch von Menschen trennen – denn wer wollte schon mit einem Amokläufer oder einem Terroristen befreundet sein. So einfach lief es in der großen Politik aber nicht. Da war es wie in einer Familie. Man konnte sich die Verwandten nicht aussuchen, man muss ihnen beistehen. Auch jemandem wie diesem Bush junior und selbst diesem Trump. Ursprünglich dachte ich, das gebe ich zu, der junge George wäre jemand, der vorangehen würde und den Frieden im Nahen Osten wiederherstellen könnte. Aber ich hatte dazugelernt. Die fatalen Defizite der Amerikaner hatten sich erst viel später gezeigt. Unsere Bundeswehr leistete damals Unglaubliches beim Wiederaufbau der Infrastruktur, die Ausbildungsprogramme für die innere Sicherheit waren vorbildlich. Ursprünglich hatte ich darauf vertraut, dass die Amerikaner etwas Ähnliches zustande bringen würden. Weil ihnen das in Deutschland so unglaublich gut gelungen war, würde das auch im instabilen Nahen Osten funktionieren. Die US-Marines und ihre Armee waren aber mittlerweile spezialisiert, feindliche Objekte auszuschalten. Es war ihnen geglückt, Menschen wie Bin Laden, Saddam Hussein und Gaddafi zu beseitigen – viele andere dürfen aus Gründen der Vertraulichkeit natürlich nicht genannt werden. Letzten Endes war es jedoch nur eine Show für die Medien, damit die US-Bürger sich als Weltmacht fühlen konnten, ihrem Präsidenten vertrauten und sich nicht über die immensen Militärausgaben beschwerten. Für Amerikaner ist Fernsehen das, was für uns die reale Welt ist. Die Grenzen zwischen Lüge und Wahrheit wurden dort durch Bild-Ton-Technik völlig aufgehoben, das musste ich bald schmerzlich feststellen. Geschickte Populisten konnten über dieses Medium Gerüchte streuen, die umso glaubwürdiger wirkten, je schlimmer sie waren. Zuerst war es mir recht, weil es bei uns eine aktive Gegenpropaganda durch das quasi staatlich finanzierte Fernsehen gab, um dieser plötzlich auftauchenden Reinkarnation des Nationalsozialismus Paroli zu bieten. Die Wirkung war jedoch völlig anders als erwartet und vergrößerte das Problem nur noch. Die rechtsextreme Pegida-Bewegung fand immer mehr Zulauf und gleichzeitig bekam Deutschland den Ruf, das Sozialamt der Welt zu sein. Ich wollte gar nicht wissen, wie viele antisemitische Araber von den Bildern rechtsextremer Demos in unser Land angelockt wurden. Nein! Das durfte einfach nicht sein. Definitiv kamen die meisten aus anderen Gründen. Genug der Philosophie jetzt! Ich war kein Mensch, der große Reden schwang, die sich um das Nichts drehten. Dafür waren meine Kollegen von der SPD zuständig … wie dieser Erzengel. Das nächste Mal würde ich ihn damit aufziehen und erzählen, dass ihn hier keiner kannte! Das war jetzt aber nicht wichtig, denn ich bin eine Frau der Tat. Ich hatte immer einen Plan, egal wie man ihn auch nennen mochte, *Plan A* oder wie auch immer. Jetzt war es wichtig, ein Telefon zu finden oder eine andere Kommunikationsmöglichkeit. Eine Verbindung zur Außenwelt. Egal was. Irgendetwas benötigte ich, um mir ein Bild zur Lage der Nation verschaffen zu können.

Ich begab mich hinunter zum Empfang. Die Dame, die gelangweilt in ihrem Glaskasten saß, erhob sich sogleich und lächelte. Hoffentlich fragte sie nicht nach einem Selfie mit der Kanzlerin. Im Moment hatte ich absolut keine Lust auf dieses *Ich-will-auch-ein-Foto-mit-Merkel*. Nicht in diesem Zustand.

»Kann ich etwas für Sie tun?«

»Ich würde gerne telefonieren!«

»Dann tun Sie es doch!« Sie schaute mich neugierig an. Menschenkenntnis schien ihre Stärke nicht zu sein.

»Ich habe kein Mobilfunknetz. Sonst hätte ich diese Frage ihnen gar nicht gestellt.« Die Dame war wohl begriffsstutzig. »Es ist wichtig!«

»Wenn es dringend ist, kann ich Ihnen auch mein Gerät leihen.« Sie zog einen Stöpsel aus ihrem Ohr und reichte das Ding durch das Sprechfenster. Ich warf einen Blick darauf. Ohrenschmalz klebte daran. Was sollte das? »Bitteschön, Sie wollten doch telefonieren? - Benutzen Sie es ruhig.«

Ich nahm den Gegenstand in Augenschein. Es entsprach dem Gummi-teil eines In-Ohr-Kopfhörers. Wenn dies ein Scherz sein sollte, dann verstand ich ihn nicht. Hatten sich hier alle abgesprochen und gegen mich verschworen? War das hier die versteckte Kamera? Ich sah mein Gegenüber erneut an. Da fiel mir ein Fotokalender im Hintergrund auf. Februar 2050 stand dort. Diese Pharmaproduzenten verschenkten jähr-lich solche Kalender, die ihnen wiederum von Marketingfirmen aufge-schwatzt wurden. Die so reichlich mit Druckfehlern gespickt waren wie das Diktat eines Erstklässlers.

»Nein, Danke! Aber wenn ich mir eine Bemerkung erlauben darf: dieser Kalender stimmt nicht.«

»Meinen Sie?« Nachdem sie diesen kurz betrachtet hatte, nickte sie und drehte ein paar Blätter weiter. »Um den schert sich keiner. Er hängt dort nur dort wegen der Bilder.«

Ich betrachtete nun das Foto von Neuschwanstein. Den Kalender hatte sie geändert auf Mai. Doch stand darauf immer noch das Jahr 2050. Die Dame nahm das Gummiteil vom Tresen und steckte ihn in ihr Ohr.

»Ich meinte den Druckfehler!«

»Welchen Druckfehler?«

»Das Jahr!« Sie war wohl schwer von Begriff. Warum fiel ihr das nicht auf?

»Ich verstehe nicht, was Sie meinen.« Erneut wandte sie ihren Blick zum Kalender und betrachtete ihn länger. »Also. Der Mai hat 31 Tage. An den Wochentagen kann ich keinen Fehler erkennen. Mir ist nicht bekannt, dass der Mai 2050 irgendwie anders sein sollte.« Sie zuckte mit den Schultern.

»Das Jahr! Genau das meine ich. Ist es vielleicht ein Fehldruck aus dem Jahr 2015? Oder sogar von 2005?«

»Ach so, Sie meinten das Jahr.« Sie lachte auf. »Aber das stimmt, 2050! Warum sollte hier ein uralter Kalender hängen? … was ist mit Ihnen? Geht es Ihnen nicht gut?«

Ich hatte mich soeben am Empfangstresen festgeklammert, da mir einen Augenblick lang schwindelig geworden war.

»Es geht wieder. Ich war nur ein wenig überrascht. Es ist alles wieder okay.« Das war eine Notlüge. Nichts war in Ordnung. Ganz und gar nichts. Es hatte mich durchdrungen wie ein Schock. Was für eine Katastrophe!

So ergab sich aus dem ganzen Puzzle plötzlich ein klares Bild. Das merkwürdige Verhalten dieser Leute, die mir keine vernünftigen Antworten geben wollten. Sie taten dies, weil sie es nicht konnten. Wir hatten auf zwei unterschiedlichen Ebenen kommuniziert. Auf verschiedenen Zeitebenen. Ich befand mich bis soeben im damals und sie in der Gegenwart. Beide Seiten hatten völlig aneinander vorbeigeredet.

Ich durchforstete mein Gedächtnis auf das, was sich zuvor ereignet hatte. Es war Bundestagswahl. Ich erinnerte mich mit Grausen daran, wie sich die ersten Hochrechnungen entwickelt hatten. Ein entsetzlicher Tag. Die SPD war weit abgeschlagen und wurde sogar von der Linken überholt. Gleichzeitig schossen die Wahlergebnisse für die Rechtsextremen in die Höhe und überholten zeitweise sogar die Union. An diesem Punkt endeten meine Erinnerungen. Dort setzte wohl mein Blackout ein. Seitdem waren Jahrzehnte vergangen und ich lebte nun in einer vollkommen anderen Zeit. War das gruselig! Ich musste einiges nachholen. Das mit dem Telefonieren hatte sich nun erledigt. Nach so vielen Jahren würde wohl keiner meiner Berater noch im Amt sein.

»Gibt es hier irgendwo die Möglichkeit, eine Zeitschrift zu erwerben?«

»Sie suchen Lektüre? Am Ende des Klinikgeländes finden Sie einen Kiosk.«

»Danke für Ihre Hilfe.« Erleichtert trat ich aus dem Gebäude heraus. Es tat mir gut, ein Ziel zu haben und ich war froh, die kalten weißen Hallen hinter mir zu lassen und nicht mehr den Geruch von Desinfektionsmittel in meiner Nase zu haben. Angenehm frische Luft wurde von dem leichten Windzug herbeigetragen, der meinen Geist aufleben ließ und die düsteren Gedanken fortnahm. Ein Hauch von Sonnenlicht fiel auf den kurzgeschorenen Rasen, als ich die gepflasterte Einfahrt hinabging. Über der Ebene ragte eine Gebirgskulisse. Die Berge, um deren Gipfel sich Wolken versammelt hatten, schienen so nah zu sein, dass sie möglicherweise zu Fuß erreichbar waren. Der mit *Klinikum Garmisch-Partenkirchen* beschriftete Wegweiser erklärte mir auch, wo genau ich mich gerade befand. Dies waren die Münchner Hausberge am Rand der Alpen. Ein schöner Ort, um aufzuwachen.

Diese kleine Bude an der Ecke fand ich sogleich, hielt darauf zu und betrachtete die Auslagen. Das Meiste war mir jedoch unbekannt. Nur diese alten Groschenromane liefen offensichtlich immer noch. Zwischen den Sportzeitschriften und diversen Fan- und Hobbyzeitschriften konnte ich seltsamerweise kein einziges politisches Magazin finden.

»Kann ich Ihnen helfen?« Ein freundlicher Herr mit verfilzten Haaren blickte mich durch seine Brillengläser an. Ihm war schon aufgefallen, dass ich in diesen Druckwerken ohne Erfolg nach etwas gesucht hatte. Der Mann sah aus wie ein Grüner. Wie einer der Ursprünglichen, die ich auf Archivbildern aus Zeiten vor dem Mauerfall gesehen hatte.

»Ich suche ein politisches Magazin. Den Stern, Spiegel oder Focus. Von mir aus auch die Bildzeitung.«

»Bis auf den Spiegel sagen mir diese Namen nichts. Aber den verkaufen wir in Bayern nicht. Die Zeitschrift erhält man nur in der *Islamischen Republik Deutschland*. Deren Politik unterstützen wir auf keinen Fall und verkaufen deswegen auch nicht ihre Propagandablätter.« Er sah mich an und wartete offenbar auf die nächste Frage. Doch ich war sprachlos. »Ein politisches Magazin also ...« Er zeigte zu den Zeitschriften auf der Ablage. »Wie wäre es mit der Titanic?«

»Nein!« Alles in der Welt, nur das nicht! Warum musste gerade dieses widerliche und von Schmierfinken produzierte Machwerk das Einzige sein, das immer noch verkauft wurde? Ich las den Titel der Zeitschrift, die daneben lag: *O'zapft is!* Was für ein lustiger Name. »Manche Dinge ändern sich wohl nie. Mag der Rest der Welt untergeh'n, auf der Wies'n wird g'feiert!« Ich versuchte, etwas Schwung in unseren Dialog zu bringen und hoffte, der Mann nahm mir den kleinen Scherz in Pseudo-

Bayrisch nicht übel. Doch er starrte mich entsetzt durch seine schmale Brille an.

»So hätte ich Sie gar nicht eingeschätzt!«

»Das tut mir wirklich leid! Ich wollte Sie nicht kränken!« Der Mann hatte ausgesehen, als hätte er Humor. Doch selbst dem lustigsten Bayern schien es nicht zu gefallen, wenn jemand seine Mundart nachäffte. Ich wechselte schnell zu meinem eigentlichen Anliegen. »Vielleicht könnten Sie mich etwas beraten, da ich bei ihrem Angebot nicht so recht durchblicke. Ich hätte gerne ein politisches Magazin. Irgendeines. Nur nicht die Titanic!«

»Es gibt nur diese Beiden. Ich kann Ihnen gerne *O'zapft is!* verkaufen, obwohl ich die rechtsextremen Ansichten dieses Blattes ablehne.«

»Ein politisches Magazin? Ich hätte darauf getippt, dass es etwas mit dem Oktoberfest zu tun hat. Zumindest mit Bier.«

»Ach so!« Seine Miene wurde wieder freundlich. »Sie scheinen einiges nicht mitbekommen zu haben, was sich in den letzten Jahren ereignet hat. Politik, oder was sich auf der Welt abspielt, ist wirklich nicht Ihr Spezialgebiet, oder irre ich mich?«

»Nun ... ich beginne gerade, mich für solche Themen zu interessieren.« Das stimmte zwar in keinster Weise, aber ich hatte keine Lust, ihm meine ganze Lebensgeschichte auf die Nase zu binden.

»Es ist so: das Oktoberfest findet schon seit vielen Jahren nicht mehr statt. Die meisten Münchner haben sich damit mittlerweile abgefunden. Es gibt aber immer noch Ewiggestrige, die fordern die *Wies'n* zurück.«

»Dieses Gelände gibt es nicht mehr?«

»Natürlich nicht, nachdem an der Stelle das Migrantenstadl errichtet wurde. In der bestgesicherten Anlage von ganz Bayern werden die schwierigsten Jungs aus den nordafrikanischen Staaten untergebracht. Ich mag diese Einrichtung genauso wenig. Aber die Menschen sind nun mal da. Und wer die *Wies'n* zurückfordert, der macht sich das zu einfach. Man kann die Leute ja nicht einfach ... verschwinden lassen!

Jedem ist bekannt, dass allein der Titel dieser Zeitschrift äußerst radikal ist.«

»Jetzt kann ich Ihnen gerade nicht folgen«, gab ich zu.

»Das wissen Sie auch nicht? Der Spruch hat sich als Gruß unter den Neofaschisten durchgesetzt. In Erinnerung an alte Zeiten sagt man *O'zapft is!* und hebt dabei den rechten Arm.«

Jetzt hatte ich genug gehört. Das musste ich erst einmal verarbeiten. Zwar war ich niemals ein großer Fan des größten Saufgelages der Welt, dies waren jedoch keine guten Neuigkeiten. Definitiv nicht. Nun hatte man auch noch den Ausruf beim feierlichen Fassanstich zum Hitlergruß umfunktioniert. Doch war irgendein Magazin besser als gar keines. Ich war sehr gut in der Lage, mir selbst aus einer Propagandaschrift die eine oder andere Information mit kritischem Blick herauszufiltern, ohne mir den Inhalt zu eigen zu machen.

»Wenn Sie sonst wirklich nichts anderes haben, nehme ich diese Zeitschrift.«

»In Ordnung. Das macht *achtzehn fünfzig*.«

Ein satter Preis für so ein dünnes Magazin. Doch durfte ich nicht ignorieren, dass mittlerweile mehrere Jahrzehnte vergangen waren. Ich reichte ihm einen Zwanzig-Euro-Schein. Er zögerte.

»Wo haben Sie denn den her?« Er lachte laut. »Der hat fast schon Sammlerwert. Aber ich bin kein Liebhaber von solchem Kram. Damit kann ich leider nichts anfangen.«

»Womit bezahlt man denn sonst?«, rutschte es mir heraus. Ich wollte mich eigentlich nicht in Erklärungsnot bringen. Doch hatte ich ihm gerade den fatalen Hinweis gegeben, dass hinter meiner ganzen Geschichte viel mehr steckte, als ich zugeben wollte. Er stutzte kurz, schien jedoch zu merken, wie unwohl mir diese Situation war und ging darüber hinweg.

»Franken! In Bayern ist der *Schweizer Franken* die offizielle Währung. Wie in Österreich.«

Okay – soweit zum Thema Euro-Krise. Wenigstens hatte man inzwischen eine Lösung gefunden. Ich kramte in meiner Geldbörse nach einem der großen Scheine. Üblicherweise hatte ich immer etwas Geld der gängigen Fremdwährungen dabei.

»Himmel! Was für ein alter Geldschein! So einen habe ich schon seit Ewigkeiten nicht mehr gesehen. Aber er wird wohl seine Gültigkeit noch nicht verloren haben.« Nachdem er mir das Rückgeld herausgeben hatte, starrte er mich an, als hätte er gerade eine Erleuchtung. »Gerade kommt mir etwas in den Sinn. Ich glaube, ich weiß, was los ist. Sie kamen ja gerade aus der Klinik … aber ich will Sie nicht verhören! Wenn Sie noch mehr über die letzten Jahre erfahren wollen, fragen Sie ruhig.«

»Am meisten interessiert mich, wie es um Deutschland steht. Um unser Europa. Und den Rest der Welt.« Mir fiel ein Stein vom Herzen, dass ich ihm nicht weiter irgendetwas vorspielen musste. Allzu gerne ging ich auf sein Angebot ein. Er war in diesem Moment meine große Hoffnung und eine mögliche Informationsquelle, die ich anzapfen konnte. »Vielleicht haben Sie auch eine aktuelle Landkarte? - das würde mich auch sehr interessieren.«

»Wo findet man so etwas auf die Schnelle … lassen Sie mich kurz nachdenken. Im Magazin *Sicher Reisen* gab eine Karte von Europa, wenn ich mich nicht irre.«

»Dieses?« Ich entdeckte den Titel neben *burka*, das vermutlich eine Modezeitschrift für muslimische Frauen war und zog ein Exemplar aus dem Drehständer mit dem Titelthema *'die neuesten No-go-Areas'* heraus.

Er nickte und blätterte das Reisemagazin durch, bis er kurz vor dem Ende innehielt. Er zeigte mir die aufgeschlagene Seite. »Hier ist ein Plan von Europa. Schauen Sie sich die Karte ruhig eine Weile an.«

»Danke!« Ich stutzte sofort. »Wieso steht über Griechenland der Name Türkei?«

»Wie?« Er sah mich verdutzt an. »Sie waren wirklich lange weg, oder?« Sofort wurde er wieder sachlich. »So ist es seit vielen Jahren. Nach dem Staatsbankrott wurde dieses Land von der Türkei annektiert.«

Soweit zur Rettung Griechenlands und zu dem Abkommen mit der Türkei, das nach vielen zähen Verhandlungen zustanden gekommen war. Doch mir wurde bewusst, dass sich damit ein noch größeres Problem fast in Luft auflöste. Der Ansturm der Flüchtlinge, die versuchten, über Griechenland in die EU einzureisen. Niemals hätte das Mittelmeervolk seine mehr als tausend Inseln und 15.000 Kilometer Seegrenze sichern können. Zumindest nicht mit vertretbaren Maßnahmen. Genau dies war die Lösung: dass keiner mehr dorthin flüchten wollte!

Welches Unheil Deutschland widerfahren war, zeigte mir die Dreiteilung auf der Karte. *Nationaldeutschland* stand quer über dem, was einst das Staatsgebiet der DDR war. Hier prangte ein schwarzer Totenkopf. Am Rand wurde dieses Symbol erklärt: es war ein zur Außenwelt abgeschottetes Gebiet. Meine ostdeutsche Heimat war also zur völligen Isolation zurückgekehrt. Das Gebiet der alten Bundesländer war beschriftet mit *Islamische Republik Deutschland*. Ein rotes Warndreieck sprach für das Gebiet eine Reisewarnung der höchsten Stufe aus. Der südöstliche Teil, genannt *Demokratisches Bayern* war gekennzeichnet mit dem gelben Warndreieck. Dies war also weitgehend sicher – dort, wo ich mich jetzt befand.

»Wünschen Sie einen Kaffee? Dann gieße ich eine zweite Tasse auf.«

Ich sah kurz hoch, nickte und widmete mich wieder dem Kartenstudium.

Nicht nur die Europäische Union war zerfallen, viele andere Nationalstaaten hatten sich zersplittert. Flandern und Wallonien befanden sich dort, wo früher die Niederlande waren. Die Hauptstadt von Frankreich war jetzt *Lyon*, während das Gebiet der *Île-de-France* mit dem Totenkopf gekennzeichnet war.

»Was ist mit Paris? Kann man dorthin nicht mehr reisen?«, rief ich zur Kochecke. Der Kioskbetreiber füllte gerade heißes Wasser in zwei Tassen.

»Es gab dort Machtkämpfe verfeindeter Clans. Die Situation eskalierte regelmäßig. Anfangs konnte die Polizei noch mit Schützenpanzern eingreifen und es ist ihnen immer wieder gelungen, Aufstände niederzuschlagen. Als die Lage jedoch endgültig außer Kontrolle geriet, hatten sie einen Sicherheitszaun um diesen Moloch errichtet. Die Regierung wurde nach Lyon verlegt.«

»Aha!«, kommentierte ich. Etwas Besseres fiel mir gerade nicht ein. Ich vertiefte mich wieder in die Analyse der Karte. Die Schweiz existierte noch als Land, wie ich es von damals kannte. Italien dagegen zeichnete sich als bunter Flickenteppich mit Reisewarnstufen von grün, gelb, über orange bis gefährlich rot. Österreich war größer geworden und nannte sich jetzt wieder *Kaiserreich*. Meinen Geographiekenntnissen zufolge schloss das Land die Gebiete von Tschechien, Slowakei und Ungarn ein. Weiter im Westen überraschte es mich nun gar nicht, dass das Baskenland in den ehemaligen Gebieten von Frankreich und Spanien entstanden war. Genauso wenig wie das Land Katalonien im spanischen Südosten. Diese Entwicklung hatte sich schon über viele Jahre abgezeichnet. Was mich nun tatsächlich überraschte, war, dass Portugal zum Land Spanien gehörte. Es existierte also immer noch ein gemeinsamer europäischer Gedanke. Es war ein sehr kleiner und gar winziger, spärlicher Funke. Aber es gab ihn. Das gab mir Hoffnung. Noch war nicht alles verloren. Dies gab mir neuen Mut. Und wenn es ein kleines Pflänzchen Hoffnung gab, dann musste man es hegen und pflegen, damit es gedeihen und zu einem stattlichen Baum heranwachsen konnte. Einem, der alles überragte.

»Bitteschön, Ihr Kaffee!« Der Mann riss mich abrupt aus meinen Gedanken. »Und? Was ist Ihre Meinung? Es wird schlimmer und schlimmer. Jahr für Jahr geht das schon so. Immer weiter driften die Länder auseinander. Die Menschheit schlittert immer mehr in eine endgültige Katastrophe.« Das Lächeln, das mir an dem Mann so gefallen hatte, war einem besorgten Gesichtsausdruck gewichen.

»Ich denke, es ist noch lange nicht alles verloren. Man muss das Gute erkennen, sich ein Ziel setzen und hart dafür arbeiten.« Als ich einen Schluck Kaffee kostete, zog mir ein unangenehm bitterer Geschmack den Mund zusammen. Dieses Getränk war scheußlich! Es schmeckte gar nicht nach Kaffee. Eher wie verbranntes Brot, in heißes Wasser getunkt.

»Welche Sorte ist das?«, fragte ich möglichst beiläufig.

»Muckefuck. Aus Getreide.«

Das erinnerte mich an meine DDR-Zeit. Echten Bohnenkaffee gab es nur im Westen. Unsere Volksgenossen hatten behauptet, solch etwas basiere auf Ausbeutung, daher hätte man darauf ebenso verzichtet wie auf den Import von Kakao und Bananen. Später hatte sich herausgestellt, sie selbst gönnten sich dies alles. Nur reichte das Budget nicht, um das normale Volk damit ebenso zu versorgen. Dafür gab es Rohrzucker und kubanische Zigarren im Übermaß, da wir dem Klassenfreund in seiner isolierten Lage all seine Produkte abnehmen mussten, um sein wirtschaftliches Überleben zu sichern. Der Freund in Übersee existierte durch diese Unterstützung noch viele Jahre weiter. Doch die DDR war ruiniert.

»Ich hätte erwartet, Sie wären schockiert. Wenn ich Sie richtig durchschaut habe, verfügen Sie über wesentlich mehr Wissen in Politik, als Sie zuerst zugeben wollten. Und Sie hatten … aus welchen Gründen auch immer, viele Jahre verpasst. War früher nicht alles besser?«

»Eines habe ich gelernt: stets nach vorne zu blicken. Nach einer Niederlage muss man sich wieder aufrichten und weiterkämpfen. Mit ein wenig Disziplin übersteht man vieles. Aus Altem entsteht wieder Neues. Nicht umsonst setzte man in früheren Jahren auf Zuversicht und sang *Auferstanden aus Ruinen* oder dichtete über den *Phönix aus der Asche*.«

»Sie hätten Politikerin werden sollen!« Der Mann grinste breit. Hauptsache, er wollte jetzt kein Selfie mit mir aufnehmen. »Was allen Menschen heute fehlt, ist dieses positive Denken.«

»Sie haben Recht.« Meine Einstellung, auch in einer schwierigen Lage ein wenig Optimismus zuzulassen, schien ihn zu überzeugen. Jetzt war der passende Augenblick gekommen, die Gelegenheit beim Schopfe zu packen. »Im Prinzip wäre es das Beste, ich würde mich so bald wie möglich der Parteiarbeit widmen. Wissen Sie zufällig, ob es eine CDU-Zentrale in diesem Ort gibt?«

»Diese Partei gibt es nur bei unserem islamischen Nachbarn. Dort ist sie eine regimetreue Blockpartei. Bei denen werden Sie nichts erreichen. In der Diktatur im Osten gab es anfangs so etwas. Seit 20 Jahren weiß aber niemand, was in dem von der Außenwelt abgeschnittenen Staat eigentlich vor sich geht. Hier in Bayern gibt es die CSU. Die ist aber eine Stammtischpartei, die nur ihr Klientel bedient.«

Das verpasste meiner kurzen Euphorie einen letzten Dämpfer. Ich konnte definitiv nicht an der Stelle wieder einsteigen, wo ich kurz zuvor - genaugenommen waren es Jahrzehnte - ausgestiegen war. Die Parteienlandschaft hatte sich verändert. Nichts war mehr wie zu meiner Zeit. Dort, wo mein Kanzleramt stand, war ein Staatsgebilde zu etwas mutiert wie Nordkorea. Ein der Welt entfremdeter Staat, der sich genauso gut auf dem Mars oder einem fernen Planeten hätte befinden könnte. Der Partei von diesem anmaßenden Seehofer werde ich auf keinen Fall beitreten, niemals! Nur über meine Leiche, und selbst dann würde ich mich mit Händen und Füßen wehren. Die FDP oder die Grünen kämen für mich auch nicht in Frage. Erstere ist ja mehr oder weniger in der Bedeutungslosigkeit verschwunden und zweitere wäre mir peinlich. Ich wollte nicht einer Gruppe gealterter Hippies beitreten, die sich für etwas Besseres hielten. Es blieb nur noch eine Möglichkeit:

»Eine SPD-Zentrale wird es hier sicher geben, nicht? Also werde ich mein Glück dort versuchen.«

»Dies ist aktuell die stärkste Partei in Bayern. Und die gefährlichste!« Er starrte mich aus weit geöffneten Augen an. Auf die Sozialdemokraten passte meiner Meinung nach nur die legendäre Bezeichnung *weitgehend harmlos*.

»Außer der Führungslosigkeit war an denen nichts wirklich Bedrohliches. Was ist das Problem mit der Partei?«

»Ich vermute, Sie meinen die ehemaligen Sozialdemokraten. Als fast keiner mehr ihre Partei wählen wollte, hatten die letzten Genossen ihr Kürzel versteigert. Ich hatte mitgeboten, um das Schlimmste zu verhindern. Doch wurde mir die Aktion zu teuer, nachdem sich die Gebote zu einem vierstelligen Bereich hochgeschaukelt hatten. Vermutlich hatten die Genossen geschummelt und selbst mitgeboten.«

»Was ist die SPD jetzt?«

»Die Salafistische Partei.«

Das gab mir den Rest. Mit dem Gabriel und den Ansichten von Schulz hatte ich zwar manche Schwierigkeiten, aber fast immer fanden wir einen Konsens mit den Sozialdemokraten. Nur vor den Kameras hatten wir Uneinigkeit vorgespielt. Genaugenommen waren sie sehr verträglich, denn ich konnte mich immer auf ihre Kooperation verlassen. Die Wähler jedoch waren nicht bereit, der Partei so zu folgen, wie sie mir folgte. Solch ein Schicksal hatte die SPD nun wirklich nicht verdient, dass ihre Marke von den Radikalen gekapert wurde. Ich hätte weit mehr als zweitausend Euro dafür geboten, damit der Name der alten Dame SPD nicht in die falschen Hände geriet. Vor allem nicht in solche von fanatischen und von Narzissmus geprägten Extremisten. Das tat mir leid. Jedes Wort, das ich im Wahlkampf gegen die SPD gewandt hatte, bereute ich ... weitgehend. Ob ich damals, als dieser eingebildete Schröder mich so vorgeführt hatte, lieber hätte verkünden sollen, dass sich meine CDU trotz des Vorsprungs ihm als Juniorpartner bereitwillig unterordnen würde? Dann gäbe es diese ganze Misere vielleicht nicht. Doch ich drängte den Gedanken beiseite, die Uhr ließ sich nun mal nicht zurückdrehen. Ich könnte die Uhrzeit zwar zurückstellen, aber als Physikerin wusste ich, dass Zeit eine feste Größe war, die jeder Manipulation standhielt. Sie lief ausschließlich vorwärts, unabhängig davon, wie lange die herausragendsten Wissenschaftler der Welt daran forschen mochten: Vergangenheit blieb Vergangenheit. Die Zeit ließ sich niemals umkehren. Nur die menschliche Intelligenz bildete möglicherweise eine Ausnahme. Manchmal entwickelte sie sich zurück. Vielleicht war es der Wille des Allmächtigen und er hat mich zurückgerufen, da ich in dieser ernsten Lage wieder gebraucht wurde. So wie niemals zuvor, um die Dinge wieder ins Lot zu bringen. In diesem Fall hätte ich eine Mission zu erfüllen.

»Sicher gibt es auch noch andere Möglichkeiten, wie ich mich einbringen könnte. Welche Partei würden Sie denn wählen?«

»Die Tierschutzpartei!« Seine Augen leuchteten plötzlich. »Es ist die zweitstärkste Kraft, direkt nach den Salafisten. Ich bin auch Mitglied. Morgen Abend findet ein Treffen mit meinen Parteikollegen statt. Vielleicht wäre das für Sie interessant?« Er reichte mir ein Flugblatt. »Sie können einfach an einer unserer Sitzungen teilnehmen.«

»Na … gut.« Höflich nahm ich das Stück Papier entgegen. »Ich könnte einmal vorbeischauen.« Wenn er nicht hinschaute, würde ich das Blatt in den Müll schmeißen. Deutschlands Kanzlerin tritt Tierschutzpartei bei: wie absurd wäre das denn? Was würden die Medien denken? Mit Sicherheit gäbe es reichlich Spott und Häme. »Vielen Dank für die vielen Informationen. Nun werde ich dieses Pamphlet mal kritisch unter die Lupe nehmen.«

Nachdem ich mich verabschiedet hatte, wanderte ich zu einer alten Ulme. Eine weißgetünchte Parkbank stand einladend unter dem grünen Blätterdach. Wie lange ist es her, dass ich entspannt in der Natur sitzen konnte, um einfach etwas zu lesen? Durch die Belastung mit ständigen Terminen war mir dies schon seit Monaten nicht mehr vergönnt gewesen … Moment, ich hatte es fast vergessen: es waren Jahrzehnte!

Ich blätterte eine Weile in der Zeitschrift mit dem seltsamen Titel. Die Abbildung eines alten Ruderbootes aus der Antike weckte mein Interesse. Handelte es sich vielleicht um einen Bericht über die Restauration alter Wracks vom Grund eines Ozeans? Diese Arbeit sei sehr schwierig, hatte ich mir sagen lassen, denn Holz zersetzt sich im Salzwasser nach einigen Jahren fast vollkommen. Schon nach einem Jahrhundert nahm sich die Natur zurück, was man ihr genommen hatte. Nur wenn sich Sand auf dem vergänglichen Material abgesetzt hatte und ein Boot unter

Ausschluss von Sauerstoff konserviert wurde, ließen sich nach dem Abtragen der Schicht einzelne Reste herausarbeiten, die unter Wasser sofort chemisch behandelt werden mussten, damit sie nicht sofort zerfielen. Danach folgte ein unglaublich komplizierter Prozess, die Bruchstücke wie ein Puzzle zusammenzusetzen.

Beim Blick auf den Inhalt des Artikels bemerkte ich, es ging nicht um Historie. Es thematisierte ein Konzept, die Sträflingsgaleeren aus der Römerzeit wieder einzuführen. Damit könnte man den Überseehandel wiederbeleben, der - so erfuhr ich weiter - nach der Explosion der Treibstoffkosten weitgehend eingestellt worden war. Also hatten sich die alten Befürchtungen bewahrheitet. Dieser kostbare Rohstoff Öl ging zur Neige. Obwohl ich diese langhaarigen Hippies aus der Grünen Partei immer für ein wenig weltfremd gehalten hatte, behielten sie in diesem Punkt wohl Recht. Die Folgen konnten dramatisch sein. Denn wenn der internationale Handel über die Seewege nicht mehr funktionierte, gab es kein Wachstum mehr. Keine neuen Arbeitsplätze konnten entstehen, die Weltwirtschaft würde einbrechen. Das bedeutete letztendlich eine Gefahr für den Wohlstand. Dieser Artikel versprach nun die Lösung des Problems. Man könnte die Waren über das Meer auf eine sehr alte und traditionelle Weise transportieren. Durch Muskelkraft von Sträflingen, die als Rudersklaven dienten. Dafür könnte man die unzähligen straffällig gewordenen Einwanderer einsetzen, welche derzeit im *Migrantenstadl* einsäßen. Somit hätte man eine sinnvolle Verwendung für sie. Mit Sicherheit wären sie dankbar dafür, wenn sie mit solch einem Projekt endlich etwas zu tun bekämen. Wenn sie eine Arbeit bekämen, die dem Nutzen der Allgemeinheit dienen würde. Mit dieser Lösung könnte man diese erbärmliche Festung für Sträflinge abreißen und endlich die *Wies'n* wiedererrichten. Der Artikel endete mit *O'zapft is!* So endete auch jeder andere Artikel, war mir beim Durchblättern schon aufgefallen.

Auf welche Ideen die Leute bisweilen kamen. Dies war absolut unmenschlich! Sklaven wurden damals angekettet. Wenn ein Boot sank, wurden die Menschen mit auf den Grund des Meeres gezogen und ertranken. Eines musste ich dieser bizarren Idee aber zugestehen: es war ein sehr umweltverträgliches Konzept.

Ich blätterte zur nächsten Seite. Dort forderte man den Anschluss an *Nationaldeutschland*. Dort hätte man das Problem mit den Migranten wirksam gelöst. Mit den gleichen Maßnahmen würde es auch eine Lösung für das *Wies'n*-Problem geben. Man forderte, das Reinheitsgebot zu erweitern. Man sollte es nicht nur auf das Bier, sondern auch auf das Volk anwenden, von dem es getrunken wurde. Dieser Artikel bestätigte, dass in dem Blatt Ideen verfolgt wurden, die damals im dritten Reich galten und letztendlich in der Katastrophe endeten. Ich las weiter. Hinter den Mauern befände sich das wahre Paradies - behauptete der Text - der sich fast überschlug vor überschwänglichem Eifer für den Nachbarstaat. Dies erinnerte mich daran, was damals in der DDR über die Bundesrepublik gedacht wurde. Nach der ersten Euphorie waren viele jedoch enttäuscht. Was mochte nun in meiner ursprünglichen Heimat vor sich gehen? Sie war mutiert zu einem völlig isolierten Staat, wie ich aus der Karte erfahren hatte. Ich stellte mir vor, wie in diesem faschistischen Staat gleichgeschaltete Menschen in SS-Uniform durch die Straßen marschieren und dass sie die Welthauptstadt Germania nach den ursprünglichen Plänen vollendet und den alten Pharaonen gleich diese gigantische Ruhmeshalle errichtet hatten. Den Führerdom, gegen den unser Reichstag winzig wirken sollte. Wie ein angebautes Toiletten-häuschen, in das sich der mächtige Pharao bisweilen begab, der aufgrund eines dringenden Bedürfnisses aus seiner alles überragenden Pyramide heraustrat.

Geradezu juckte es mich unter den Nägeln zu erfahren, was in diesem von der Welt abgesonderten Staat vor sich gehen würde. Herrschte dort ein größenwahnsinniger Diktator? Ließ er überlebensgroße Statuen von sich errichten? Ich selbst hatte mir niemals Denkmäler gesetzt, die Chance nie genutzt. Hätte ich in meiner Amtszeit auch etwas erbauen lassen sollen? Zumindest etwas ganz Kleines, damit sich spätere Gene-rationen an mich erinnern würden? Es könnte ein Angela-Merkel-Spiel-platz sein, auf dem die Kinder herumtollen, in der Sandkiste buddeln, von einem Piratenschiff herabrutschen oder schaukeln könnten? So etwas wäre erschwinglich gewesen. Davon hätten alle wesentlich mehr gehabt, als von den Milliarden teuren Denkmälern, die sich *François Mitterrand* im benachbarten Frankreich zu seinem Gedenken errichten ließ. Doch widersprach dies dem Wesen Nachkriegsdeutschlands. Nach dem fatalen Größenwahn wurde man extrem bescheiden, deswegen gibt es weder eine Konrad-Adenauer-Kathedrale, noch eine Ludwig-Erhard-Fabrik. Keine Kiesinger-Grube, Brandt-Brennerei, Scheel-Brillenmode, Schmidt-Seeflotte, Kohl-Pyramide oder eine Schröder … da fällt mir ein, dass dieser Macho-Mann sich Denkmäler gesetzt hatte wie Hartz4, die Riester-Rente oder den Mini-Job. Doch solche Dinge zu erschaffen, bei deren Namen der Puls jedes Bundesbürgers sofort auf 180 stieg, darauf konnte ich getrost verzichten. Die Idee mit dem Spielplatz fand ich jedoch äußerst sympathisch. Hauptsache, es gab dort keine Schlägereien zwischen den Jungs, es wurde nicht mit Drogen gedealt, keine Spritzen von heroinabhängigen lagen im Rasen und es wurden dort keine ethnischen Konflikte zwischen Migranten und rechtsextremen Deutschen ausgetragen. Und hoffentlich wurden keine Leichen im Sandkasten vergraben. Sonst verzichte ich lieber auf ein eigenes Denkmal. Schade um den Spielplatz!

Dieses Magazin war Hetze, doch es regte meine Gedanken an. Ich kannte Schlimmeres. Damals war ich anfangs stolz, als mich das Time-Magazin zur Frau des Jahres gekürt hatte. Nachdem ich diese Zeitschrift jedoch vollständig durchgeblättert hatte, war ich entsetzt! Mit meiner Person als Aushängeschild wurde geworben für Produkte, die dem Herzstillstand vorbeugen sollten. Pillen, welche die Manneskraft wiederbeleben sollten. Nahrungsergänzungsprodukte mit Stoffen, die jeder Mensch wesentlich billiger durch halbwegs vernünftige Lebensmittel aufnehmen konnte. Bis auf einen halbseitigen und katastrophal schlecht verfassten Artikel zum Titelbild war dieses Druckwerk ein Propagandaheft für die Pharmaindustrie sowie ein eindeutiger Fall für den Müll. Wie positiv war in jungen Jahren mein Eindruck von unseren amerikanischen Freunden. Vom Wiederaufbau bis zur Wiedervereinigung hatten sie unglaublich viel für uns getan und wie enttäuschend war es zur Kenntnis nehmen zu müssen, dass sie sich zu Bürgern entwickelt hatten, die jederzeit vom Herzstillstand bedroht wurden, an Potenzproblemen litten und soviel Cola tranken, bis sie alle unter Diabetes litten. Dass sie kaum keinen Tag überleben konnten, ohne unzählige Präparate einzuwerfen. Es wäre sinnvoll gewesen, sie hätten sich endlich mal um ihre eigenen Probleme gekümmert, nachdem sie so viel für den ganzen Rest der Welt getan hatten. Diese ständigen Amokläufe hätten sie als Warnzeichen erkennen sollen, denn es waren Zeichen, dass irgendetwas in ihrer Gesellschaft nicht stimmte.

Mit Entsetzen überblätterte ich einige Seiten, die dem Rassengedanken gewidmet waren. Diese längst widerlegten Theorien kannte ich zur Genüge. Der folgende Artikel behauptete, dass sich der europäische Kontinent aufgrund der massiven Einwanderung gesenkt hätte, und dass dies der Grund wäre, weshalb alte Küstenregionen nun unter Wasser lägen. Dies bestätigte erneut die fremdenfeindliche Tendenz dieses Magazins. Mich führte es zur Erkenntnis, dass die Vorhersage, dass der Meeresspiegel steigen würde, eingetroffen war. Gab es heute noch Polkappen? Haben die Eisbären überlebt? Existierten noch Pinguine? Denen mochte ihr Überleben gesichert haben, dass die Antarktis einen festen Untergrund besaß. Selbst wenn das Eis vollständig weggeschmolzen sein sollte, würde dieser siebte Kontinent nicht verschwinden. Zudem konnten diese putzigen Tiere schwimmen. Nur waren sie nicht in der Lage zu fliegen, obwohl sie nach dem Artenbuch als Vögel klassifiziert wurden.

Ich war nun am Ende meines Lesestoffes angekommen und hatte mir alles zu Gemüte geführt, was irgendwie lesenswert zu sein schien. Das Heft hatte seinen Zweck zur Recherche erfüllt und jetzt brauchte ich es nicht mehr, so entsorgte ich es in den Papierkorb neben der Bank. Den Flyer wollte ich gerade hinterherwerfen, warf jedoch noch einen kurzen Blick darauf und las:

»Die Tierschutzpartei fordert, alle Rechte der Tiere den Menschenrechten anzugleichen. Nur wenn man alle Lebewesen mit dem gleichen Respekt behandelt, hören die Menschen endlich auf, gegeneinander Krieg zu führen.«

So einfach werden sich mit Sicherheit nicht alle Konflikte in Luft auflösen, auch wenn sich solch eine Vorstellung sympathisch anhörte. Denn die Tatsache, dass Hitler Vegetarier war, bewies, dass auf diese Weise nicht alles bunt und rosa wurde. Andererseits war Letzteres, das Gegenargument mit dem Führer, sehr platt. Der Diktator war nach Stand der Forschung kein Anhänger von Obst und Gemüse aus Überzeugung, sondern litt unter gesundheitlichen Problemen.

Der nächste Punkt »Ende der Massentierhaltung« war etwas, was ich erwartet hatte und es war nicht gerade schön, dass die Nutztiere derart eingepfercht wurden. Das Fleisch wuchs aber nun mal nicht auf Bäumen und diese vielen Menschen mussten sich irgendwie ernähren, da war einfach nicht genügend Platz vorhanden, damit jedes Nutztier sein eigenes Gelände bekommen konnte. In ihrem Papier setzte die Partei sich ein für das Verbot des Schächtens. In diesem Punkt drifteten die Meinungen der Bürger extrem auseinander. Eigentlich widersprach das rituelle Schlachten dem Tierschutzgesetz. Doch aus Toleranz gegenüber anderen Religionen hatte man ihnen diesen Gesetzesverstoß zugestanden. So wie Polizeifahrzeuge im Einsatz über rote Ampeln fahren durften, wurde akzeptiert, dass Moslems und Juden sich bei ihren rituellen Schlachtfesten nicht an dieses Gesetz halten mussten, da ihr Glaube es erforderte. Angeblich. Warum taten sie sich so schwer dabei, ihre Rituale zu ändern? Im Gegensatz dazu hatten wir, die Christen, strenge Hygienegesetze akzeptiert und verzichteten bei unserem Abendmahl darauf, aus einem gemeinsamen Kelch zu trinken oder unser Brot zu teilen, was seit Urzeiten der schwerwiegendste Eingriff in diese christliche Zeremonie war. Die Forderung der Tierschutzpartei, dass sich andere Religionen ebenso an Gesetze halten sollten, war daher nicht unberechtigt.

Nun entschied ich mich, das Flugblatt zu behalten. Vorerst. Da ich nichts anderes vorhatte und weder Sitzungen, noch Termine auf dem Plan standen, konnte ich genauso gut diesen Tierschützern einen Besuch abstatten. Nach Einschätzung meiner momentanen Lage war es die derzeit einzige Möglichkeit, einen Weg zurück in die Politik zu finden. Sie vertraten ebenso christliche Werte und somit gab es kein klares

Ausschlusskriterium, das mich dieser bei Wahlergebnissen unter »ferner liefen« genannten Partei entfremden würde.

Die Sonne senkte sich schon zum Horizont, als ich meinen Sitzplatz unter der Ulme verließ und in das Klinikgebäude zurückkehrte. Es blieb mir nun einmal nichts anderes übrig, als dies als vorübergehenden Wohnsitz akzeptieren. Aufgrund der aktuellen Lage war es weder möglich im Kanzleramt zu residieren noch meine Wohnung in Berlin zu beziehen.

»Wo waren Sie die ganze Zeit? Wir haben uns schon Sorgen gemacht!« Der Oberarzt stoppte mich, als ich gerade über den Flur zu meinem Zimmer gehen wollte und sah mich mit vorwurfsvoller Miene an.

»Nun. Ich hatte angenommen, ich hätte das Recht dazu, mich frei bewegen zu dürfen, um mir ein Bild der Lage zu verschaffen. Gibt es damit ein Problem?«

»Sie sind noch nicht bereit dafür!« Mit verschränkten Armen baute sich der Mann vor mir auf.

»Bereit für was?«, gab ich zurück und starrte ihn ebenso vorwurfsvoll an. Er löste seine Arme und ließ seine rechte Hand in die Kitteltasche gleiten. Wieder hörte ich das nervöse Klicken. Auf meine Frage war er unvorbereitet und ich sah, wie es unter seiner Schädeldecke intensiv arbeitete. Ich beschloss, ihn nach einem Moment des Schweigens aus dieser Situation zu erlösen. »Vielleicht Folgendes: zu erfahren, dass ich nach Jahrzehnten der Bewusstlosigkeit im Jahr 2050 aufgewacht bin?«

»Wer hat Ihnen das gesagt?« Schlagartig wurde er blass. »Wir hatten ein genaues Vorgehen ausgearbeitet, wie wir Ihnen die Situation langsam und behutsam, in winzigen Schritten beibringen würden. Für den Fall - es gab dabei sehr unterschiedliche Prognosen - dass Sie wieder zu Bewusstsein kämen. Alle Kollegen auf dieser Station wurden glasklar instruiert, dass sie eigenmächtig keinerlei Informationen preisgeben dürften. Wer war es, der sich nicht an diese Anweisung gehalten hat?«

»Niemand! Sie hatten bei der Planung wohl vergessen, die Kalender in Ihrem Haus zu entfernen.«

»Oh!« Das war vermutlich die Abkürzung für: die Planung von Jahrzehnten war vergebens aufgrund einer winzigen Dummheit. Aus seinem Gesichtsausdruck war zu schließen, dass in dieses Konzept, das nach meinem Erwachen umgesetzt werden sollte, ähnlich viele Arbeitsstunden geflossen waren wie in den Neubau des Berliner Flughafens. Mit vergleichbarem Erfolg. Einen kurzen Augenblick drängte sich mir die Frage auf, wie weit mittlerweile dieses Projekt fortgeschritten sein möge – als mir sogleich bewusst wurde, dass dies letztendlich egal wäre. In diesem isolierten Land, in das man weder ein- noch ausreisen konnte, brauchte man keinen Flughafen mehr. »Wie weit ist ihr Wissensstand?«, unterbrach der Oberarzt meinen Gedankengang.

»Mehr oder weniger habe ich mir schon ausreichend Informationen beschaffen können, um mir ein Bild von der aktuellen politischen Lage zu bilden. Von der veränderten Situation Europas bis zur Aufsplitterung der Bundesrepublik in drei Staaten. Draußen vor dem Gebäude gibt es einen Kiosk, es ist immer noch möglich, sich einige Informationen über gedruckte Medien zu beschaffen, auch wenn die Auswahl - nehmen sie mir diese Ausdrucksweise nicht übel - sehr bescheiden ist!«

»Sie haben recht. Wir konnten Sie nicht gegen ihren Willen einsperren. Daher wurde dieses Konzept der vorsichtigen Konfrontation mit der Gegenwart über einige Jahre erarbeitet. Schade. Den Aufwand hätten wir uns sparen können. Wenigstens ist unsere Befürchtung, dass sie durch den Realitätsschock ihr Bewusstsein erneut verlieren könnten, nicht eingetreten.« Er stieß einen Seufzer der Erleichterung aus. Das Klicken in seiner Tasche hatte aufgehört. Ich interpretierte es als Zeichen, dass er von dem Zwang befreit worden war, mir etwas vorzumachen und irgendwelche Unwahrheiten oder Halblügen auftischen zu müssen. Nun konnte endlich Klartext gesprochen werden. Damit fühlte er sich sichtbar wohler, das las ich aus seiner Körpersprache. »Sie machen geistig und körperlich auf mich einen äußerst positiven Eindruck. Keiner hätte nach den vielen Jahren vermutet, dass Sie dies weitgehend unbeschadet überstehen. Bevor ich mich um die nächsten

Patienten kümmern muss, kann ich noch etwas für Sie tun? Was das Abendessen angeht, dies wurde in Ihrer Abwesenheit neben ihr Krankenbett gestellt.« Nun war die Gelegenheit, endlich zu erfahren, wie die Bundestagswahl damals ausgegangen war.

»Am meisten interessiert mich, was sich in unserem Land abgespielt hat, nachdem ich das Bewusstsein verloren habe. Die Wahl, wie ist sie ausgegangen? Wer bildete die neue Regierung?«

»Da bin ich überfragt.« Er zuckte ratlos mit den Schultern. »Das war vor meiner Zeit. Aus Ihren Akten, die ich von meinen Vorgängern übernommen habe, weiß ich nur, dass Sie bei einer Wahlveranstaltung ohnmächtig geworden sind und alle Versuche, sie wieder zu Bewusstsein zu bringen, vergebens waren. Aber ich kann Ihnen die Krankenakte gerne bringen. Vielleicht erfahren Sie darin mehr.«

»Es wäre mir sehr wichtig. Ich wäre Ihnen zu Dank verpflichtet!« Er verabschiedete sich nickend, ich kehrte in mein Zimmer zurück und sah gleich das Tablett auf dem Beistelltisch. Mächtiger Kohldampf ließ meinen Magen pochen, als hätte dieses Organ ein kardiologisches Problem. Ich entfernte den Plastikdeckel. Der optische Eindruck des Essens war leider nicht gerade ansprechend. Es sah so aus, als hätte ein Hund auf dem Teller sein Geschäft verrichtet. Ich griff nach der Gabel und kostete ein wenig. Es schmeckte so, wie der optische Eindruck erwarten ließ. *Manche Dinge ändern sich wohl nie,* dachte ich. Wäre ich nicht von diesem Bärenhunger genötigt – ich hatte das Zeug retour gehen lassen.

Eine Krankenschwester platzte herein und schleppte einen Stapel mit Ordnern herein.

»Mit freundlichen Grüßen vom Oberarzt«, stöhnte sie, legte alles auf den Beistelltisch und eilte wieder aus dem Zimmer.

Ich war unglaublich gespannt, nun zu erfahren, wie die Wahl ausgegangen sein würde, wegen der ich in diese langanhaltende Bewusstlosigkeit gefallen war. Der erste medizinische Bericht begann mit einer mehrseitigen Beschreibung des Ablaufs der Einlieferung einer Bundeskanzlerin, also meiner Person, in einem komatösen Zustand. Es folgten

Versuche mit Adrenalin und vielen anderen Mitteln, deren lateinische Namen nichtssagend waren. In dem Ordner waren Röntgenspektroskopien von meinem Gehirn abgeheftet, die ausschließlich mit *kein Befund* kommentiert waren, ergo wurde nichts Schwerwiegendes festgestellt. In solchen Fällen hatte man auch keine bewährte Therapie in petto, die man hätte einsetzen können. Das Werk hatte ich schnell durchgeblättert, ich griff nach dem zweiten Ordner. Man hatte nun einige Experimente mit neuen Medikamenten angestellt, was nicht den gewünschten Erfolg gebracht hatte. Mir fiel das Lesen der Berichte extrem schwer. Zu viel lateinische Wörter. Der Medizin fehlte jemand wie Martin Luther, der das Ganze in eine verständliche Sprache hätte übersetzen können. Sogar die katholische Kirche war in diesem Detail fortschrittlicher als dieser viel gelobte Medizinsektor. Ich unternahm einen weiteren Versuch und blätterte in dem nächsten Werk, einem dick gefüllten Wälzer. Mit meinem Fall hatten sich offensichtlich unzählige Mediziner beschäftigt, es wurden mehrere Dissertationen darüber verfasst. Ich überflog Promotionsschriften, doch für mich war es zu viel an unverständlichem Kauderwelsch, mit dem ich kaum etwas anfangen konnte. Ordner für Ordner sah ich durch, über viele Jahre testete man neue Verfahren oder neu zugelassene Medikamente wie … *Kokain, kristallines Methylamphetamin, Heroin …?* Ich sah wohl nicht recht! Hoffentlich würden diese Menschenversuche an meinem Körper keine ernsthaften Folgen nach sich ziehen. Ich wollte mein Leben und meine Karriere als Bundeskanzlerin nicht am berüchtigten Bahnhof Zoo beenden und als Junkie an einer Überdosis sterben. All dies medizinische Bemühen war umsonst, enttäuscht warf ich den letzten Hefter auf den Stapel neben meinem Bett. Mich hatte vor allem interessiert, wie das Ergebnis der Bundestagswahl damals ausgegangen war. Sie hätten dies einfach in einem der Ordner abheften können. Stattdessen gab es nur diese Ansammlung unzähliger Maßnahmen, die allesamt gescheitert waren. Ich war so schlau wie vor dem Lesen der Berichte. Und sehr müde, so dass ich mich auf die Seite rollte und eine angenehme Position fand, bei der ich mich entspannen konnte, um mir ein wenig Schlaf zu gönnen.

Realitätsschock

Als die ersten Sonnenstrahlen in mein Zimmer drangen, dachte ich erst darüber nach, ob ich all das geträumt hätte. War dies ein entsetzlicher Albtraum? Doch befand ich mich in einem weißgetünchten Raum, der eindeutig nach einem Krankenzimmer aussah und auch den entsprechenden Geruch nach Lösungsmitteln besaß. Ich drehte mich zur Seite, dort lag immer noch der Berg an Aktenordnern, den ich am Vorabend durchforstet hatte. Ein kurzes Morgengebet mit der Bitte an Gott, dass dies nur ein Traum gewesen sein möge, blieb folgenlos. Es war nicht mein Stil, ihm die Schuld dafür zu geben, wenn die Dinge nicht so liefen, wie ich es gern hätte. Daher ließ ich mich nun auch nicht dazu verleiten, ihm Vorwürfe zu machen, dass so vieles einen ganz anderen Weg genommen hatte, als ich es mir gewünscht hatte. Im Stillen wandte ich meine Gedanken zu ihm. *Bist du da? Und was ich schon immer fragen wollte: bist du ein Mann oder eine Frau?* Wie immer bekam ich keine Antwort. Gott war wohl wie ein UNO-Beobachter, der zuschaute, aber niemals eingriff. Wir Menschen waren also weiter auf uns gestellt und daher musste ich selbst herausfinden, wie ich aus dieser Situation das Beste machen könnte.

»Guten Morgen!« Der Oberarzt stand ohne Vorwarnung im Zimmer, doch dies war hier wohl Sitte. Er blickte kurz auf den Stapel von Aktenordnern. »Ich sehe, Sie haben sich in die Akten vertieft. Haben Sie erfahren, was Sie wissen wollten?«

Ein Nein wäre jetzt unhöflich gewesen. Der Mann hatte getan, was er tun konnte, auch wenn es zu nichts geführt hatte. »Nicht alles. Trotzdem Danke für Ihre Bemühungen. Ich habe alle Akten durchgesehen und mir einen Eindruck verschaffen können.«

»In Ordnung. Ich werde die Ordner wieder mitnehmen.« Etwas enttäuscht ging er auf den Stapel zu, wuchtete ihn hoch und blieb in der Tür kurz stehen. »Wenn Sie Ihr Frühstück nicht bevorzugt im Zimmer einzunehmen wünschen, empfehle ich Ihnen, sich zum Speisesaal im

Erdgeschoss zu begeben. Es ist für Ihre Genesung sicher von Vorteil, wenn Sie möglichst bald wieder unter die Leute kommen.«

Als er wie ein Lastesel mit dem Aktenberg seines Weges gegangen war, zögerte ich keine Sekunde und machte mich bereit, um mich unter das Volk zu begeben. Abgesehen davon, dass ich mich vollkommen gesund fühlte, hatte er recht damit, dass die Gesellschaft von anderen genau das Richtige für mich war. Über einige Gespräche mit den Bürgern dort in der Gemeinschaft könnte ich mir mit etwas Glück die für meine Planung wichtigen Informationen beschaffen.

Ich war erkennbar früh dran, denn im Saal saß nur ein einzelner Patient. Am Buffet nahm ich mir einen Teller und legte zwei Brotscheiben darauf, Butter, Marmelade und füllte eine Tasse mit heißem Tee. Vorsichtig balancierte ich damit in Richtung eines einsamen Mannes. Wie beiläufig fragte ich, ob es ihn stören würde, wenn ich mich an seinen Tisch dazusetzen würde. Er nickte, dann schüttelte er den Kopf. Meine Frage war ungeschickt formuliert, sein Lächeln interpretierte ich jedoch als Zustimmung und nahm Platz. Mein Plan war, mit etwas Smalltalk zu beginnen und ein wenig freundliches Interesse für seine persönliche Situation zu demonstrieren. Wenn das erste Eis gebrochen wäre, würde ich vorsichtig das eine oder andere Thema anschneiden, das mich selbst interessierte.

»Sind Sie auch schon länger in dieser Einrichtung?«, fragte ich und nippte an dem heißen Tee.

»Ich-ich-iiiiiiich b-b-b-b-bibibibibbibibinbibi …«, begann er und brach ab. Oje! Er stotterte. Das würde eine große Herausforderung werden, mich seiner als Informationsquelle zu bedienen. Die Saaltür flog auf und eine Gruppe wild plaudernder Patientinnen trat ein. Nachdem sie sich am Buffet bedient hatten, besetzten sie einen Tisch sehr weit abseits von uns. Was für ein Pech! Doch meine Höflichkeit verbat es mir, den Platz zu wechseln und diesen Stotterer alleine zu lassen.

»Ich selbst bin schon lange hier«, versuchte ich ein neues Gespräch, »und was führt Sie in diese Einrichtung?«

»We-we-we-we-weeeege-gen - d-d-d-d-de-de-de-dem ...«, begann er hilflos und gab erneut auf. Es war zwecklos. Auf diese Art war es kaum möglich, Antworten zu den Fragen zu erhalten, die mir auf den Nägeln brannten. Der Saal füllte sich weiter, doch an diesem Tisch blieb ich mit dem Stotterer allein.

»Wenig Auswahl haben die hier. Ein Fruchtsalat oder Müsli würde uns beiden gut bekommen, nicht?« Schweigend wollte ich ihm nicht gegenüber sitzen, schließlich konnte er nichts für seine Schwäche.

»Mü-mü-mü-mü-müüüüüüüüüs-mümümümü ...« Er brach ab. Offensichtlich wollte er mit dem Wort Müsli einen Satz beginnen, mit dem er sogleich desaströs gescheitert war.

Wie schade. Vielleicht saß in ihm der Geist eines überragenden Genies, das durch das Dilemma geplagt wurde, dass seine Gedanken stetig vorauseilten und überholten, was er in Worten hätte fassen können. Wenn ihm das Talent eines Redners zu eigen wäre, hätte er vielleicht mächtige Reden schwingen können. Wie Gabriel – nein, mein Gegenüber würde seine Vorträge wohl auch mit Inhalt füllen können. Ich stellte mir vor, wie er ohne solch ein Handicap großartige Ansprachen hätte halten können, die unauslöschlich im Gedächtnis der Menschheit geblieben wären wie die Reden eines Martin Luther King, John F. Kennedy oder die des Cicero, die selbst nach zweitausend Jahren unsere Schüler im Lateinunterricht beschäftigt hatten. Doch seine Natur hinderte ihn durch diese schwerwiegende sprachliche Hürde daran, seine Gedanken in Worte zu fassen.

»T-t-t-t-t-te-te-teeeeeeee?« Er zeigte auf meine Tasse. Ich nickte. Er griff nach meinem Tongefäß und ich sah ihm dabei zu, wie er zum Buffet ging und sie füllte. Langsam begannen wir uns zu verstehen. Als er zurückkehrte, kaute ich schon auf dem letzten Stück meines Brotes, nahm dankbar die Tasse entgegen und spülte die Reste der trockenen Weizenkost hinunter. Wenn nur alle Menschen, die nicht von solchen Schwierigkeiten betroffen waren und denen das Leben keine solchen Hindernisse auferlegt hatte, sich bemühen würden wie dieser Mann! Wie sehr würde es unsere Welt bereichern, wenn alle Menschen solcherlei Leistung für ihre Mitmenschen bringen würden? Wir befänden uns in einer Welt, in der nicht jeder nur an sich selbst dachte. Statt dass man nach unermesslicher Macht gierte, sich fragte, was könnte ein jeder für seinen Nächsten tun. Man musste sich einfach bewusst werden, wie viel man zu leisten imstande wäre, wenn man nicht im Größenwahn versuchen würde, mit dem Kopf durch die Decke zu stoßen, danach durch die nächste und viele weitere, bis man im obersten Stockwerk angekommen war und das Gehirn auf dem Weg derart beschädigt hatte, dass man es nur noch dazu gebrauchen konnte, sich endgültig dem Wahnsinn hinzugeben.

Dem Mann fehlte nur ein Coach, der ihm zur Seite gestellt wurde, um seine sprachlichen Fähigkeiten zu entwickeln. In dem Bereich mangelte es mir an Kompetenz, das musste ich mir eingestehen. Da ich nun mit meinem Frühstück fertig war, erhob ich mich und zwinkerte dem Mann freundlich zu, um ihn in seinem Selbstbewusstsein ein wenig zu bestätigen und deponierte mein Tablett auf der Geschirrablage. Vielleicht gab ihm diese kleine Ermutigung so viel Kraft, dass er eine Konfrontationstherapie wagte und seine Redehemmnisse überwinden würde. Möglicherweise sah ich ihn bald in irgendwelchen Talkshows, in denen er in brillanten Kontroversen mit seinen außergewöhnlichen rhetorischen Fähigkeiten glänzte. Falls es so etwas wie Talkshows heutzutage noch gab.

Mittlerweile war ich bereit, meine neue Situation zu akzeptieren und mich den neuen Umständen anzupassen. Das Werbeblatt für das Parteitreffen dieser Tierschutzpartei nicht spontan zu entsorgen, war die richtige Entscheidung. Dies wurde mir bewusst, nachdem sich herausgestellt hatte, dass es wesentlich schwieriger war, an Informationen zu gelangen, als ich mir das vorgestellt hatte. Bevor ich mich jedoch wieder in die Untiefen der Politik wagte, nahm ich mir vor, diese langersehnte Freizeit, die sich mir so unverhofft darbot, endlich zu nutzen. Am Empfang stöberte ich in den herumliegenden Flyern mit Ausflugstipps nach etwas, das ich auch ganz alleine unternehmen könnte. Ohne Führer. Und vor allem ohne Reporter oder Kameras. Eine Wanderung zur Zugspitze versprach mit malerischen Fotos eine idyllische Tour. Ich werde sicher nicht die ganzen dreitausend Meter hochklettern. Mit einem Teil des Weges, einfach ein paar Stunden in der Natur zu verbringen, wäre ich vollkommen zufrieden.

Der erste Anstieg zeigte mir deutlich: um meine Kondition stand es nicht zum Besten. Doch bald stellte sich heraus, dass die Mühe es wert war, als der Weg mich durch den Partnachklamm führte. Ein reißender Bach donnerte neben einem schmalen Pfad vorbei, von oben prasselte Wasser über mächtige Wasserfälle in die Tiefe. Mikroskopisch kleine Wassertropfen schwebten in der Grotte. Ich ließ die kühle und unglaublich erfrischende Luft tief in meine Lungen strömen, wodurch mein Geist sich langsam unbeschwerter fühlte. Die Klamm endete und ich fand mich wieder in der freien Natur. Endlich alleine. Diese atemberaubende Landschaft übte eine intensive Sogwirkung auf mich aus, die Bergwanderung weit weg von Photographen, Politikern oder irgendwelchen Wichtigtuern aus der Wirtschaft gab mir ein Gefühl, als wäre ich nach langer Gefangenschaft plötzlich frei. Keine aufdringlichen Paparazzi weit und breit, die sich hinter irgendeinem Baum versteckten. Wie gut sie mir tat, diese Freiheit! Die man nur in wenigen Staaten, fast nur in meinem Land kannte. Außer, man war Kanzlerin. Das war jedoch mittlerweile nicht mehr ich, seitdem sind Jahrzehnte vergangen. Ich fühlte, wie eine unglaubliche Last von meinen Schultern gefallen war. Nun war ich eine einfache Bundesbürgerin. Tief atmete ich die Bergluft ein. Unglaublich, dieses Gefühl der Unabhängigkeit. Ohne Aufgaben, ohne Pflichten frei atmen zu dürfen. Meine Hüfte meldete sich wieder. Ich spürte einmal wieder die unangenehmen Nachwirkungen meines Sturzes beim Skifahren. Zudem war kein Mensch von jungen Jahren mehr, sondern hatte das stolze Alter von 95 Jahren erreicht und war körperlich auch noch nicht ganz in Form. Ich durfte meinen Körper nicht überfordern. Es war Zeit, mich auf den Rückweg zu machen.

Als ich durch die Grotte in die Zivilisation zurückkehrte, begannen sich schon die ersten Schatten der Dämmerung auf das Tal zu legen. Abends fand die Parteiveranstaltung dieser Tierfreunde statt und ich war nun fest entschlossen, an ihrer Sitzung teilzunehmen. *Zum glücklichen Schaf*, las ich. Ein vegetarisches Restaurant. Hier war ich richtig. Auf ein leckeres Schnitzel oder die zünftig bayrische Schlachtplatte musste ich wohl verzichten. Es würde einen schlechten Eindruck bei dieser alternativen Bürgergruppe machen, wenn ich die Knochen von Tieren abnagte, während sie daneben über die grausame Tierhaltung diskutierten und Salat aus Brunnenkresse und Gänseblümchen futterten.

»Du hast dich tatsächlich entschieden, heute zu kommen!« Euphorisch sprang der Mann vom Kiosk von seinem Stuhl auf, als ich die Tür geöffnet hatte. Er lief mir entgegen und schloss mich freudig in die Arme. »Ist das Okay? Wir duzen uns alle in der Gruppe.« Er löste sich und hielt mir seine rechte Hand hin. »Jürgen!«

»Angela.« Ich schüttelte sie und nickte.

»Darf ich vorstellen: Penelope, Odin und Kassandra.« Ich betrachtete die kleine Gruppe, die an einem Sechsertisch saßen. Es waren viel jüngere Menschen als dieser Jürgen. Sie hatten meiner Einschätzung nach die Dreißig noch nicht überschritten. Mit Sicherheit erinnerten sie sich an keine Bundeskanzlerin Angela Merkel. Dies war mir sogar recht, denn so bestand nicht die Gefahr, dass sie mich anbettelten, ein Selfie mit mir aufnehmen zu dürfen. Interessant fand ich ihre Namen. Der Phase der *Marvins*, *Kevins* und *Ashleys* hat sich wohl eine Renaissance antiker Vornamen angeschlossen. Zumindest schien diese Vorliebe auf Eltern alternativ eingestellter Menschen zuzutreffen. Ich schüttelte nacheinander die Hände von allen Dreien und nahm Platz.

»Unsere Ortsgruppe ist vollzählig«, verkündete mein langhaariger Freund. Ich schluckte einen kurzen Moment der Enttäuschung herunter, da ich mir wesentlich mehr Parteimitglieder erhofft hatte. Denn zu fünft war es eine Herausforderung, etwas wirklich Großes in der Weltpolitik zu bewegen. Jürgen pries mich bei seinen Parteigenossen und Genossinnen nun in höchsten Worten. »Auf den ersten Blick war ich sicher, dass Angela ein Mensch wäre, der sehr gut zu unserer Gruppe passen würde. Sie hat großes Interesse an Politik, auch wenn sie es anfangs nicht gleich zugeben wollte.«

Vier Augenpaare waren nun auf mich gerichtet. Sie musterten mich und lächelten. Meine Befürchtung war, ich passte zu ihrer Gruppe vor allem wegen meiner Erscheinung. Das Jackett war immer noch ungebügelt und ich hatte mir noch nicht die Zeit genommen, einen Frisör aufzusuchen. Bevor ich erneut in die wirklich große Politik einstieg, musste ich mein Äußeres so in Form bringen, wie es sich für eine mit wichtigen repräsentativen Funktionen betraute Amtsperson geziemte. Für diese kleine Gruppe mochte es vorerst ausreichen, die sahen alle recht unsortiert aus. Die zwei Frauen waren sich ein wenig ähnlich. Beide besaßen einen Teint in der Farbe von Milchkaffee, der auf italienische Wurzeln schließen ließ. Im Gegensatz zu Kassandra, deren wilde Mähne vermutlich lange keinen Kamm mehr gesehen hatte, trug Penelope mittellanges Haar, welches gerade noch ihre Ohren bedeckte. Odin besaß ein Piercing in seinem linken Ohr und hatte kurzes hellbraunes Haar mit Ausnahme eines geflochtenen Zopfes, an dem er permanent nestelte. Jürgen war der Althippie in der Runde. Äußerlichkeiten waren im Moment jedoch eine Nebensächlichkeit. Wir mussten nicht frisch frisiert und geschminkt auftreten. Keine Kamera war auf uns gerichtet, wir diskutierten nicht in aller Öffentlichkeit, genauso wenig wurde unsere Sitzung live im Fernsehen übertragen. Eine Kellnerin trat an unseren Tisch und zückte einen Notizblock. Der Kioskbetreiber Jürgen wandte sich an mich.

»Was willst du trinken? Ein Bier, Sekt oder vielleicht einen Wein? Ich kann den *Rübezahler Eselstritt* empfehlen …«

»Nur ein stilles Wasser.« Ich trank bei politischen Veranstalten grundsätzlich nie etwas Alkoholisches. Diese Einstellung hatte mich in meiner Karriere jederzeit davor bewahrt, etwas Unüberlegtes zu tun. Enthaltsamkeit sollte sich auch jeder andere Volksvertreter zu eigen machen. Immer wieder erinnere ich mich daran, dass die Nichtbeachtung solcher Prinzipien meinen Vorgänger Schröder sogar sein Kanzleramt gekostet hatte. Damals, als er bei unserem Kopf-an-Kopf-Rennen knapp unterlegen war, sich jedoch als Sieger präsentiert hatte. Im alles entscheidenden Augenblick war ihm diese Mischung von Übermut und Sekt wohl zu Kopf gestiegen. Mit Sicherheit wird er zuvor auf einer der

Wahlpartys an dem einen oder anderen Glas Schaumwein mit dessen berauschender Wirkung genippt haben ... oder an einem *Eselstritt*, der seine Wirkung nicht verfehlt hatte.

Die zwei Damen Penelope und Kassandra hatten diese Weisheit wohl verinnerlicht, bei politischen Angelegenheiten nüchtern zu bleiben. Sie bestellten Tee. Odin orderte ein Bier und Jürgen seinen *Eselstritt* ... Männer! Ich gönnte es ihnen, solange wir in dieser kleinen Runde blieben und noch nicht im Licht der Öffentlichkeit standen. Falls sie jedoch in einer schwierigen Fernsehdebatte herausgefordert würden, unsere Politik gegen rhetorisch geschulte Gegner der Opposition zu verteidigen, dann würde ich mir die Beiden rechtzeitig zur Brust nehmen. Sie bestellten eine Postion Haferkrapfen dazu. Plötzlich ging es los und eine hitzige Diskussion entbrannte.

»Wir müssen diesen Massenmord an Tieren mit allen Mitteln bekämpfen«, forderte die junge Dame Kassandra neben mir schrill. »Wir könnten einem der Fleischfresser die Kehle aufschlitzen und wenn er in einer Lache von Blut liegt, ihm ein Schild umhängen mit der Aufschrift *was ihr den Tieren antut, das werden wir euch allen antun!*« Jetzt war ich wirklich froh, keine Schlachtplatte bestellt zu haben.

»Peace, Kassandra!«, reagierte Jürgen besonnen auf diesen fundamentalistischen Vorschlag. »Dann wären wir auch nicht besser als sie. Mord sollte man nicht mit Mord vergelten.«

»Aber wir dürfen ja nicht einfach dasitzen und tun, als ginge uns das alles nichts an. Unsere Informationskampagnen haben keinen Effekt«, warf Penelope ein. »Das Morden geht weiter, unsere Öffentlichkeitsarbeit war bisher völlig wirkungslos. Bis auf den Laden, der ausgebrannt ist, nachdem wir ...« Ich fühlte mich an die Anti-Raucher-Kampagne erinnert, bei der *Rauchen tötet* genauso wenig zur Abschreckung geführt hatte wie danach der Versuch mit den ekligen Bildchen auf den Verpackungen.

Odin stoppte die Rede mit einem donnernden Faustschlag auf den Tisch. »Genaugenommen waren wir das gar nicht!« Er zischelte leise. »Das Feuer sucht sich doch seine Opfer selbst. Wenn versehentlich irgendwo irgendetwas irgendwohin fliegt, darauf haben wir ja nur eingeschränkten Einfluss.«

Mit künstlich aufgesetztem Lächeln starrten mich vier Augenpaare an. Meine Nackenhaare stellten sich auf. Was ich gerade erfahren hatte, hätte für eine Anzeige gereicht. Vielleicht war es Zufall, die Schuld der Schwerkraft, dass etwas wie ein Molotow-Cocktail eine Flugbahn vollzog, die irgendwo endete und zufälligerweise Schaden anrichtete. Jetzt musste ich mir etwas vorlügen. Keiner konnte etwas dafür, was Schwerkraft anrichtete. Nicht derjenige der ein Glas fallen ließ war schuld, dass es in tausend Scherben zersprang. Es war die Gravitation. Und nicht derjenige, der jemanden vom Hochhaus stieß war der Mörder, sondern die Schwerkraft war es, die das Opfer letztendlich zu Boden zog. Sie war eben schwer zu fassen, diese Schwerkraft. Man konnte sie nicht einfach einsperren, auch wenn sie den Tod brachte.

Als die Haferkrapfen serviert wurden, atmete ich erleichtert auf. Man musste einfach die Fähigkeit besitzen, seine Gedanken in die passende Richtung zu lenken.

»Worum ging es eigentlich gerade?«, fragte ich, als hätte ich nichts von all dem verstanden.

»Nun …« Jürgen wischte sich plötzlich austretenden Schweiß aus der Stirn. »Da ist kürzlich ein China-Imbiss abgebrannt. Das Frittieröl soll sich zu stark erhitzt haben, daher hatte es angefangen zu brennen. Das war die Diagnose der Feuerwehr.«

»Einige verstoßen ja gegen Hygienebedingungen genauso wie gegen die behördlich verordneten Sicherheitsmaßnahmen.« Ich griff nach einem der Kringel. Der schmeckte gar nicht schlecht – offenbar hatte es in der Zwischenzeit einige Fortschritte bei vegetarischen Rezepten gegeben.

»Hast du mal bei irgendwelchen politischen Aktionen mitgemacht, Angela?« fragte Penelope und zwirbelte in ihrer Mähne an einem Strang Haare. Sie zeigte echtes Interesse für meine politische Erfahrung. Was für eine seltsame Frage für die am längsten amtierende Bundeskanzlerin Deutschlands! Ich merkte gerade, wie das Philosophieren über die

Gravitation mich etwas aus dem Konzept gebracht hatte. Wie dem auch sei. Noch nie hatte es mir geschadet, wenn ich ein wenig mit Bescheidenheit glänzte.

»Ja! Ich habe an mancher politischen Entscheidung mitgewirkt.« Das war sogar ziemlich ehrlich, denn ich konnte leider nur Gesetze vorschlagen. Letztendlich musste das Parlament jedes Mal darüber entscheiden. Es hatte sich damals bewährt, die wichtigen Abstimmungen auf Freitagabend zu legen. Die meisten Parlamentsmitglieder waren zu der Zeit schon ins Wochenende getürmt. Nicht so jedoch die treuesten meiner Parteifreunde. Auf deren Stimme konnte ich immer zählen.

»Und hast du immer richtig abgestimmt? Hast du dich für den Schutz der Tiere eingesetzt?«

Jetzt bereute ich meine letzten Worte und fühlte mich in die Ecke gedrängt. Hätte ich doch einfach behauptet, ich hätte von Politik nicht die leiseste Ahnung und hätte zeit meines Lebens ausschließlich als Hartz4-Empfängerin gelebt, dabei den ganzen Tag Talksendungen im Fernsehen verfolgt, in denen sich die Frauen gegenseitig anschrien und die eine mit dem Mann der anderen geflirtet haben soll. Oder solche Talkshows, in denen Nazis konfrontiert wurden mit linksradikalen Aktivisten, oder ein Arbeitsloser seinem ehemaligen Arbeitgeber vorwarf, er hätte ihn deswegen aus der Firma gemobbt, weil er auf seine Frau scharf gewesen wäre, während dieser entgegenwarf, dass er zur Kündigung gezwungen gewesen wäre, da sein Angestellter in seinem ständig betrunkenen Zustand irgendwann mit dem Gabelstapler einen Kollegen zu Tode gefahren hätte. Als verantwortungsvoller Arbeitgeber hätte er dafür haften müssen, und bevor er deswegen im Knast gelandet wäre, hätte er die Reißleine ziehen und ihn aus dem Betrieb werfen müssen.

Ich hätte den ganzen Tag diesen Unsinn verfolgen können, aber das entsprach nicht meinem Charakter. Immer fühlte ich mich verpflichtet, etwas für andere zu tun, mich für mein Land einzusetzen zu müssen. Meine langjährige Zeit als Bundeskanzlerin wollte ich in dieser Runde jedoch nicht thematisieren. Ich warf einen ratlosen Blick zu Jürgen. Doch der zuckte mit den Schultern.

»Ich habe mein Bestes versucht«, wich ich Kassandras Frage aus, die mich aus weiten Augen anstarrte, als überlegte sie, mir um den Hals zu fallen oder ob sie diesen mit einem Messer durchtrennen sollte. »Ich habe aber nicht wirklich viel bewirken können.« Ich durchforstete mein Gedächtnis nach etwas, was ihr gefallen, zumindest auf ihr Verständnis treffen würde. Wenn ich dieses TTIP-Abkommen nennen würde, dann würde sie mir hier und jetzt den Kopf abreißen, wenn ich es befürwortete. Damals wurde das Thema in alternativen Kreisen derart aufgebauscht, dass Tierschützer bereit waren, zu töten. Zudem weiß ich nicht, wie sich die Flüchtlingspolitik in den vergangenen Jahren entwickelt hatte. Bei dem Thema sollte man äußerst vorsichtig sein, denn es hatte sowohl das Land, als auch die Unionsparteien gespalten und sogar die Europäische Union. Wie wäre es mit der Rettung Griechenlands? Nein. Das Land gehörte jetzt zur Türkei, wie ich schmerzlich erfahren hatte. Vor meiner Zeit als Bundeskanzlerin, in meinem Amt als Umweltministerin hatte ich das Dosenpfand eingeführt. Gehässige Leute hatten mir häufig auf die Schulter geklopft und gesagt, es wäre meine größte politische Leistung gewesen, viel besser als die Riesterrente. Denn während kaum ein Rentner von dem Machwerk der Schröder-Regierung profitierte, außer manch ein dubioser Versicherungskonzern, hätten die Rentner durch Sammeln von Einwegpfand ihre karge Rente deutlich aufbessern können. Sie hätten damit ein halbwegs würdevolles Leben führen können, ohne sich von *Pizza Tonno*, Pizzaresten aus der Mülltonne, ernähren zu müssen. »Ich hatte immer mein Bestes versucht«, wiederholte ich, »und werde nicht aufgeben.« Da fiel mir etwas Wichtiges ein. Es war ein Thema, das - musste ich zugeben - von den Grünen geklaut war. »Für den Atomausstieg habe ich mich eingesetzt.«

»Das ist doch die umweltfreundlichste Technologie.« Odin lächelte. »Dagegen verstehe ich gar nicht, warum diese alten Braunkohlekraftwerke noch laufen müssen, die Unmengen von krebserregenden Abgasen in die Luft blasen.«

»Bei der Atomenergie besteht eben ein gewisses Restrisiko …«, warf ich ein und fragte mich, warum hatte sich alles in die vollkommen gegensätzliche Richtung entwickelt und völlig anders, als es von der Mehrheit damals gewünscht wurde?

»In den letzten dreißig Jahren so gut wie nichts passiert.« Odin schwelgte geradezu in seiner geliebten Atomenergie. »Es werden keine Treibhausgase produziert. Und Uran gibt es überall, in fast in unbegrenzter Menge. Bis auf Braunkohle sind alle fossilen Rohstoffe hingegen fast aufgebraucht.«

So musste ich mir eingestehen, dass meine Politik des endgültigen Atomausstiegs nicht den durchschlagenden Erfolg gebracht hatte. Doch ich musste zugeben: ganz überzeugt war ich niemals davon. Nur diese schrottreifen Kraftwerke in der Ukraine und die gigantischen Energiefabriken unserer französischen Freunde, die waren tatsächlich gefährlich und hätten bei einem ernsthaften GAU dazu geführt, dass der gesamte europäische Kontinent unbewohnbar geworden wäre. Deswegen mussten wir vorangehen, auch wenn wir diese Technik wirklich beherrschten. Wir mussten ein Zeichen setzen, beim Ausstieg aus der Kernenergie vorauseilen und hoffen, dass unsere Nachbarstaaten folgten. Wenn es nur um unsere deutschen Kraftwerke gegangen wäre: ich hätte mich dagegen gewehrt, dass diese abgeschaltet wurden. Hoch angereichertes Uran war eben kein Spielzeug. Nichts für Kleinkinder, genauso wenig für unsere französischen Nachbarn geeignet, die Stäbe aus angereichertem Uran und Kugeln aus waffenfähigem Plutonium so leichtsinnig einsetzten wie ihre Bowle-Kugeln, die sie so weit wie möglich zusammenbringen mussten. Die kritische Masse bei dem Spiel wurde jedoch auch bei einer Gruppe übergewichtiger Spieler nicht erreicht.

»Was ist mit Solarenergie und Kernfusion?«

»Ich hatte mich intensiv mit dem Thema *Alternative Energien* beschäftigt.« Odin wirkte, als wäre er stolz, mitreden zu können. »Es gab ein Forschungsprojekt zur Kernfusion. Das wurde jedoch aufgegeben. Als nicht realisierbare Idee von Träumern wurde es vor einigen Jahren endgültig abgeschossen. Um die Energie der Sonne zu nutzen, wurden viele Versuche unternommen, doch für Photovoltaik beispielsweise fehlten ausreichend Rohstoffe, um die benötigten gewaltigen Mengen an Elektrizität zu erzeugen. Wenigstens funktioniert die thermische Nutzung. Unser Schwimmbad wird auf diese Art beheizt.«

Immerhin etwas. Doch sehr wenig. Ob es der Menschheit mittlerweile gelungen war, zum Mars zu fliegen, ob dort Kolonien errichtet wurden und man auf dem roten Planeten reichlich vorhandene Rohstoffe nutzen konnte, um ferne Planeten zu erkunden? - diese Frage hatte sich wohl erübrigt, wenn ich aus Stillstand bei der technischen Entwicklung beim Thema Energie auf die sonstigen Fortschritte schloss. Werden wir einst eine höhere Zivilisationsstufe erreichen, oder sind wir für den endgültigen Niedergang prädestiniert? Diese Fragen schwebten wie ein Damoklesschwert über mir, doch ich konnte sie nicht beantworten. Ich fragte mich: gab es nicht irgendetwas, das sich zum Positiven gewendet hatte? Es waren sicher keine allzu revolutionären Entdeckungen möglich, wie man Windenergie effizient nutzen könnte.

»Wie ist der Stand bei Gezeitenkraftwerken oder Erdwärme?«

Alle schwiegen und schüttelten ratlos den Kopf. Ich hatte übersehen, dass dieses Land Bayern isoliert war und keinen Zugang zum Meer besaß. Mit dem zweiten Thema konnten sie wohl auch nichts anfangen. Ich fühlte, das es an der Zeit war, aufzugeben.

»Nur mit der Kernenergie ist es möglich, den benötigten Strom für die fast 60 Millionen Menschen im Land zu produzieren.« Langsam war ich mir absolut sicher, dass Odin wie ich Physik studiert hatte.

»Ich hätte nicht gedacht, dass die Bevölkerung über die Jahre schrumpfen würde«, wunderte ich mich laut. »Weniger Energie für weniger Bürger – dann sollte das Thema eigentlich kein größeres Problem darstellen.«

»Ich verstehe nicht, was du meinst.« Bisher war Penelope wenig gesprächig gewesen, jetzt schaute mich mit einem seltsamen Gesichtsausdruck an. »Jedes Jahr kommen über eine Million Zuwanderer. Natürlich heißen wir alle willkommen, die in unser Land wollen. Die meisten kommen aus dem westlichen Teil, der sogenannten Republik, die eher eine Diktatur ist. Aus dem *Bunker* dagegen kam seit Jahrzehnten kein einziger Mensch mehr.«

»*Bunker* nennen wir … bekanntermaßen ja dieses *Nationaldeutschland*. Bayern hat mittlerweile fast sechzig Millionen Einwohner.« Jürgen zwinkerte mir kurz zu und wandte sich zu seinen Parteigenossen, die mich gerade anstarrten, als wären sie langsam so verwirrt wie ich, die von diesen vielen Informationen fast überfordert wurde. »Angela war lange Zeit bewusstlos. Nehmt darauf Rücksicht.« Gerade im passenden Moment hatte er genau das Richtige gesagt. Jeder, der mich kurz zuvor ungläubig angestarrt hatte, sah mich nun verständnisvoll an.

»Vielleicht trinke ich doch etwas. Ich würde jetzt sogar eine Runde Schnaps ausgeben.« Ich hatte noch einige Schweizer Franken, so könnte ich problemlos bezahlen. Etwas Alkoholisches brauchte ich entgegen meiner sonstigen Gewohnheiten in genau diesem Moment. Jetzt sahen sie mich noch mitleidiger an.

»Destillierter Alkohol ist verboten.« Jürgen gab der Kellnerin einen Wink. »Ich bestelle fünfmal Sekt. Dafür geht die Runde an mich.«

Alle schauten stumm in die Ferne, bis die Gläser serviert wurden. Die angeregte Diskussion war weitgehend verstummt. Nun versuchte wohl jeder zu vermeiden, etwas Falsches zu sagen. Genauso wie ich. Die Rolle als weitgehend politisch unbedarfte Bürgerin erschien mir deutlich besser, als stolz zu verkünden, dass ich die ehemalige Bundeskanzlerin der ehemaligen Bundesrepublik in einem einst geeinten Europa war. Ich wollte jetzt keine Selfies, nicht in diesem Zustand.

Die Klinik hatte einen 24-Stunden Service. Zwar musterte mich der Pförtner kritisch, da die zwei Gläser Sekt nach den vielen Jahren völliger Abstinenz eine nachteilige Wirkung auf meine Fortbewegung hatten, die mit einem deutlichen Stabilitätsverlust einherging. Aber er ließ mich ein. Kaum lag ich auf meinem Bett, riss mich sofortiger Schlaf an sich.

Angekommen in der Wirklichkeit

Man spielte mir einen Film aus einem alten Archiv vor. Darin sah ich … mich selbst! Der nervöse Reporter, dem Schweiß aus den Achseln nur so triefte, der nach Alkohol stank und seine Unterwäsche wohl seit seinen Kindheitstagen niemals gewechselt hatte, der so eklig war, dass ich vor Abscheu nur noch … ich betrachtete mich selbst, wie ich ihm trotz des Dunstes, den man sogar in den Filmaufnahmen als sichtbare Wolke vernehmen würde, ohne eine Miene zu verziehen, Rede und Antwort stand.

»Die AfD liegt fast gleichauf mit der Union. Was sagen Sie dazu?«

»Ich habe immer wieder betont, dass diese sogenannte Alternative nicht existiert«, hörte ich mich selbst sagen.

Ich schreckte aus meinem Bett hoch und war schweißgebadet. Fast so, wie der Reporter.

Dies war ein Alptraum. Moment, war es das wirklich? Nein. Es war genau das, was sich vor vielen Jahren ereignet hatte.

Damals war ich überzeugt gewesen, das Richtige zu sagen. Drei Jahrzehnte waren seitdem vergangen. Welche banalen Worte. Wie einfach wir uns das alle damals gedacht hatten. Aber hätten wir es besser machen können? Genaugenommen waren wir Getriebene, befanden uns in der Defensive. Niemand konnte ahnen, was uns allen bevorstand. Ich glaube, das Schicksal war damals schon unausweichlich geworden und nicht nur damals. Es war in allen Generationen der größte Fehler der Menschheit, die Möglichkeiten eines Einzelnen völlig zu überschätzen und folglich wurde überbewertet, was ich als Kanzlerin damals hätte bewirken können. Hätte ich den Stein der Weisen besessen, hätte ich über unerschöpfliche magische Kräfte verfügt, dann hätte ich dafür gesorgt, dass alle Menschen bis ans Ende ihres Daseins in Frieden, Wohlstand und Glück leben können. Meine wirkliche Macht war jedoch begrenzt. Allein das Schaffen neuer Arbeitsplätze, gleichzeitig das Wegfallen alter Arbeitsplätze zu verhindern hat extrem an meiner

Lebensenergie gezehrt. Ich trauerte der DDR keineswegs nach, doch im sozialistischen Staat wäre es einfacher gewesen, zu sagen: »Schaut, hier sind Schaufeln, dort ist ein Feld. Hebt auf dem Gelände so viele Gruben aus wie möglich.« Schon hätte ich in Null-Komma-Nichts viele neue Arbeitsplätze schaffen können. Nein, ich traure dieser pseudodemokratischen Republik nicht nach. Dennoch – wenn die Menschen derartig nach irgendwelchen Arbeitsplätzen gieren, als wäre es das Einzige, was sie in ihrem Leben wünschten, warum kümmerten sie sich nicht einfach selbst darum? Eine handvoll Knetwachs würde reichen. Jeder könnte Figuren nach seiner Fantasie formen, sie wieder zerstören und wieder etwas Neues daraus erschaffen. Das könnte man tun bis in alle Ewigkeit. Jeder wäre sein eigener Gott. Stattdessen rufen sie nach so jemandem, einem Allmächtigen, der vor unendlich langer Zeit seine Vorfahren aus Knetwachs erschaffen haben soll. Oder aus Lehm. Das Material gab es auch damals.

Ich sah von meiner Bettstatt aus ein rotes Glühen am Fenster. Langsam hangelte sich die leuchtende Kugel an der Erdkante empor. Die Nacht war überstanden. Endlich.

Als ich den Frühstücksraum betrat, sah ich den Stotterer wieder alleine an seinem Tisch sitzen. Aus der wenigen Auswahl stellte ich das gleiche Sortiment wie am Vortag auf meinem Teller zusammen. Was für meinen Bedarf etwas bescheiden war. Da jedoch ein Schild mahnte: *'nur zwei Brotscheiben!'*, hielt ich mich daran. Selbst eine Bundeskanzlerin stand nicht über dem Gesetz. Ich tat so, als hätte ich meinen Frühstücksgesellen vom Vortag nicht bemerkt und setzte mich an einen Tisch, der mit dem zweiten Frühaufsteher besetzt war. Zuvor hatte ich meine Prioritäten ausgelotet. Ich war Christin und hatte Mitgefühl mit jedem Menschen. Doch ich wollte auch Deutschland dienen - zumindest dem, was davon übriggeblieben war - und ich fühlte, dass ich eine Aufgabe hatte, die mir möglicherweise die letzten Kraftreserven abfordern würde. Die konnte ich entweder dafür einsetzen, um sie dem Stotterer zu opfern, oder für ein wichtigeres Ziel. Für dieses musste ich mit den Bürgern reden und mir ihre Sorgen und Nöte anhören. Ich setzte mich daher zu dem zweiten Menschen in diesem Raum, natürlich erst, nachdem ich mich höflich bei diesem erkundigt hatte, ob ihm dies auch recht wäre. Es war eine Sie. Eine junge Frau, die völlig in sich versunken wirkte, in meiner Gegenwart jedoch ihren Kopf ein wenig aufrichtete.

»Schön hier, nicht?«, begann ich mit etwas Smalltalk, »Zum Frühstück hätte ich mir zwar ein Müsli gewünscht. Aber man kann eben nicht alles haben.«

»Wie findest du es hier?« Sie starrte mich mit weit aufgerissenen Augen an und hob ihre rechte Hand. Darauf steckte eine Handpuppe. Der Frosch aus der Muppetshow. »Applaus, Applaus!«, hörte ich kehlige Laute für diese Figur sprechen. »Wie gefällt dir die Frau, die uns gegenüber sitzt?«, sprach sie mit dem grünen Stofftier, das sich zu mir drehte und mich aus seinen Knopfaugen anblickte. Unterhalb der Puppe sah ich Narben. Die junge Frau litt unter einer Borderline-Störung und hatte sich wohl ausgiebig am Arm geritzt. »Das ist Miss Piggy! Applaus, Applaus!«, schrie sie hysterisch.

Ich musste sofort hier raus! Bei allem Verständnis für leidgeplagte Menschen, jetzt wurde mir das wirklich zu anstrengend. Vor allem brachte mich das erneut nicht einen Schritt weiter. Ich schlang mein Frühstück herunter, zwinkerte meiner Tischnachbarin freundlich zum Abschied zu und entsorgte schnell meinen Teller bei der Ablage. Nachdem ich all meine Habseligkeiten in meinem Rollkoffer verstaut hatte, eilte ich aus dem Gebäude. Eine Pension oder ein Hotel benötigte ich jetzt ebenso dringend wie die Rückkehr in mein normales Leben. Nur so konnte ich wieder meiner Bestimmung folgen.

Ich wanderte einige Zeit in der Stadt umher, schaute mir dieses Hotel an, betrachtete das andere mit seinem vielgepriesenen Bergblick, besichtigte ein Luxus-Appartement mit Whirlpool und betrat zum Schluss eine Pension, die preisgünstige Übernachtungen mit Frühstück offerierte. Ich musste nicht knausern, denn in dem zugenähten Teil meiner Handtasche hatte ich noch ein Bündel Schweizer Franken als Reserve für den Notfall verborgen. Damals, wenige Tage vor der Wahl, standen alle Zeichen auf Sturm und niemand wusste, wie die Ergebnisse aussehen würden. Mir wurde damals vorgeworfen, ich hätte die

Weichen für die Zukunft unseres Landes nicht richtig gestellt und wäre nicht in der Lage, vorauszudenken. Aber ich hatte immer auf meine persönliche Sicherheit geachtet, sogar um mich notfalls absetzen und in die Anonymität zurückziehen zu können. So hatte ich dieses Bündel mit Geld, das heute im Gegensatz zum Euro noch als Währung existierte.

Ob solche Leute, die behaupteten, sie wüssten alles besser, mit der jetzigen Situation so gut klargekommen wären wie ich, wage ich zu bezweifeln. Trotz meiner Reserven, mit denen ich mir sogar einen bescheidenen Luxus hätte gönnen können, war diese Pension genau das, was ich suchte. Die Vermieterin war im besten Alter. Ich schätzte sie auf sechzig bis siebzig Jahre. Im Vergleich zu meinen stolzen Fünfund-neunzig war sie noch sehr jung, aber in der entscheidenden Phase war sie in einem Alter gewesen, in dem sie sich schon für politische Themen hätte interessieren können, während vor mich hindämmerte und die großen Ereignisse der Weltgeschichte ohne mich ihren Lauf gegangen waren. Das Wichtigste war für mich, einen vernünftigen Gesprächs-partner zu finden und daran hatte ich bei ihrem Auftreten keinen Zweifel. Zudem schien sie nicht in Eile, sondern jederzeit bereit zu einem Gespräch über Gott und die Welt zu sein.

Schnell hatte ich mich für ein Zimmer mit einer Durchgangstür zur Terrasse entschieden, dort hatte sie für ihre Gäste einen Platz mit weißen Gartenmöbeln zum Parlieren eingerichtet. Rosenrabatten und Blumen-ranken schmückten dieses entspannende kleine Paradies mit einer gelungenen Komposition von Weiß und Rosé. Die Dame schwelgte bescheiden über ihren Garten Eden und erzählte, dass sie diese Pension von ihrer Schwiegermutter geerbt hätte. Geduldig hörte ich ihr zu.

»Derzeit ist es sehr ruhig. Sie sind der einzige Gast, abgesehen von dem älteren Ehepaar. Wenn Sie möchten, kann ich Ihnen einen Kaffee kochen, während Sie sich in Ihrem Zimmer einrichten.« Sie bot mir mit dem Hinweis auf diese Teezeremonie wie erhofft die Aussicht auf ein Plauderstündchen, bei dem ich meine schmerzhaften Wissenslücken der vergangenen Jahrzehnte endlich mit Inhalt füllen könnte. Aus diesem Grund hatte ich speziell nach einer Unterkunft in einem familiären Ambiente gesucht.

»Hätten Sie auch etwas Gesundes? Einen Kräutertee?«, fragte ich nach. Sie nickte und verschwand sogleich in Richtung Küche, in dem sie das Getränk für das nachmittägliche Pow-Wow zubereiten würde.

Ich hatte nicht viel Gepäck, so stellte ich kurz meinen Koffer ab und betrachtete die mit künstlerischen Fotos dekorierten Wände. Vermutlich waren es ausschließlich Aufnahmen von ihrem mit Liebe zum Detail gepflegten Garten. Durch die pastellfarbene, unaufdringliche Ausstattung vermittelte dieser Raum ein Gefühl des Willkommenseins. Es sollte dem Gast zeigen, dass er hier gern gesehen war und man sich liebevoll um ihn kümmern würde. Ich hätte auf eine Seelenverwandtschaft meiner Person mit dieser Eigentümerin gewettet. Hätte der Schöpfer mir solch ein Talent wie ihr geschenkt, hätte ich mein Haus für Fremde so gestaltet, wie es ihr mit dieser künstlerischen Art außergewöhnlich gut gelungen war. Ich verließ das Zimmer und setzte mich an den Terrassentisch. Lange musste ich nicht warten, bis sie mit einem vorzüglich duftenden Tee und zwei Tassen wieder erschien.

»Die Zutaten baue ich in meinem Garten an. Ich hoffe, Sie mögen die Mischung.« Sie füllte beide Tassen, deutete mit einer höflichen Handbewegung die Frage an, ob sie sich zu mir setzen dürfte, worauf ich ohne zu zögern nickte. Welch ein seltener Genuss, dieser aus frischen Kräutern zubereiteten Tee. Das bekam man in fast keinem Hotel, seien sie auch der gehobenen Klasse, denn stets hatte man den Geschmack der Zellstoffe aus dem Papier im Getränk. Immer wurden Beutel benutzt, da heutzutage vermutlich kaum jemand mehr wusste, auf welche Art man Tee ursprünglich zubereitet hatte.

Schnell kamen wir ins Gespräch. Stolz erzählte sie von ihren Enkelkindern, die aufgrund ihrer Leistungen entweder ein Stipendium bekommen hatten, oder die auf eine besondere Kunstakademie aufgenommen worden waren und bei ihren Lebenspartnern eine gute Wahl getroffen hätten. Nur mich interessierte das alles nicht, obwohl ich geduldig zuhörte.

»Was treibt Sie in unsere schöne Bergwelt?«, fragte sie fast beiläufig – vielleicht aus Höflichkeit, da sie nach ihrem langen Vortrag auch mir endlich die Gelegenheit geben wollte, etwas über meine 'heile' Welt zu erzählen. Das war sie aber keineswegs. Vorsichtig aber zielstrebig kam ich auf meine schwierige Situation zu sprechen. Sie blickte mich sehr mitleidig an, als ich von meiner langen Bewusstlosigkeit erzählte. Meine letzten Erinnerungen ließ ich aus, die Ereignisse, die sich kurz vor meiner Ohnmacht zugetragen hatten. Ich gab mich als einfache Bürgerin aus, sprach jedoch ehrlich und direkt, dass alles, was ich bisher über den Gang der letzten Dinge erfahren hatte, mich mit äußerster Sorge erfüllt hätte. Ich lenkte das Thema auf die Geschichte der letzten drei Jahrzehnte und war gespannt auf ihre Reaktion.

»Damals«, begann sie, »entwickelte sich eine Regierungskrise. Wenn man überhaupt von so etwas sprechen konnte. Denn es wurde - ich weiß nicht mehr wie oft - eine neue Gruppe aus vielen Parteien präsentiert, die einfach nicht miteinander arbeiten konnten. Erst sprach man von einer Regenbogen-Koalition. Nach endlosen erfolglosen Versuchen eines Konsenses glaubte kaum jemand mehr an einen Erfolg, viele nannten es bald LSD-Konstellation. Eine wirklich funktionierende Regierung entstand daraus nie.«

Wie bei den Italienern, dachte ich. Ein wenig hatte diese nette Dame das liebliche Flair der Toskana in ihr kleines Reich geholt, ebenso etwas von der englischen Liebe zu jedem Detail. Ihr Garten duftete intensiv nach wilden Rosen, auch lag darin der Odor von Zitronen, obwohl ich hier keine Zitruspflanzen ausfindig machen konnte. Zwei Weinranken, die sich an die weiße Fassade klammerten, beseelten den Garten mit der Leichtigkeit des südländischen Dolce Vita.

»Ich erinnere mich immer noch genau und fast mit wiederkehrendem Entsetzen an die letzte Nachrichtensendung, die übertragen wurde. Erst gab es eine große Schlägerei im Reichstag, die man Live im Fernsehen sehen konnte. Eine Kamera zeigte aus der Vogelperspektive vom Dach aus Massen von Schlägern, die auf das Gebäude zuliefen. Nach einer Weile wurde der Nachrichtensprecher eingeblendet, der blass war, fassungslos wirkte und nur noch hilflos stotterte. Plötzlich sah man hinter ihm einen schwarz gekleideten und maskierten Mann ins Studio rennen, der den Sprecher erschoss und im Anschluss wild um sich ballerte. Das war die letzte Tagesschau, die ich gesehen habe.« Die Teetasse in ihrer Hand zitterte.

Vielleicht konnte man ihn retten und er wurde in die gleiche Klinik wie ich gebracht? War es der bedauernswerte Mann, der mir dort gegenüber gesessen hatte? Ich verwarf den Gedanken. Dafür erschien er mir zu jung. Kein *Laus Leber* – oder wie dieser Sprecher hieß.

»Was passierte danach?«

»Das weiß ich nicht.« Sie zuckte ratlos mit den Schultern. »Es gab keine Berichte mehr. Lange Zeit erfuhr man nicht mehr, was dort los war. Es gab eine Reisewarnung, die für Berlin und all die Ostländer ausgesprochen wurde. Eine Freundin wollte damals versuchen, zu ihren Verwandten zu reisen, was ihr verwehrt wurde. Man erklärte ihr, dass das Passieren der Grenze nur mit einer Sondergenehmigung erlaubt wäre. Doch niemand konnte ihr sagen, wo man diese bekommen könnte.«

»Eine Grenze? Zu den ostdeutschen Ländern?«

»Wollen Sie noch etwas Tee?«, fragte sie und spontan hielt ich ihr meine Tasse hin, die ich kurz zuvor bis zum letzten Schluck geleert hatte. Natürlich waren die Grenzbefestigungen für mich nichts Neues. Nur passten sie nicht in die Zeit, über die wir sprachen. Zumindest nicht für die Phase nach dem Mauerfall.

»Der nationale Verteidigungswall. So nannten sie es. Ein Grenzzaun, der jeden daran hinderte, in die ostdeutschen Bundesländer einzureisen. Umgekehrt kamen immer mehr, die aus dem Gebiet flohen. Dort sollte das Chaos herrschen, so berichteten sie. Es soll einen Putsch gegeben haben. Seitdem hätten Zustände wie in einem Bürgerkrieg geherrscht. Bald wurde der Name Nationaldeutschland von den Flüchtlingen genannt und diese sprachen davon, man wollte sie dort alle nicht mehr haben, denn das Regime wolle ein reinrassiges Land.«

»Wahrscheinlich waren die meisten davon Türkischstämmige«, vermutete ich.

»Anfangs ja. Doch es folgten bald Italiener, Spanier, Franzosen und auch immer mehr Deutsche«, rief sie ihre Erinnerungen ab. »Einige Türken zogen zu ihren Verwandten im Westen. Noch mehr brachen in das Land ihrer Ahnen auf, wo sie sich eine bessere Zukunft versprachen. Es war ein besonderes Glück, dass in der Türkei damals ein Regierungschef gewählt wurde, der vom Traum eines gemeinsamen Europa überzeugt war. Der Sohn einer Griechin und eines Türken sprach von einem fast vergessenen Traum: der Wiederherstellung der Europäischen Union. Das Land Griechenland schloss sich der visionären Idee als Erstes an. Sicher nicht aus Überzeugung, sondern aus Mangel an Alternativen.«

Zu meiner Amtszeit wollten die Türken unbedingt in den europäischen Wirtschaftsraum aufgenommen werden. Dass sie nun diejenigen waren, die selbst nach dem Scheitern dieser Idee noch davon überzeugt waren, das war wirklich bemerkenswert. Doch der Anschluss Griechenlands gefiel mir gar nicht! Was habe ich für dieses Land gekämpft, über viele Monate, nein, einige Jahre hatte ich immer wieder die Klinken meiner europäischen Nachbarn geputzt, um den endgültigen Ausstieg des uralten Staates, das die Demokratie erfunden hatte, zu verhindern. Das alte Griechenland, Wiege und Kinderstube in einem, was Rechte und Mitbestimmung anging. Doch ich wollte nicht wehleidig sein. Dies hatte auch etwas. Es war zwar ein Ende, das mir nicht zusagte, doch dies war besser als gar keine Lösung. So war das Thema endlich und vollends abgehakt. Nun wollte ich wirklich genau erfahren, was sich in dem Land, in dem ich aufgewachsen war, zugetragen hatte. Wie es dessen direkten Nachbarn, den Polen, den Ungarn und den Tschechen ergangen war.

»Wie ging es in den ostdeutschen Ländern weiter? Die Menschen, die im Westen lebten, hatten sicher bei ihren Verwandten angerufen und sie gefragt, was los war …?«

»Das war nicht mehr möglich. Die Kommunikationsnetze waren wenig später vollständig ausgefallen. Wahrscheinlich Sabotage. Man sprach von einer Bruderschaft, die lange Zeit im Verborgenen gelebt hätte. Sie sollen nur auf die passende Gelegenheit gewartet haben, das Land über einen Putsch an sich zu reißen und als Erstes die Kommunikation abgeschaltet haben.« Sie nahm einen hektischen Schluck aus ihrer Tasse und blickte nervös hinein. »Nur türkischen Händlern war es im westlichen Teil gelungen, über ein Mobilfunknetz zu kommunizieren. Sie waren angewiesen, miteinander verhandeln zu können, um ihren Warenverkehr zu organisieren. Es gelang ihnen, eine zentrale Koordinationsstelle aufzubauen, sodass ihr Handel weiter noch funktionierte. Der Osten Deutschlands hatte sich bald völlig abgeschottet und wurde zu einer von der Außenwelt isolierten Festung. Seither - selbst nach über zwanzig Jahren der Isolation - wird noch spekuliert, was sich dort abgespielt hat. *'Der Bunker'* wird das Gebiet seither genannt.«

»Aber im Westen lief es danach auch nicht allzu gut?« Ich war desillusioniert. Das Ganze war ein Desaster, besonders was die Heimat anging, in der ich aufgewachsen war. Der westliche Teil schien zwar besser weggekommen, doch ebenso nicht von einer Fehlentwicklung verschont geblieben zu sein.

»Der Schock saß tief, doch war man froh über die türkischen Gemüsehändler, die unsere Versorgung und die Infrastruktur in diesem Chaos aufrecht erhielten. Es funktionierte irgendwie, man tat sich zusammen, speziell um die ausufernde Kriminalität zu bekämpfen, von der sich die Bürger zunehmend bedroht sahen. Viele forderten drakonische Maßnahmen. Darauf reagierte die Zentrale, und alle Strafen für Rechtsverstöße wurden von der islamisch geprägten Organisation massiv verschärft.«

»Die Scharia wurde ausgerufen?« Für derart kurzsichtig hätte ich meine Bundesbürger nicht gehalten, auch wenn es in unserer Gesellschaft schon vorher heftig gekracht hatte.

»Nein, so wurde es nicht genannt. Man sprach von der Rückkehr zu alten christlichen Werten.« Also war es keine Scharia, sondern dieses Auge um Auge, Zahn um Zahn. Wir waren ursprünglich ja keine Religion von alternativen Hippies. Erst nach Jesus kam das Wort Vergebung ins Spiel, das uns ein modernes Staatswesen ermöglicht hatte, in dem der Staat nicht mehr ausschließlich die Rolle der Selbstjustiz übernahm. Wenn wirklich alles aus dem Gleichgewicht geraten war, da war es nachvollziehbar, dass man Straftätern nicht mehr ihre Rückkehr in die Gesellschaft versüßen wollte. Manche hatten damals gelästert, den Missetätern erginge es mit Ayurveda-Massagen, kostenlosem Wohnen und Berufsfördermaßnahmen in ihren Haftanstalten besser als dem einfachen Menschen auf der Straße. Schon damals meldeten sich hier und dort einige Stimmen, die eine wirkliche Bestrafung von Missetätern wünschte.

»Wie ging es weiter? Danach wurde der Westen zur Islamischen Republik und Bayern spaltete sich ab ...«, schloss ich aus dem, was ich bisher in Erfahrung gebrachte hatte. Sie sah mich einen Moment verblüfft an. »Ich hoffe, es macht Ihnen nichts aus, wenn ich so viele Fragen stelle. Ich habe leider viele Lücken bei meinem Geschichtswissen und es interessiert mich sehr, was sich in den letzten Jahren auf der Welt zugetragen hat.«

»Nein, zerbrechen Sie sich nicht den Kopf.« Sie lächelte entschuldigend. »Da ich derzeit kaum Gäste habe, bin ich froh, wenn ich jemanden zum Unterhalten habe. Darf ich Ihnen nachschenken?« Ich nickte, und sie goss mir etwas von dem nach frischen Kräutern duftenden Tee nach.

»Ich habe absolut nichts gegen Moslems, natürlich sind sie willkommen, aber ...«. Jetzt wusste ich nicht, wie ich es im Sinne der politischen Korrektheit formulieren sollte. Meine Überzeugung und auch die Grundwerte aller Europäer sind christlicher Natur. Nicht islamisch, bei aller Toleranz gegenüber Anhängern anderer Religionen. Sie sah mich nachdenklich an.

»Unser Staat war nahe daran, endgültig im Chaos zu versinken und alle waren froh, dass die Gemüsehändler die Versorgung so gut bewerkstelligten. Sie waren die zentrale Instanz, die das tägliche Leben aufrecht erhielten, so wie wir es gewohnt waren. Dafür billigte man ihnen nach dem Desaster im Osten zu, den verbliebenen Teil in *Islamische Republik* umzubenennen.« Sie lächelte entschuldigend »Fast. Wir Bayern waren immer schon irgendwie anders. Obwohl wir auch von den Migranten profitierten, entschieden wir uns, einen unabhängigen Staat zu gründen. Ich glaube, das hatten wir schon seit hundert Jahren geplant und man hatte nur auf den passenden Moment gewartet.«

»Werden Christen gut behandelt … in diesem muslimischen Staat?«

»*Islamisch*«, betonte sie. Als ob das einen wesentlichen Unterschied machte. »Und die beiden Religionen sollen auch zueinander gefunden haben. Man suche Konsens, sagte man, nach Wegen, die Konflikte beider Religionen auszuräumen und sie unter eine Haube zu bringen. Ich habe gehört, dass es sogar Gebetsräume gäbe, die beide Glaubensrichtungen gemeinsam nutzen würden.«

»Wie funktioniert das denn?« Dies war unglaublich interessant, da sich schon unzählige Theologen darüber den Kopf zerbrochen hatten, ob Gott und Allah dieselbe Person wären. Vielleicht auch Jahwe, den die Juden anbeteten. Solange es jedoch die Konflikte zwischen Israelis und Palästinensern gab, war hier jeglicher Konsens ausgeschlossen. Erst dann, wenn die sich nicht mehr bis auf die Knochen bekriegten, wären sie in der Lage, über solche Dinge nachzudenken. Wie war die Lage dort mittlerweile? Es war der vielleicht älteste Konflikt der Welt. Es waren in der Frühzeit der Erdgeschichte die Israeliten, die von den Philistern bevormundet wurden, damals waren die Rollen umgekehrt. Aber letztendlich war es das gleiche Spiel.

»Leider habe ich bei dem Thema nur am Rande etwas erfahren.« Sie zuckte mit den Schultern. »Ab und zu habe ich Gäste, die mir etwas erzählen, doch ich kümmere mich vor allem darum, dass sie sich in meiner Pension wohlfühlen.«

»Das tun Sie ganz vorzüglich!«, lobte ich die Dame. Ich sah mich in dem idyllischen Garten ihres Gästehauses um. Da steckte viel Arbeit dahinter, eine bewundernswerte Leistung. All dies hatte sie fast zur Perfektion geführt. Doch schien sie nicht viel Sinn für die Weltpolitik zu haben. Nicht jeder musste große Pläne verfolgen, denn es war besser, man versuchte, im Kleinen das zu tun, was man zu leisten imstande war und setzte sich ein Ziel, das man erreichen konnte. Wer unbedingt die Weltherrschaft anstrebte, für den gab es Computerspiele, mit dem er seine Bedürfnisse genauso gut befriedigen konnte. »Haben Sie auch einen Gemeinschaftsraum, in dem man fernsehen könnte? Womöglich haben Sie sogar einen Internetzugang?«

»Ja, und ich habe versucht, den Raum so wohnlich wie möglich zu gestalten. Darin gibt es auch einen Fernseher. Den benutzt aber fast niemand. Internet gibt es schon lange nicht mehr.« Sie schaute mich etwas ungläubig an, erhob sich jedoch von ihrem Sitz und führte mich in das Haus. Sie hatte nicht zu viel versprochen. Vier gemütliche Sessel mit weinroten Polsterkissen waren um einen Glastisch platziert. An der hinteren Wand befand sich ein Kamin in blendendem Titanweiß, der zu dieser Jahreszeit natürlich nicht in Betrieb war, auf dessen Sims eine Reihe bunter Glasfiguren aufgestellt war, die Wildtiere darstellten. Das Sonnenlicht, das durch große Fenster hereinfiel, ließ sie wie Diamanten, Rubine und Smaragde funkeln.

»Sie haben es wunderschön eingerichtet!« Mein Lob war ehrlich. Von diesem in einer angenehmen Komposition von Farben arrangierten Gemeinschaftsraum war ich überwältigt.

»Das ist sehr nett!« Sie lächelte »Die meisten Gäste meiner Pension beschäftigen sich mit Lesen, wenn sie alleine in dem Zimmer logieren.« Sie zeigte auf ein Regal aus Birkenholz, das von Büchern fast überquoll. Nun zeigte sie in die Ecke, zu einem Flachbildschirm, vor dem sich ein weiterer Sessel mit einem kleinen Couchtisch befand. »Das ist der Fernseher. Brauchen Sie noch etwas, bevor ich mich wieder um meinen Haushalt kümmere?«

»Vielen Dank! Ich komme erst mal zurecht, denke ich.« Der kleine Kasten auf dem Beistelltisch war sicher die Fernsteuerung. Somit konnte ich sie ihre Arbeit machen lassen, während ich mich durch die Kanäle zappte, um nach Informationssendungen zu suchen.

Als ich von Kanal zu Kanal wechselte, fragte ich mich, warum auf den ersten Programmplätzen ausschließlich Shoppingsender gespeichert waren. *Kaufda24, Versicherungsshop24, BestellDiesundDas24.* Überall lief die gleiche Show, in denen ein Verkäufer irgendetwas anpries und ein vorgeblicher Klient mit glückseligem Gesichtsausdruck Jubelschreie über die tollen Angebote ausstieß. Das war unerträglich! Während ich durch die weiteren Sender zappte und überall der gleiche Humbug lief, wünschte ich mir fast die gute alte DDR zurück. Solch einen Unfug hatte es damals nicht gegeben. Noch weniger seriös als die zahllosen Astro-Berater erschien mir *Pharma-TV,* in denen angebliche Wunderpillen anpriesen wurden. Mit Sicherheit war das Zeug nicht so gesund, wie es diese euphorischen Darsteller versprachen. Nach dem fünfzigsten Versuch fand ich endlich einen mir bekannten Sender. Es war zwar das nur das Bayrische Regionalfernsehen, doch besser als gar nichts, ein kleiner Lichtblick nach der Werbe-Dauerberieselung auf allen anderen Kanälen. Es war ein Kräutergarten zu sehen, in dem eine Frau in die Aufgabe vertieft war, Pflanzen umzutopfen. Es war zwar nicht das, was mich jetzt brennend interessiert hätte, denn genauso gut hätte ich mich in den schönen Garten der Pension setzen können und der Inhaberin bei ihrer Arbeit zugucken können. Nach einem kurzen Blick auf die Fernsteuerung fand ich einen Knopf *'Programminfo'.* Ich betätigte sie und sah auf dem Bildschirm nun eine Übersicht. Die aktuelle Sendung hieß *'Gartenfreu(n)de'.* Im Anschluss folgten Sendungen mit dem Titel *'Schlank durch's Radfahren', 'Sport für Jeden'* und danach folgte *'Bayern's großes Memoryduell'.* In der Liste fand ich weder Nachrichten oder andere Informationssendungen. Ich versuchte mein Glück weiter, schaltete durch unzählige Sender, las immer wieder in der Programmübersicht. Schließlich gab ich es auf. Jetzt konnte ich mir auch die seltsame Reaktion meiner Vermieterin auf meine Frage nach einem Fernseher erklären. Völliger Unfug war es mittlerweile und reine Zeitverschwendung. Selbst die Öffentlich-Rechtlichen boten keinerlei Sinnstiftendes mehr, sondern ausschließlich Programmfüller. Mittlerweile war es spät in der Nacht, daher zog ich mich in mein Zimmer zurück. Die Enttäuschung über den misslungenen Fernsehabend verflog, als ich es mir auf meiner Bettstatt so richtig gemütlich machen konnte.

Ein neuer Plan

Das Frühstück war ein wahrer Genuss. Die Eigentümerin präsentierte mir stolz ihre selbst eingekochte Marmelade aus selbst geernteten Beeren. Dass sie trotz der wenigen Gäste solch eine bemerkenswerte Auswahl zusammenstellte, bewies, dass sie ihr Gästehaus mit großer Leidenschaft führte. Erst saß ich alleine im Speisezimmer, bis zwei andere Gäste eintraten und sich an den Nachbartisch setzten. Es war ein älteres Ehepaar.

»Ich bin froh, nicht der einzige Gast zu sein«, sprach ich das anfangs schweigsame Paar an und begann mit unverfänglichem Smalltalk. »Sind Sie Urlaubsgäste? Diese Landschaft und die Berge in dieser Umgebung sind ja eine wahre Idylle.«

»Wir sind Dauergäste«, beantwortete der Herr meine Frage. »Wir haben uns auf Dauer hier eingemietet. Nachdem unser Haus abgebrannt war, hatten wir uns dazu entschieden, auf unsere alten Tage kein neues Eigenheim mehr zu erwerben. Seitdem wohnen wir in dieser Pension. Wahrscheinlich werden wir hier bis zu unserem Lebensende nicht mehr ausziehen.«

»Es ist sehr schön hergerichtet. Giselheid ist eine perfekte Gastgeberin.« lobte seine Begleiterin.

»Den Eindruck hatte ich auf den ersten Blick ebenso«, stimmte ich der Dame zu. »Deswegen habe ich mich für dieses Gästehaus entschieden.«

»Wir haben lange Zeit in München gewohnt. Nachdem wir unser Haus verloren hatten, wollten Sonja und ich uns einen lang gehegten Traum erfüllen und aufs Land ziehen, um einfach die Ruhe der Natur zu genießen.«

»Diese Unruhe der Millionenstadt war uns zu anstrengend gewesen«, schloss sich Sonja an. »Wir hatten uns nicht mehr sicher gefühlt. Auch diese vielen Demos haben uns gestört.«

Von allen deutschen Großstädten war München meines Wissens die mit Abstand sicherste. So sonderlich das Volk der Bayern auch war, eines musste ich ihnen zugestehen: für Recht und Ordnung sorgen, das konnten sie. Eigentlich hatte ich die Bayernmetropole als recht friedliche Stadt in Erinnerung, wenn nicht gerade das Oktoberfest veranstaltet wurde – das jedoch im September stattfand. Mir drängte sich der Vergleich zu diesem 'Football' auf, bei dem Amerikaner sich Bälle mit ihren Händen zuspielten. Eigentlich bestand dieser Sport in einem andauernden Geschubse und Gedränge, bei dem es ständig zu Handgreiflichkeiten kam. So recht hatte ich nie verstanden, wie sich Menschen, die über Verstand verfügten, sich für so etwas begeistern konnten. Vielleicht war es genau das: die Zuschauer wollten bei Schlägereien zuschauen. Oder sie wollen bei schweren Unfällen live dabei sein, wie beim Motorsport, das für viele im Laufe der Zeit aber seinen Reiz verloren hatte, da die Rennwagen immer sicherer wurden und es nur noch äußerst selten Unfälle mit Toten oder Schwerverletzten gab. Doch das Oktoberfest war ein Thema der Vergangenheit, wurde mir wieder bewusst, also gab es in München diesen jährlichen Ausnahmezustand nicht mehr. Doch einem älteren Paar konnte es schon zu viel sein, wenn Menschen spät abends aus dem Hofbräuhaus torkelten und laute Gesänge anstimmten. Frankfurt, Köln oder Berlin wären für die Beiden die wahre Hölle gewesen, in der man von Taschendieben bedrängt und in den Schritt gefasst wurde, während sie die Geldbörse entwendeten. Wo einem gar Schlimmeres zustoßen konnte, wenn man in einer dunklen Seitengasse durch einen Schlag auf den Kopf schachmatt gesetzt und ausgeraubt wurde. Solches wurde auch von Hamburg berichtet. Doch die Landeshauptstadt Bayerns war davon weitgehend verschont geblieben. So war es damals zumindest.

Nach dem Frühstück, mit dem ich mir den Magen fast zu voll geschlagen hatte, das so reichlich und schmackhaft war, dass ich mich kaum zurückhalten konnte, entschied ich mich zu einem Spaziergang, bei dem ich mir die Beine vertreten konnte. Unterwegs stattete ich Jürgen und seinem Kiosk einen Besuch ab. Bei meinem Blick auf die Zeitschriften fand ich wie erwartet nichts Neues, was mein Interesse geweckt hätte. Da er mit dem Einsortieren von Waren beschäftigt war, vertrieb ich mir die Zeit, mir die sonstigen Angebote anzuschauen. Was ich plötzlich neben den Zigaretten entdeckte, verwunderte mich. Das hätte ich Jürgen nicht zugetraut, dass er mit solchen verbotenen Substanzen handelte. Zudem hätte ich ihn keinesfalls für derart naiv eingeschätzt, dass er sie sogar für jeden sichtbar hinter der Scheibe seines Kiosks aufstellen würde.

»Guten Morgen, Angela!« Er war gerade mit dem Einsortieren fertig und lächelte mich durch seine Durchreiche an, als spielte er die Hexe im Theaterstück von Hänsel und Gretel.

»Jürgen!« Ich hatte mich spontan entschieden, ihm die Leviten zu lesen. Besser ausgedrückt, wollte ich ihn vor einer Straftat und seinen möglichen Folgen bewahren. »Was du hier verkaufst – ist dies wirklich Kokain, Marihuana und Haschisch. Sogar Heroin?« Ich zeigte auf die verräterischen Packungen. Er betrachtete die Päckchen und kratzte sich nachdenklich am Kopf.

»Die Drogen meinst du? Ja klar! Mach dir keine Sorgen. Ich lasse mir immer den Ausweis zeigen.«

»Wie bitte? Es kommt nur auf die Dokumente an, wenn du denen solches Zeug verkaufst?«

»Diese Sachen darf ich nur an volljährige Kunden verkaufen. Sonst würde ich mich strafbar machen.«

»Das Alles ist legal?« Wollte Jürgen mich gerade auf den Arm nehmen? Dieses Zeug war äußerst gefährlich. Speziell Heroin und Kokain führten alljährlich zu unzähligen Drogentoten. Wenn sich Junkies auf einer Bahnhofstoilette nicht gerade zu Tode spritzten, waren sie häufig mit HIV oder dem ebenso gefährlichen Hepatitis-C infiziert. Meist konnten sie den Rest ihres Lebens nur darauf warteten, bis sie diese heimtückische Krankheit endgültig dahinraffte.

»Es ist schon viele Jahre frei verkäuflich. Natürlich nur an volljährige Personen. Man hatte damals entschieden, es wäre besser so. Wer Bedarf hatte, bekam diese Drogen sowieso an jeder Ecke von Dealern.

Deswegen hatte man den Verkauf im Zuge der Kriminalitätsbekämpfung legalisiert. Aber das Zeug kauft seitdem fast niemand mehr. Es ist zum echten Ladenhüter geworden. Höchstens einmal im Monat kommt mal jemand vorbei, der mich danach fragt. Ich hatte selbst davon versucht. Kokain wirkt interessant, es hat eine euphorisierende Wirkung. Aber weil ich davon immer Kopfschmerzen bekommen habe, lasse ich die Finger davon. Willst du etwas von den Drogen probieren?«

»Nein! Danke!« Ich hatte ihn aggressiv angefahren, doch ich bereute es sofort wieder. Er blickte mich an wie ein scheues Tier, das in die Enge getrieben worden war und seinen Jäger mit weit geöffneten Augen anstarrte, wie in einem letzten Versuch, dem unausweichlichen Tod durch einen um Mitleid bettelnden Blick zu entgehen. Ich zwang mich, ruhig zu bleiben. Es war nicht seine Schuld, dass es Probleme mit Rauschgiften gab. Ursprünglich waren es Medikamente der Pharmaindustrie. Mittel gegen Husten, Heuschnupfen und was die Leute sonst noch plagte. Es begann harmlos, aber letztendlich wurden diese Erfindungen zu einem der größten Probleme der Menschheit. Sogar mir bekannte Politiker schnupften dieses widerliche Zeug und drehten in den Talkshows auf wie ein Ferrari im Leerlauf. Dieses Verhalten konnte ich Jürgen definitiv nicht vorwerfen, denn er konnte am allerwenigsten etwas dafür – so rang ich mich durch, mich für meinen Ausbruch zu entschuldigen. »Es tut mir leid!« Ich hoffte, er nahm diese Entschuldigung an.

»Es funktioniert viel besser, seit die Sachen vollkommen legal sind. Seitdem kauft es kaum noch jemand. Nach meinem Eindruck sind es ausschließlich Leute, die sowieso schon abhängig von Drogen sind.« Er blickte mich unsicher an. Als ich nichts erwiderte, wandte er sich wieder seiner Arbeit zu, irgendwelchen Kram in seinem Kiosk zu sortieren.

Ich schwankte zwischen Ärger über diejenigen, die entschieden hatten, dass solch gefährliches Zeug zum freien Verkauf angeboten wurde und der Bereitschaft, die positiven Effekte zu akzeptieren. Es gab dadurch eine kontrollierte Abgabe, den kriminellen Schwarzmarkthändlern wurde weitgehend die Geschäftsgrundlage entzogen. Wer zahlte denn schon überhöhte Preise für etwas, das er an jedem Kiosk viel billiger kaufen konnte? Wenn es nicht dem entsprach, was der Kunde haben wollte, konnte er auch reklamieren, den Verkäufer sogar anzeigen oder vor Gericht ziehen. Ich stellte mir vor, wie ein Richter auf seinem Pult ein Pulver schnupft und nach dem Test bestätigt, dass dieses Zeug gestreckt worden war. Ein seltsames Bild. Ich entschied mich dazu, das Thema abrupt zu beenden.

»Was treibt ihr sonst noch so, du und deine Clique?« Jürgen ließ sogleich von seiner Arbeit ab und wandte sich wieder mir zu.

»Morgen gehen wir auf eine Demo in München.« Seine Augen leuchteten. Demnach freute er sich, dass ich das Thema gewechselt hatte.

»Wogegen demonstriert ihr denn?«, stellte ich die Frage, zu der ich seine Antwort fast schon kannte. Denn mit Sicherheit würde es um Tiere gehen.

»Wir demonstrieren gegen das Schächten von Tieren. Es kann doch nicht sein, dass gegen das Tierschutzgesetz verstoßen wird und brutaler Mord aus religiösen Gründen legal ist.« Er schaute mich etwas traurig an. Fast wollte ich ihm widersprechen und mit dem Hintergrund unserer eigenen Geschichte erklären, warum man fremden Religionen solche Narrenfreiheiten zustand. Ursprünglich für die Juden gedacht, doch der Gerechtigkeit halber galten die gleichen Ausnahmen auch für Moslems. Jürgen hätte mit absoluter Sicherheit dafür gar kein Verständnis, daher ging ich über diese Kausalität hinweg.

»Was genau habt ihr geplant?«

»Wir fahren mit dem Zug dorthin. Gleich früh morgens treffen wir uns alle beim Bahnhof. Willst du nicht auch mitkommen?«

Spontan nickte ich auf seine Frage. Dies wäre eine Gelegenheit, mir ein aktuelles Bild von der Lage in der bayrischen Landeshauptstadt zu verschaffen. Ich könnte ein wenig bei ihrer Demo mitlaufen und mich umschauen, denn es war nichts Schlimmes, was sie thematisierten. Es war keine ausländerfeindliche Kundgebung, in der gegen alles scheinbar Fremde gebrüllt wurde und man vielleicht dazu aufrief,

Brandanschläge zu verüben. Eine Kundgebung für Tiere, das war völlig in Ordnung und ein unverfängliches Thema.

Wir plauderten noch eine Weile, dann setzte ich meinen Spaziergang fort. Ich hatte jetzt Appetit auf eine Currywurst. Damals zur Berliner Zeit war dies immer unheimlich lecker. Doch ich wagte nicht, Jürgen danach zu fragen. Genauso wenig traute ich mich, alternativ ein typisch Bayrisches Restaurant mit Hausmannskost aufzusuchen und mir einen köstlich duftenden Braten zu gönnen. Wenn Kassandra zufällig dort auftauchen würde und mich vor einer großen Platte mit einer knusprig gegrillten Schweinshaxe in Biersoße sähe, sie würde mich glatt umbringen. Auf jeden Fall würden meine neuen Genossen mich nicht mehr an ihren Sitzungen teilnehmen lassen. Das war mir der Genuss nun doch nicht wert. So entschied ich mich am Schluss meiner Runde für das nächstbeste Restaurant und begnügte mich mit einem Salat vom Buffet zum Abendessen. Mit genügend Dressing können auch solche karge Mahlzeiten zu einem Genuss werden.

Ich war unglaublich froh, dass ich diese wunderbare Pension gefunden hatte. In das Krankenhaus zurückzukehren, darauf hatte ich keine Lust. Zudem wäre es mir peinlich, ein weiteres Mal an diesem Pförtner vorbeigehen, der mich wohl etwas absonderlich fand, so wie er mir nachgestarrt hatte.

Die Vermieterin traf ich nicht an, daher begab ich mich wieder in den Gemeinschaftsraum und wandte mich den Büchern zu. Es war vor allem Belletristik, zwischendrin lugten auch Schmöker mit Abenteuerberichten hervor. Erst am Ende der Reihe fand ich einen großformatigen Atlas und zog ihn heraus. Mittlerweile war schon der Abend angebrochen, so beschloss ich, dieses Werk auf mein Zimmer mitzunehmen.

Ich ließ mich auf die flauschige Bettdecke sinken, schob das Kissen etwas hoch und schaltete die kleine Leselampe an. Nun würde der Atlas mir offenbaren, wie es um die Staaten außerhalb Europas stand. Die erste Karte bestätigte, dass am Rande unserer zersplitterten Kleinstaaten die Türkei zu einer Großmacht des östlichen und südlichen Mittelmeerraumes aufgestiegen war. Es erinnerte ein wenig an das Hellenische

Seefahrerreich, das einst die Wiege der Demokratie gewesen war. Ich blätterte weiter. Auf dem afrikanischen Kontinent stimmte nichts überein mit dem, was ich von früher kannte. Bis auf die Nordküste war alles in Zwergstaaten zersplittert, mit Landesbezeichnungen, die mir absolut nichts sagten. Einige waren mit Fragezeichen gekennzeichnet und viele Grenzlinien gestrichelt, was darauf hinwies, dass hier noch einiges in Aufruhr war. Ich überschlug einige Seiten, bis ich endlich eine doppelseitige Weltkarte fand. Ich war sehr gespannt auf den amerikanischen Kontinent. Ob sich den Vereinigten Staaten vielleicht noch einige weitere Länder angeschlossen hatten, vielleicht Mexiko? Doch wo sich diese Staaten befunden hatten, las ich 'Chinesisches Protektorat'. Ich zuckte vor Schreck zusammen, stieß mit dem Kopf an die Bettkante und fühlte einen kurzen dumpfen Schmerz. Dies war nicht wirklich schlimm, doch dass die USA ihre Eigenständigkeit völlig verloren hatten, war entsetzlich. Schon damals hatten die Chinesen dem klammen amerikanischen Staat immer wieder mit Krediten ausgeholfen und Unsummen investiert. Nun gehörte ihnen der Staat offensichtlich vollständig. Die Amerikaner hatte wohl ein ähnliches Schicksal ereilt wie unsere Griechen. Wenigstes gab es einen kleinen Lichtblick, nördlich existierte noch der Staat Kanada. Was wohl aus der einstigen Supermacht Russland geworden sein mag? Über dem weitläufigen Gebiet stand jedoch ebenso: 'Chinesisches Protektorat'. Ich konnte es kaum glauben. Doch andererseits hatte das Wirtschaftswunderland China seinerzeit einen unglaublichen Hunger nach Rohstoffen und besaß gleichzeitig einen riesigen Berg an Devisen. Es war nur allzu logisch, dass sie danach strebten, sich rohstoffreiche Länder einzuverleiben. Dies war ihnen offensichtlich gelungen. Nun hatte ich mir genug schockierende Neuigkeiten einverleibt und war zu aufgewühlt, um mir so tief in der Nacht noch mehr davon anzutun. Fast zornig warf ich das Buch auf den Dielenboden, schaltete die Leselampe ab und kuschelte mich in die Bettdecke.

Wilde Demo

Nach dem Frühstück begab ich mich schon frühzeitig zum Bahnhof und wartete. Der Zug, der uns nach München bringen sollte, stand schon am Bahnsteig bereit. Technisch hatte sich in den vielen Jahren offensichtlich nicht viel geändert, obwohl man ein halbes Jahrhundert zuvor sagenhafte Zukunftsvisionen hatte. Die Menschen träumten von schwebenden Bahnen, Teleportation über weite Entfernungen und sogar von Raumschiffen, mit denen sie das All durchqueren könnten. Sogar Zeitreisen sollten angeblich irgendwann möglich werden, obwohl es den Gesetzen der Physik widersprach. Nun war die Zeit weit vorangeschritten, doch es fuhren immer noch die gleichen Züge. Sowohl die Gleise als auch die Oberleitungen waren wie damals. Nur viel älter und vom Rost angefressen. Alles wirkte ein wenig heruntergekommen, wie damals in den Entwicklungsländern, wo die Infrastruktur mehr schlecht als recht gewartet wurde und man erst etwas instandsetzte, wenn es kurz vor dem Einsturz stand.

Während ich am Bahnhof stand und meine Gedanken wanderten, rannte die Zeit vorwärts. Die Eisenbahn wartete und würde in wenigen Minuten losfahren, doch von meinen Mitstreitern war immer noch niemand zu sehen. Wo blieben sie? Doch endlich, gerade rechtzeitig zur Abfahrt erschienen - außer sich vor Atem - meine Kollegen. Gemeinsam sprangen wir auf den Zug und suchten uns ein freies Abteil, in dem wir ungestört sein würden.

»Wo wart ihr so lange?«, stellte ich die unvermeidbare Frage. Meine Gefährten wischten sich den Schweiß von der Stirn und tauschten Blicke untereinander aus, wohl auf der Suche nach demjenigen, der freiwillig dieses Durcheinander unserer Organisation erklären würde. Alle Blicke konzentrierten sich auf Jürgen.

»Auf dem Weg zum Bahnhof kam uns ein Tiertransporter entgegen«, begann er, »da konnte unsere streitlustige Genossin … ich meine, da konnten wir nicht so einfach zuschauen. Kassandra warf sich vor den LKW, um ihn an der Weiterfahrt zu hindern.«

»Der wollte Tiere in die Schlachterei bringen!« Die soeben genannte verfiel in Rage. »Wir mussten den Massenmord umgehend stoppen. Verhindern konnten wir ihn nicht, aber wenigstens demonstrieren, was wir davon hielten – bis die Polizei auftauchte, mich von der Straße wegzerrte und den Transporter weiter schickte.« Penelope ließ ihren Kopf sinken, vergrub ihn zwischen ihren Händen und begann laut zu schluchzen.

»Das war wirklich … mutig!« Er vermied das Wort 'verrückt'. Sie riskierte ihr Leben für ihre eiserne Gesinnung, so wie viele andere vor ihr auch aus Überzeugung für eine Gesellschaft der Mitbestimmung, für Demokratie und Menschenrechte bereit waren, ihr Leben zu opfern, die sich dem Rassismus oder einer Diktatur entgegensetzten. »Wenn der Laster nicht gebremst und dich überfahren hätte?«, wagte ich, sie mit dem Risiko zu konfrontieren, dem sie sich ausgesetzt hatte. »Bei der Aktion hättest du umkommen können, oder?«

»Klar!« Ihre Augen leuchteten. »Ich wäre danach als höheres Wesen wiedergeboren worden. Als Hase, Fuchs oder Igel. Egal was. Alle Geschöpfe der Natur sind perfekte Wesen. Bis auf die Menschen. Wir sind ein Irrläufer der Natur!«

»Im Buddhismus sieht man die Wiedergeburt als Mensch eigentlich als nichts Schlechtes«, gab ich mein Wissen über diese exotische Religion zum Besten. Ich dachte in dem Moment an die von ihr genannten Tiere, die ständig von Autos überfahren wurden und im Straßengraben lagen.

»Selbst der Buddhismus behauptet, wir wären etwas Besseres als andere Wesen. Wenigstens hält er manche davon ab, Tiere zu ermorden, aus Angst, es könnte einer seiner Vorfahren sein.« Sie redete sich in Rage. »Aber wenn du Christin bist, kennst du ja die Schöpfungsgeschichte: am sechsten Tag schuf Gott den Menschen!«

»Ja … und?« Mir war nicht klar, worauf sie jetzt hinauswollte.

»Das war ein Samstag. Gott, nachdem er die Freitagnacht durchgezecht hatte, kam aus der Kneipe und dachte, er müsste noch etwas tun. Und erschuf er den Menschen!« Sie lachte hysterisch. »Am Sonntag erschuf er nichts mehr. Nachdem er seinen Rausch ausgeschlafen hatte, wurde ihm klar, was er angestellt hatte und hat er sich vom Acker gemacht!«

Das war eine merkwürdige Interpretation der Schöpfungsgeschichte. Doch warum hatte Gott am Sonntag tatsächlich nichts mehr getan und sich zurückgezogen? Kassandras Version war völlig irre, dennoch irgendwie interessant, das musste ich zugeben. Warum musste ich bei *'Acker'* gerade an Schröder denken? Vielleicht, weil er in seiner leichtsinnigen Siegestrunkenheit mir letztendlich den Weg ins Kanzleramt schuf. Es gab von dieser Perspektive zumindest gewisse Parallelen.

»Es gibt auch andere Schöpfungsgeschichten«, wandte ich ein. Zwar bekannte ich mich zum christlichen Glauben, doch war ich gleichzeitig eine promovierte Physikerin. So ergaben sich auch Widersprüche zwischen der Urknalltheorie und den Worten der Bibel. Auf keinen Fall war Gott ein Selbstmordattentäter, der mit seinen Aktionen um große Aufmerksamkeit heischen musste und zur besten Sendezeit ins Fernsehen kommen wollte. In meiner Vorstellung war er jemand, der die meiste Zeit im Hintergrund waltete und selten eingriff. So wie ein UN-Gesandter. Doch gibt es Wissenschaftler, die versuchten, beide Theorien in Einklang zu bringen. Sie behaupteten, der Schöpfer hätte den Urknall herbeigeführt. Wie ein Terrorist, der zum Beginn aller Zeit einen Sprengstoffgürtel zündete, und aus dessen Körperteilen der Kosmos entstand. Dies würde erklären, warum ihn niemand mehr zu Angesicht bekommen hatte – die unbewiesenen Gottesbegegnungen einmal außen vor gelassen. So eine brutale Theorie erinnerte mich an die alten germanischen Sagen von den getöteten Riesen der Urzeit und das gefällt mir am wenigsten. So war mir die größte Detonation aller Zeiten ohne einen göttlichen Einfluss lieber. In dieser Runde die physikalischen Grundlagen bis tief in alle Einzelheiten zu erörtern, darauf hatte ich keine Lust. Spontan warf ich eine andere Idee in die Runde: »Die Bibel erzählt auch vom Paradies, in dem Adam und Eva lebten, dem Baum der Weisheit und von der Schlange …«

»Das haben die Schreiber von alten Naturreligionen übernommen!« unterbrach Kassandra mich zornig. Hätte ich doch lieber vom Urknall gesprochen, dann hätte ich zumindest mit physikalischen Fakten glänzen können. »Der Weltenbaum, der das Firmament stützt und Yggdrasil, die Weltenschlange, die den Kosmos beherrscht. Das haben die Christen geklaut!«, ereiferte sie sich. Mit Urheberrecht kannte ich mich in unserer Runde mit Sicherheit am besten aus. Denn nicht umsonst wollten wir die Vorratsdatenspeicherung gegen die ausufernde Piraterie durchsetzen, damit Schöpfer künstlerischer Werke nicht um ihre Tantiemen betrogen wurden. Inständig hatten mich die Vertreter der Film- und Musikbranche um Hilfe angefleht und bei mir hatten sie Gehör gefunden. Dass plötzlich sogenannte Piraten auftauchten und dagegen Sturm liefen, dafür hatte ich absolut kein Verständnis. Die Leute hatten eine völlig weltfremde Auffassung von Eigentum mit dieser Selbstbedienungsmentalität. Diese Einstellung, alles haben zu wollen und nicht bereit zu sein, etwas dafür zu bezahlen, widersprach völlig meiner Vorstellung von einer sozialen Marktwirtschaft. Im Nachhinein war mir diese Bewegung von seltsamen Technik-Freaks, die viele Protestwähler anzogen wie ein falsch gepolter Magnet wesentlich lieber als ihre Nachfolger. Die fand ich gar nicht mehr witzig, Euro- und ausländerfeindliche Parteien, die danach wesentlich mehr Stimmen von unzufriedenen Bürgern auf ihrem Konto verbuchen konnten. Brandanschläge gegen Asylbewerberunterkünfte waren ein deutlich schwerwiegenderes Vergehen als Raubkopien oder Urheberrechtsverletzungen in Kinderzimmern, wenigstens wurden dabei keinem Menschen körperliche Schäden zugefügt, es waren eher Probleme finanzieller Natur. Doch auch die konnten Menschen in den Ruin treiben. Den Kreativen konnten nicht existieren, wenn sie Ideen als Patent angemeldet oder ein künstlerisches Werk erschaffen hatten, davon jedoch nicht profitierten konnten, weil niemand bereit war, etwas dafür zu bezahlen.

»Weihnachten und Ostern, beide Ideen haben die Christen geklaut und für ihre Religion profitabel genutzt«, meldete sich der bisher ruhige Odin zu Wort. Ich hielt mich zurück. Jetzt fehlte mir die rhetorische Genialität eines Heilands, der auf jede Provokation die passende Antwort bereithielt. Auch fehlten mir meine kompetenten Berater, die in diesem Moment zum Thema Urheberrecht einiges hätten sagen können.

»Karl der Große ließ damals jeden abschlachten, der an dem Natur-glauben festhielt und dem heiligen Baum huldigte. Jeder, der es wagte, das Julfest zu feiern, der wurde mit dem Tode bedroht.« Mir waren diese absurden Äußerungen Kassandras äußerst zuwider, denn schließlich war Weihnachten, dieser heilige Abend, an dem Christus das Licht der Welt erblickte, etwas Unerschütterliches in meinem Glauben. Ich kannte die Weihnachtsgeschichte in- und auswendig und überlegte schnell, ob die Heiligen Drei Könige in der Scheune vielleicht auch einen Christbaum aufgestellt hatten. Nein. An einen Tannenbaum kann ich mich nicht erinnern. Auch für Ostereier fand ich keine Erklärung. Christus hatte bei seiner Bergpredigt keine Eier gepellt und unter die Leute verteilt, es war Brot und Fisch. Das wusste ich genau. Auch beim Abendmahl oder seiner Wiederauferstehung hat er solcherlei nicht getan. Hat Ostern vielleicht mit dem Hahn zu tun, der dreimal krähte? Auch das wäre unlogisch, denn als Hahn hatte er sicher keine Eier gelegt.

»Mir gefällt die Geschichte mit den Schildkröten, auf denen die Elefanten stehen, am besten. Wackeln sie, verursachen sie Erdbeben. Wie in Köln.« Penelopes Blick wurde verträumt. »Wenn ich nachts zum Himmel sehe und die Milchstraße über mir leuchtet, sehe ich die Weltenschlange, die ihre Bahnen zieht.« Flugs wollte ich widersprechen, da von allen Weltmodellen dieses am wenigsten der Realität entsprach. Jeder hätte es doch leicht daran festmachen können, dass die Leute am Rand einfach nicht herunterfielen. Dass jemand noch solchen Unsinn glaubte, der schon vor Jahrtausenden widerlegt worden war, das konnte doch nicht sein! Doch spontan biss ich mir auf meine Zunge und schwieg. Sollte sie doch ihren naiven Glauben ruhig beibehalten, sie tat niemandem damit weh, sie schadete keinem. Zudem war für eine Tier-freundin dieses Ammenmärchen durchaus passend, in dem überdimen-sionale Wesen aus der Tierwelt unseren Kosmos zusammenhalten.

Bei der intensiven Plauderei über Gott und die Welt hatte niemand von uns bemerkt, wie weit uns die Fahrt schon geführt hatte. Wir rollten schon durch die Münchner Vororte und als der Zug seine Fahrt verlang-samte und bremste, schreckten wir zusammen auf. Ich beobachtete durch das Fenster, wie sich die Gleise teilten, wir in einen Bahnhof einliefen und wenig später der Zug stillstand. Wir hatten unser Ziel erreicht.

»Endstation!«, rief Jürgen, sogleich drängten wir uns zur Tür hinaus in die Bahnhofshalle. Meine Erwartungen an dieses Gebäude waren nicht gerade hoch, da mir schon bewusst war, dass sich technisch nichts weiterentwickelt hatte und noch die gleichen Bahnen fuhren wie damals. Aber solch eine Ruine hatte ich nun wirklich nicht erwartet. Gütiger Himmel! Ein Wunder, dass diese löchrige und durchhängende Betondecke überhaupt noch hielt. So wie sie von Holzbalken notdürftig gestützt wurde, wirkte das ganz und gar nicht vertrauenerweckend. Ich ging unserer Gruppe voran, damit wir so schnell wie möglich hier herauskamen. Draußen überließ ich Jürgen wieder die Führung, da er sicher wusste, wohin wir gehen mussten. Wir trotteten eine Weile durch die Münchner Innenstadt und als wir den Rand einer gepflasterten Fläche erreicht hatten, erkannte ich den Marienplatz wieder. Auf diesem Areal war die Hölle los. Es herrschte ein wildes Durcheinander von demonstrierenden Menschen. Jürgen zeigte auf eine Gruppe nur wenige Meter vor uns.

»Das sind unsere Leute von der Tierschutzpartei.« Tatsächlich bestätigte dies eines der Transparente. *Lieber nackt als im Namen Allahs Tiere zu morden,* las ich auf einem. »Kommt, wir schließen uns der Demo an.« Jürgen schleuderte seine Sneaker von sich, streifte sich sein T-Shirt ab und zog seine Jeans aus. Auch der Slip folgte. Die drei anderen taten es ihm nach und setzten gerade dazu an, zu der Gruppe zu eilen, da drehte Jürgen sich um. Splitterfasernackt stand er vor mir. »Was ist? Mach dich doch auch für die Demo bereit!«

»Nein«, widersprach ich. »Ich kann mich doch nicht in aller Öffentlichkeit entkleiden!«

»Das tue ich sonst ja auch nicht. Es ist aber für einen guten Zweck. Willst du, dass Tiere gequält und ermordet werden, weil religiöse Fanatiker meinen, das müsste sein?«

»Nein …«

»Ist es schlimmer, nackt zu sein, als zu morden?«

Ich schüttelte meinen Kopf. Nun befand ich mich in einer Zwickmühle. Einerseits hatte ich versprochen, bei ihrer Demo mitzumachen. Jetzt traf es mich jedoch völlig unvorbereitet. Es wäre schlauer gewesen, ich hätte vorher nach den Details gefragt. Andererseits … ich hatte inzwischen feststellen müssen, dass mich nirgendwo jemand erkannte. Was soll's? In der DDR waren wir ja auch nicht allzu prüde. Nachdem ich meine Sachen abgelegt hatte, hielt ich mich trotzdem dezent im Hintergrund, als wir alle in diesem … Kaisergewand über den Platz marschierten, denn keinesfalls wollte ich von Reportern gefilmt werden. Meine neuen Parteigenossen riefen laut 'Gleiche Rechte für Tiere' und 'Schluss mit dem Schlachten'. Anfangs schien die Demo friedlich zu verlaufen, doch wie aus dem Nichts erschien eine Gruppe von Vermummten vor uns. Es war eine Gegendemo von Frauen in Burka. Sogleich kam es in den vordersten Reihen zu einzelnen Rangeleien, Burka-Trägerinnen prügelten sich mit unseren Nacktfröschen. Als ich mich umsah, sah ich am Rand des Platzes merkwürdige Polizeifahrzeuge. Die Beamten sahen von ihren gepanzerten Fahrzeugen nur zu, was sich auf dem Platz abspielte, wie UNO-Mitarbeiter, die nur beobachteten und am Ende nur einen Lagebericht schreiben würden.

»Gehen die nicht dazwischen?«, fragte ich Jürgen.

»Natürlich nicht. Sie würden sich sonst selbst gefährden.«

Ich bemerkte, wie sich die anfänglich harmlose Auseinandersetzung zu einer größeren Schlägerei entwickelte.

»Auseinander! Sonst setzen wir die Waffe ein!«, hörte ich einen Lautsprecher von einem der gepanzerten Wagen und sah, wie vom Dach des Fahrzeuges ein Stahlrohr auf die Mitte des Platzes gerichtet wurde. Das konnte nur bedeuten, sie drohten, einen Schuss in die Mitte der Menge abzufeuern!

»Erwägen die, von der Waffe Gebrauch zu machen?«

»Natürlich! Wenn die Situation auf dem Platz zu sehr eskaliert, wird sie gegen die Demonstranten eingesetzt«, hörte ich meinen alten Kollegen antworten. Mir wurde schlecht. Vielleicht war es ein wirksames Mittel, aber das durfte nicht sein. Waffen sollten das ultimative Mittel bleiben, zuvor sollte man jedes andere Mittel ausschöpfen. Zwar hatte sich die Lage durch diese Drohung für einen Augenblick beruhigt und die Streithähne gingen einen Moment auf Abstand. Nun strömten weitere Leute auf den Platz. Linksautonome, ein schwarzer Block, der am Rand stehenblieb und den Platz mit lauter Musik aus tragbaren Lautsprechern beschallte. Auf der gegenüberliegenden Seite des Platzes erschienen fast wie bestellt ihre Kontrahenten in Form von schwarz gekleideten Personen mit kahl rasierten Köpfen. Sie marschierten stramm und brüllen: *O'zapft is!* Einen Moment herrschte angespannt Stille, als eine kleine Mannschaft fröhlich johlender Junggesellen zwischen unserer und der gegnerischen Gruppe hindurchzog.

»Das ist sicher interessant für dich, oder? Das spielt sich hier jeden Tag so ab.« Jürgen grinste.

Nun dachte ich, die Kreuzritterzeit wäre wieder angebrochen. Ein Zug von Männern war erschienen, ein rotes Malteserkreuz prangte auf ihren weißen Roben. Der Mann an ihrer Spitze schleppte ein mächtiges Holzkreuz und sie sangen Verse in Latein. Für mich war es spannend zu sehen, welche bizarren Szenen sich auf dem Platz abspielten, das gebe ich zu. Es war eine Art *Melting Pot*, wie man es im angelsächsischen Raum bezeichnete. Doch ich hatte ein mulmiges Gefühl. Ein sehr mulmiges. Da passierte sogleich etwas, das mein ungutes Gefühl bestätigte. Von verschiedenen Richtungen rannten plötzlich Gestalten auf die Mitte des Platzes zu, erste Fäuste flogen, dann ging es richtig los. »Auseinander! Auseinander!« Die Rufe aus den Polizeilautsprechern blieben diesmal jedoch folgenlos. »Wir zählen von zehn abwärts, dann setzen wir die Waffe ein!« Ich hörte den Countdown und mit jeder Zahl schlug mein Herz schneller. Die Kanone war drohend auf das Zentrum der Auseinandersetzung gerichtet. In der Mitte balgten sich die Menschen weiter und keiner reagierte. »Drei! Zwei! Eins! … Feuer!«

Ich schrie laut: »STOPP! NEIN!« und sah, wie das Stahlrohr auf dem Einsatzfahrzeug blau flimmerte. Ein Knistern war in der Luft zu hören, ich kniff die Augen zusammen. Das konnte ich nicht mitansehen. Derart voreilig dieses ultimative Mittel einzusetzen, war mit Vernunft absolut nicht vertretbar, so etwas taten nur Wahnsinnige, irgendwelche Diktatoren, denen jeder Sinn für Menschlichkeit abhanden gekommen war. Ich fühlte ein Kribbeln in den Füßen, das laute 'Wumm!', das ich befürchtet hatte, blieb aus. Ich öffnete langsam die Augen und sah die Menschen, die sich kurz zuvor geprügelt hatten, regungslos am Boden lagen.

»Die werden sich eine Viertelstunde nicht regen. Selbst schuld! Die hätten sich schnell genug zurückziehen müssen.«

»Was war denn das?«, hakte ich nach.

»Die haben die Tesla-Kanone eingesetzt.« Jürgen blickte mich erst überrascht an, dann schüttelte er entschuldigend den Kopf. »Die ist eher harmlos, aber sehr schmerzhaft. Seitdem ich einmal selbst getroffen wurde, habe ich gehörigen Respekt.«

Tesla, das sagte mir etwas. Ich hatte ja schließlich Physik studiert und wusste, dass der Mann den Wechselstrom erfunden hatte. Er muss ein wahres Genie gewesen sein. Gleichzeitig war er wohl ein wenig verrückt. Gegen ihn war dieser viel gerühmte Edison fast ein Armleuchter, dessen Erfindungstalent nur für eine Glühbirne gereicht hatte. Was man dagegen mit Wechselstrom bewirken konnte, das hatten damals zwei meiner Studienkollegen beeindruckend demonstriert. Ihr Versuch, mit einer Tesla-Spule ein besonderes Kunststück aufzuführen, endete damit, dass sie beide bewusstlos am Boden endeten. Wie auch soeben diese Demonstranten. So etwas war kein Spielzeug. Es gab vielfältige Möglichkeiten, Menschen für einen Augenblick Schachmatt zu setzen, auch ohne einen Tropfen Blut zu vergießen. Als unser Land in der Amtszeit des schon zu Lebzeiten zur Legende gewordenen Helmut Schmidt vom Terrorismus heimgesucht wurde, hatte man eine Flugzeugentführung mit einer Blendgranate unblutig beendet. Von dessen Wirkung wären alle auf dem Platz betroffen gewesen, doch bei all jenen, die sich in der Umgebung befunden hatten, würden erhebliche Schäden auf der Netzhaut zurückbleiben. Zu meiner Amtszeit hätten wir so eine Kanone gut gebrauchen können. Ständig trugen unsere Polizisten schwere Verletzungen davon, wenn sie sich zwischen verfeindeten Gruppen aufstellen mussten. Nur damit die beiden Seiten fanatisch verblendeter Menschen nicht direkt aufeinander treffen und sich gegenseitig die Fäuste ins Gesicht rammen konnten, schickte man unsere armen Beamten dazwischen. Alle Angriffe bekamen sie direkt zu spüren, hatten jedoch wesentlich weniger Lust auf Prügel als die Leute, zu deren Schutz sie eigentlich eingesetzt worden waren. Für einen Menschen wie einen Hooligan dagegen war es ein Spaß, Prügel auszuteilen und einzustecken, wie für einen normalen Menschen der Genuss einer Eiscreme, einer Currywurst oder für einen Bürger der gehobenen Klasse das Nippen an teurem Champagner ein Vergnügen darstellte, das ihn zu den höchsten Gefilden der Euphorie emporschweben ließ.

»Kassandra fehlt!«, rief Odin entsetzt. Er stellte sich auf seine Zehenspitzen und blickte über die Masse der bewusstlosen Körper. »Bestimmt ist sie wieder mitten hineingerannt, um sich zu prügeln. Los, wir müssen sie suchen!« Wir drängten uns zur Mitte durch und entdeckten recht schnell auch ihren nackten Körper mit der wilden Mähne inmitten ebenso regloser Langbärte, Linksautonomer und Nazis. Jürgen griff nach ihren Beinen, Odin packte unter ihre Schultern. Während sie unsere bewusstlose Streitgenossin über den Platz schleppten, ging ich mit Penelope voraus, um für sie einen Pfad durch die Menge freizukämpfen. Als wir endlich wieder die Ecke erreicht hatten, in der unsere Klamotten lagen und wir durchatmeten, wurde mir bewusst, dass ich mich immer noch im Adamskostüm befand. Besser gesagt, in einem Eva-Kostüm. Peinlich berührt sammelte ich schnell meine Kleidung zusammen und zog mich an, während die anderen bei Kassandra standen, ihr Frischluft zufächelten und behutsam auf sie einredeten. Endlich hob sie ihren Kopf und stöhnte.

»Geht es dir gut?« Alle starrten sie besorgt an. Für einen kurzen Augenblick wirkte sie orientierungslos und sah uns nacheinander an, als würde sie niemand von uns kennen. Plötzlich fasste sie sich jedoch wieder.

»Keine Sorge, alles ist in Ordnung! Das war es wert!« Sie sprang auf, breitete ihre Arme aus und grinste, als hätte sie etwas wie einen Orgasmus erlebt. »So fühlt sich auch ein Tier, wenn es vor dem Schlachten mit einem elektrischen Schock betäubt wird. Ich habe gerade mit diesen armen Wesen mitfühlen dürfen. Wo wart ihr solange?«

»Kassandra!« Jürgen schüttelte den Kopf. »Mich hat diese Tesla-Kanone einmal erwischt und seitdem halte ich gehörigen Abstand. Einmal hat mir gereicht, aber du scheinst fast Spaß daran zu haben.«

»Das ist sehr schmerzhaft, das war kein Spaß.« Sie schüttelte den Kopf und griff nach ihren Sachen. »Glaubt von euch denn jemand, die Tiere finden es lustig?« Trotz ihrer klaren Worte vermutete ich etwas Verborgenes in ihr, das sie nicht offenbarte: einen Hang zum Masochismus, zumindest zum Krawall. Ein mysteriöses Etwas, das auch Hooligans antrieb und das sie nicht kontrollieren konnte. Aus nicht erklärbarem Grund bereitete es wohl auch ihr Genuss, Schläge auszuteilen und ebenso auch einzustecken. In ihrem Inneren drängte sie mit Sicherheit etwas, sich mitten in die Gefahr zu stürzen, eine Gier nach Adrenalin. Ich sah für einen Moment Kassandras reichlich von Hämatomen überzogenen Rücken, bevor sie ihr T-Shirt überstreifte und die Zeichen dieser Schlacht verhüllte.

»Uns bleiben noch drei Stunden Zeit«, verkündete Jürgen. »Was sollen wir tun, bis die Bahn zurückfährt?« Mir fiel sofort etwas ein: der Englische Garten. Nicht wegen der Nackten, die sich darin sonnten. Die Ruhe der Natur wäre nach meinem Empfinden genau das Richtige, um sich von diesem Chaos zu erholen.

»Welcher Englische Garten?« Odin blickte mich verdutzt an. »Davon habe ich noch nie etwas gehört. Dabei kenne ich München sehr gut.« Die anderen starrten mich ebenso an und schienen auf eine Erklärung zu warten.

86

»Ich gehe jetzt einfach voraus«, erklärte ich, da mir auf die Schnelle keine passenden Worte darauf einfielen. Bei den Besuchen meiner Unionsgenossen aus Bayern, die ich zum Anfang meiner Kanzlerschaft sehr genossen hatte, die später jedoch zur notwendigen Pflichtübung wurden, war dieser Naturpark immer ein Hort des Friedens und der Entspannung. Eine Naturidylle, in der ich meine verbrauchte Energie wieder auftanken konnte. Ich fand tatsächlich den Weg dorthin und erkannte das markante Gebäude: den chinesischen Pavillon. Doch die Umgebung war mir fremd. Hochhäuser ragten hinter dem alten Bauwerk auf.

»Dies ist Münchens sozialer Brennpunkt«, erklärte Odin nervös. »Ständig gibt es hier Polizeieinsätze. Ab und zu rücken sie hier mit einer Armee von Soldaten ein, sonst kümmert sich aber selten jemand darum, was hier passiert. Hier leben vor allem Kriminelle, die sehr misstrauisch sind, wenn hier Fremde durch ihre Wohngebiete laufen. Wir sollten so schnell wie möglich wieder gehen.« Er drängte zur Eile, auf seinem leicht behaarten Arm erhob sich Gänsehaut.

»Was wolltest du in diesem Sozialbauviertel?« Kassandra sah mich neugierig an. Mir fiel keine Antwort ein und ich blickte hilfesuchend zu Jürgen. Der verstand meine Geste, nickte und ging eine Weile nachdenklich voran. Ihm schien jedoch auch nichts einzufallen. Er schwieg. Nun musste ich mir etwas aus den Fingern saugen.

»Vor langer Zeit war ich einmal in München. Da gab es eine schöne Ecke, die mir besonders gut gefallen hatte. Ich dachte zwar, ich würde den Weg dorthin wiederfinden …« Etwas Besseres fiel mir nicht ein. Es war haarscharf an einer Lüge vorbei. Ich wollte nicht zugeben, dass wir gerade in den Park erreicht hatten, von dem ich geträumt hatte. Dass daraus mittlerweile ein Sozialwohnungspark geworden war, konnte ich leider nicht ahnen. Wir waren den weiten Weg umsonst gegangen. Auf dem Rückweg überquerten wir den Odeonsplatz. Ich sah mich verwundert um, denn dieses Areal wirkte viel größer, als ich es in Erinnerung hatte. Etwas war anders als früher. Nur, was hatte sich geändert?

»Angela, wo bleibst du?« Jürgen hatte bemerkt, dass ich stehengeblieben war und drehte sich zu mir um.

»Irgendetwas fehlt hier. Hier stand doch einst ein weiteres Gebäude.«

»Ja, die Feldherrenhalle! Die wurde abgerissen. Es gab hier ständig Versammlungen von Neonazis, die den Anschluss Bayerns an den östlichen Teil Deutschlands forderten. Eine radikale Gruppe, die eine Union mit dem *Bunker* befürworteten. Um das hässliche Ding ist es aber nicht schade, finde ich.«

Nach dieser kurzen Tour durch München, die mich wegen der verschwundenen Grünanlage etwas enttäuscht hatte, kehrten wir wieder zum Hauptbahnhof zurück.

Alle schwiegen während der Zug erneut über die Schienen holperte. Das Schaukeln auf dem alten Gleisbett hatte fast etwas Beruhigendes. Es gab mir ein Gefühl der Nostalgie, dass alles noch auf dem gleichen Stand geblieben war wie zu meiner Zeit - besser gesagt - auf DDR-Niveau zurückgefallen war. Vielleicht war dies auch besser, als wenn ich mich nach vielen Jahren geistiger Abwesenheit in einer Wunderwelt wiedergefunden hätte, in der Züge durch die Luft schwebten, Essen von Automaten produziert und man von seelenlosen Robotern bedient wurde. Es wäre mir vielleicht sehr schwer gefallen, mich darin zurechtzufinden und mich an die neue Technik anzupassen. Auch damals war ich nicht so begeistert wie manche meiner Landsleute, die kurz nach der Wende in wahre Ekstase gerieten und Dinge wie Sommerschlussverkauf, Sonderangebote und Modekataloge für wahre Wunder hielten. Manche, die über angebliche Schnäppchen von Westhändlern herfielen, kamen mir vor wie diese nach Blut dürstenden Zombies – wie man sie in damals neuen Filmen aus Hollywood sehen konnte. Es gab immer irgendwelche bizarren Phasen des Entertainments. Mal waren es Vampire, später gab es sogar 3D-Filme, eine Entwicklung, die jedoch an mir vorbeigegangen war. Ich hatte einfach gar keine Zeit mehr für solche Dinge wie Theaterbesuche oder auch nur einfach ins Kino zu gehen. Was mochte heute wohl in den Kinos laufen? Für welche Filme begeisterten sich die Menschen im Jahr 2050? Ebenso fragte ich mich jetzt: was bewegte die Leserschaft in der Welt der Literatur heutzutage?

»Hat von euch in letzter Zeit jemand Filme geschaut?«, unterbrach ich die lange Zeit des Schweigens. »Was läuft denn zur Zeit?«

»Missionarsfilme«, antwortete Odin. Zuerst fürchtete ich, er würde von Pornofilmen sprechen, doch klärte er mein Missverständnis sofort auf: »Religiöses Zeug!« Er schien für das Thema nicht viel übrig zu haben.

»Mir gefallen die Filme«, meldete sich Penelope zu Wort. »Ich mag die idyllischen Bilder von friedlichen Mönchen, die in einsamen Landschaften ihre Felder bestellen, jeden Morgen mit religiösen Liedern beginnen und mit Gesang beenden.«

»Soweit, so gut. Aber im letzten Film, zu dem du mich überredet hast, haben sie Schafe wie Sklaven gehalten!«, eiferte sich Kassandra. »Ich musste dabei zusehen, wie sie geschoren wurden. Die Tiere mussten danach frieren. Und als sie noch die armen Ochsen ausgenutzt haben, um den schweren Pflug zu ziehen, da hat's mir endgültig gereicht!«

»Ja, dann bist du gegangen«, sprach unsere Mimose wieder. »Aber das waren wirklich die einzigen derartigen Szenen. Ich schwör's.«

Man konnte es beim Tierschutz auch übertreiben. Ich hätte Schlimmeres erwartet. Von Massentaufen, zu denen die Menschen gezwungen wurden, bis zu radikalen islamistischen Machwerken, in denen der Krieg gegen Andersgläubige als glorioses Abenteuer verherrlicht wurde. Vorgebliche Helden, die ihr Leben der Bekehrung widmeten und sich zum Schluss mit einem TNT-bestückten Gürtel selbst in die Luft sprengten. Ein blutiges Happy End, wie in den Streifen von Hollywood damals. Ich bevorzugte anspruchsvolle Filme. Genießen konnte ich auch leichtere Kost, wenn idyllische Landschaften im Vordergrund standen. Vielleicht brachte Bollywood mittlerweile auch Unterhaltung religiöser Art heraus?

»Gibt es auch buddhistische Missionsfilme?« Ein gutes Thema, dachte ich, denn solche würden allen sicher gefallen. In diesem Glauben schätzte man Tiere als wiedergeborene Menschen und behandelte sie fast gleich. Teils sogar besser – wie die heiligen Kühe. Alle schwiegen. Ich schaute sie nacheinander an, doch keiner konnte mit meiner Frage etwas anfangen. Höchstens Jürgen. Vielleicht. Doch der sah geistesabwesend zum Fenster hinaus.

»Was ist das, Buddhistisch?«, fragte mich Odin.

»Es ist eine Religion, in der man Tiere als dem Menschen gleichgestellte Wesen sieht«, erklärte ich.

»Das, was wir machen, ist doch keine bescheuerte Religion!« Beleidigt starrten mich die drei an, während Jürgen sich heraushielt und weiter vor sich hinträumte. Offenbar hatte dieser friedvolle Glauben die Zeiten nicht überlebt und es gab nur noch Christen, Moslems und mit Sicherheit auch Atheisten. Ich schätzte den Buddhismus - korrekter ausgedrückt - ich hatte Respekt vor denen, die nach seinen Grundsätzen lebten. In Frieden und Eintracht mit den anderen Lebensformen existieren, diese Idee gefiel mir. Das war's wohl mit dem Buddhismus. Schade …

»Wie seid ihr denn sonst noch aktiv im Bereich Politik?« Was wir auf dem Marienplatz angestellt haben, war zwar mutig, doch ich bezweifelte, dass sich daraus irgendwelche Gesetzesänderungen ergeben würden. Wenn man wirklich etwas erreichen wollte, musste man einen konkreten Plan haben und genügend Menschen von seiner Idee überzeugen. Erst nach unzähligen Gremiensitzungen und Abstimmungen, die von allen unheimlich viel Disziplin forderten, war es dann so weit. Nur wenn alle dann auch weiter mitmachten, konnte man sein vorher genau definiertes Ziel erreichen.

»Meistens befreien wir eingesperrte Tiere«, antwortete Penelope. »Wenigstens einmal pro Woche treten wir in Aktion. Das ist unser Prinzip.« Das Prinzip der politischen Aktivität schien für meine jetzigen Genossen kein Fremdwort zu sein. Doch von wirklicher Bundespolitik war das immer noch sehr weit entfernt … Jetzt fiel mir auf, dass ich nicht bedacht hatte, dass die Bundesrepublik gar nicht mehr existierte. Wenn wir also etwas erreichen konnten, beschränkte es sich also vorerst auf die bayrische Landespolitik. Jetzt blickte ich wie Jürgen ebenso zum Fenster hinaus und betrachtete die Häuser, die Landschaft. Bald waren Wiesen, Schafe und Kühe zu sehen, die friedlich mit sich selbst beschäftigt waren, während unsere Bahn langsam an ihnen vorbeizog. Was sie über uns Menschen denken mochten? Sicher besaßen sie eine gewisse Form von Intelligenz, die mit Sicherheit aber nicht an unsere geistigen Leistungen heranreichen konnte. So muss es sein … Doch stimmte das wirklich? Ganz objektiv betrachtet, dies war unsere Ansicht, die auch ein wenig nach Überheblichkeit schmeckte. Des Menschen eigenes Urteil über sich selbst. Ein neutraler Betrachter von außen könnte das völlig anders sehen. Vielleicht waren wir den Tieren geistig nicht wirklich überlegen …

Ein Ruck ließ mich hochschrecken. Ich war durch das gleichmäßige Schaukeln offenbar eingeschlummert und als ich meine Augen aufschlug, erkannte ich, dass wir den Bahnhof von Garmisch-Partenkirchen erreicht hatten. Die Dämmerung kündigte sich mit leuchtendem Abendrot an, als wir den Zug verließen. Innig umarmten wir uns zum Abschied.

»Übermorgen findet das nächste Treffen statt. Wirst du auch kommen, Angela? Wir würden uns freuen!«

»Ja, gerne!« Dankbar nahm ich Jürgens Einladung an. Ich dachte nicht nur an mein Ziel, weitere Teile des Puzzles über die aktuelle Weltlage zu erhalten, aus denen sich nach und nach ein Gesamtbild zusammenfügen ließ. Mittlerweile fühlte ich mich wohl in der Gruppe. Ich war ein Gesellschaftsmensch. So schien es mir wie ein Geschenk des Himmels, dass ich diese neuen Freunde gefunden hatte, die mir langsam ans Herz wuchsen. Ob ich bei so einer peinlichen Demo nochmal teilnehmen wollte – da war ich zwiegespalten. Notfalls musste ich mich auch herausreden mit wichtigen Terminen … doch das könnte schwierig werden. Derzeit hatte ich nun mal weder politische noch private Verpflichtungen.

Mensch sucht Aufgabe

»Heute früh ist ein Transport aus Spanien eingetroffen.« Stolz präsentierte meine Vermieterin mir morgens einen Korb mit Orangen. »Da musste ich gleich zuschlagen, denn es kommt so selten vor, dass Südfrüchte nach Bayern geliefert werden. Bedient euch!« Ich musste an meine DDR-Zeit zurückdenken, in der es solches Obst nur für die obersten Funktionäre gab. Der Normalbürger musste stattdessen in Wurzeln beißen, zumeist war es Sellerie. Für die Meisten gab es das, was innerhalb der Mauern angebaut wurde. Wenn diese Orangen etwas so Außergewöhnliches waren wie damals Bananen, die meine CDU nach der Maueröffnung verteilte, dann war es um den freien Warenverkehr auf unserem Kontinent sehr schlecht bestellt. Ich hatte meine Bundesbürger damals gewarnt, dass die Schließung von Europas Binnengrenzen sich gravierend auf den Handel auswirken würde. Viele wollten das nicht einsehen. Jetzt hatten wir den Salat. Sogar reichlich. Deutschland war dafür ein ideales Anbaugebiet.

Ich nahm mir eine Frucht und merkte beim Schälen schon, dass diese nicht allzu frisch war. Beim ersten Biss bestätigte sich mein erster Eindruck, dass dieses Lebensmittel allzu lange gelagert worden war. Dieses eingetrocknete Stück Obst war alles andere als ein Genuss, doch ich wollte meine Gastgeberin nicht vor den Kopf stoßen und die Frucht zurückgehen lassen. Sicher hatte sie einiges an Geld investiert, um für ihre Gäste diese Seltenheit zu erstehen. So schloss ich die Augen und würgte einen Schnitz nach dem anderen herunter. Als ich es endlich vollbracht hatte und die trockenen Reste mit Wasser heruntergespülte, kam sie erneut mit dem Obstkorb an meinen Tisch.

»Sie können noch eine weitere Frucht nehmen! Bedienen Sie sich!« Jetzt musste ich mir eilig eine glaubwürdige Ausrede einfallen lassen.

»Ich hatte leider vergessen, dass ich Allergie auf Südfrüchte habe. Jetzt merke ich es, solche Sachen verträgt mein empfindlicher Magen nicht.«

»Das tut mir leid.« Sie sah mich traurig an. »Orangen sind so unglaublich lecker und gesund.«

Als sie sich mit dem Trockenobst entfernte, atmete ich erleichtert durch. Die Idee mit der Allergie funktionierte immer. Auch beim Staatsbesuch in China, als man mir Seegurken und Schnecken servieren wollte. Oder in Thailand, als ich von frittierten Skorpionen kosten sollte. In Afrika konnte ich mir genauso die gerösteten Heuschrecken vom Leib halten, ohne die hochrangigen Gastgeber zu beleidigen und in Mexiko blieb ich so von gekochten Fliegenlarven verschont.

Auf einmal fühlte ich mich völlig satt. Besser gesagt, mein Appetit war so im Nichts verschwunden wie diese Milliardenhilfen für Griechenland. Als ich mein Frühstück beendet hatte, setzte ich mich auf die Terrasse. Doch konnte ich dieses Nichtstun nicht wirklich genießen. So schön dieser Garten auch angelegt war, inzwischen hatte ich mich satt gesehen an den Blumenrabatten, dem gepflegten Rasen und den Weinreben, die an der Fassade empor rankten. Keine Verpflichtungen, keine Termine und keine Herausforderungen, die ich bestehen musste, das machte mich unruhig. Es war fast schon anstrengend. Jetzt konnte ich die Hartz4-Empfänger verstehen, die sich immer darüber beklagten, wie sehr sie durch ständigen Stress belastet waren und wie wenig sie ihre Freizeit genießen konnten. So wie diese sogenannten Müßiggänger hatte auch ich weder ein konkretes Ziel vor Augen, noch irgendeine Vorgabe, wie ich meinen Tagesablauf zu meisten hätte. Stattdessen war ich permanent am Überlegen, was ich als Nächstes tun könnte. Arbeitslos zu sein, das war wirklich anstrengend. So hatte ich mir das nie vorgestellt.

Nach einer Weile, in der mich der Stress des Nichtstun zunehmend plagte, erschien die Pensionsbesitzerin und widmete sich dem Grünschnitt ihres Gartens. Während ich ihr dabei zusah, beobachtete ich, wie mein Unterbewusstsein darauf reagierte, wenn andere ihrer Arbeit nachgingen, während ich untätig dasaß. Das war kaum auszuhalten. Ich fühlte, wie in meinem Inneren mein Bewusstsein mit erhobenem Finger drohte wie ein Oberlehrer, dass aus mir niemals etwas werden würde, wenn ich die Dinge nicht anpacken würde. Wie nutzlos ich doch sei, fast hörte ich den Vorwurf aus meinem Unterbewusstsein: tue doch etwas, egal was. So sprang ich spontan auf und krempelte die Ärmel hoch.

»Ich helfe Ihnen bei der Arbeit. Was kann ich tun?«

»Nein … ich bin gerade fertig mit meiner Arbeit!«, antwortete sie nach kurzem Zögern. Sie ließ die Gartenschere sinken. Doch ich war mir sicher, dass sie den Rosenschnitt nicht nach der Hälfte der Pflanzen plötzlich beenden wollte. Entweder, sie wollte einen Gast keine Arbeiten verrichten lassen, oder sie wollte einfach nicht, dass jemand ihre wertvollen Gewächse berührte.

»Ich könnte mich auch um die Weinranken kümmern«, schlug ich nun vor.

»Nein. Die müssen nur im Frühjahr gekürzt werden.«

»Oder ich könnte Unkraut im Kräuterbeet zupfen.«

»Nein, nein, nein – da ist derzeit gar nichts zu tun!« Sie schüttelte vehement den Kopf.

Jetzt merkte ich, wie mich diese Zurückweisung fast aggressiv machte. Ich konnte mich zwar sehr gut beherrschen, doch die Beobachtung meiner Selbst zeigte mir, wie schwer man es als Arbeitsloser hatte. Man bot seine Arbeitskraft an, wurde jedoch ständig zurückgewiesen. Auch mir brachte dies eine fast schon depressive Stimmung ein. Kein Wunder, dass Hartz4-Empfänger, die im Schnitt wöchentlich drei abgelehnte Bewerbungen beim Amt präsentieren mussten, regelmäßig zum Arzt rannten oder psychologische Hilfe beanspruchten. Kurz überfiel mich der Gedanke, hier irgendetwas kaputt zu machen, damit die Frau endlich nachgab und mir eine Aufgabe zuwies, auch wenn es eine noch so winzige wäre. Notfalls auch irgendeine völlig sinnlose Arbeitsbeschaffungsmaßnahme.

»Ich könnte Ihren Garten umgraben.« Das war mein letzter Vorschlag, sie schaute mich jedoch entsetzt an und schien fast in Tränen auszubrechen.

»Bitte nicht! Lassen Sie meinen Garten in Ruhe!« In dem Moment wurde mir bewusst, dass ich etwas zu weit gegangen war.

»Entschuldigung! Ich wollte Ihnen nur ein wenig Hilfe anbieten«, ruderte ich zurück. »Ich hatte die Befürchtung, Sie könnten sich überarbeiten und daher hatte ich ein schlechtes Gewissen, wenn ich Ihnen bei der Arbeit nur zuschaue.«

»Machen Sie sich keine Sorgen! Ich komme schon zurecht.« Sie lächelte wieder. »Und es macht mir sehr viel Spaß.« Damit setzte sie ihre Arbeit fort, Rosenpflanzen zu beschneiden.

Es war offensichtlich, dass sie mich angelogen hatte. Es brachte mich innerlich in Wallung. Das Gefühl, hier irgendetwas kaputt machen zu müssen, meldete sich erneut. Doch ich unterdrückte meinen Impuls, spontan ihre Weinranken von der Fassade zu reißen oder Blumentöpfe durch den Garten zu schmeißen.

»Ich werde mir etwas die Füße vertreten.« Ich sprang auf, winkte zum Abschied und wanderte ziellos durch den Ort. Bald verflog mein Ärger. Bewegung wirkte entspannend. Wir waren eben Jäger und Sammler, von Natur ständig in Unruhe. Auch als der Mensch sesshaft wurde, tat er immer etwas – sei es, die Felder zu bestellen oder Vieh zu hüten. Das Stillhalten und Nichtstun widersprach seiner Natur, machte ihn aggressiv, begann mit kleinen Schlägereien und endete damit, dass verheerende Kriege vom Zaun gebrochen wurden. Ich erinnerte mich in diesem Moment an diese Schafe, die so völlig zufrieden wirkten, wenn sie Gras auf den Weiden rupften und es wiederkäuten. Beneidenswerte Wesen. Vielleicht war ihnen sogar bewusst, wie nützlich sie waren. Mich dagegen bedrängte gerade der Gedanke, wofür ich eigentlich überhaupt noch gebraucht werden könnte.

Das Wagnis

Die folgenden Tage vergingen quälend langsam und ich war unglaublich froh, als Jürgen mir bei einem morgendlichen Besuch am Kiosk eröffnet hatte, dass eine weitere Parteisitzung anberaumt worden wäre. Es würde diesmal um etwas wirklich Wichtiges gehen, hatte er betont. Ich konnte es kaum noch erwarten. In absoluter Hochspannung verbrachte ich den Tag und zerbrach mir den Kopf darüber, was er mit seiner Truppe vorhatte. Vielleicht ging es um etwas, das mir eine Rückkehr in die wirkliche Politik ermöglichen würde, dass ich wieder an wichtigen Entscheidungen mitwirken konnte. Bei diesen Genossen war ich mir sicher, es würde nicht um die Verteilung von irgendwelchen Fördergeldern handeln. Möglicherweise ging es noch nicht um großartige und weltbewegende Dinge, doch alles fing einmal klein an. Selbst das gesamte Leben auf der Erde begann mit einer simplen Kette von Molekülen, aus der sich erst Bakterien entwickelten und im Laufe vieler Jahrmillionen die mächtigen Dinosaurier hervorgegangen waren. Sie lebten heute nicht mehr, dafür existierten andere Lebewesen. Unter anderem die Menschen.

Abends war es endlich so weit, dass dieses offenbar wirklich große Geheimnis gelüftet wurde. Heute war ich die Erste, die unseren Stammplatz im Gasthaus einnahm. Nach und nach trafen auch die anderen ein.

Wir waren nicht wirklich eine Partei, eher eine konspirative Gruppe. Mir drängte sich der Vergleich zur geheimnisvollen *Rote-Armee-Fraktion* auf, vor der man als Bürger der DDR jedoch nichts zu befürchten hatte.

»Meine aktuelles Anliegen wäre eine Protestaktion anlässlich der Papstwahl.« Jürgen senkte seine Stimme verschwörerisch. »Ich habe schon einen kleinen Plan. Er ist nicht ganz ungefährlich, aber wir müssen unbedingt Flagge zeigen.« Ich fragte mich, wo er diese Nachrichten immer herbekam. Meine Versuche, mich über in seinem Kiosk ausliegenden Zeitschriften über das Weltgeschehen zu informieren, waren sehr schnell an Grenzen gestoßen.

»Papstwahl?«, fragte ich. »Und inwiefern betrifft das uns, die Tierschutzpartei?«

»Zur Feier des neuen Papstes sollen dutzende Schafe geschlachtet werden!« Kassandra knallte mit ihrer Faust auf den Tisch, Penelope brach in Tränen aus. Mir verschlug es die Stimme. Die Katholiken hatten zwar Rituale, die von den unseren abwichen, letztendlich trennten sie und die Protestanten nicht wirklich tiefe Gräben. Besonders von evangelischer Seite wurde die Ökumene angestrebt. Gemeinsame Gottesdienste unserer christlichen Religionen unter einem Dach, vielleicht auch zusammen mit unseren orthodoxen Glaubensbrüdern. Die katholische Religion war nicht gerade berühmt für revolutionäre Umwälzungen, selbst wenn der damals amtierende Papst Franziskus, uns alle mit seinen Reformen positiv überrascht hatte. Doch ein Opferfest hätte auch er mit Sicherheit nicht eingeführt. Das Lamm Gottes, das wir beim Abendmahl symbolisch zu uns nahmen, war nur ein trockenes Stück Brot, oder eine Oblate, die am Gaumen klebte. Meines Wissens wurde das Ende der Papstwahl anders gefeiert: mit Rauch, der vom Dach des Vatikans aufstieg. Dieser war schwarz oder weiß – warum auch immer.

»Wo hast du eigentlich von der Wahl erfahren, Jürgen?« Auf meine Frage sah er mich peinlich berührt an.

»Ich war vielleicht nicht ganz ehrlich zu dir …« Er ließ seinen Blick vorsichtig über die Nachbartische im Lokal schweifen. Offensichtlich wollte er sichergehen, dass er nicht beobachtet wurde. Von irgendeinem Stasi-Offizier, oder was auch immer. Nun griff er in seine Tasche und legte eine Zeitschrift auf den Tisch. »Das Blatt ist eigentlich illegal. Ich habe geheime Bezugsquellen.«

Das Magazin weckte Erinnerungen an meine alten Wahlkampfzeiten. Ich griff danach und nahm es in Augenschein. Der rote Rahmen, der mir seinerzeit den Eindruck vermittelt hatte, es wäre die politische Farbe des Sozialismus, war ersetzt worden durch grün. Die Farbe des Islam. *Der Spiegel*. Der Titel hatte noch den gleichen Schriftzug, das Hauptthema war der Führungswechsel im Vatikan. Ich las: *Papst Mohammed*. Wie bitte? Mir blieb der Mund offen stehen. Ich starrte das Foto des Mannes mit Rauschebart an, der mich vom Titelblatt anlächelte. Fassungslos legte ich das Magazin zurück, Jürgen griff nervös danach und verstaute es in seiner Tasche.

»Früher wurden ausschließlich Katholiken in das Amt gewählt!«, ließ ich die anderen an meinen Erinnerungen teilhaben.

»Das ist lange her. Es gab vor vielen Jahren einige Reformen«, klärte Jürgen mich auf, »seitdem zieht abwechselnd ein Christ und ein Moslem im Vatikan ein.« Das war wirklich revolutionär. Womöglich war es sogar noch ein Werk dieses Franziskus. Der Papst strebte damals nach einer Aussöhnung zwischen den großen Weltreligionen. Schließlich hatten Juden, Christen und Moslems die gleichen Wurzeln, womöglich glaubten sie sogar an denselben Gott, auch wenn sie ihm unterschiedliche Namen gegeben hatten. Dies hob meine Stimmung, denn die gerechte Teilung des höchsten religiösen Amtes war eine Chance, den ewig lodernden Streit zwischen Morgenland und Abendland zu beenden.

»Das gefällt mir«, gab ich zu.

»Aber mir nicht, weil Massaker an Tieren dabei veranstaltet werden!« Kassandra platzte vor Wut. »Lieber ersteche ich eigenhändig den neuen Papst, als dass ich tatenlos dasitze!«

»An den kommen wir niemals ran, er wird so scharf bewacht, dass wir uns nicht mal auf tausend Meter nähern könnten.« Jürgen war der Besonnenste der Gruppe. Abgesehen von mir. Nun erklärte er im Flüsterton, was ihm vorschwebte. »Ich habe einen anderen Plan. Wir starten eine Protestaktion in ihrer Hauptstadt Köln.«

Es ergab Sinn, dass sie die einstige Kolonie der Römer zum politischen Zentrum der *Islamischen Republik Deutschland* gewählt hatten. Von allen verbleibenden Metropolen lag diese Stadt fast genau im Zentrum ihres Gebietes.

»Ich könnte uns unbemerkt über die Grenze bringen. Okay.« Odin starrte den Ältesten neugierig an. »Wie ist dein Plan? Wir kommen in Köln an, und dann …?«

98

»Das Übliche. Wir starten eine unangemeldete Demo.«

Kassandra lachte schrill. »Damit soll es dann gewesen sein? Sie werden uns sofort verhaften, auspeitschen und in den Kerker werfen. Sie hätten ihren Spaß mit uns, wir sind weg vom Fenster und dann metzeln sie all die Lämmer nieder.« Betretenes Schweigen folgte. Alle sahen sich nachdenklich an.

»Wie wäre es mit einer Aktion in der großen Moschee?«, schlug Odin vor.

»Ich hab's!« Kassandra schlug mit der Faust auf den Tisch. Ihre Augen leuchteten. »Wir kleben uns falsche Bärte an, kleiden uns in weiße Roben und mischen uns unter die Menge beim Freitagsgebet. Wir warten, bis sich die Leute verbeugen, genau in dem Moment reißen wir die falschen Bärte ab, lassen unsere Tuniken fallen und zerreißen Beutel mit roter Farbe. Wir bespritzen uns und alle drumherum damit, bis alle wie von Blut besudelt sind und rennen danach nackt heraus und schreien.«

Fast wäre ich von meinem Stuhl gefallen – so tief war mein Blutdruck abgesackt, als hätte mein Herz plötzlich aufgehört zu schlagen.

»Das wäre mutig.« Penelope nickte. »Sehr mutig. Das wäre eine wirklich couragierte Aktion.«

Aus meinem Augenwinkel beobachtete ich Odin und Jürgen. Ich hoffte, sie würden diesem blödsinnigen Vorschlag eine Absage erteilen. Doch sie blickten sich stumm an.

»Was ist?«, meldete sich unser Hitzkopf wieder. »Wer sind denn hier die starken Männer?« *Ich nicht*, antwortete ich in Gedanken.

»Na gut«, gab Jürgen kleinlaut nach. »Nehmen wir das mal als möglichen Plan auf. Wir fahren auf jeden Fall nach Köln. Vielleicht fällt uns unterwegs noch etwas Besseres ein.« Darauf hoffte ich. Denn bei dieser Protestaktion draufgehen wollte ich definitiv nicht.

Wir hatten zu einem Konsens gefunden. Er war zwar nicht nach meinem Geschmack, doch aus meiner langjährigen Erfahrung als Politikerin war es allein schon ein großer Erfolg, wenn unter allen Beteiligten Einigkeit herrschte und keiner mehr ausscherte. Ich war zwar wenig überzeugt von diesem Beschluss, doch wollte ihnen diesen Erfolg nicht kaputtmachen. So wie ich damals gegen viele Proteste von Abweichlern den Fraktionszwang beschworen hatte, so war ich diesmal in der Position, mich der Mehrheit beugen zu müssen. Zudem war ich sicher, neben diesem lebensmüden Vorhaben gab es noch einen Plan B. Spätestens bei unserer Anreise würde uns sicher noch etwas einfallen. Auf dem Weg nach Köln hätten wir noch sehr viel Zeit für ausgiebige Sondierungsgespräche. Ich jedenfalls werde mir alle möglichen Szenarien durch den Kopf gehen lassen. Einen ganzen Tag hätte ich dafür noch Zeit, bevor es losging. Mir würde schon etwas einfallen. Mir sollte etwas einfallen, unbedingt!

Erkenntnis

Schon beim Frühstück war ich in Gedanken vertieft, wie wir unsere Haut retten konnten und sann über weniger provokative Aktionen nach als die, welche derzeit im Raum stand. Beim Blick auf mein Müsli und die Getreidekörner darin kam mir eine Idee. Wir könnten Lämmer aus Kastanien basteln und unter den feiernden Moslems verteilen. Vielleicht würden sie diese Figuren so niedlich finden und davon absehen, Schafe zu schlachten. Doch war jetzt die falsche Jahreszeit dafür, um Kastanien zu sammeln. Dafür müssten wir bis zum Herbst warten.

Wir könnten auch dutzende Lämmer aus Stoff nähen und sie in die Menge werfen. Andererseits fehlte, zumindest mir, das Talent für solche handwerklichen Arbeiten. Um eine große Menge an Stofftieren herzustellen, müssten wir diese Arbeit outsourcen. Wie zu meiner Zeit, als man solche Näharbeiten in Bangladesch durchführen ließ. Vermutlich hatten jedoch meine alternativ eingestellten Genossen etwas gegen Kinderarbeit und ihre Ausbeutung in Billiglohnländern. Die potentielle Alternative wären hochwertige Steifftiere. Doch die waren sehr teuer, zudem lag die Fertigungsstätte außerhalb Bayerns und da es um den Welthandel nach diesem Grenzgeschachere äußerst schlecht stand, war es sicher mit Schwierigkeiten verbunden, auf die Schnelle etwas außerhalb von Bayern produzieren zu lassen. Vielleicht war es sogar unmöglich. Und wir hatten nur einem Tag Zeit.

Da fiel mir die alte Sage von Odysseus ein. Wir könnten uns mit Fellen bedeckt unter die Schafe mischen und zur Schlachtbank treiben lassen. In dem Moment, wenn man mit dem Töten beginnen würde, würden wir die Tarnung abwerfen und rufen: »Tötet uns nicht!« Doch das barg ein gewisses Risiko. Falls wir den richtigen Moment verpassen sollten und man uns anstelle der Tiere schächten würde, das wäre sehr unschön. Der irren Kassandra würde ich sogar zutrauen, dass sie sich bewusst opfern würde. *Nein!* Das war noch riskanter als ihr seltsamer Plan.

Ich beschloss, mir nach dem Frühstück die Beine zu vertreten. Bewegung tat mir immer gut, und wenn ich sah, was die Menschen so trieben, brächte mich das vielleicht auf neue Ideen. Ich wanderte aus der Stadt heraus und schlug den Weg zu den Bergen ein. In dieser grünen Umgebung fand ich eine Weide, auf der Schafe grasten. Mit Freude sah ich, wie dort zwei junge Zicklein um die Gunst ihres Mutterschafs buhlten. Mir kamen die Tränen, als ich diese lieben Tiere sah und daran dachte, was ihren gleichaltrigen Artgenossen bevorstand. Das versetzte mir eine Gänsehaut. Noch immer fiel mir kein wirklich guter Plan ein. »Ich würde euch gerne helfen, leider weiß ich nicht wie«, sprach ich halblaut zu den friedlichen Tieren. Wie erwartet, verstanden sie mich nicht. Sie ignorierten mich.

Einige Minuten darauf setzte ich meinen Weg fort. Diese Gebirgslandschaft hatte etwas Magisches. Ich fühlte eine Art überirdische Macht, eine Anziehungskraft, die so auf mich wirkte, wie ich es zuvor noch nicht empfunden hatte. So wie diese Giganten auch die furchtlosen Bergsteiger zu sich rief, um ihre waghalsigen Abenteuer in eisigen Höhen zu bestehen. Während ich dem ansteigenden Pfad folgte und die grünen Weiden hinter mir ließ, durchquerte ich den Wald, der die Gipfel vor meiner Sicht verbarg. Bald kam ich auf eine freie Fläche, dort war ein Wasserreservoir angelegt. Ich betrachtete das stille Wasser, in dem sich die mächtigen Felsen und die Gipfel der Berge spiegelten. Sie sahen aus dieser Perspektive so nah aus und doch waren sie so unerreichbar für mich. Noch weiter aufwärts sollte ich dem Pfad nicht mehr folgen, denn ich war schon Stunden unterwegs und musste auch den Rückweg einkalkulieren. Am Rand des Gewässers entdeckte ich eine Sitzbank und beschloss, mich darauf eine Weile auszuruhen.

Schon von Anbeginn der Frühzeit, als die ersten Zivilisationen entstanden, regten solche gewaltigen Felsen die Phantasie der Menschheit an. Die alten Griechen erzählten vom Kampf der Götter gegen die Titanen, aus deren gefallenen Körpern die Welt entstanden wäre. In der Inka-Kultur erbaute man heilige Kultstätten in den extremen Höhen der Anden, da man glaubte, den Göttern dort besonders nahe zu sein. In Tibet galt der Berg *Kailash* als so heilig, dass niemand es wagte, ihn zu besteigen. Selbst in der Mythologie der vorherrschenden Weltreligionen galten Berggipfel als Orte, an denen Gott zu den Menschen sprach. Selbst Moses, der Urvater aller Juden, Christen und Moslems soll auf dem Berg Sinai seine heilige Botschaft empfangen haben. Die *Zehn Gebote*, die eine Grundlage für den respektvollen Umgang aller Menschen miteinander werden sollten. Wäre Gott ein Sadist, hätte er seine Gebote folgendermaßen formuliert: *Du sollst töten! Du sollst ehebrechen! Du sollst stehlen! Hasse deinen Nächsten, wie dich selbst!* Aber Gott war kein Sadist, davon war ich fest überzeugt. Doch die Menschheit verhielt sich, als hätte er ihnen solche verfluchten Anweisungen gegeben.

Du sollst nicht töten! Die Worte kannte jeder. Wie ein Echo wiederholten sie sich mit einem drohenden Unterton in meinem Bewusstsein und ich hoffte, meine intensiven Gedanken würden von dem Allmächtigen erhört. Er schwieg. Hätte ich vielleicht doch weiter hinaufgehen sollen und die dreitausend Meter bis zum Gipfel der Zugspitze erklimmen, um ihm noch näher zu sein? Würde er mich dort endlich bemerken und mir einen Hinweis geben, was ich in meiner schwierigen Lage tun könnte? Selbst er müsste wissen, dass ich nicht gut zu Fuß war. Vielleicht hätte ich mich mit letzter Kraft hinauf zum Gipfel quälen können, damit er mir eine Botschaft geben könnte. Doch ich wäre dort oben mit Sicherheit gestorben. Somit wäre sein Tipp nutzlos gewesen.

Etwas anderes kam mir jetzt in den Sinn: Gott griff nicht ein, weil er wusste, dass wir das Richtige taten. Vielleicht war Kassandras Idee genau das, was er wollte. Und er schwieg, weil er dem Plan zustimmte. Genau in dem Moment sah ich ihn, einen mächtigen Adler, der viele tausend Meter über mir kreiste. Er hatte mich wohl die ganze Zeit beobachtet, doch ich hatte ihn nicht bemerkt, als ich hier saß und in Gedanken vertieft war. Ich blicke zu ihm hinauf und sprach leise: »Danke Gott!« Dies verlieh mir eine ungeheure Energie und solche Zuversicht, wie ich sie bisher selten in meinem Leben empfunden hatte. Ich war ihm soeben so nah wie noch nie zuvor gewesen. Endlich hatte ich seine Botschaft erhalten. Ich verließ die Sitzbank und begab mich auf den Rückweg. Jedes einzelne Blatt, das die Bäume schmückte, kam mir vor wie ein kleines Wunder. Diese Blätter, welche die mächtigen Eichen zierten bewunderte ich ebenso wie die Saat des Ahorns, die sich wie kleine Hubschrauber in der Luft drehten. Dem Götterboten Hermes gleich flatterten sie umher, führten dabei wahrlich tollkühne Flugmanöver aus. Eine innere Stimme meldete sich und gab mir die Eingebung, einen Moment innezuhalten. Als die Echos meiner Schritte verklungen waren, hörte ich Stimmen aus der Tiefe des Waldes. Erst jetzt wurden mir die vielfältigen Klänge der Natur bewusst, die ich zwar zuvor wahrgenommen, ihnen jedoch nicht bewusst zugehört hatte. So, als wäre all dies selbstverständlich. In der Ferne hörte ich das weit hörbare Hämmern eines Spechtes. Viel näher musste der Kuckuck sein, der beständig seinen Namen rief. Als er verstummte, hörte ich einen Kauz, der mir mit seinem schaurigen Ruf eine Gänsehaut versetzte. Grillen zirpten, überall wuselte etwas und es raschelte im Unterholz, wenn ich ganz genau hinhörte. Mir schien, als spielte mir die Natur eine Symphonie vor, die für mich alleine, den einsamen Menschen in der Wildnis komponiert worden war. Als ich mich langsam und leise fortbewegte, sog ich den Duft des Kiefernwaldes ein, der in der Sonne seine ätherischen Öle freisetzte. Es war wie eine Droge, die mich in eine euphorische Stimmung versetzte.

Als ich den Wald nach diesem fast berauschenden Erlebnis verließ, stieg mir der Duft von Pfefferminze in die Nase. Im Gras erkannte ich auch die gezackten Blätter des wild wachsenden Krautes und mir wurde bewusst, dass Mutter Natur etwas unglaublich Mächtiges, eine friedliche und harmonische, alles durchdringende Kraft war, vor der wir, die kleinen Menschen, Respekt haben sollten. Vor mir am Boden sah ich einen schwarzen Käfer, der auf den Rücken gefallen war und hilflos mit seinen Beinen strampelte. Dies bewegte mich plötzlich zutiefst. So beugte ich mich hinab und richtete ihn behutsam auf, um ihm nicht weh zu tun. Ich beobachtete, wie er weiterlief, bis er am Rande des Weges im Gras verschwunden war. Mir wurde bewusst, dass es unglaublich einfach war, einem Lebewesen zu helfen, das in Not geraten ist. Warum aber taten wir Menschen uns dabei immer so schwer? Wir beschränkten uns auf die Verteidigung unseres Besitzes und nahmen selten die wirklich schönen Dinge wahr. Das eigentlich Wichtige, das uns solche Freude machte, blieb uns verborgen und weil wir versessen auf das große Ziel waren, konnten wir uns selten an diesen kleinen Sachen erfreuen. Ich dagegen war jetzt glücklich, dass dieser kleine Käfer wieder zurück zu Frau und Kindern laufen konnte. Aus seiner Sicht war ich vielleicht auch wie ein Gott, der eingegriffen hatte und dieses wehrlose Wesen aus einer ausweglosen Situation gerettet und zurück auf den richtigen Weg gebracht hatte. Doch sollte ich jetzt nicht zu überheblich sein. Ich war nicht irgendein übermenschliches Wesen, sondern einfach nur viel größer als dieser Käfer.

Als ich abermals an der Weide vorbeikam, tat es unglaublich gut, wieder diese zierlichen Lämmer zu sehen. *Für euch würde ich mich opfern,* sprach ich ihnen in Gedanken Mut zu. Was Jesus als Lamm Gottes getan hatte, das war absolut selbstlos. Und er hatte keine Angst vor dem Tod, hatte sein Leben riskiert für ein einfaches, aber sehr großes Ziel. Nur so konnte er uns vor Augen führen, wie rücksichtslos wir miteinander umgingen, dass wir aus Gier nach Macht sogar bereit waren, den Sohn Gottes selbst qualvoll sterben zu lassen. Damals wollten die Menschen seine wichtigen Botschaften noch nicht erkennen, zweitausend Jahre danach sollten wir aber endlich verstanden haben, dass wir alle vor Gott gleich waren. Der Tod seines Sohnes sollte nicht umsonst gewesen sein und seine Botschaft zu wiederholen, dazu war nun auch ich bereit. Für diese Schafe.

Nachts verbrachte ich schlaflos, so sehr freute ich mich auf unsere todesmutige Aktion. Meine Rückkehr in die Politik wird vielleicht wesentlich weiter führen als alles, was ich bisher getan hatte. Es könnte ein Tag werden, über den vielleicht noch viele spätere Generationen berichten würden. Selbstlose Märtyrer, die sich geopfert hatten, um sich dem Mord an wehrlosen Lebewesen entgegenzustellen.

Auf Achse

Als ich in euphorischer Stimmung beim vereinbarten Treffpunkt ankam, war die Gruppe schon vollständig versammelt. Also hatte sie kein Transporter aufgehalten, der bis zum Rand zugepackt war mit Tieren, die ihre letzten Stunden auf dichtestem Raum zusammengedrängt bis zu ihrem qualvollen Tod erleben mussten. Alle lächelten mich breit an. Nur Odin wirkte etwas nervös, der nach einem kurzen Nicken sich einem Fahrzeug zuwendete. Es war ein Kleintransporter, dessen Ladefläche mit Kopfsalat beladen war.

»Guten Morgen Angela! Odins Fahrzeug ist manchmal etwas launisch«, gab Jürgen einen kurzen Lagebericht. Ich warf einen Blick zu dem Genannten, der bei hochgeklappter Motorhaube sich an irgendetwas darin zu schaffen machte. »Sein alter Transporter hat ein wenig den Charakter eines Esels. Anfangs ist er immer etwas störrisch, dennoch ist es ein liebevolles und vertrauenswürdiges Wesen. Bisher hat Odin ihn noch immer hinbekommen.« Ich musterte den Kleinlaster. Vertrauenswürdig sah anders aus. Eher, als könnte das Ding jederzeit auseinanderfallen. Ich hörte hektisches Klirren von Schraubschlüsseln. Immer wieder sah ich den Kopf unseres Mechanikers hochschnellen, kurz darauf wieder unter der Motorhaube versinken.

»Was ist der Plan?«, wandte ich mich an die anderen.

»Wie gehabt«, setzte Jürgen mich ins Bild. »Momentan sind sich alle einig bei Kassandras Vorschlag. Wie ist es mit dir? Du konntest dich nicht ganz damit anfreunden, so war mein Eindruck.«

»Kassandras Plan ist grandios! Ich habe zwei Nächte darüber geschlafen und etwas Besseres ist mir auch nicht eingefallen.« Verwundert, sogar überrascht sahen sie mich an. Scheinbar hatten sie hinter meinem Rücken gewettet, ob ich aus der Aktion aussteigen würde. Mit Sicherheit hatten sie mir vor zwei Tagen meine Panik angesehen und mich womöglich hinter meinem Rücken als Hasenfuß bezeichnet.

»Ich habe das Problem gefunden!«, rief Odin. Er hielt etwas in die Höhe, das nach einer stark geschrumpften Mumie aussah. Alle starrten zu ihm und diesem skelettierten Wesen in der Größe einer Ratte in seiner Hand. Penelope brach sofort in Tränen aus.

»Autos sind Mordwerkzeuge!«, schrie Kassandra wie eine Furie. »Genau deswegen habe ich dir immer gesagt, du sollst den Wagen stilllegen!«

»Dafür kann er jetzt wirklich nichts«, redete Jürgen beruhigend auf sie ein. »Das ist einfach ein Unglücksfall. Der Marder war einfach leichtsinnig in sein Unglück gelaufen. So etwas passiert Menschen bisweilen auch. Ohne seinen Transporter kämen wir niemals nach Köln.«

Nach einem ekstatischen Tanz, bei dem Kassandra jeden von uns laut anschrie, beruhigte sie sich. Odin hatte in der Zwischenzeit einen Klappspaten vorbereitet und legte das verendete Wesen behutsam am Straßenrand ab.

»Ist dies ein passender Platz, um das arme Wesen würdevoll zu beerdigen?« Er nahm das betretene Schweigen als Zustimmung, schaufelte ein kleines Grab im Rasen und legte behutsam das kleine Tier hinein. Langsam und andächtig schippte er Erde darüber, bis alles bedeckt war. Danach strich er die Oberfläche glatt. Eine dicke Träne kullerte über seine Wange, als er den Spaten zur Seite legte und betreten zu Boden blickte. Als ich mich in der Runde umsah, hatten alle ihre Blicke gesenkt, als wären sie in ein Gebet versunken. Ich entschied, mich ihnen anzuschließen und für das verstorbene Tier zu beten. Da fiel mir ein, dass es nur Gebete für Menschen gab, die ihre Reise in die Ewigkeit antraten, aber nicht für Tiere. Gerne würde ich wie die anderen diesem Marder gute Worte ins Jenseits mitgeben, sodass es diesem armen Wesen in seinem nächsten Leben besser ergehen möge als in dem, das er gerade verlassen hatte. Vielleicht auch vor etwas längerer Zeit, denn ich wusste nicht, wie häufig Odin einen Blick unter die Motorhaube seines Vehikels warf.

Als ich mir ein passendes Gebet für dieses Tier überlegte, hörte ich Gesang. Ich sah auf und erkannte eine Drossel, die sich in einem Baum niedergelassen hatte und so wild zwitscherte, als wollte sie etwas mitteilen. Erst war ich konfus, da dieses aufgeregte Zwitschern unser stilles Gebet - besser gesagt, das meiner Genossen - störte. Ich betrachtete den Vogel, dessen Stimme trotz der Höhe einen traurigen Klang hatte. In dem Moment ging ich in mich und erforschte die verborgenen Teile meines Gedächtnisses. Ich erinnerte mich an etwas. Bei besonders wichtigen Ereignissen tauchte der Heilige Geist in Gestalt eines singenden Vogels auf. Dies war tausendmal besser als ein Gebet, das mir auf die Schnelle eingefallen wäre. Selbst jegliche Fürbitte, die ich für dieses Wesen hätte leisten können, wäre beschämend gegen diesen kristallklaren Gesang. Ich lauschte dem Lied und ich genoss diesen Moment. Manchmal kam offensichtlich der Herr selbst vom Himmel herab, um die Wesen, die er geschaffen hatte, ins Jenseits zu geleiten.

»Der hat die Elektrokabel durchgebissen!«, unterbrach Odin meine Gedanken. Als ich aufblickte, sah ich, wie er sich wieder an dem Motor des Autos zu schaffen machte. »Das bekomme ich aber wieder hin, keine Sorge!«

Während er hektisch im Motorraum herum wuselte und einige Kabel flickte, standen alle erwartungsvoll um das Fahrzeug herum. Ab und an gab jemand Tipps, worauf er immer wieder seinen Kopf schüttelte. Er lief zum Fahrersitz – zum wievielten Mal, konnte ich mittlerweile nicht mehr zählen. Statt des abermals erwarteten Schweigens hörte man plötzlich ein Rülpsen, es folgte ein kurzes Stottern und der Motor lief.

»Springt auf! Wir fahren sofort los!«, rief er uns freudig zu und wir kletterten ohne zu Zögern auf die Ladefläche. Zwischen den Salatköpfen machten wir es uns bequem – wir versuchten es zumindest. Welchen Weg wir nun nahmen, wusste ich nicht, doch ich fühlte die Fahrbahn, die so holprig war, dass die Oberfläche seit Jahrzehnten nicht mehr erneuert worden sein konnte. Es erinnerte mich an die Straßen der DDR, aber Nostalgie wollte bei mir dennoch nicht aufkommen. Erst spürte ich meine Füße nicht mehr, dann wanderte ein taubes Gefühl die Beine hinauf. Nach Stunden fühlten sich auch meine Hände an, als wären sie abgefroren. Das konstante Brummen wurde nach nicht allzu langer Fahrt etwas leiser.

»Haltet euch versteckt und verhaltet euch mucksmäuschenstill! Vor uns befindet sich schon die Grenze!«, hörte ich Odin über die Fahrgeräusche hinweg rufen. »Das muss wie ein normaler Lebensmitteltransport aussehen. Ich gebe euch Bescheid, wenn wir weit genug entfernt sind und ihr wieder hervorkommen könnt!« Trotz Taubheit in meinen Gliedmaßen gelang es mir, noch etwas tiefer in das Ladegut einzutauchen.

Wenig später stoppte unser Fahrzeug, doch der Motor lief weiter. Ich fühlte mich fast schon verbunden mit den transportierten Lebensmitteln, als ich versuchte, meinen Kopf zwischen dem Gemüse so zu verbergen, als wäre er selbst ein Salatkopf.

»Die Papiere!«, hörte ich. Ich wusste nicht, ob es um Odins Führerschein und Fahrzeugpapiere ging. Vielleicht waren die Scheine in Wirklichkeit bedrucktes Papier solcher Art, nach dem die Menschen gierten, denen der Sinn für das wirklich Wichtige fehlte. Ich unterdrückte den spontanen Impuls, meinen Kopf durch das Gemüse zu heben und zu rufen: »Ihr Idioten!« Die Überquerung der Grenze wäre uns mit Sicherheit dadurch noch viel teurer zu stehen gekommen, als wenn ich einfach schwieg. Ich hörte ein »Dankeschön!« und fühlte, wie das Fahrzeug sich in Bewegung setzte. Ich lobte mich selbst für meine Geduld, die sich in meinem Leben stets bewährt hatte.

»Wir sind in sicherer Entfernung«, hörte ich eine Viertelstunde später Odins Stimme. »Wenn ihr wollt, könnt ihr wieder herausgucken.«

Ich wühlte mich durch die Salatköpfe nach oben und blickte in die Gesichter von Penelope, Kassandra und Jürgen. Sie atmeten tief durch. Ihnen war anzusehen, dass diese Fahrt für sie genauso wenig ein Vergnügen darstellte wie für mich. Dass ich mit Abstand die Älteste war und es bisher eisern durchgehalten hatte, machte mich ein wenig stolz.

»Wenigstens müssen wir nicht verhungern.« Penelope knabberte an einem Salatblatt. Sie sah dabei ein wenig aus wie ein Kaninchen. *Hätten wir uns in einem Fleischtransporter versteckt, wären wir alle verhungert,* dachte ich. Spontan musste ich lachen.

»Erzähl uns den doch«, forderte Kassandra mich spontan auf. »Dir ist bestimmt gerade ein guter Witz eingefallen!« *Nein!* Dieser Witz war an dieser Stelle ungeeignet. Ich musste mir auf die Schnelle einen Neuen ausdenken, mir etwas Unverfängliches einfallen lassen.

»Kommt ein Hase zum Arzt«, begann ich, »und fragt den Doktor: hast du Möhren? Sagt der Arzt: 'Möhren habe ich nicht da.' und dieser fragt nun umgekehrt: 'Was riecht nach Kaninchen, ist aber kein Hase?'« Alle schauten mich aus großen Augen an.

»Verstehe ich nicht. Was ist die Pointe?« Kassandra zuckte mit den Schultern.

»Ich kann mir Witze immer so schlecht merken«, erklärte ich. »Als ich Penelope den Salat knabbern sah, hatte ich an ein Kaninchen gedacht und mich dabei an den lustigen Witz erinnert. Leider bekomme ich den nicht mehr richtig zusammen.«

»Das macht doch nichts!« Jürgen hob beschwichtigend seine Hände. »Ich kenne das Problem. Sobald ich einen Witz erzählen will, entfällt mir auch immer die Pointe.«

Ich nahm mir auch einen Salatkopf und begann, zu knabbern. Es war eine spontane Übergangshandlung, die sie hoffentlich davon abhielt, weitere Fragen zu stellen. Mir kam eine neue Theorie in den Sinn, die erklären würde, warum Konferenzgespräche immer bei ausgiebigen Menüs abgehalten wurden. Warum ebenso die wichtigsten Angelegenheiten bei einem Geschäftsessen besprochen wurden. Dies gab einem bei komplizierten Verhandlungen etwas Zeit, um zu einer schwierigen Frage lange nachdenken zu können. Man konnte sich etwas in den Mund schieben und solange darauf kauen, bis einem die passende Antwort einfiel. Notfalls konnte man Stück für Stück nachlegen, seinem Nachbarn dabei freundlich zunicken und weiter essen, bis man den Teller geleert hatte. Man würde ihn nicht sichtbar düpieren, wenn man ihn sehr lange auf die Antwort warten ließ. Man war eben höflich und sprach nicht mit vollem Mund. Erst wenn man den letzten Bissen vertilgt hatte, erst dann musste man sich erklären. Notfalls so: *'Das müsste ich noch mit meiner Partei abstimmen.'* In seltenen Fällen, wenn mir wirklich nichts eingefallen war, blieb ich so die Antwort schuldig.

Als ich das Ulmer Münster sah, fragte ich mich, ob dies heutzutage immer noch der höchste Kirchturm der Welt wäre. Das katholische Köln und das protestantische Ulm hatten sich damals einen Wettkampf gelie-fert, wer den längsten … höchsten Turm hatte. So wie sich später die Banken in Frankfurt dabei überboten, das höchste Gebäude Europas zu präsentieren. Eigentlich - das wurde mir erst nach und nach bewusst - drückte man damit die Größe seiner Probleme aus. Je höher der Turm hervorragte, umso gravierender waren die finanziellen Schwierigkeiten. Die Banken, die von Steuergeldern gerettet werden mussten und die den schlechtesten Ruf hatten, waren in vorderster Reihe dabei, mit Länge zu protzen. Wie Jugendliche, die den Hauptschulabschluss nicht geschafft hatten und die sich mit PS-starken Autos allabendlich ein Wettrennen lieferten. Ich war absolut sicher, dass diese Protzerei mit dem dicksten Auto oder dem höchsten Turm Parallelen aufwies und mit Minderwertigkeitskomplexen zu tun hatte. Bürger, die mir am sympa-thischsten waren, verzichteten auf solche Dinge. Beeindruckt hatten mich vor allem Menschen, die sich eigentlich alles leisten konnten, sich aber mit einem bescheidenen Dasein zufrieden gaben. Manche kannte ich, die sogar mit Obdachlosen übernachteten und ihr Abendessen mit ihnen teilten. Davor hatte ich mich immer gescheut, nachdem ich dies einst im Selbstversuch ausprobiert hatte und mich unvermittelt in einer heftigen Schlägerei wiedergefunden hatte. Die genaue Ursache war damals nicht festzustellen, doch es hatte damit begonnen, dass einer den anderen als Dieb beschuldigt hatte. In der Nacht - genaugenommen am frühen Morgen - war ich froh, dass ich eine eigene Unterkunft besaß, in der ich sicher vor Übergriffen war, in der ich meine Ruhe hatte. Lange ist dies her. Jetzt hoffte ich darauf, dass diese Fahrt nicht allzu lange dauern würde, denn *'gerade noch erträglich'* waren Worte, die ich mir zwar einredete, wogegen meine Physis jedoch ein klares *'Nein'* entgegnete.

Selten begegneten wir auf der Fahrt einem anderen Transporter. Es schien, dass nach dem Zusammenbruch der Europäischen Union kaum noch Fahrzeuge unterwegs waren. Damals, als ich noch Kanzlerin war, gab es unzählige LKW-Fahrer, die unter anderem Gemüse von Schleswig-Holstein nach Italien fuhren, damit es dort gewaschen und verpackt wurde, um es danach wieder zurück nach Kiel zu bringen, wo man es auf den Märkten feilgeboten wurde. Aus betriebswirtschaftlicher Sicht war dies sinnvoll. Wo mochten diese Fernfahrer arbeiten? Ich hoffte, sie mussten heute nicht alle von Hartz4 leben.

Die Ausdünnung des Straßenverkehrs kam uns jedoch sehr entgegen. Denn die Wahrscheinlichkeit, dass wir in einen Stau gerieten oder in einen Unfall verwickelt wurden, war nahezu Null. Während wir einsam über die Autobahn rollten, hatten wir alle Fahrspuren weitgehend für uns. Nach vielen Stunden hatten wir das ständige Auf und Ab des Schwabenlandes hinter uns gelassen und die Rheinebene erreicht. Jetzt kamen wir mit Odins betagtem Transporter deutlich schneller voran, da sich die Fahrbahn hier in einem deutlich besseren Zustand befand, Unser Fahrer drückte zeitweise richtig aufs Gas, sodass wir bisweilen mit mehr als 100 km/h über die Piste bretterten. Obwohl wir sehr schnell in nördlicher Richtung vorankamen, blieb die Zeit nicht stehen und die Sonne senkte sich schon zum Horizont.

»Wir sind gleich da!«, rief Odin. »In der Nähe können wir übernachten. Hier fallen wir mit dem Zelt nicht auf. Es interessiert niemanden, wer hier kampiert.«

Es ließ den Wagen ausrollen. Während ich meinen Kopf aus den Salatköpfen heraus reckte, sah ich eine schier unendliche Ansammlung von Zelten, die auf einem asphaltieren Areal standen, das bis zum Horizont reichte. Von der Lage musste dies der internationale Flughafen Frankfurt sein, jedoch war weit und breit kein einziges Flugzeug zu sehen. Dieses Gelände wurde inzwischen also als Flüchtlingslager genutzt. Hier hob kein Flieger mehr ab – weder mit Geschäftsleuten, noch mit

Bankern zu Auslandsreisen. Selbst Urlaubsgäste konnten nicht mehr zu ihren Traumstränden in der Karibik geflogen werden. Schade. Das war definitiv kein Fortschritt beim Thema Reisefreiheit.

Als wir stillstanden, musste ich erst meine Gliedmaßen massieren, bevor es mir gelang, mich aufzurichten. Auch meine Leidensgenossen ächzten und stöhnten. Wir kletterten von der Ladefläche herab und vollführten einige Dehn- und Streckübungen. Bis auf Odin, der grinsend neben dem Fahrzeug stand und auf das Gemüse zeigte.

»Wisst ihr, wie Moslems das Gebet bezeichnen?« Ich wusste es. Ich schwieg jedoch. Denn sie waren schnell beleidigt, wenn man sich auch nur ansatzweise über ihre Religion lustig machte. »Salat!« Unser Fahrer lachte sich scheckig. Hoffentlich hörte uns niemand.

»Odin!« Ich schnauzte ihn an, das war mir in dieser nicht ungefährlichen Situation egal. »Sollten wir nicht unser Zelt aufbauen? Es wird langsam dunkel.«

»Okay, Okay!« Er wischte sich Tränen aus den Augen und zog Plane und Gestänge aus dem Fahrraum und wanderte über den Asphalt. Nach dem Tempo, in dem das Zelt errichtete hatte, schien er ein Proficamper zu sein. »Voilà!«, rief er und präsentierte stolz sein Werk.

»Ist das nicht ein Drei-Mann-Zelt?«, gab ich meine Vermutung laut bekannt. Selbst bei den Pionieren in der DDR gab es für fünf Personen deutlich mehr Volumen.

»Ein drei-Menschen-Zelt«, korrigierte er mich, während Kassandra mir einen bösen Blick zuwarf. »Es ist für euch. Ich schlafe im Auto.« In diesem Moment beneidete ich Odin. Für den Rest der Truppe wird es also sehr eng werden. Hoffentlich war Jürgen kein Grapscher in der Nacht – viele Männer taten im Alltag harmlos, wurden aber in der Dunkelheit zudringlich. Sie redeten sich häufig am nächsten Morgen damit heraus, Schlafwandler zu sein und dass sie sich an nichts erinnern könnten. Meistens waren dies nur dumme Ausreden.

Bevor ich meinen Platz in der Schlafstätte einnahm, begab ich mich zu den sanitären Einrichtungen. Dies war ein umfunktionierter Schiffscontainer, vor dem eine Schlange aus zwei Dutzend Leuten standen. Vermutlich gab es nur ein WC für tausend Personen. Als ich eintrat, schlug mir schon eine atemberaubende Wolke entgegen, sodass ich nochmals einen Schritt zurücktrat, tief einatmete und mir dabei vornahm, bis zum Ende meines Aufenthaltes die Atmung anzuhalten. Zu dem Örtchen gab es nur eine passende Beschreibung: Bäh! Der Blick auf den Rollenhalter erinnerte mich, wie die IT-Branche seinerzeit vom papierlosen Büro geschwelgt hatte, dessen Umsetzung jedoch niemals gelang. Hier war dies Realität. Nur war es kein Büro, auch wenn hier Sitzungen abgehalten wurden. Ich befürchtete, mein Kopf würde platzen, gerade gelang es mir, aus diesem ekelhaften Sanitärcontainer herauszurennen und wie ein in der Wüste Verdurstender nach Wasser gierte, so brauchte ich frische Luft und konnte endlich meinen Lungen das Element geben, wonach sie schmerzhaft brannten.

Als ich ins Zelt hineinblickte, lagen sie schon dicht nebeneinander.

»Angela ist zurück«, hörte ich Penelope murmeln. »Rückt ein Stück zur Seite, damit sie Platz hat.«

Jürgen lag ganz hinten im Zelt neben Kassandra. Hatte er vor, zu fummeln, traf es wenigstens nicht mich. Und dieses Wesen voll von unbändigem Zorn wusste sich mit Sicherheit zu wehren. Ich war froh, den vordersten Platz einnehmen zu dürfen. Zwar litt ich nicht unter Klaustrophobie, falls es jedoch nachts im Zelt brennen sollte, wäre ich die Erste, die fliehen könnte. Warum dachte ich gerade an solchen Blödsinn? Irgendeine Nachwirkung musste es sein, diese Panikmache der Rauchmelder-Lobbyisten, die mich damals dermaßen mit ihren Horrorvisionen traktiert hatten.

»Au! Es ist steinhart! Habt ihr eine Isomatte übrig?«, fragte ich meine Zeltgenossen, nachdem ich neben Penelope einen schmalen Platz gefunden hatte und den harten Asphalt unter mir spürte. Sicher wirkte ich in diesem Moment mürrisch, vielleicht sogar etwas wehleidig. Aber wer schon einmal selbst versucht hat, auf einem Untergrund zu schlafen, der so unangenehm wie Beton war, wird mich sicherlich verstehen.

»Wir haben alle keine Unterlage«, antwortete Jürgen. »Es ist zwar recht hart, aber wir bleiben hier schließlich nur für eine Nacht.«

»Ich hoffe wenigstens, es schnarcht niemand.« Meine Laune war etwas angeschlagen. Ich versuchte, eine angenehme Liegeposition zu finden – was aber erfolglos war, dermaßen eingequetscht zwischen der Zeltwand und meiner Nachbarin. Jetzt träumte ich von meinem gemütlichen Bett im Kanzleramt, in dem ich mich nach Belieben hätte umher wälzen können. So eingepfercht wie ich war … plötzlich fühlte ich Mitleid. Es war Mitgefühl mit diesen Wesen, denen wir solches antaten. Nicht nur für eine Nacht. So wie mir jetzt zumute war, so erging es den Hühnern, die in der Massentierhaltung keine Privatsphäre kannten und ihr Leben damit fristeten, ein Ei nach dem anderen zu legen. Für sie gab es keine Musik, keine Philosophie genauso wenig wie eine Karriere. Von alledem konnten sie nicht mal träumen. Wenigstens konnte ich das. Nur Eier-legen, das war ihr Lebensinhalt, dafür wurden sie gebraucht. Wie gut hatte ich es dagegen, die nur eine Nacht so verbringen musste. Ich empfand Mitleid mit den armen Kälbern, die sofort nach ihrer Geburt von ihrer Mutter getrennt wurden. Mit den niedlichen Ferkeln, die in stinkenden Ställen aufwachsen und solche Luft einatmen mussten, die mir in dem ekelhaften Container schier den Atem geraubt hatte. Jetzt dachte ich auch an diese armen Lämmer. Die geboren wurden, um zu sterben. Für sie waren wir unterwegs. Bei meinen Gedanken wurde mir bewusst, dass ich wirklich zu wehleidig war. Als ich mich mit dieser Situation abgefunden hatte und im Halbschlaf vor mich hindämmerte, hörte ich ein lautes Grunzen. *Wurden hier im Zelt auch Schweine gehalten?*, dachte ich zuerst, als ich ein lautes Klatschen hörte.

»Aua!«, schrie Jürgen.

»Du schnarchst!«, folgte der Kommentar von Kassandra.

»Dafür kann ich nichts. Deswegen musst du nicht gleich so hart zuschlagen.«

»Es war nur eine sanfte Ohrfeige. Manchmal schadet so etwas nicht!«

Nach einer kurzen Diskussion verstummten sie wieder. Der Traum vom weichen Bett im Kanzleramt, in dem mich niemand störte, blieb ein Tagtraum. Korrekt wäre, ein Nachttraum, um diese Uhrzeit, jedoch war an Schlaf nicht zu denken. Das Ritual mit Schnarchen, Klatschen, aufgeregtem Tuscheln wiederholte sich einige Male. Ich sehnte mich nach dem nächsten Morgen. Endlich wurde es hell. Ich warf einen Blick zum Zelt hinaus, das rote Leuchten am Horizont begrüßte ich wie eine Götterdämmerung. Endlich hatte ich die Nacht überstanden.

Wie ein Pendel alle anderen anstößt, so hatte meine Bewegung auch meine Zeltgenossen geweckt, die sich schlaftrunken in den eindringenden Sonnenstrahlen räkelten. Ich war zwar von Natur aus kein Mensch, der anderen ein wenig Glück missgönnte, dennoch fühlte ich nun tatsächlich ein wenig Neid gegenüber meinen Zeltinsassen. Trotz des steinharten Bodens und obwohl sie wie Legehennen in Käfighaltung fast Unmenschliches ertragen mussten, hatten sie Schlaf gefunden. Eifersüchtig sah ich, wie sie sich räkelten, als hätten sie wunderbar geschlafen und süße Träume gehabt, während mich die ganze Nacht unglaubliche Schmerzen gepeinigt hatten. In einem spontanen Zornesausbruch lief ich zum Transporter und sah Odin, der wie ein Kind selig darin schlummerte. Ich klopfte laut gegen die Scheibe. Er schreckte hoch und rieb sich die Augen. Eine halbe Minute später senkte sich das Fenster.

»Ist etwas passiert?« Odin sah mich schlaftrunken an. Er hatte offenbar gemütlich in seinem Transporter logiert. Darüber verspürte ich unfassbaren Ärger. Nach dieser unerträglichen Nacht zwischen den Schnarchern hatte ihm dieser Schlafplatz wohl einen Genuss bereitet. Mir war einfach danach, mich darüber zu beschweren.

»Nichts ist passiert!«, antwortete ich stattdessen. Dabei musste ich mich wirklich beherrschen, so zerschmettert, wie ich mich jetzt fühlte. Als hätte ich die Nacht auf einer Streckbank verbracht und wäre gleichzeitig in einem engen Käfig gehalten worden, als hätte man mir Hand- und Fußnägel ausgerissen und mich mit glühenden Eisenstäben traktiert. Bei den Rückenschmerzen, die ich spürte, verstand ich den Sinn der Freigabe jeglicher Drogen. Leider hatte ich in diesem Moment keinen Zugriff auf so etwas, daher musste ich notgedrungen die Zähne zusammenbeißen. »Sollten wir nicht gleich starten?«, fragte ich, »damit wir nicht zu spät kommen und all diese Lämmer sterben lassen?« Bei dem Wort *'Lämmer'* zuckte er zusammen und wurde hellwach.

»Du hast recht! Am besten, wir fahren gleich los!« Er sprang von seinem Wagen und lief zum Zelt. »Aufwachen, ihr Schlafmützen!«, hörte ich nun. »Es geht los!«

An diesem Morgen hatte sein Fahrzeug offensichtlich gute Laune und sprang sofort an. Vielleicht war dieses Auto sogar tierlieb. Für einige Menschen waren diese mechanischen Dinge wie lebendige Wesen. Manche gaben ihnen sogar Namen, so, als wären sie Haustiere, hegten und pflegten sie. Besonders bizarr war ein eheähnliches Verhältnis. Als ich einst mit dem Thema Objektliebe konfrontiert wurde, dachte ich anfangs an einen Scherz. Es war einer meiner Berater, der ständig von seinem Flitzer geschwärmt hatte. Hinter vorgehaltener Hand wurde mir jedoch zugetragen, dass er ein erotisches Verhältnis mit diesem Fahrzeug hatte. Es blieb mir damals nichts anderes übrig, als mich von ihm zu trennen. Denn als ich in einem Wochenmagazin von der Hochzeit eines Mannes mit einem Auto gelesen hatte, musste ich die Notbremse ziehen. Wie hätte dies ausgesehen, bei einem meiner engsten Berater? Die Schwulen-Ehe billigte ich Menschen noch zu, obwohl ich ein anderes Verständnis von Ehe hatte. Wenn es denn so sein musste, dann sollte es eben so sein. Ich wollte sie nicht dafür verurteilen. Aber doch nicht mit Auto, das ging dann doch zu weit.

Wir kamen auf unserer Fahrt durch die Rheinebene schnell voran. Weder hinderte uns die mittelmäßige Qualität der Autobahn, noch wurde unser Fortkommen durch irgendwelche Kontrollen verzögert. In Zeiten, in denen Mobilität ein Luxus war, vermutete man wohl noch nicht, dass eine illustre Gruppe mit verwegenen Absichten diesen fast unbezahlbar gewordenen Treibstoff dafür vergeudeten, um ohne jegliche Gewinnabsicht ein Ziel anzusteuern. So näherte sich unser Gemüsetransporter dem Zentrum der *Islamischen Republik*, die von meinen Genossen zum Feindesland erklärt worden war. Unbehelligt rollten wir durch die Vororte der Hauptstadt Köln. Es war eine Stadt, die von vielen nicht als politisch relevant eingeschätzt wurde. Aber der Eindruck täuschte. Es war kein Zufall, dass der erste Bundeskanzler, Konrad Adenauer, von hier stammte. Denn in ihrem ausgelassenen Schunkeln und Feiern verbargen die Narren - oder *kölsche Jecken*, wie sich selbst bezeichneten - geschickt ihre revolutionären Absichten. Genauer betrachtet, waren sie eigentlich todernst und verfolgten diszipliniert ihr straffes Programm, wie politische Parteien. Mit ihren lächerlichen Mützen und den närrischen Anzügen nahm sie jedoch keiner ernst. Das war das Geniale daran. So wie jemand in der Verkleidung eines Clowns ungestört eine Bankfiliale betreten könnte, den man erst dann als bedrohlich erkennen würde, wenn er eine Kalaschnikow zückte und die Tageseinnahmen forderte, so hätten die Kölner Jecken unbehelligt in den Reichstag eindringen und sich an die Macht putschen können. Diese Narretei war eine alte Tradition, die damit begonnen hatte, dass die Rheinländer sich über das militärische Gehabe der Preußen lustig machten. Den zackigen Marsch der preußischen Soldaten karikierte man im Rheinland in bunten Kostümen, womit sie ihr Vorbild derart lächerlich machten, dass diese Großmacht irgendwann verschwand. Zwar wurde der preußische Stil später für die Nationale Volksarmee der DDR übernommen, die jedoch genau das gleiche Schicksal traf. Das Einzige was noch überlebt hatte, war dieser *Kölsche Karneval* mit seinen Funkenmariechen, die stolz wie DDR-Grenzwächter marschieren und ihre kurzen Röckchen schwangen, beobachtet von unzähligen Schaulustigen, die jedes Jahr in die Hauptstadt der Narren pilgerten. Ich fragte mich, wie man den Karneval praktizierte, nachdem der Islam die Herrschaft über die Stadt übernommen hatte. War Funkenmariechen heutzutage verschleiert? Trug sie einen langen Rock, der nicht nur ihre Oberschenkel verbergen, sondern bis zum Boden reichen musste? Womöglich war diese Veranstaltung auch gänzlich verboten und die sogenannte fünfte Jahreszeit vollends abgeschafft. Meines Wissens feierten die Moslems solches nicht. Denn es war ein Fest, das ausgelassen wirkte, in Wahrheit jedoch politische und religiöse Machtmenschen kritisierte. Zu dieser Art politischer Spezies gehörte ich zwar nicht, dennoch war selbst ich aufgrund meines Amtes häufig die Zielscheibe von Narren. Im Islam fanden zwar auch Feste statt, beispielsweise die Passionsspiele. Die Gläubigen marschierten mit nacktem Oberkörper durch die Straßen und fügten sich Hiebe mit der Peitsche zu, bis ihnen das Blut über den Körper strömte. Es war ein Fest der Selbstkasteiung und nicht vergleichbar mit unserem Fasching.

»Findet heute eigentlich noch Karneval statt?«, fragte ich Jürgen über die Salatköpfe hinweg.

»Ja, jedes Jahr«, antwortete er. »Es ist zwar nicht mein Ding, aber es gefällt mir, wie sie sich bei diesen Faschingsveranstaltungen über ihre Mullahs, Imame und sonstigen Amtsinhaber lustig machen.«

Auch das hatten die Narren offensichtlich überlebt. Die preußische Zeit, die Nazi-Diktatur, die DDR und nun auch die islamische Herrschaft. Harmlos und witzig zu erscheinen, damit überdauert man wohl auch die schwierigsten Zeiten. Das fand ich bemerkenswert. Jetzt bereute ich, dass ich die Macht des Humors in meiner ganzen politischen Karriere nie wirklich eingesetzt hatte, abgesehen von dem einen oder anderen vorsichtigen Ansatz, bei dem ich keine Gefahr laufen konnte, mir Feinde zu machen. Die wichtigen Weltgeschehnisse hatte ich immer mit großer Ernsthaftigkeit betrachtet und immer um Lösungen gerungen.

Odin parkte unser Fahrzeug in einer Seitengasse. Jürgen schien den Weg genau zu kennen und ging voraus. Wir marschierten durch kleine Straßen bis zu einem großen Platz, über dem sich Kölns Wahrzeichen wie ein unendlich mächtiges Bollwerk des Glaubens erhob.

»Sind wir nicht auf dem falschen Weg?«, gab ich laut meinen Zweifel zur Kenntnis, als wir direkt auf den Dom zuhielten. »Wir wollten doch zu einer Moschee.«

»Ja, hier sind richtig.«

»Wie bitte? Der Kölner Dom ist jetzt eine Moschee?«

»Nicht nur das. Leute, bleibt einmal kurz stehen«, bat Jürgen. »Wir sollten einmal dieses alte Bauwerk in seiner ganzen Größe betrachten, auch wenn es ein Symbol der Ausbeutung und Unterdrückung darstellt.«

Mehr als tausend Jahre wurde daran gearbeitet. Während der Dom langsam in die Höhe wuchs, kamen Befürchtungen auf – wenn er einst vollendet wäre, so sagte man, dann würde die Welt untergehen. Die Leute waren damals sehr abergläubisch.«

»Jürgen, es waren insgesamt 632 Jahre!«, korrigierte ich ihn. »Ich weiß solche Dinge!« Während ich den Dom betrachtete, fiel mir auf, dass die Fassade in weiten Teilen aus hell schimmerndem Sandstein bestand. Es war unübersehbar, dass in den letzten Jahren große Teile dieses uralten Gebäudes ausgebessert worden waren. Außerdem war das früher reichverzierte Portal im gotischen Stil einem romanischen Bogen aus abwechselnd schwarzem und weißem Marmor gewichen.

»Okay, die Zeit bis zur Vollendung ihres Doms war für die Menschen trotzdem eine gefühlte Ewigkeit. Die Prophezeiung war am Ende nicht eingetreten. Angela, schau einmal zum oberen Ende der Türme!«

Ich ließ meinen Blick die Fassade hinauf wandern, über filigrane Steinschnitzereien, bis ganz nach oben. Fast bekam ich davon eine Nackenstarre. Doch ich sah, was Jürgen mir zeigen wollte. Die erste Turmspitze war vom Halbmond gekrönt, die zweite zierte ein Kreuz.

»Was hat das zu bedeuten?«

»Mehrere Religionen nutzen dieses Bauwerk heute. Freitags ruft der Muezzin seine Moslems zum Gebet. Sonntags läutet die Glocke für die Christenheit.«

»Haben sie gemeinsame Gottesdienste?« Mein erster Schock verflog, dass die mächtigste Kathedrale der Christenheit eine Moschee geworden war. Eigentlich war daran nichts auszusetzen, beide Religionen unter einem Dach zu sehen. Eine Ökumene, die sogar meine Visionen übertraf.

»Gleichzeitig? – nein. Das Gebäude wurde privatisiert. Wer Miete zahlt, darf dort predigen. Nach dem schweren Erdbeben von Köln vor zwanzig Jahren war der Dom stark einsturzgefährdet. Danach zogen sich aufwendige Restaurationsarbeiten, um den alten Zustand wiederherzustellen, über viele Jahre hin. Sie verschlangen Milliarden, bis die

Diözese pleite war. Um dieses Gebäude dennoch erhalten zu können, wurde es privatisiert. Wem es jetzt gehört, das ist offiziell nicht bekannt. Es kursieren Gerüchte, der Dom wäre jetzt im Besitz einer Hamburger Kiezgröße.«

Im ersten Moment war ich entsetzt. Rotlichtmilieu und heilige Kathedrale passte aus meiner Perspektive absolut nicht zusammen, daher versuchte ich, diese Information aus meinem zweiten Ohr wieder austreten zu lassen. Doch sie blieb in meinem Kopf und verharrte dort. Jemand, der so viele Jahre im diplomatischen Umfeld gearbeitet hatte und trainiert darin war, den Fragen von Journalisten sehr genau zuzuhören und auf jede Nuance ihrer Aussage zu achten, um versteckte Stolperfallen herauszuhören, so jemand konnte das nicht, einfach weghören. Meine Gedanken arbeiteten und versuchten Allem im Kern einen positiven Sinn zu geben. Das konnte ich gut, hatte ich mir dies doch in den vielen Jahren angeeignet, in denen ich bei Staatsbesuchen den bizarrsten Persönlichkeiten begegnet war, die man sich nur vorstellen konnte. Eine Kiezgröße war sicherlich besser, als wenn dieses einzigartige Bauwerk einem amerikanischen Multimillionär, einem chinesischen Investor oder gar irgendeinem Ölscheich aus Saudi-Arabien in die Hände gefallen wäre. Vielleicht hatte der Mann auch das Bedürfnis gehabt, dass er etwas gutmachen müsste, nachdem er mit dubiosen Geschäften zu seinem Vermögen gelangt war. Wir kennen das zur Genüge. Versicherungsmakler und Finanzspekulanten, die in hohem Alter mit ihrem Geld und einem schlechten Gewissen dasaßen und es für einen guten Zweck spendeten oder Charity-Shows veranstalteten. Sich für die Rettung dieses heiligen Gebäudes einzusetzen, dafür hatte der Mann nun meinen Respekt. Ich werde für sein Seelenheil beten.

»Wir sind nicht hier, um die Fassade anzubeten! Was ist mit unserer Operation?« Kassandra fuchtelte mit den Armen und blickte uns mit feurigen Augen an. Unser Hitzkopf wirkte mit dem künstlichen Bart und der Verkleidung wie ein fanatischer islamistischer Hassprediger.

»Okay, stürzen wir uns ins Gefecht!«, gab Jürgen sogleich das Kommando zum Start unserer waghalsigen Aktion. »Und nicht vergessen: erst Schuhe ausziehen und ein paar Pantoffeln nehmen.

Langsam und demütig in die Gebetshalle eintreten. Wir dürfen nicht gleich auffallen.«

Als wir uns die Schlappen aus Stoff übergezogen hatten, kam mir eine Frage in den Sinn. Ich stellte sie laut: »Gelten die Regeln auch für Christen, wenn sie hier zu ihrem Gottesdienst gehen?«

»Nein, die dürfen traditionell ihre Straßenschuhe anbehalten.« Das ergab für mich keinen Sinn. Doch jetzt war nicht die passende Zeit, dieses Ritual zu hinterfragen. Unsere höchste Priorität galt dem Prinzip, uns eisern an ihre Regeln zu halten und keine Aufmerksamkeit auf uns zu ziehen. Mit einem äußerst ungutem Gefühl folgte ich den anderen in die riesige Gebetshalle. Das Kreuz, an dem Jesus hing, war ebenso verhüllt wie alle Heiligenfiguren. Die bunten Kirchenfenster hatte man hinter langen Stoffbahnen verborgen. Sie ließen zwar etwas Licht hindurch, doch das Kirchenschiff wirkte sehr düster. Jürgen führte uns schweigend vorwärts zu einer Menge von Gläubigen, die schon geduldig wartete. Er ließ sich auf die Knie sinken. Wie verabredet taten wir es ihm gleich, ohne einen Laut von uns zu geben. Nun galt es, abzuwarten. Mir zitterten die Knie. Ich hörte, wie mein Herz pochte. Mir wurde plötzlich bewusst, dass es etwas völlig anderes war, sich opfern zu wollen, als es tatsächlich zu tun. Am liebsten wäre ich aufgestanden und sofort gegangen. Hätte ich einen Rosenkranz dabeigehabt, würde ich vor Nervosität beständig das Vaterunser beten, um mich zu beruhigen. Ich hatte das dringende Bedürfnis, mich abzulenken von dem, was passieren würde, wenn wir diese Aktion durchgezogen haben. Man würde uns schnappen. Ich konnte es fast vorhersehen. Was tun Moslems mit Menschen, welche ihre heiligen Rituale stören? Dazu noch in solch einer drastischen Weise, wie wir es vorhatten? Hand ab? Kopf ab? Mit wurde schlecht.

Es ging los. Der Imam stieg auf die Kanzel und lächelte. Nach einer kurzen Verneigung begann er zu sprechen. Ich verstand keines seiner Worte. Vermutlich sprach er arabisch. Den Moslems fehlte ein Martin Luther. Ein Reformator, der alles aus dem Lateinischen - was ich ebenso wenig verstand - ins Deutsche übersetzt hatte. Während ich den Mann betrachtete, der wild gestikulierend von seiner erhöhten Position predigte, hoffte ich inständig, es wäre kein Hassprediger. Jemand, der dazu aufrief, alle Ungläubigen zu töten. Denn die sogenannten Ungläubigen waren wir. Eine verschworene Gemeinschaft, die sich mitten unter ihnen aufhielt und auf den richtigen Moment wartete, um sie zu provozieren. Unter den vielen Gläubigen wären wir leichte Opfer. Denen sie die Kehle durchschneiden konnten, bevor sie nach dem Gottesdienst ausschwärmen würden, um sich neue Opfer zu suchen. Ich schwankte einen Moment, als meine Beine nachgaben. Doch hielt ich mich an Jürgen fest und konnte mich wieder fangen. So konnte ich im letzten Moment verhindern, dass wir auffielen und von allen gesteinigt wurden. Von nun an klappte alles. Wir folgten den Bewegungsabläufen so, wie wir es bei unseren Trockenübungen geprobt hatten. Verbeugen, aufrichten, auf die Knie sinken und ganz zu Boden werfen. Uns auf den Knien aufrichten und dabei leise murmeln. So leise, dass niemandem auffiel, was wir eigentlich von uns gaben. Ich beobachtete die Männer vor mir und folgte ihren Bewegungen mit kleiner Verzögerung. Meine Bedenken, dass wir auffliegen würden, hatten sich als unbegründet herausgestellt. Alle waren offensichtlich so tief in ihr Gebet versunken, dass sie sich gar nicht um uns kümmerten. Bald fühlte ich Schmerzen in der Hüfte. Die alte Skiverletzung meldete sich und sie bereitete mir bei jedem Aufrichten zunehmende Schwierigkeiten. Ich kam auf die Idee, den Text *Auferstanden aus Ruinen* zu rezitieren. Erstens kannte ich dieses Lied aus meiner Zeit vor der Wiedervereinigung in- und auswendig. Und ich würde nicht den Eindruck erwecken, bei meinen Rezitationen unsicher zu sein. Zweitens hatte es auch etwas Spirituelles, wenn man von Auferstehung sprach. Drittens war ich mir sicher, dass den Text hier niemand mehr kannte. Würde ich stattdessen das Vaterunser aufsagen, könnte das irgendjemandem auffallen. Ich fragte mich, wie viele dieser Betenden zum Islam konvertierte Christen waren.

Wir hatten bei unserer Aktion zwar geplant, die Kniefälle zu mitzuzählen. Ein Countdown. Aufgrund meiner Nervosität war ich jedoch mit den Zahlen durcheinander gekommen. Als ich laute Schreie hörte, wusste ich, dass unsere waghalsige Aktion nun begann. Die Bedeutung *waghalsig* wurde mir erst in diesem Moment wirklich bewusst. Wir riskierten tatsächlich unsere Hälse.

»Tiere sind Geschöpfe Allahs! Beendet das grausame Schlachten in seinem heiligen Namen!«

Ich wünschte mir in diesem Moment, tief im Boden zu versinken. Hinab in die Heiligen Katakomben des Doms. Am besten in den Sarkophag direkt bei den Gebeinen der - falls es tatsächlich ihre Knochen waren - *Heiligen Drei Könige*. Den Schrein würde so schnell keiner zu öffnen wagen, um darin nachzuschauen. Zumindest käme kaum jemand auf die Idee, in den Reliquien nach demjenigen zu suchen, der das dreiste Sakrileg begangen hatte, die heilige Zeremonie zu stören. Dort unten soll es angeblich auch Geheimgänge geben. So könnten wir unbemerkt aus dem Gebäude schleichen, wenn man die Suche nach uns endgültig eingestellt hätte. Ich fühlte mich, als wäre ich zu einem Eisblock erstarrt, war nicht in der Lage, mich zu bewegen. Regungslos verharrte ich auf den Knien.

»Schnell, steh auf!« Jürgen zog mich auf meine Füße. Er stützte mich. Erst jetzt nahm ich das ganze Desaster wahr. Alle Menschen um uns herum waren mit roter Farbe besudelt und starrten uns an, als wären wir Wesen aus einer anderen Welt. Sie wirkten nicht verärgert. Noch nicht, sondern sie sahen uns entsetzt an. Wie Kaninchen, die eine Schlange anstarrten, welche soeben in ihren Bau eingedrungen war. In dem Moment lief Kassandra zu mir. Nackt und mit der Farbe auf ihrem Körper sah sie aus, als hätte sie gerade ein Gemetzel veranstaltet. Sie riss mir den Bart ab, griff nach meiner rot besprenkelten Tunika und riss sie in Stücke. »Nehmt die Füße in die Hand und lauft!«, schrie Jürgen. Wie in Trance reagierte ich, folgte den anderen zum Portal und lief die Treppe hinab. Ich stolperte. Um mich herum drehte sich alles. Ich landete hart.

Gefangen

»Will sie denn gar nicht mehr aufwachen? Hoffentlich ist sie durch unsere Aktion nicht umgekommen!« Ich hörte die weinerliche Stimme Penelopes. Man hatte uns also nicht exekutiert.

»Sie regt sich!« Ich fühlte eine harte Ohrfeige. »Komm schon, wach auf!« Wurde ich an einen Pranger gebunden? Gemeinsam mit meiner verrückten Truppe? Ich hörte meine Parteigenossen sprechen. Doch ich konnte meine Augen nicht öffnen.

»Nicht so hart! Misshandle sie nicht!«, hörte ich jemanden schimpfen. Vielleicht hatten sie die Scharia einen Moment ausgesetzt. Sie wollten uns sicher verhören, um mögliche Hintermänner zu finden. Kontaktpersonen, die unsere terroristische Zelle unterstützten und die sie gemeinsam mit uns hinrichten würden. Erst würden sie uns foltern. Dann müsste ich Namen nennen. Wenn ich dies nicht tat, würde man annehmen, ich würde mauern und niemand verraten wollen. Zum Mauern war ich viel zu jung – damals. Sieben Jahre alt war ich, als die Grenzbefestigungen hochgezogen wurden. Warum mussten meine Eltern überhaupt in die DDR ziehen? Wären wir in Hamburg geblieben, hätten wir es bestimmt viel besser gehabt. Andererseits: im Westen aufgewachsen, welche Karriere wäre mir überhaupt möglich gewesen? Bundeskanzlerin hätte ich dennoch werden können, selbst wenn ich jenseits der Mauer aufgewachsen wäre.

»Angela?« Langsam konnte ich meine Augen öffnen. Erst erkannte ich eine unverputzte Backsteinmauer und eine Pforte aus massivem Eisen. Ich drehte meinen Kopf und erkannte sie. Jürgen, Penelope, Kassandra und Odin. Es waren keine Erzengel. Petrus war weit und breit nicht zu sehen. Die schwere Eisentür war also nicht die Himmelspforte. Wir befanden uns in einem düsteren Raum, vermutlich war es ein Kerker. Der alte Hippie lächelte.

»Was für ein Glück, dass ihr alle hier seid.« In meinem schmerzenden Kopf wiederholte sich die Szene meines Sturzes. Durch mein Missgeschick hatte ich die Gefährten aufgehalten, wodurch das Ende unserer Flucht anders verlaufen war, als wir es geplant hatten. »Ich hoffe, es ist nicht meine Schuld, dass man euch geschnappt hat.«

»Wir konnten dich nicht auf der Treppe liegen lassen. Freunde stehen füreinander ein, niemand wird zurückgelassen! Notfalls sterben wir gemeinsam!« Die anderen nickten nach Kassandras feierlicher Ansprache. Ich fühlte mich wohl. Wenn es etwas wie echte Freundschaft gab, dann war es genau das, was ich in dieser Runde empfand. Dieses gemeinsame Abenteuer hatte uns zusammengeschweißt. Nun zeigte sich, dass jeder sich für jeden einsetzte.

»Wo sind wir?«

»In einem Kölner Gefängnis. Wir sind in Sicherheitsverwahrung. Nach unserer Operation war solcherlei zu befürchten. Wenn …« Jürgen verstummte. *Wenn wir rechtzeitig abgehauen wären,* wollte er sagen, tat es jedoch nicht aus Rücksicht auf meinen Sturz. Den er mir nicht zum Vorwurf machen würde. Sie alle wussten, dass ich den missglückten Salto Mortale nicht mit Absicht vollführt hatte.

Ich schaute mich in unserem Verlies um. Es hätte uns schlimmer treffen können, als in dem tristen Raum untergebracht zu werden. Odin saß direkt neben mir, die anderen drei auf dem Stockbett gegenüber. Obwohl es muffig roch und die Matratze, auf der wir saßen, vermutlich schon vielen Generationen als Liegestatt gedient hatte. Die Enge in diesem ungepflegten Raum war mir lieber als eine Isolationshaft. Dieses Gefängnis war besser als der Ruf, den viele Haftanstalten innehatten. In denen man mit Eisenketten an der Wand hing oder gefoltert wurde, so wie in … ich hoffte, dass die Berichte über spezielle Gefangeneneinrichtungen der Amerikaner nur infame Lügen waren. Hier jedenfalls war es erträglich. Das nährte meine Hoffnung, dass wir das Ganze unbeschadet überleben könnten. Vielleicht wollte man uns aber auch täuschen und in Sicherheit wiegen. Dies wäre wirklich perfide.

126

Während ich die momentane Lage in aller Stille sondierte, diskutierten meine Mitstreiter über Ausbruchsmöglichkeiten. Es begann mit gewalttätigen Aktionen, für die sich vor allem Kassandra aussprach. Dem Nächsten, der sich der Zelle näherte, würde sie durch die Gitterstäbe einen Tritt in die Weichteile verpassen. Im Anschluss erörterten sie zivilisiertere und aufwendigere Strategien. Odin schlug vor, den bröckelnden Putz von der Wand zu kratzen, um zu sehen, ob sich dahinter Backsteine verbargen, und ob man die Fugen dazwischen herauslösen könnte. Ich sinnierte derweil über legale und offizielle Wege, die uns herausbringen könnten.

»Ich habe Kontakte zu Leuten in höchsten Positionen, die uns sicher helfen und herausbringen könnten«, meldete ich mich nach meiner ersten Analyse, um die fruchtlosen Diskussionen der anderen zu beenden. »Könnte ich doch nur jemanden anrufen. Dann wäre es nur eine Frage von Stunden.«

Alle verstummten. Odin zog einen Stöpsel aus seinem Ohr und reichte ihn mir. Ich wollte schon danach greifen und ihn fragen, wie man mit dem Ding umging. Da kamen mir Bedenken.

»Den haben die Wärter übersehen, als sie mich gefilzt haben, Angela! Kein Problem, du kannst ihn gerne verwenden, um deine Kontaktleute anzurufen.«

Meine Idee war, einen meiner engsten Berater in Berlin zu benachrichtigen. Jemand, dem ich jederzeit vertrauen konnte. Mochten sie auch oft anderer Meinung sein – wenn es darauf ankam, konnte ich immer auf sie zählen. Altmeier und Schäuble hätten in der vertrackten Situation sehr genau gewusst, was zu tun wäre. Ein Lösegeld zahlen wäre das Einfachste. Alternativ mit diplomatischen Konsequenzen drohen. Doch erst nachdem ich meinen Vorschlag in die Runde geworfen hatte, war mir bewusst geworden, dass ich eine Kleinigkeit übersehen hatte. Die vergangene Zeit. Ob die beiden überhaupt noch im Amt waren? Dies war eine Frage, die ich als vernünftiger Mensch klar mit *Nein* beantworten konnte. Nun konnte ich mir nicht einmal sicher sein, ob diese Menschen überhaupt noch lebten. Dazu kam, dass Berlin sich außer

Reichweite befand – hinter den unüberwindbaren Grenzanlagen dieses eingemauerten Staates. Der Verfassungsschutz, falls es ihn noch geben sollte, hatte seinen Sitz genau dort, wo sich dieser dem Grundgesetz entfremdete Staat nun befand. Diese geheime Behörde würde somit genauso wenig die Verfassung schützen, die ich einst gekannt habe, wie sie mir helfen würde, aus diesem Loch herauszukommen. Die einzige Hilfe, auf die ich noch hoffen konnte, war die Regierung Bayerns. Es war aber ausgeschlossen, dass dieser Seehofer immer noch Ministerpräsident wäre. Ich könnte mich höchstens an seinen Nachfolger wenden. Das war möglicherweise dieser Söder. Wie Schröder, nur kürzer. Und noch frecher! Beim ihm verspürte ich genauso wenig Lust wie bei seinem Vorgänger, mich auf die Knie fallen zu lassen und zu betteln. Vor solchen Leuten einen Gang nach Canossa zu inszenieren, das kam nicht in Frage. Ich war eher bereit, diesen Knast noch etwas länger zu erdulden, als mich vor diesem Hallodri in den Staub zu werfen.

Odin versicherte sich mit einem Blick durch die Eisenstäbe, dass sich kein Wärter in der Nähe befand. Er kratzte mit seinen Fingernägeln etwas Putz von der Wand. Enttäuscht schüttelte er den Kopf.

»Dahinter befindet sich massiver Beton. Mit vernünftigem Werkzeug könnte ich etwas ausrichten. Mit einem Bohrhammer würde ich in zwei Stunden durchkommen und könnte ein Loch mit einem Durchmesser von einem Meter schaffen – falls die Mauern nicht zu dick sind. Schlagbohrer und Strom wären nötig. Ein Akkubohrer würde hier nicht reichen«, analysierte er fachmännisch. Doch diese Analyse war hier fehl am Platz.

»Wir haben ja nicht einmal einen Akkubohrer«, kommentierte Penelope.

»Und eine Steckdose habe ich im Raum auch noch nicht gesehen«, stellte Jürgen fest.

»Kein Problem! Ich könnte das Gerät an die Fassung der Glühbirne anschließen. Dann hätten wir Strom.«

»Jetzt fehlt nur noch die Bohrmaschine. Vielleicht sollten wir den Wärter fragen, ob er uns seine leihen könnte.« Kassandra lachte. Odin, der mit seinen handwerklichen Fähigkeiten angegeben hatte, ließ seine Schultern sinken.

»Okay … ich hatte nur laut gedacht.«

»Außerdem wäre es dann dunkel. Die Bohrgeräusche würden zudem jemandem auffallen«, setzte Penelope nach und sprach ruhig. »Vielleicht sollten wir versuchen, uns mit den Wachmännern anzufreunden. Vielleicht gewähren sie uns Privilegien. Zum Beispiel einen einstündigen Freigang. Und dann hauen wir ab! Aber nicht, ohne uns vorher freundlich zu verabschieden und bei ihnen zu bedanken.«

Als die Mehrheit zustimmend nickte, hörten wir Schritte. Ein Augenpaar blickte durch die Gitterstäbe. Kurz darauf hörten wir das Schloss klicken. Zwei mit Sturmgewehren bewaffnete Gestalten nahmen hinter einem Mann Aufstellung, der die Zelle betrat und eine Schüssel mit dampfender Suppe abstellte. Dazu legte er Plastikgeschirr und Besteck. Während dieser Aktion sah ich, wie Penelope und Jürgen die streitsüchtige Kassandra im Klammergriff festhielten. Sie gaben sie nicht eher frei, bis der Mann sich zurückgezogen hatte, die Tür ins Schloss gefallen war und die Bewaffneten sich mit schweren Schritten entfernten.

»Was sollte das?«, echauffierte sie sich.

»Die hatten Maschinenpistolen! Wir wollten dich von einer unüberlegten Handlung abhalten«, sprach Jürgen ruhig.

»Penelopes Plan ist der beste, zudem war eine Mehrheit dafür«, schloss sich Odin an.

Ich selbst war froh, dass sie unser Energiebündel davon abgehalten hatten, den Kammerdiener anzugreifen, worauf die Soldaten mit Sicherheit das Feuer eröffnet hätten.

»Gerade hättest du höflich nach dem Schlagbohrer fragen können, Odin!«, murrte Kassandra. »Hier dumm herumzusitzen und nichts zu tun, bringt uns auch nicht weiter.«

Genau das ist eine Strategie, die sehr häufig unterschätzt wird, dachte ich, als Jürgen die Suppe verteilte. *Vieles lässt sich einfach aussitzen. Manche Probleme erledigen sich dann von selbst.*

Es war Bohnensuppe. Sie war lecker gewürzt und mit Tomatenstücken verfeinert. Was wir in diesem Ambiente serviert bekamen, war deutlich besser als das durchschnittliche Essen in einem Krankenhaus. Dieser Sachverhalt brachte mir Hoffnung. Jemand sah uns als wichtig an. Möglicherweise als politischen Feind, dem man zeigen wollte: *'So schlimm sind wir gar nicht.'* Damit konnte man mich zwar nicht weichkochen, dennoch war ich froh, nicht solch widerliches Zeug wie Krankenhauskost aufgetischt zu bekommen.

»Plastiklöffel, das ist schade«, kommentierte Odin zwischendurch. »Wären sie aus Metall, hätten wir versuchen können, ein Loch durch den Beton zu kratzen.«

Alle schwiegen, bis wir unsere Mahlzeit abgeschlossen hatten.

»Wir sollten weiter diskutieren, wie wir hier ausbrechen könnten«, unterbrach Kassandra die Stille.

»Ich haue mich erst mal aufs Ohr. Ich bin unglaublich müde.« Jürgen kletterte auf den oberen Teil des Stockbettes und machte es sich auf der abgelegenen Matratze bequem.

»Wir hatten uns auf Penelopes Plan geeinigt.« Odin tat es dem Alten nach. Somit ließ er mich mit der Furie und unserer Mimose allein.

»Warten wir mal ab, was passiert. Ich halte es für das Beste, stillzuhalten. Solange, bis wir genau wissen, was auf uns zukommen wird.« Ich ließ mich auch auf mein Bett fallen und richtete mich gemütlich ein. Wenn eine Situation mich dazu bewegt hätte, ausbrechen zu wollen, war es die Übernachtung in Odins Zelt. Angenehm, dass ich mich auf dieser betagten Matratze ausstrecken konnte. Eine Weile hörte ich die beiden so gegensätzlichen Frauen tuscheln. Bald dämmerte ich in einen angenehmen Schlaf.

Im Kerker

Metallisches Klappern riss mich aus den Träumen. Die lose an der Decke baumelnde Glühlampe tauchte das Zimmer abrupt in beißend grelles Licht. Ein gutgekleideter Mann stand vor der Zellentür und sprach mit angenehm weicher Stimme in unseren Raum.

»Guten Morgen, werte Insassen! Zu Ihrer Information: zur Mittagszeit wird Sie ein Rechtsanwalt besuchen. Ihnen wird ein Verteidiger zur Seite gestellt, der sich mit Ihnen über die nächsten Schritte austauschen wird.« Kurz darauf war der freundliche Mann wieder verschwunden. Zwar hatte er sich nicht vorgestellt, doch aus dessen Äußerem schloss ich auf eine gehobene Verwaltungsperson.

Während meine Mitstreiter kurz aufgehorcht hatten und wieder müde auf ihr Bett zurücksanken, begab ich mich in eine sitzende Position. Ich musste nachdenken. Im wachen Zustand konnte ich nicht mehr untätig in den Federn liegen. Auch wenn ich in dieser Situation wenig zu tun vermochte, konnte ich zumindest die Lage sondieren. Einen Asylantrag zu stellen würde uns in diesem Fall kaum helfen. Wir befanden uns noch in dem Land, in dem wir mehr oder weniger politisch verfolgt wurden – woran wir zugegebenermaßen erhebliche Mitschuld trugen. Wir mussten uns den Tatsachen stellen. Dass wir Rechtsbeistand erhielten, war schon mal eine gute Sache. Zumindest wenn dieser nicht nur eine Alibifunktion hatte, sondern für einen geordneten Ablauf des anhängigen Gerichtsverfahrens sorgen würde. Ein Schauprozess war nicht ausgeschlossen, sowie ein Rechtsbeistand, der mit den Anklägern unter einer Decke stecken könnte – die möglicherweise keine ordentlichen Staatsanwälte waren, sondern eine Versammlung strenggläubiger Mullahs, die uns mit Sicherheit diese provokante Aktion niemals verzeihen würden.

Ich betrachtete Penelope, die mir gegenüber mit dem Daumen im Mund schlummerte. So etwas sollte man sich abgewöhnen, sagte man früher, sonst wäre der Finger irgendwann abgenutzt. Ihr Daumen hatte bisher jedoch keine sichtbaren Schäden davongetragen. Die Generation meiner Eltern war noch sehr streng mit solchen Verhaltensregeln. Gewisse Dinge gehörten sich einfach nicht, wenn man der Kindheit entwachsen war. Dennoch war es ein niedliches Bild, sie friedlich am Daumen nuckeln zu sehen. Auch Kassandra schnurrte sanft wie eine Katze. Ein ungewöhnlicher Anblick, wenn man sie in wachem Zustand kennengelernt hatte und um ihre Neigung zu Zornesausbrüchen wusste. Als alle friedvoll in ihren Betten lagen, musste ich an die armen Lämmer denken, die einen sinnlosen Tod finden würden. Beim Prozess sollten wir uns genau auf dieses Thema konzentrieren. Immer, wenn der Vorwurf zur Sprache kommen würde, dass wir die Gläubigen in ihrem heiligen Gebet gestört hätten, sollten wir entgegnen, dass wir es zum Schutze von Wehrlosen taten. Und wir quasi aus Notwehr gehandelt hätten. Schließlich forderte unser Glaube ebenso wie der Islam, sich für Arme und Schwache einzusetzen. Ich ließ mir einige Bibelstellen durch den Kopf gehen, die so etwas forderten, die möglicherweise auch im Koran ihren Widerpart finden könnten. Die Bergpredigt! So wie Jesus damals Tausende speiste, so gebot der Glaube den Moslems, zum Ramadan die Hungernden und Obdachlosen mit Mahlzeiten zu versorgen. Stand und Glaubensordnung waren dabei unwichtig. Jeden Bedürftigen sollten sie speisen lassen, während sie fasteten. Eigentlich war es ein wunderbarer Glaube, dieser Islam, wenn er nicht so oft zweckentfremdet würde. Doch standen wir nicht gerade besser da, wenn man auf den dreißigjährigen Krieg zurückblickte oder die Missionierung der Ureinwohner in den Kolonien kritisch beleuchtete. Es drehte sich letztendlich nicht um den Glauben. Um Macht ging es. Selbst während der mittelalterlichen Kreuzzüge. Damals hatten wir, die Christen, den islamischen Glauben kaputtgemacht. Bis zu diesem Konflikt war er eine friedliche und fortschrittliche Religion, die den Andersgläubigen viel Toleranz entgegenbrachte. Juden wie Christen. Zwar mussten sie einen Tribut entrichten, um ihren Glauben frei ausüben zu dürfen. Lediglich mussten sie dafür etwas mehr ans Staatssäckel abliefern als ein linientreuer Bürger. So wie Raucher für ihre gesundheitsschädliche Lebensweise zusätzliche Steuern bezahlen mussten.

Ich wurde aus meinen Gedanken gerissen, als ich ein metallisches Klicken hörte. Der Zugang zu unserem bescheidenen Gemach wurde aufgeschlossen. Ein bärtiger Mann in weißer Robe trat ein. Sofort wurde die Zellentür hinter ihm verriegelt. Der Besucher sah sich kurz in unserer illustren Gesellschaft um, von der alle, abgesehen von meiner Person, träge auf ihren Betten lagen. Der Mann verbeugte sich höflich. Urplötzlich wurden auch meine Zellengenossen lebendig. Als Kassandra aufsprang und dem Besucher entgegenlaufen wollte, reagierten Odin und Jürgen gleichzeitig und nahmen sich ihrer an. Außer sich vor Rage schlug sie um sich. Ich bewunderte die beiden Männer, wie sie zahlreiche Schläge ohne Murren einsteckten – um zu verhindern, dass sie sich losreißen und unserem freundlichen Besucher einen Tritt in sein Gemächt verpassen würde. Sie zeterte und fluchte, doch die Männer hielten sie fest im Griff. Unser Besucher beobachtete die Szene lächelnd und nickte freundlich. Diese Geste schien unsere Furie etwas zu beruhigen. Zumindest hörte sie auf, die zwei Mannsbilder mit Fäusten zu traktieren.

»Gott sei mit Euch!« Unser Besucher war jemand Besonderes. Ich fühlte das. Er wirkte demütig und zugleich ehrfurchtgebietend. Wie ein weiser alter Mann, ein Allwissender, ein über Allem stehender Buddha gekleidet in ein weißes Gewand. Sein Haupt schmückte ein kunstvoll gewickelter Turban. Ohne dass ich es mir erklären konnte, empfand ich höchsten Respekt vor diesem Menschen. Ihm fehlte nur der Heiligenschein.

»Und Gott sei mit dir!«, antwortete ich spontan. Ich hatte die Form des Duzens angewendet. Hoffentlich war es kein Fehler – schließlich war dies der Beginn eines formellen Gespräches. Ich vermutete, er war unser Anwalt, der diesen Job angenommen hatte. Der dazu gezwungen war, ihn anzunehmen, weil in einer Strafsache immer ein Pflichtverteidiger hinzugezogen werden musste. Möglicherweise hatte ihn ein schlechtes Los getroffen oder er hatte etwas gut zu machen, weshalb er zu unserer Verteidigung berufen wurde. Vielleicht hat er beim Flaschendrehen verloren. Ein Anwalt, dem die schwierige Aufgabe zukam, unsere potentielle Todesstrafe soweit abzumildern, dass wir nur noch Sozialstunden leisten mussten. Sein Lächeln hätte unecht sein können. Vielleicht dachte er lächelnd daran, wie er uns ausliefern könnte und hoffte insgeheim auf unsere Exekution.

»Hier waren schon prominente Häftlinge wie Günter Guillaume, Ulrike Meinhof und Beate Zschäpe untergebracht. Ihr befindet euch also in illustrer Gesellschaft!«, begann er. Das fehlte gerade noch, dass später womöglich auch der Name *Angela Merkel* in einem Atemzug mit solch üblen Gesellen fallen würde. Auf solche Prominenz konnte ich verzichten. Das hatte meine Biographie nicht verdient! Mochte man mir auch vorwerfen, ich hätte bei manchen Entscheidungen die Zukunft nicht vorausgesehen, man konnte mir auf keinen Fall nachsagen, ich hätte jemandem bewusst Schaden zugefügt. Oder in schlechter Absicht gehandelt. Nein, so einen Fall gab es definitiv nicht. Niemals, in meiner gesamten politischen Karriere nicht.

»Du bist doch nur ein dreckiges Schwein! So wie ihr alle!« Kassandras Ausruf machte sofort alle meine Strategien zunichte, uns als harmlose Touristen zu geben, die aufgrund von Unkenntnis der strengen Regeln des Islams gegen ihre Gebräuche verstoßen hatten. Es kommt schon mal vor, dass Besucher beim Betreten einer Moschee vergaßen, ihre Schuhe auszuziehen und die heiligen Gebetsräume in Pantoffeln betraten. Oder der typische Fauxpas von Touristinnen, die einen Rock trugen, bei dem etwas von ihren Beinen zu sehen war. Bei einem Staatsbesuch in Israel war es einmal passiert, dass einer meiner Begleiter *Jahwe* laut ausgesprochen hatte. Damals hatte man ihn freundlich darauf hingewiesen, dass der Name Gottes nicht genannt werden dürfte. Es gab keine weiteren Konsequenzen. Die Moslems dagegen sind in einigen Punkten äußerst empfindlich. Ich erinnere mich gut daran, wie einer meiner Minister auf einer Auslandsreise eine Mohammed-Karikatur mitgebracht hatte und so naiv war, unsere Gesprächspartner zu fragen, was sie an dessen Darstellung als Strichmännchen auszusetzen hätten. Für diese Dummheit hatte ich mich damals fast dazu hinreißen lassen, ihm unter dem Konferenztisch einen heftigen Tritt zu geben. Das Problem war nicht die Karikatur selbst, sondern dass der Prophet nicht in einem Bildnis dargestellt werden durfte. Das Treffen war spontan beendet worden. Bei unserer Rückreise nahm ich meinen Kollegen wegen des gescheiterten Staatsbesuches zur Brust. Einem Touristen hätte man solche Naivität verziehen. Aber nicht jemandem, der ein halbes Jahr Zeit hatte, sich auf die Sitten und Gebräuche des Landes eingehend vorzubereiten. In einer Regierung hatte man es nie leicht. Die Posten der Minister mussten nach ihrem politischen Gewicht vergeben werden und nicht nach der Eignung für die jeweilige Position. Aufgrund seiner Prominenz würde ein Fußballer wie Franz Beckenbauer genügend Wählerstimmen für sich gewinnen, um problemlos die Position eines Außenministers und Vize-kanzlers erreichen zu können. Mit solchen Prominenten könnte man natürlich keine vernünftige Politik betreiben. Zum Glück wurde ich wenigstens von solchen Stereotypen verschont. Ich hätte jegliche Aktivi-täten meiner Außenpolitik eingestellt und die Arbeit meines Minister-teams auf den Bolzplatz verlegt. Altmeier hätte ein hervorragender Torwart werden können. Am besten mit Gabriel als zweitem Torwart. Zusammen hätten sie keinen einzigen Ball durchgelassen. Dieses Bild brachte mich zum Lachen.

Unser Besucher sah mich kurz an und fiel lachend mit ein. Konnte er etwa Gedanken lesen? Das wäre wirklich perfide. Ich stoppte spontan alles, was mir durch den Kopf ging und reduzierte meine Sinne auf das Beobachten unseres Besuchers. Seine Handbewegungen verfolgte ich ebenso wie die Bewegungen seiner Füße. Als psychologisch geschulter Diplomat hatte er seine Gesten vollends unter Kontrolle. Daher achtete ich auf Details. Das war wichtig, denn wenn er keine Regungen zeigte, die etwas über seine Stimmung verrieten, dann waren wir in einer gefährlichen Situation. Er könnte ein Profi sein, der keine echten Emotionen preisgab, sondern der den Wechsel zwischen Sprechen und anschließendem Lachen perfekt beherrschte. Dies taten hochrangige Leute des Geheimdienstes. Wenn man sie zum Äußersten reizte wie unser weiblicher Streithahn, lachten sie noch lauter, weil sie wussten, dass sie am Ziel waren und ihre Aufgabe erfüllt hatten: einen Grund zu finden, warum unsere Exekution eine notwendige Handlung war.

»Bist du unser Verteidiger?«, fragte Jürgen. Ich war froh, dass er sich zu Wort meldete. Wenn jemand harmlos wirkte, war es der alte Mann in unserer Gruppe. Abgesehen von mir. Der Ältesten. Alleine konnte ich uns jedoch kaum aus dieser schwierigen Lage herausboxen. Einerseits, weil Kassandra meine Strategie, uns als harmlose Gruppe zu präsentieren, zunichte gemacht hatte. Andererseits, weil unser Besucher Moslem war. Kein Mann, der dieser Glaubensrichtung angehörte, gab etwas auf die Meinung einer Frau. So höflich er sich auch mir gegenüber verhielt – mir waren keine Ausnahmen bekannt. Die niedere Rolle der Frau gegenüber dem Herrn der Schöpfung war einer der Grundsätze des Islams.

Er holte einen Schemel, nahm Platz und verschränkte die Arme. Er ließ sich Zeit mit seiner Antwort und sah jeden von uns an. Nach einer Weile des Schweigens nickte er freundlich.

»Das ist deine Verteidigungsstrategie?« Kassandra lachte hysterisch. »Vor Gericht einen dummen Gesichtsausdruck zeigen und nichts sagen? Du bist wahrscheinlich nur auf das Geld aus, dass du für deinen lächerlichen Posten bekommst!«

Ich bereute, dass wir uns so schlecht vorbereitet hatten. Um harmlos zu wirken, hätten wir Vorsorgemaßnahmen treffen müssen. Vielleicht hätten wir Kassandra ans Bett fesseln und ihren Mund mit Panzerband verkleben können. Andererseits wäre es schwierig, dieses Material in unserer Zelle zu finden. Die beiden Männer hätten sie auch zu Boden drücken und ihren Mund zuhalten können, während Jürgen und ich mit dem Anwalt sprachen. Einem halbwegs intelligenten Besucher wäre dies natürlich direkt aufgefallen. Dass wir dabei harmlos gewirkt hätten? Nein, das wäre sehr unwahrscheinlich gewesen. Was auch immer wir unternommen hätten, wäre vergebens gewesen.

»Ihr könntet mir Namen von Personen im Hintergrund nennen, mit denen ihr zusammenarbeitet. Vor Gericht würde dies zu einem milderen Urteil führen.« Er sah uns nacheinander streng in die Augen. »Mir wurde aufgetragen, euch diesen Vorschlag zu unterbreiten.«

Totenstille herrschte im Raum. Nach diesen Worten wirkten meine Mitstreiter ebenso wie ich entsetzt. Für mich war dieses Angebot aber keine Überraschung. Ich sah meine Befürchtungen bestätigt, dass dieser Mann vom Geheimdienst sein könnte. Er hatte zu feilschen begonnen. Die anfängliche Freundlichkeit war die typische Fassade für Verhörspezialisten. Nannten wir Hintermänner, die seine Offiziere vor den Kadi zerren konnten, bot er im Gegenzug einige Hafterleichterungen. Vorausgesetzt, unsere Hilfe half ihnen, weitere Widerständler ausfindig zu machen.

»Von mir aus ist dieses Gespräch beendet!« Odin schüttelte den Kopf.

»Es ist nur die entscheidende Frage, wie du lebend hier herauskommst!« Im gleichen Moment schlangen sich zwei starke Arme um Kassandra, die abermals wild zeterte und um sich schlug. Sicher hatten Odin und Jürgen die Gefahr schon vorausgesehen und die zwei bewaffneten Männer vorher beobachtet, die vor der Zellentür standen. Drohend richteten sie ihre Sturmgewehre auf uns.

Unser Besucher nickte und zwinkerte uns kurz zu, bevor er aufstand und den Raum verließ. Mein Puls schlug hart an meiner Schläfe, Gedanken wirbelten turbulent in meinem Kopf. Ich konnte mir kein Bild von dem machen, was uns erwarten würde. Korrekterweise wäre zu sagen, es spielten sich einige gruselige Szenen vor meinem geistigen Auge ab. Die eines Marktplatzes, auf dem wir zu einem Podest geführt wurden und unsere Köpfe auf einen Hackklotz senken mussten, damit der Scharfrichter sein endgültiges Urteil fällen konnte. Vielleicht enthauptete man uns mit einer Guillotine. Denn diese Vorrichtung war kurz und schmerzlos. Ein ungeübter Henker hingegen musste oft mehrmals zuschlagen, bis er endlich den Kopf vom Rumpf getrennt hatte. Beim Tod durch den Strang drohte statistisch gesehen ein noch schmerzvollerer Tod. Falls der Kopf nicht mit einem Ruck von der Wirbelsäule getrennt wurde und wenn man, statt glückselig ins Jenseits zu streben, die Höllenqualen des Erstickens erleiden musste. Dies war noch schlimmer als dieses Waterboarding, das manch einen Amerikaner so begeisterte. Von allen Bildern, die vor meinen Augen vorbeizogen, gefiel mir kein einziges. Selbst das humane Sterben nicht, das sich dieser französische Doktor, der ehrwürdige Herr Guillotine, aus humanitären Gründen ausgedacht hatte.

Odin löste eine Schraube aus dem Stockbett, ging zur Betonwand unseres Verlieses und begann zu kratzen. Eine Viertelstunde lauschten alle seinem schabenden Geräusch.

»Was hast du vor?«, flüsterte Penelope.

»Das Einzige, was uns übrig bleibt. Einen Durchgang durch die Wand zu schaffen.«

»Wie lange würde das dauern?«, fragte Kassandra leise. Es war ungewöhnlich, sie so zahm wie ein Lämmchen zu sehen. So, als hätte sie tatsächlich allen Widerstand aufgegeben und wäre bereit, sich unserem gemeinsamen Schicksal zu ergeben. Vielleicht hatte sie begonnen, ernste Gedanken daran zu verschwenden, wie wir am geschicktesten entkommen könnten. Es hatte den Anschein, als hätte die todesmutige Kämpferin tatsächlich Angst.

»Ein paar Tage. Mit Sicherheit. Vielleicht auch Monate. Oder ein Jahr«, murmelte unser Mann für das Praktische. »Ich weiß ja nicht, wie dick die Wand ist.«

Ich beobachtete, wie er beharrlich mit der Schraube an der stabilen Wand kratzte. Er wirkte wie diese Menschen im Krankenhaus, die sich an den Armen ritzten, um sich von ihren geistigen Schmerzen abzulenken. Als wollte Odin sich beschäftigen, um gegen die zunehmend depressive Stimmung anzukämpfen. Auf diese Art hier herauszukommen, dafür war es nicht das passende Rezept. Aktuell konnten wir leider kaum etwas tun. Außer zu diskutieren oder schweigend herumzusitzen. Odin musste nicht alleine schuften, Jürgen übernahm nach einer Weile das aussichtslose Kratzen an der Betonwand. Die beiden Frauen gesellten sich bald dazu. Da sie nicht lange stillhalten konnten, entwickelte sich ein wenig zielführender Dialog.

»Na, wie schaut's aus?«

»Einen halben Zentimeter haben wir mittlerweile geschafft, denke ich.«

»Und? Wie läuft's? Bist du inzwischen ein wenig weitergekommen?«

»Sehr wenig!« Jürgen zuckte mit seinen Schultern.

»Wie tief ist der Durchbruch jetzt?«

Kassandra und Penelope wirkten wir zwei Projektmanagerinnen, die sich in regelmäßigen Abständen über die Fortschritte informierten, während einer stetig arbeitete. Der - besser gesagt - sich nur sinnlos beschäftigte.

»Millimeter für Millimeter. Es dauert. Doch es geht voran! Den ersten Zentimeter haben wir schon geschafft.« Erneut hatten sich die Männer bei der Pionierarbeit abgelöst, Odin war wieder am Werk.

»Hau rein!«, ermutigte ihn Kassandra.

»Und? Gibt es schon erste Erfolge?«, fragte Penelope, die eigentlich hätte sehen können, dass die ganze Aktion sinnlos war.

»Wenn ihr mich nicht andauernd stören würdet, ginge es schneller! HALTET DIE KLAPPE, IHR NERVT!« So zornig hatte ich Odin noch nie gesehen, so wie er die zwei Frauen laut anfuhr. »Vielleicht wollt ihr zur Abwechslung auch mal etwas tun?« Er hielt ihnen die rostige Schraube vor die Nase, worauf sie synchron den Kopf schüttelten.

»Ich bin nicht gegen Tetanus geimpft«, erklärte Penelope. »Für die Medikamente werden angebrütete Hühnereier verwendet. Deswegen habe ich mich nicht darauf eingelassen.«

»Macht ihr beiden das ruhig. Für irgendetwas müssen Männer doch gut sein!« Kassandra zog sich schmollend zurück.

»Dann - lasst - mich - doch - einfach - meine - Arbeit - machen!« Odin brummte und setzte sein sinnloses Werk fort. Penelope musterte ihn kurz mit bedauerndem Blick und zog sich auf ihr Stockbett zurück.

Während die einen diskutierten und die anderen werkelten, arbeitete ich in Gedanken eine Strategie aus, mit der wir auf diplomatische Weise hier herauskommen könnten. Ich sondierte abermals die Lage genau. Wir befanden uns in einem Raum, aus dem wir mit verfügbaren techni- schen Mitteln nicht herauskämen. Die beiden Wächter zu bestechen, die sich mit Maschinenpistolen im Hintergrund hielten, wäre ein aberwitziger Plan. Zudem verabscheute ich Korruption über alles. Selbst diesen Berlusconi hätte ich flugs der Zelle verwiesen, wenn er hier erschienen wäre und grinsend seine Hand offengehalten hätte. Genügend Geld hätten wir mit Sicherheit nicht aufbringen können, um ihn zufriedenzustellen. Die Situation war aus meiner Sicht folgendermaßen: wir hatten einen sehr netten, aber mutmaßlichen Geheimdienstarbeiter kennengelernt. Daraus folgte, man versuchte mit dem Spiel *guter Mensch, böser Mensch* an mögliche Hintermänner heranzukommen. Nach dem netten Besucher würde ein Mann erscheinen, dessen Aufgabe es war, jeden zu foltern und zu demütigen. Wahrscheinlich stand uns noch Schlimmeres bevor. Mit diesem heimtückischen Trick sollten wir ein Vertrauensverhältnis zu dem scheinbar guten Mann aufbauen. Nach und nach würden wir ihn mit Informationen füttern, damit er Zugeständnisse erwirken könnte, die uns vor dem Zugriff des bösartigen Folterknechts schützten. Eine uralte Strategie. Fast jeder, der in den höheren Sphären der Politik unterwegs war, kannte das Spiel. Obwohl die meisten von ihnen selbst daran scheiterten, die ersten zwei Paragraphen des Grundgesetzes wiederzugeben. Meine Analyse machte mir unsere verheerende Lage klar, denn wir müssten irgendetwas über die Hintergrundaktivisten ausplaudern. Meines Wissens gab es da niemanden. Nur unsere verschworene Gruppe. Der vorgebliche Engel würde uns immer wieder bitten, etwas zu verraten, damit sich unsere Situation verbesserte, während der Folterknecht seine Daumenschrauben immer weiter anzöge. Da ich zumindest nichts Konstruktives beizutragen hatte, würde der Fiesling drehen und drehen, bis ihm in den Sinn käme, ob ein anderes Mittel meine Zunge wohl besser lösen würde. Eine eiserne Jungfrau einsetzen, glühende Eisen auflegen, uns in einen winzigen Käfig sperren oder Elektroschocks verabreichen. Den Kopf unter Wasser drücken. Irgendetwas half bei jedem – außer, er hatte wirklich nichts preiszugeben, damit der Knecht endlich in den Feierabend gehen konnte. Bei mir gab es kaum etwas zu erfahren. In diesem Fall gar nichts. Ich müsste mir etwas ausdenken.

Die Minuten schlichen dahin. Stunden vergingen, bis die Glühbirne in unserer Zelle automatisch erlosch. Es war zehn Uhr. Bettruhe.

Die Befreiung

Die ganze Nacht konnte ich nicht schlafen, so sehr war ich aufgewühlt nach all den dramatischen Ereignissen. Als die trostlose Lampe urplötzlich unseren Raum mit Licht durchflutete – so abrupt, wie sie am Vorabend erloschen war, wurde mir bewusst, wie sehr wir unseren Gegnern ausgeliefert waren. So klein und schwach hatte ich mich noch nie zuvor gefühlt. Auch in den schwierigsten Situationen meiner politischen Karriere nicht, wenn es die beste Lösung war, abzuwarten und nichts zu tun. In einer ausweglosen Lage konnte ich zuvor immer noch irgendetwas tun, auch wenn es etwas vollkommen Nutzloses war. Nun war ich mit meinen Streitgenossen einem äußerst schwer einzuschätzenden Gegner ausgeliefert.

Den ganzen Tag hörte ich das stetige Kratzen. Vielleicht hatten es unsere Mannsbilder inzwischen geschafft, diese Vertiefung weitere drei Zentimeter in die Betonwand zu ritzen. Wenn jemand vom Wachpersonal dies bemerkt hätte, würde er die Arbeit zweier Tage mit einer Prise Spachtelmasse zunichte machen und das schweißtreibende Werk ginge von Neuem los. Alle schwiegen. Bis auf Kassandra, die zwischendurch hysterisch mit den Fäusten gegen die Wände schlug und wild brüllte. Ein weiterer Abend brach an. Mit einem dumpfen 'Plopp!' verlöschte die Lampe und beendete abermals unser sinnloses Unterfangen, uns durch die Wand zu arbeiten.

Ich war soeben eingeschlafen, da schepperte die Zellentür. Der kegelförmige Schein einer Taschenlampe zuckte durchs Zimmer. Es folgten hektische Worte.

»Kommt mit! Rasch, beeilt euch!« Ich schnellte hoch und betrachtete die Szene aus halb geöffneten Augen. Ich konnte kaum etwas erkennen. Irgendwelche fremden Leute waren in den Raum eingedrungen. »Wir müssen fix sein! Wenn ihr hier heraus wollt, packt eure Sachen und folgt uns!«

Meine Zellengenossen und ich kamen der Aufforderung ohne zu fragen nach. Im schwachen Schein einer Taschenlampe sah ich die schlaftrunkenen Augen Odins, Jürgens und Penelopes. Einen Augenblick später gesellte sich Kassandra hinzu. Sie rieb die Augen und fragte fast geistesabwesend: »Was ist los? Brennt es?«

»Wir sind vollzählig!«, erklärte ich, worauf sich unsere mutmaßlichen Befreier sofort in Bewegung setzten. Ohne Zögern folgten alle den mysteriösen Männern in einen Gang, wir liefen durch mehrere Tunnel und schlichen eine Treppe hinauf. Vor einer massiven Eichentür hielten die Leute inne. »Wer seid ihr?«, fragte ich vorsichtig den Mann neben mir, der mir mit einem Finger auf den Lippen zu verstehen gab, dass es der falsche Zeitpunkt wäre, Fragen zu stellen. Ein Moment der Totenstille folgte. Als sich nichts regte, setzten wir uns wieder in Bewegung. Wir ließen ein schmiedeeisernes Tor hinter uns und gelangten ins Freie. Mondlicht schien auf uns herab. Hastig führten uns die Befreier in dessen Schatten. Im Schritttempo schlichen wir im Halbdunkel durch schmale Häuserschluchten.

Ich machte mir keine Illusionen. Diese Befreiungsaktion gehörte sicher zu einem größeren Plan. Dieser mutmaßliche Gutmensch versuchte mit perfiden Mitteln unser Vertrauen zu gewinnen. Wenig später würden wir erwischt werden, worauf der Folterknecht in Aktion treten könnte, der sich zunächst unsere vorgeblichen Befreier vornehmen würde. Eine Show, um uns in dem sicheren Glauben zu wiegen, dass diese auf unserer Seite wären. Man würde drohen, dass ihnen üble Dinge angetan würden, falls wir uns nicht bereit erklärten, unsere Organisation zu verraten. Eine pfiffige Strategie! Ich würde mich daher zurückhalten und erst schauen, was sie wirklich mit ihnen anstellen würden. Kooperierten wir nicht und wären sie umgekehrt nicht so konsequent, ihre Drohung in die Praxis umzusetzen, kämen sie in die Bredouille. Dann müssten sie sich etwas Neues ausdenken. Sie könnten uns auch vorführen, wie sie unsere angeblichen Gesinnungsgenossen durch Elektroschocks traktierten. Diese würden vor Schmerzen schreien, es wäre aber nur Show. Man würde ihnen, wenn überhaupt, nur sanfte Stromschläge verabreichen. Nein. So leicht konnte man mich nicht täuschen.

Keinesfalls werde ich denen, die uns gerade aus dem Gefängnis führten, blindlings vertrauen. Ob wir erwischt würden oder in ihrem angeblichen Geheimversteck landeten, wir mussten Vorsicht walten lassen.

Wir liefen durch dunkle Gassen und finstere Parks. Regelmäßig vergewisserte ich mich, ob meine Freunde noch bei mir waren. Ja. Wir waren zu fünft. Wir rannten noch viel weiter, als ich es erwartet hätte. Entweder war dies eine gut durchdachte Geheimdienststrategie, oder es waren tatsächlich Leute, die uns befreien wollten. Warum auch immer, mein Vertrauen mussten sie erst verdienen. Ich und meine Freunde folgten ihnen in ein heruntergekommenes Wohnviertel. Die Fassaden waren mit Graffiti verschmiert. Es wirkte wie ein Hort von Kleinkriminellen. Immer wieder verharrten die Leute und spähten um eine Hausecke. Sie flüsterten und liefen weiter. Mein Orientierungssinn hatte längst aufgegeben, unsere ungefähre Position nachzuvollziehen. Ich vermutete, sie führten uns über Umwege zum Ziel. Kreuz und quer durch dunkelste Winkel. Wie Hänsel und Gretel sollten wir jede Spur verlieren und nicht die geringste Chance haben, zurückzufinden. Falls wir es überhaupt wollten. Denn der Rückweg würde uns wieder dorthin führen – Verlies war das falsche Wort, besser gesagt: eine mittelmäßige Absteige. Wie eine Jugendherberge zu Zeiten, als ich noch jung war und keine hohen Ansprüche stellte. Nur Eisengitter gab es damals nicht. Umgekehrt war es in dieser Unterkunft wesentlich ruhiger. Ehrlicherweise muss ich zugeben, dass dieser Kerker angenehmer war als dieses ständige Gerangel, ohrenbetäubende Geschrei und Getrampel auf den Gängen. Damals in den Herbergen musste ich es unzählige Nächte erdulden und hatte es als absolut unerträglich empfunden. Ich erinnerte mich, wie ich einmal überlegt hatte, eine Stinkbombe im Korridor zu zünden und mich mit meiner Matratze in ein Gebüsch zurückzuziehen, um endlich in Ruhe schlafen zu können. Dagegen war die Übernachtung hinter schwedischen Gardinen erstaunlich angenehm – wenn man davon absieht, dass wir zur Untätigkeit gezwungen waren. Besser gesagt, uns mit nichts anderem beschäftigen konnten als mit aussichtslosen Ausbruchsversuchen.

Wir schlichen zwischen Zäunen hindurch und an Parzellen vorbei. Kleingärtner hatten auf diesen kleinen Inseln ihr bescheidenes Paradies erschaffen. Hier und da war etwas völlig verwildert, die meisten Grundstücke dagegen sahen aus wie in einem Katalog. Manches wirkte, als wären die Eigentümer Fanatiker, die jede Nacht in ihrem Gartenhäuschen lauerten. Womöglich würden sie mit einem Sturmgewehr im Anschlag jeden Versuch eines Unholds abwehren, der in ihren geliebten Garten Eden eindringen und dem mit der Nagelschere getrimmten Gras ein Härchen krümmen würde. Die Einstellung mancher Schrebergärtner konnte ich in meinem ganzen Leben noch nie nachvollziehen. Im Prinzip verhielten sie sich wie das Politbüro der DDR. Doch das Prinzip der Abschottung auf ein Gebiet von wenigen Quadratmetern anzuwenden, dafür hatte ich deutlich weniger Verständnis. Ich war nicht bereit, solches Verhalten für normal zu erklären. Höchstens, es zu tolerieren. Wörter wie *irre* oder *fanatisch* – auch wenn ich sie nicht laut geäußert hätte, fand ich angemessen. Ich war weder Rassist, noch fremden- oder frauenfeindlich. Die homosexuelle Ehe entsprach nicht meinem Glauben. Und doch war ich bereit, dies zu tolerieren, wenn Menschen dies für nötig hielten. Mancher Schrebergärtner hingegen war eine Art Mensch, die man zumindest unter Beobachtung halten sollte.

Abrupt hielten die düsteren Gestalten vor einer Parzelle. Das Grundstück wirkte abschreckend. Zwischen dem morschen Lattenzaun wucherte Unkraut. Die Eingangspforte hing schwer in ihren rostigen Angeln. Es wirkte wie ein seit Ewigkeiten verlassenes Gelände, das Ambiente fast gruselig in dieser Finsternis. Während wir schwiegen und verharrten, durchdrang der Ruf eines Uhus die Nacht. Einmal. Zweimal. Dreimal. Die seltsamen Leute hoben das Gatter an und gaben uns schweigende eine Aufforderung, das düstere Grundstück zu betreten. Es war definitiv keine Parzelle, in denen ein Schrebergarten-Partisan jede Nacht sein Eigentum vor Eindringlingen schützen würde. In diesem verwahrlosten Grundstück wäre es absurd, einen dieser gestrengen Kleingärtner anzutreffen.

Beim Marsch durch Brombeerranken zog ich mir einige Kratzer zu und musste mich häufig von den Dornen losreißen, die mich immer wieder festhielten wie ein Perverser, der nach allem und jeder Frau griff, die in seine Reichweite kam. Die Leute führten uns zu einer Baracke, die man in jedem Baumarkt für wenig Geld kaufen konnte. Als die Männer in der Mitte des Verschlags eine Luke öffneten, wurde mir bewusst, dass alles rundum nur der Tarnung eines Geheimverstecks diente.

Wir stiegen über eine Leiter in einen Raum hinab, der doppelt so groß war wie das Gartenhäuschen darüber. Wenn die Leute uns wirklich in die Irre führen wollten, hatten sie keine Kosten und Mühen gescheut. Weit im Voraus hätten sie vorhersehen müssen, dass sie Besuch von regimekritischen Gästen bekommen würden. Andererseits: welches Regime hatte denn keine Feinde? Selbst ich als demokratisch gewählte Kanzlerin wurde häufig mit Anfeindungen konfrontiert, obwohl ich es eigentlich allen recht machen wollte. Gerade deswegen wurde ich oft verbal angegriffen. Oder ich wurde angebettelt wie eine Vogelmutter, die sich um den Nachwuchs in ihrem Nest kümmern musste. Hatte die Mutter ein Küken mit einem Wurm gefüttert, zeterte der Rest umso lauter. Waren alle anderen bedient, fing das erste wieder mit lautem Geschrei an, worauf sich das arme Mutterherz erneut auf Nahrungssuche begeben musste, damit die Jungen endlich Ruhe gaben. Die kleinen Vögel wurden irgendwann flügge. Anders als das Volk, das niemals mit dem Gejammer aufhörte und sich stets über gravierende Ungleichbehandlungen beklagte. Hartz4-Empfänger kämen viel zu kurz, Rentner müssten leiden. Den Arbeitnehmern, die sich angeblich zu Tode schufteten, wurde zu viel weggenommen. Auch die Unternehmer beschwerten sich, weil sich ihre Investitionen gar nicht mehr lohnten. Vielleicht gehörte es zum Charakter eines sesshaften Menschen, zu wehklagen und sich in Selbstmitleid zu suhlen.

Dieses Gewölbe war ohne Möbel eingerichtet und entsprach der Ausstattung eines Beduinenzeltes. So wie viele bescheidene Wohnungen im arabischen Raum arrangiert waren. Der Boden war mit Teppichen ausgelegt. In einer Ecke stand ein Samowar für die Zubereitung des starken Schwarztees, der bei den Moslems besonders beliebt war. Statt eines Tisches mit Stühlen waren Sitzkissen rundum drapiert. Auf einem saß der höfliche Mann, der sich beim Besuch in unserer Zelle als Rechtsanwalt ausgegeben hatte. Freundlich lud er uns ein, auf den Kissen Platz zu nehmen.

Dabei zeigte er wieder sein unverwüstliches Lächeln. Wäre er ein Geheimdienstmitarbeiter, spielte er seine Rolle perfekt und wäre für diese Aufgabe mein idealer Mann. So jemanden hätten wir im Verfassungsschutz wirklich gut gebrauchen können. Wesentlich mehr jedenfalls als diese Leute im Nadelstreifenanzug mit Einser-Abitur, denen jegliche soziale Kompetenz fehlte.

»Gott sei mit euch!« begrüßte er uns freundlich. Wir nahmen nacheinander auf fünf Sitzkissen Platz, während die anderen Befreier die Leiter wieder hochkletterten und sich außerhalb unserer Sichtweite zurückzogen. »Willkommen, liebe Gäste! Ich hoffe, euch hat diese nächtliche Aktion keine Unannehmlichkeiten bereitet!«

Sehr leicht hätten wir den ehrwürdigen Mann als Geisel nehmen können. Mittlerweile tendierte ich zu der Vermutung, dass er es ehrlich meinte. Eine versteckte Strategie, mit der er unser Vertrauen gewinnen wollte, wurde zunehmend unwahrscheinlicher. Ich warf einen Blick zu Kassandra, ob sie zetern oder in einen Wutausbruch verfallen würde. Wider Erwarten sah ich bei ihr einen glücklichen Gesichtsausdruck. Sie schaute den alten Mann an, als hätte sie sich in ihn verliebt. Von ihrer Seite waren kaum noch Schwierigkeiten zu erwarten. Außer, sie würde plötzlich aufspringen und ihn wild küssen. Doch sie saß so brav auf dem Kissen, als wäre sie in Trance verfallen. Das gab mir Hoffnung. Ich wandte meinen Blick zu Jürgen, der mir mit einem fragendem Gesichtsausdruck entgegen starrte. Aus seiner Miene las ich, dass er wissen wollte, ob er von uns beiden der Wortführer sein sollte. Ich nickte.

»Wir sind euch zu großem Dank verpflichtet!« Jürgen war für einen Laien nicht ungeübt in Diplomatie. Dies bestärkte mein Vertrauen in ihn. Die Entscheidung war richtig, ihm die ersten Worte zu überlassen. »Ich hoffe, für unsere Befreiung seid ihr nicht allzu große Risiken eingegangen!«

Der Mann vollführte eine wegwerfende Handbewegung.

»Manchmal muss man eben etwas für seine Überzeugung tun. Dies war auch in unserem Sinn.«

»Warum habt ihr uns befreit?« Penelope stellte die alles entscheidende Frage.

»Tee?« Der freundliche Mann nahm statt einer Antwort die fein ziselierte Kanne vom Samowar und reichte allen einen kleinen silbernen Becher. Nacheinander schenkte er jedem seiner Gäste ein und beobachtete uns nachdenklich. Ich nippte. Sofort verbrannte ich mir am heißen Getränk die Zunge, bereute es jedoch nicht. Dies war ein wichtiges Ritual, das jeder Moslem praktizierte. Mit Smalltalk musste man zunächst beginnen, bevor man zu ernsteren Themen wechseln durfte. Nun wollte ich endlich erfahren, wie es um uns stand. Ich musste von ihm hören, was er mitzuteilen hatte und spitzte meine Ohren. Er sprach leise. »Wir wollen ebenso wie ihr etwas Politisches bewirken. Nicht alles, was dieses Regime tut, findet unsere Zustimmung. Mit manchen Sachen sind wir gar nicht einverstanden.«

»Wie das Schlachten von Lämmern?« Kassandra meldete sich als erste zu Wort. »Seid ihr auf unserer Seite, wenn es darum geht, das Morden zu beenden?«

Der Mann schaute sie eine Weile an. Mit dem Thema hatte er offensichtlich ein Problem. Als Moslem war dieser Punkt sicher nicht das, was er für kritikwürdig erachten würde.

»Tiere sind mir heilig. Ich würde ihnen niemals ein Leid antun.« Seine Worte nahm ich mit Verwunderung auf. War er womöglich ein Buddhist, der sich als Moslem getarnt hatte? Meine inneren Alarmglocken schrillten. Es roch nach einer Strategie, wie sie ein Beamter des Geheimdienstes praktizieren würde. Hier stimmte etwas nicht! Die Einstellung nahm ich ihm nicht ab. Um so harmlos wie möglich zu wirken, setzte ich meinen naiven Blick auf und wagte, ihm mit meiner nächsten Frage eine kleine Falle zu stellen.

»Woran glaubt ihr?«

»Ich glaube an das Leben. Mein Glauben gebietet es mir. Jedes Wesen, das atmet, verdient meinen Respekt.« Das beantwortete zwar nicht meine Frage. Seiner Miene nach schien er dies jedoch sehr ernst zu meinen. Äußerste Vorsicht war geboten. Ich hatte einige Menschen kennengelernt, die es perfekt beherrschten, Gesichter wie ein Poker-spieler aufzusetzen. Manchen war es sogar gelungen, mich eine Zeitlang zu täuschen. Bis ich ihre wahren Absichten erkannt hatte. Solche Ganoven enthob ich ihres Amtes, soweit es mir möglich war.

»Schön! Was unternehmt ihr aber dagegen, dass andere Unheil anrichten?« Kassandra schaute ihn halb verliebt, halb kritisch an. Es war Unterstützung von unerwarteter Seite. Bisher hatte sie mit ihrer aufbrausenden Art stets meine zurückhaltend-diplomatische Vorgehensweise sabotiert.

»Es ist nicht unsere Art, andere zu indoktrinieren. Weder ich, noch meine Glaubensbrüder wollen jemanden zwingen oder überreden, unsere Überzeugung anzunehmen.« Er wurde ernster. Nachdem das eiserne Lächeln verschwunden war und von einer traurigen Miene ersetzt wurde, zog ich in Erwägung, meine Skepsis zurückzunehmen und - vorläufig - ein wenig Vertrauensvorschuss einem nicht gerade unsympathisch wirkenden Menschen zu gönnen.

»Wenn diese Unmenschen Morde begehen, ist das in Ordnung?« Pene-lope meldete sich unerwartet zu Wort und brach in Tränen aus.

»Es steht leider nicht in unserer Macht, dies zu ändern.« Zum ersten Mal wirkte unser Gegenüber hilflos. »Wir wollen nur unseren Glauben frei ausüben. Die Achtung des Lebens ist uns genauso wichtig wie unsere Musik. Es sind essentielle Dinge, die uns alles bedeuten. Unsere spirituellen Feste wurden verboten, weil sie nicht im Sinne des Islam wären.«

Moslems, für die Musik eine spirituelle Bedeutung hatte? Dies wider-sprach allem, was ich vom Islam bisher kannte. Abgesehen von Jung-türken, die zwischen beiden Welten lebten und bei den Fahrten mit ihren aufgemotzten Mercedes-Limousinen ihre Musik extrem aufdrehten. Meines Wissens war den Muslimen, die ihren Glauben streng befolgten, auch dieser Genuss verboten. Weiterhin der Konsum von Alkohol, Tabak und berauschenden Drogen. Ob dies für Koffein ebenso galt? Kaffee wirkte aufputschend. Jedoch führte seinerzeit das als Muselmanen bezeichnete Volk das Getränk in Europa ein, auf welches kein moderner Büromitarbeiter verzichten konnte. Vermutlich mussten sich alle im Land mittlerweile mit Muckefuck begnügen. Das war jetzt irrelevant. Weder forderte der Mann die Freigabe des Anbaus von Mohnblumen, noch wirkte er wie ein Mafioso, der mit illegalen Drogen dealte. Musik schadete niemand. Außer die Kombination von E-Gitarre mit entsetzlichem Gebrüll, das genauso schmerzhaft wie der Aufenthalt in einem Paviangehege war. Was mir jedoch erspart blieb, da ich von einem Besuch solcher Veranstaltungen stets Abstand halten konnte. Alle Einladungen zu den sogenannten Heavy-Metal-Konzerten hatte ich jederzeit freundlich abgelehnt. Auf Deutsch *Hartmetall*, das machte mich sofort skeptisch. Aus Vorsicht hatte ich mir deren Musik zuvor auf Kassette angehört. Nein, es war Lärm. Kaum zu ertragen. Es gab jedoch andere Musik, die ich mir regelmäßig anhörte. Sie gab mir Kraft und Mut weiterzumachen, was auch immer kommen mochte. Wer aus Glaubensgründen derart radikal eingestellt war, dass er solches verweigerte, der verzichtete auf das wirkliche Leben. Schönheiten der Schöpfung zurückzuweisen, die der Allmächtige uns so großzügig geschenkt hatte, das war nach meinem Verständnis nicht gottgefällig, sondern eine grundsätzliche Verweigerung unseres modernen Lebensstils. Es war ein Streben, in den Status Quo des frühen Mittelalters zurückzustürzen.

Auch ich hatte einiges an Neuerungen erlebt, was mir befremdlich erschien. Ich musste erst lernen, Dinge zu tolerieren, die so weit entfernt von meinen Lebensvorstellungen waren wie Westwaren in Supermärkten zur DDR-Zeit. Doch war nicht alles schlecht in unserer einstigen Ostrepublik. Denn was danach in unser Land schwemmte, als der sogenannte antifaschistische Schutzwall gebrochen war, begann mit Begeisterung und endete mit Enttäuschungen. Dennoch gab die Veränderung unseren Bürgern ein wenig mehr Freiheit. Es gab ihnen das Recht, über ihr Leben weitgehend selbst zu bestimmen. Wer mit seinen

Entscheidungen und ihren Folgen nicht zufrieden war und der dafür den Staat beschuldigen wollte, konnte das gerne tun. Ob dies hilfreich war, stand auf einem anderen Blatt. Als erwachsener Mensch möge jeder frei darüber entscheiden, was seine Seele mit Glück erfüllte. Wenn es der Verzicht auf jegliche Freuden bis zur Selbstaufgabe war - wenn dies seine Überzeugung war und der Mensch damit glücklich wurde - dann gönnte ich es ihm von ganzem Herzen. Jedoch nur, wenn er nicht andere dazu zwingen wollte, es ihm gleichzutun. Dies war der entscheidende Punkt. Seine eigene Lebensweise anderen aufzuzwingen, das war ganz und gar nicht zu billigen. Die Toleranzgrenze meinerseits war bei solchem Verhalten überschritten.

»Also seid ihr nicht auf unserer Seite!« Kassandra verschränkte enttäuscht ihre Arme und sah zu Boden. Ein wenig bewunderte ich sie für ihre konsequente Haltung. Obwohl ihr deutlich anzusehen war, dass sie für den Mann tief im Herzen irgendetwas empfinden musste. In der Politik ging es jedoch darum, Gemeinsamkeiten herauszuarbeiten und Dinge umzusetzen, die im Sinne Beider waren. Was einen trennte, das sollte man erst zur Seite stellen. Wenn alle Themen, bei denen ein Konsens gefunden werden konnte, abgearbeitet waren, konnte man auch die schwierigen Dinge angehen. Nun war es an der Zeit, dass ich mich einschaltete. Falls der Mann nicht das war, was er zu sein schien und wenn er uns nur aushorchen wollte, war es am besten, bei seinem Spiel vorläufig mitzumachen. Wir würden damit zeigen, dass wir keine Geheimnisse vor ihm hätten, die er nur mittels Folter herausfinden könnte.

»So wie eures ist auch unser Ansinnen, den Glauben aller Menschen zu respektieren. Nur auf der Basis von Toleranz ist ein friedvolles Zusammenleben der Bürger möglich. Denn wenn wir den anderen Religionen ihre Rituale zubilligen, dann wird es Frieden …«

»Nein!« Kassandra fiel mir mitten ins Wort. »Keine Duldung von Mord!«

In ihrer spontanen Art machte sie binnen Sekunden meine bis ins Detail ausgefeilte Strategie zunichte. Ich hätte sie ohrfeigen können! Aber nicht vor diesem Mann, sonst wäre alles verloren. Die Maulschelle könnte ich später nachholen. Heimlich, wenn es keine Zuschauer gab. Doch nicht, falls dieser Raum verwanzt war. Als ehemalige DDR-Bürgerin war ich stets auf der Hut.

»Woran genau glaubt ihr?«, ergriff Jürgen das Wort.

»An ein Leben im Einklang mit der Natur und unserem Schöpfer. Meinetwegen mit Gott, wie ihr den Allmächtigen nennt. Der Glauben der Sufi ist spiritueller Art. Jedes Lebewesen besitzt einen Geist. Wir alle sind nur ein Teil der mächtigen Schöpfung.«

Die angenehme Stimme des Mannes verhallte. Schweigend sahen wir uns gegenseitig an. Der passende Moment war gekommen, sagte mir mein Instinkt. Endlich konnten wir mit unseren Verhandlungen beginnen. So klar wie ein Gebirgssee in den Alpen war, so konnte man erkennen, dass unser Gegenüber uns sehr weit entgegen gekommen war. Nun mussten wir einen Schritt auf ihn zugehen. Einen Schritt, der uns in die Freiheit führen würde. Ich wollte mich aber nicht vordrängen. Denn nach einer kleinen Denkpause, da war ich mir sicher, würden auch meine Freunde zum gleichen Schluss gelangen. Nun war es soweit. Unser Rendez-vous würde einen positiven Ausgang nehmen.

»Habt ihr etwas zu rauchen hier?« Ich unterdrückte einen Schrei der Entrüstung bei dieser unangebrachten Frage. Bisher hatte ich Jürgen für einen vernünftigen Menschen gehalten. Ich wollte spontan aufspringen und einfach weglaufen. Gerade hatten wir uns in einer erfolgverspre-chenden Verhandlung befunden, plötzlich hatte er das Bedürfnis zu kiffen. So jemanden hätte ich sofort des Saales verwiesen, in meiner Position als Kanzlerin. Auch wenn unser Gegenüber vermutlich orienta-lische Wurzeln hatte, war er noch lange kein Dealer.

»Leider kann ich euch nichts anbieten. Gerne würde ich gemeinsam mit euch die Wasserpfeife genießen«, antwortete der Mann mit verle-genem Gesichtsausdruck. »Unser Versteck würde aber sofort auffallen, wenn hier Rauch aufsteigen würde.«

Ich faltete die Hände und verkrampfte sie ineinander. In dieser Haltung, da war ich sicher, konnte niemand erkennen, was in mir vorging. Keiner würde sehen, welche Stürme von Gedanken durch mein neuronales Netzwerk wirbelten. Ich war im höchsten Maße angespannt. Geradezu betete ich darum, dass der nach meinem bisherigen Eindruck intelligente Freund nicht noch nach weiteren Drogen fragen würde. Die er durch die Nase schnupfen könnte. Vielleicht gierte er sogar nach dem, was man sich in die Venen spritzte. Ich warf einen Blick zu Jürgens Armen. Nein. Kein einziger Einstich zu sehen. Ich lehnte mich zurück und versuchte, zu entspannen. Wenigstens würde die Frage nach der schlimmsten Droge der Welt mir jetzt erspart bleiben. Aus dem Augenwinkel sah ich, wie sich alle wortlos anblickten. Die Situation wirkte nicht direkt angespannt, doch suchte jeder der Anwesenden nach jemandem, der das Wort ergreifen möge. Ich kostete diesen Moment der Ruhe aus. Denn wenn alle anderen nicht mehr weiterwussten, war das der passende Augenblick, mein politisches Geschick einzusetzen …

»Ich muss hier nicht rauchen. Gerne würde ich es auch mitnehmen.« Jürgen unterbrach meine Gedanken. »Haschisch oder etwas Ähnliches habt ihr nicht zufällig?« Der freundliche Mann sah zuerst ihn, dann jeden einzelnen von uns an. Dabei wirkte er alles andere als begeistert. Er schüttelte den Kopf.

»Ihr seid frei. Ich fordere nichts. Gerne könnt ihr wieder in eure Heimat zurückkehren.« Solch einen schnellen Wechsel von Optimismus zu völliger Enttäuschung hatte ich niemals zuvor erlebt.

»Nein!« Kassandra sprang spontan auf und versetzte mir solch einen Schrecken, dass ich mit der Hand das Herz kontrollieren musste, ob es noch schlug. Mit dem Organ schien in Ordnung. Abgesehen davon, dass sich meine Pulsfrequenz enorm gesteigert hatte. »Wir werden gemeinsam Krieg führen! Auch wenn wir sterben sollten – wir werden kämpfen bis zum letzten Blutstropfen!«

Die Situation wurde zunehmend absurder. Unser aufbrausendes Parteimitglied hatte sich tatsächlich in unser Gegenüber verliebt. Nun stritt sie wie eine Furie darum, die Verhandlungen fortzusetzen.

»Für meinen Glauben bin ich bereit, große Opfer zu bringen. Auch meinen Tod. Doch nur dann, wenn mein Ableben nicht umsonst geschieht.« Die vor wenigen Augenblicken noch sichtbare Enttäuschung war aus dem Gesicht unseres Gesprächspartners gewichen. »Wir sollten unser Leben niemals leichtfertig riskieren, indem wir uns unbedacht in einen Kampf stürzen. Vor allem, wenn wir dabei nichts gewinnen können. Die Weisheit, die uns der Allmächtige so großzügig geschenkt hat, sollten wir auch nutzen.« Nach den Worten des alten Mannes überlegte ich spontan, ihn als Redenschreiber zu engagieren. Doch war jetzt nicht der geeignete Zeitpunkt, ihm ein Angebot zu unterbreiten. Erst mussten wir diese Verhandlungen gewinnen, oder uns wenigstens einvernehmlich trennen. Ich könnte ihm den Vorschlag, ihn zu engagieren, erst dann unterbreiten, wenn ich wieder ein politisches Amt innehatte. Um sein Talent zum Nutzen aller Bürger einzusetzen. Bis dahin war es ein weiter Weg. Zuerst mussten wir einen Weg zurück in die Freiheit finden und uns zur Wahl stellen. Auch dann noch lagen unglaubliche Schwierigkeiten vor uns. Der erste Schritt auf der politischen Karriereleiter, sich als Kandidat aufstellen zu lassen, das mochte noch einfach sein. Jeder der folgenden wurde zunehmend schwieriger. Davon konnte ich ein Lied singen. Sogar mehrere. Eine ganze Symphonie. Je höher man kam, umso stärker toste der Gegenwind. Man musste hart um seine Position kämpfen und durfte seinen Halt dabei nicht verlieren. Ich sah zu Kassandra, die gerade einen Gesichtsausdruck zeigte, als wäre sie soeben von dieser Leiter gestürzt. Hoffentlich zog sie sich jetzt nicht nackt aus und tanzte anzüglich vor dem Alten herum.

»Ich könnte dir etwas zeigen, was dich überzeugen würde.« Sie zog ihr T-Shirt hoch, streifte es geschwind über den Kopf, öffnete ihren BH und zeigte ihren Körper so, wie ihn ein spiritueller Mensch von seiner Sorte vermutlich niemals zuvor in seinem Leben gesehen hatte. Ich schämte mich für diese Respektlosigkeit und dachte nur noch an sofortige Flucht. Warum musste ich mir das Ganze überhaupt antun, fragte ich mich, was wollte ich mit solchen Chaoten? »Wofür ist das?«, fragte Kassandra und stellte sich halbnackt in Pose.

»Damit ernährt man seinen Nachwuchs. Man säugt seine Kinder.« Der Moslem änderte seinen Blick. Zuerst wirkte er irritiert und betrachtete den Körper aus den Augenwinkeln. Sein Kopf lief etwas rot an, was mich bei den Männern häufig belustigte. Nicht jedoch in der jetzigen Situation!

»Lämmer und Rinder, haben sie nicht auch die gleichen Rechte, damit aufgezogen zu werden?« Ich verfolgte jede seiner Regungen. Der Mann bewahrte die Ruhe und setzte den Blick eines Weisen auf. Ich bewunderte, wie er in dieser provozierenden Situation noch seine Beherrschung aufrechterhalten konnte. Kassandra schnallte ihren Büstenhalter wieder um, griff nach dem T-Shirt und verhüllte ihren Oberkörper wieder vollständig.

»Als ich ein junger Mensch war«, sprach der Mann mit einem versunkenen Blick in die Ferne, »war ich auch so spontan wir ihr. Damals war ich der Ansicht, dass jedes Mittel recht wäre, um für meine Ziele zu kämpfen. Ich war geradezu besessen. Es war der Jugend und meinem Übermut geschuldet. Ich ging weit über die Grenzen und bewirkte das Gegenteil. Eigentlich wollte ich nur erreichen, dass man meinen Glauben respektierte. Jedoch löste ich stattdessen bei meinen Gegnern Misstrauen und Angst aus, was dazu führte, dass ich und meine Glaubensgenossen bald auf Tritt und Schritt beobachtet wurden. Häufig wurden wir ohne Begründung inhaftiert. Ich wollte nur Gutes erreichen, aber mein Leichtsinn führte dazu, dass alles schlimmer wurde. Seitdem sind viele Jahre vergangen. In den einsamen Nächten in dunklen Zellen habe ich mir den Kopf darüber zerbrochen, wie wir unsere Ziele wirklich erreichen könnten.«

Der Mann hätte eine hervorragende Bundeskanzlerin werden können! Diese zurückhaltende Art. Dinge nicht überstürzen, Pro und Contra kritisch abzuwägen, die Wirkung seiner Handlungen genau abzuschätzen. Das tat nur jemand, der über einen riesigen Schatz an Erfahrung verfügte. Diplomatie war wie ein Schachspiel. Nur, dass es dabei nicht um einen Goldpokal ging oder ein anderes Gefäß aus Edelmetall. Oft war es ja nur ein mit Goldfarbe bemaltes Gefäß aus Kunststoff. Bei der Diplomatie ging es um Menschen. Etwas wirklich Wertvolles. Nicht um Bauernopfer, sondern um echte Personen, die eine Seele hatten, vielleicht eine Familie und ein Haus, das sie noch abbezahlen mussten. Widersacher musste man mit Samthandschuhen anfassen. Man durfte sie nicht in den Ruin treiben. Es gab in der Politik geeignete Mittel, damit sie nicht ins Bodenlose fielen. Vermeintlich wichtige Positionen als EU-Kommissar wie oft auch der Posten des Bundespräsidenten waren Ämter, in denen sie zwar völlig machtlos waren, aber eine Position von Rang und Namen innehatten. Solche Posten wurden dafür geschaffen, um Personen loszuwerden, für die man in seinem Kabinett keine Verwendung mehr hatte. Sie bekamen so etwas wie einen Adelstitel, ein bestens ausgestattetes Büro und dazu einen Lohn, von dem sie keinen Cent an das Finanzamt zahlen mussten. Von so etwas konnte jeder Bürger nur träumen. Viele Politiker strebten nach so einem Posten, wie ich erfahren hatte. Menschen, die nur auf die gesicherte Rente spekulierten, die sie von allen Sorgen befreien würde. Es gab aber auch alte Haudegen, die vor Bescheidenheit glänzten und sich mit wenig zufriedengaben. Sogar mit gar nichts. In meinen Anfangsjahren als Bundeskanzlerin gab es solche sturen Persönlichkeiten noch, denen ihre Überzeugung wichtiger war als ihr eigenes Wohl. Nach genauer Überlegung muss ich zugeben, dass ich in einzelnen Fällen tatsächlich zu Bauernopfern gezwungen war. War der Nutzen größer als der vorhersehbare Schaden, musste auch ich Entscheidungen treffen, die mir nicht gefielen, die jedoch unausweichlich waren. Jetzt in diesem Moment hatte ich nur noch wenige Menschen um mich, jeden einzelnen mittlerweile liebgewonnen. Auch wenn es ihnen an politischer Kompetenz fehlte, wollte ich auf keinen Fall einen von ihnen opfern. Selbst für unser freundliches Gegenüber nicht. So vertrauenswürdig er auch schien. Wie weit würde unser Gegenüber gehen? War er bereit, andere für seine Ziele zu opfern? Ich wollte mich langsam herantasten und herausfinden, was er wirklich dachte. Ich schaute mich unauffällig in der Runde um. Nun ging ich in die Offensive. Mit der sprichwörtlichen Tarnkappe. Denn es sollte nicht erkennbar sein, dass dies ein Verhör werden sollte.

»Was hattet ihr unternommen, was ist dabei schief gelaufen?«, fragte ich. Verblüfft hörte ich ihn laut lachen.

»Ich hoffe, ihr wollt mich jetzt nicht über die Sünden in meiner Jugend ausfragen.« Er schüttelte den Kopf. »Manches ist mir heute peinlich. Kaum etwas war zielführend. Für vieles hatten die Ordnungskräfte mich zu recht in Gewahrsam genommen. Damals hatte ich es als Herausforderung gesehen, für meine Überzeugung zu kämpfen, die ich anfangs gar nicht wirklich ernst genommen hatte.«

»Und?«, warf Jürgen eine Zwischenfrage ein, die ebenso kurz wie auffordernd war.

»Mit dem Alter hatte ich gelernt, zu schweigen. Damit erreicht man letztendlich am meisten.« Wir alle schwiegen, auch ich. Das sagt man einfach nicht. Kein erfolgreicher Politiker gibt es gerne zu, dass er in den Momenten, in denen er einfach geschwiegen hatte, damit mehr erreicht hatte, als in Situationen, in denen er seine - zur Perfektion - vorbereiteten Reden vorgetragen hatte.

»Wenn jemand ermordet wird, ist es in Ordnung, zuzuschauen und zu schweigen?«, hörte ich nach einer kurzen Pause die Stimme von Kassandra. »Ist das eine gute Strategie?«

»Das oberste Ziel eines jeden Gläubigen sollte ein friedvolles Zusammenleben mit dem Andersgläubigen sein. Wie Eltern den Kindern ein Vorbild sein sollten, so möge jeder Mensch die Religion eines anderen tolerieren. Dazu muss er bereit sein, Kompromisse einzugehen.«

»Auf keinen Fall!«, warf Kassandra ihm trotzig entgegen und richtete ihren Blick zu Boden. »Niemals.« Auf diese Weise konnten wir uns nicht von der Stelle bewegen. Unsere Sondierungsgespräche waren festgefahren. Eine derart verbissene und sture Frau war im Bereich der Diplomatie absolut fehl am Platze. Fast würde ich ihre Taktik als hinterhältig bezeichnen, wenn ich nicht wüsste, dass sie dies gar nicht aus bösartiger Absicht tat. Hätte ich mir aus meinen Freunden die geeigneten Berater aussuchen können, wäre sie definitiv nicht in Frage gekommen. Wäre ich nur mit Jürgen in diese Verhandlungen eingetreten, hätten wir mit Sicherheit schon erste Ergebnisse präsentieren können. Falls unser Althippie mir zudem den Vortritt gewährt, sich selbst im Hintergrund gehalten und - verdammt noch mal! - nicht nach Drogen gefragt hätte, würden sich die Gespräche nicht so lange hinziehen. Wir hätten sicher schon einen guten Vertrag ausgehandelt. Dieser freundliche Mann schien uns für einen Konsens äußerst weit entgegenkommen zu wollen. Doch auch wir mussten einen Schritt auf ihn zugehen. Wenigstens einen kleinen. Ich entschied mich, nun die Initiative dafür zu ergreifen.

»Auch wenn sich unsere Methoden unterscheiden, letztendlich wollen wir alle das Beste für jeden Menschen erreichen«, begann ich. Nach einer hitzigen Diskussion kamen solche - in Wahrheit inhaltsleeren - Phrasen immer gut an. Einfach, um die Gemüter zu beruhigen. Ich ließ meinen Blick durch die Runde schweifen. Nun war ich mir sicher, dass dies der passende Augenblick war, ein Angebot zu unterbreiten, dem kein vernunftbegabter Mensch widersprechen konnte. »Ihr habt uns aus der Gefangenschaft befreit. Als Gegenleistung bieten wir euch politisches Asyl in unserem Land an.« Es wäre mit Sicherheit kein Problem, ein oder zwei weitere Zimmer in meiner Pension anzumieten, um ein paar Flüchtlinge zu beherbergen. Besonders, wenn es sich um wirklich politisch Verfolgte wie ihn und seine Glaubensbrüder handelte. Da die Unterkunft sowieso nicht gut besucht war, würde dies meine Vermieterin sogar entlasten, wenn sie ein paar zusätzliche Gäste unterbringen könnte. Kurz sah ich zu Jürgen, der freundlich nickte. So bestätigte er mir, dass er mit meiner Freundschaftsgeste einverstanden war. Auch die anderen Freunde lächelten. Wie erhofft, traf meine Verhandlungstaktik nicht auf Widerstand. Unser Gegenüber jedoch vollführte eine wegwerfende Handbewegung.

»Wir fühlen uns hier zuhause und haben nicht das Bestreben, klein beizugeben. Uns aus der Verantwortung zu stehlen wäre ein Fehler. Würden wir dieses Land verlassen, gäben wir unsere Mission auf, uns für die Freiheit unseres Glaubens einzusetzen. Danke für das freundliche Angebot!«

Erneut steckten wir in den Verhandlungen fest. Vielleicht war es ein seltsamer Vergleich. Doch für mich bot sich das Bild eines Welpen, dem man einen Leckerbissen hingeworfen hatte. Die Aussicht auf Asyl. Er hatte es nicht angenommen. Jeder müsste in solch einer Situation doch erkennen, dass es die Lösung all seiner Probleme wäre? Sollte ich noch etwas hinzufügen zu meinem Angebot? Lebenslange Rente vom Staat und eine gemütliche Wohnung, die er mietfrei bewohnen durfte. Vielleicht ein gepflegter Garten mit einem kleinen Swimmingpool? Leider konnte ich ihm das alles nicht garantieren. Er schien etwas anders gepolt, nicht auf materielle Dinge aus zu sein, sonst hätte er nicht so abweisend reagiert. Wäre ein politisches Amt ein verlockendes Angebot? Derzeit war ich leider nicht in der Lage, ihm ein solches anbieten zu können. Schweigend sahen wir uns an. Mir fiel nichts mehr ein.

»Vielen Dank! Euer Besuch hat mir Freude bereitet. Meine Kollegen werden euch sicher zurück in die Stadt geleiten.« Er stand auf, lächelte verhalten und bot seine Hand zum Abschied. Ich sah ihm seine Enttäuschung an. Dies war ein Rausschmiss. Ein höflicher, doch war es eindeutig die freundliche Aufforderung, dass wir gehen sollten. Die Falltür öffnete sich und seine Kollegen warfen einen kurzen Blick hinab. Auf welche Weise er ihnen ein Signal gegeben hatte, war mir nicht klar. Es musste irgendeine Vorrichtung in diesem Keller geben, die er soeben aktiviert hatte und mit der er seine Leute alarmieren konnte. Keineswegs war der Mann naiv und hatte wohl einige Vorkehrungen zu seiner Sicherheit getroffen. Er war also nicht völlig ungeschützt, während er mit unserer zahlenmäßig überlegenen Gruppe im Raum verweilte.

Wir stiegen die Leiter empor. Als wir die Baracke verließen und zum Lattenzaun gingen, zog Kassandra plötzlich über unseren freundlichen Gastgeber in Anwesenheit seiner Beschützer her, was mich fast in Rage über ihre Unvernunft in dieser schwierigen Lage brachte.

»Was für ein Weichei! Er will dasitzen und zuschauen, was passiert!«

»Leise! Senkt eure Stimmen. Noch besser wäre es, ihr schweigt.« Einer der dunklen Bewacher hielt inne und flüsterte. »Nehmt es uns nicht übel. Stets befinden wir uns in Gefahr, entdeckt zu werden. Unsere Widerstandsgruppe hat in der Vergangenheit sehr viel riskiert. Unser alter Mann hat euch sicher nicht alles erzählt.«

»Wie kann er so leicht aufgeben? Risiko gehört einfach dazu, wenn man etwas …« Zwei der Begleiter packten Kassandra am Arm, mit einem sanften Griff wurde sie zum Schweigen gebracht. Der Dritte signalisierte uns mit einem Finger auf dem Mund, dass absolute Ruhe erwünscht war. Ich erkannte trotz Dunkelheit, dass er äußerst angespannt war und in die Nacht hinein lauschte. In der Stille war der Ruf eines Waldkauzes zu hören. Unsere Begleiter wirkten nicht hektisch, doch sie hatten es plötzlich eilig, wortlos mitzuteilen, was zu tun sei. Ein Mann zog mich sanft an der Hand zum dichteren Buschwerk, wenig später tasteten wir uns durch Dornengebüsch. Nach ein paar Schritten kamen wir der lautlosen Aufforderung nach, hinter einem Gebüsch Platz zu nehmen. Ich musste einen Schmerzenslaut unterdrücken, als die Dornen einer Brombeerranke in meine Haut stachen. Meine Kollegen nahmen neben mir Platz, Kassandra nicht ganz freiwillig, die von den zwei Männern im festen Griff gehalten wurde. Es raschelte kurz und wurde wieder still. Wie unheimlich! Es wurde noch unheimlicher, als ich eine im Gleichtakt marschierende Gruppe vernahm. Anfangs in weiter Entfernung, wurden sie lauter und kamen langsam näher. Als schwere Schritte von schätzungsweise einem halben Dutzend Männer nahe bei der Parzelle zu hören waren, sank mein Herz und hüpfte wild in meiner Brust. Lichtkegel schwenkten zur entgegengesetzten Richtung, erleuchteten plötzlich das Gebüsch vor uns. Kurz schienen die Lampen über uns hinweg. Es war aus, dachte ich, sie hatten uns entdeckt! Nur noch wenige Schritte, und ein Trupp Soldaten würde das morsche Gartentor eintreten. Im Schein der Taschenlampen würden sie Kalaschnikows auf uns richten und …

Wider Erwarten, nachdem sie ihre Lichter umher geschwenkt hatten, gingen die düsteren Gestalten ihres Weges. »Hier ist alles ruhig!«, hörte ich, während sich die Truppe entfernte. Mir war schlecht. Die Bilder von unserer Festnahme … zugegeben, in dieser gruseligen Lage hatte mir die Phantasie wahrhaft blutige Bilder beschert. Doch auch wenn sie uns stattdessen nur getreten oder geschlagen hätten, ich hatte definitiv keine Lust darauf. Ich verhielt mich weiter still, obwohl die Dornen immer tiefer in mein Sitzfleisch drangen und mich fast nötigten, mit einem

Schrei aufzuspringen. Für eine gefühlte Ewigkeit hatte ich die Pein unterdrückt und nur eine Träne hervorgebracht, die so leise ins Laub fiel, dass unsere Verfolger sie nicht hören konnten – hoffentlich! Der Ruf eines Uhus erschallte. Unsere mysteriösen Bewacher erhoben sich und flüsterten.

»Es ist vorbei, sie sind weg. Wir gehen wieder ins Haus.«

Wir wurden zurück zur Baracke geführt und stiegen die Leiter hinab. Auf meinen Armen hatte sich Gänsehaut gebildet. Es war eine natürliche Abwehrreaktion, ein Überbleibsel von unseren halb menschlichen Vorfahren. Sie waren wesentlich stärker behaart als wir modernen Menschen. Abgesehen von Ausnahmen … doch an diesem Punkt schweige ich lieber. Den stark behaarten Rücken in Kombination der Namen von wichtigen Persönlichkeiten hätte zu einem öffentlichen Skandal geführt. Die aufgestellten Härchen sollten die Verletzungsgefahr mindern. Beim Angriff mit einem Messer, damals mit einem Faustkeil würde die Klinge abrutschen und keinen Schnitt verursachen. So recht nachvollziehen konnte ich das jedoch nicht. Irgendeinen Sinn der Defensive musste es jedenfalls gegeben haben. Vielleicht wirkte man mit aufgestellter Haarpracht auch größer und gefährlicher, was den Gegner dazu bewegte, von seinem Angriff abzulassen. Vielleicht war in meiner DDR-Zeit der Vokuhila-Schnitt deswegen so beliebt, weil man damit größer wirkte. Was unsere Gegner, damals die West-Bundeswehr, von einem Angriff abschreckte. Möglicherweise verhinderten wir mit unseren bizarren Frisuren sogar den dritten Weltkrieg. Trotz modernster Waffen durfte man die psychologischen Aspekte eben nicht unterschätzen. Was heute der Atomschild bewirkte – zu Zeiten der Urmenschen und ihrer Vorfahren war es die Gänsehaut. Ich hoffte inständig, dass in den vergangenen Jahren keine neuen Nuklearmächte entstanden waren. Denn mein Vertrauen in die politische Stabilität dieser Gegenwart hatte deutliche Risse bekommen. Das bereitete mir Unbehagen. Wer definitiv nicht über die zerstörerischen Bomben verfügen sollte, das war dieser faschistische Oststaat. Meine ehemalige Heimat.

»Heute Nacht müsst ihr hierbleiben. In der Umgebung sind Patrouillen unterwegs, die euch leicht entdecken könnten. Ihr müsst bis zum Tagesanbruch warten. Wenn ihr am frühen Morgen aufbrecht, fallt ihr nicht auf.« Mit dieser kurzen Zusammenfassung erklärte uns der alte Mann die Situation. In einer schnellen Folge durchdachte ich alle Möglichkeiten, wie man diese Lage beurteilen konnte. Die erste wäre, dass dies tatsächlich nur eine Strategie war und die brenzlige Situation nur gespielt wurde. Die Verhandlungen ergebnislos abbrechen, um uns in einer gemeinsamen Bedrohungssituation wieder zurückzurufen? Ich verwarf diese Theorie. Wir hatten uns mit unserem Verhalten als nutzlos für jeden Geheimdienst gezeigt. Jeder Beamte wäre froh gewesen, wenn er uns loswerden konnte. Die zweite Variante käme durchaus in Frage, denn mit dem Abbruch der Verhandlungen hatte er uns einen Wink mit dem Zaunpfahl gegeben. Wenn wir ihm nun erneut gegenüber saßen, hatten wir die Zeit, in uns zu gehen. In dieser Ausnahmesituation würden wir bereit sein, unseren Stolz aufzugeben, um von unserer Position etwas abzurücken. Die Sondierungsgespräche hätten somit eine neue Basis gefunden. Wie viele Möglichkeiten gab es noch? Die Einzige, die mir einfallen wollte, dass diese Situation echt war. Meine innere Stimme tendierte auch dazu, dass wir uns inmitten einer konspirativen Gruppe befanden, die genauso vorsichtig sein musste wie wir. So, wie wir es zumindest sein sollten. Meinen Mitstreitern fehlte einfach das Gespür, mit einer ernsten Lage vernünftig umzugehen. Scheinbar bemerkte nur ich, dass ein Damoklesschwert über uns schwebte. In welcher Gefahr wir uns auch immer befanden, wir mussten unbedingt im Gespräch bleiben.

»Warum sitzt ihr untätig hier unten?«, unterbrach Kassandra meine Gedanken über eine zielorientierte Verhandlungsstrategie. »Ihr könntet doch einfach nach oben gehen und den Spinnern sagen, sie sollen verschwinden.« Mein kurzer Ärger verflog schnell. Diese naive Art der rhetorischen Vorgehensweise bestätigte, dass wir keine Gefahr für irgendjemand oder irgendetwas darstellten. Wir waren keine Strategen, die jedes Detail bis ins Kleinste vorbereitet hatten, sondern … eher naive Halbstarke. Eine Gruppe von Dummerchen, die unüberlegt daher schwätzten. Der freundliche Mann richtete seinen Blick auf unser temperamentvolles Einfaltspinselchen mit einer Mimik, mit der man kleine Kinder ansieht.

»Wenn es so einfach wäre, hätten sie es sicher schon getan«, sprach Jürgen sanft und legte beruhigend seine Hand auf ihre Schulter. »Sie hatten viel riskiert, um uns aus dem Gefängnis zu befreien. Warten wir doch einfach die wenigen Stunden ab, bis die Nacht vorbei ist.« Unser Gegenüber nickte.

»Wir sind keinesfalls scheue Rehe. Aus manchen wagemutigen Aktionen haben wir jedoch gelernt, dass Übermut uns nicht näher ans Ziel bringt. In vielen Situationen ist es besser, abzuwarten, bis die Gefahr berechenbar wird.« Die Reaktion Kassandras, die sich daraufhin in den Hintergrund zurückzog und sich mit geschlossenen Augen an die Wand lehnte, vermochte ich nicht recht einzuordnen. Es konnte Trotz darstellen wie die endgültige Aufgabe ihres Widerstandes. Wahrscheinlich war sie einfach nur müde. Jedenfalls war sie außer Gefecht gesetzt. Sehr gut. In dieser völlig neuen Situation beschloss ich, ein anderes Thema anzuschneiden. Eines, das mir wirklich auf dem Herzen lag. Dieser faschistische Staat im Osten und die Heimat meiner Jugend. Ich dachte an meine Eltern und erinnerte mich an meine früheren Freunde. Bilder aus meiner Jugend liefen vor meinen Augen vorbei wie ein Film aus besseren Zeiten. Erinnerungen an meine Schulzeit waren zu sehen und unsere Kirchengemeinde, die eine zweite Familie für mich war. Wehmut regte sich in meiner tiefsten Seele.

»Habt ihr in den letzten Jahren etwas aus dem Osten gehört?« Bewusst sprach ich leise und beherrscht, um meiner Stimme die Sorge, die ich tatsächlich verspürte, zum Ausdruck zu bringen. »Dieser mit Stacheldraht bewehrte Staat hinter den Mauern. Wisst ihr, wie es um das Land und seine Menschen steht?« Der Mann wich verstört meinem Blick aus. Sein Ausdruck der Selbstsicherheit war plötzlich verschwunden. Wenn mich das schummrige Licht nicht täuschte, war er blass im Gesicht geworden. Er atmete tief durch.

»Nein.« Der Alte schüttelte den Kopf und sah mich traurig an. »Viele Jahre sind vergangen. Ungefähr zwanzig Jahre ist es her, seit die letzten aus diesem Staat geflohen sind. Meines Wissens gab es seitdem niemals mehr ein Lebenszeichen von dem Land jenseits.« Wieder sah er mir nicht in die Augen. Er verschwieg etwas, das ihm sehr nahegehen musste. Ich konnte es aus seiner Reaktion herauslesen und sah es in seiner Miene wie in einem offenen Buch. Welches eine tragische Geschichte erzählte. Trotz seiner Selbstbeherrschung und dieser scheinbar glückseligen Fassade, es war offensichtlich, dass ihn dieses Thema intensiv berührte. Er vermisste jemanden. So hatte ich einen wunden Punkt erwischt. Dies war in dieser Situation vorteilhaft. Aufgrund meiner Lebenserfahrung wusste ich jedoch, dass dies der Moment war, in dem ich nicht mehr tiefer bohren durfte, sondern Mitgefühl zeigen musste. In solch einer Verhandlungssituation, die unter Beobachtung von Dritten stattfand, war es leider nicht passend, sich unter Tränen gegenseitig in den Arm zu nehmen, um sich gegenseitig zu trösten. Sonst hätte ich es gerne getan. Es war der Moment, in dem man Menschlichkeit zeigen musste. Obwohl mich manche mit dem Titel 'Eiserne Lady' wie *Maggie Thatcher* bedacht hatten, so hatte ich dennoch kein kaltes Herz. Nicht in diesem Moment, in dem es um das Land meiner Kindheit und Jugend, um vieles mehr ging. Ich versuchte, meine Tränen zu unterdrücken. Es gelang mir nicht. In einem unbeobachteten Moment wischte ich meine Augen trocken.

»Dort bin ich aufgewachsen. Die meiste Zeit meines Lebens habe ich im Osten verbracht«, sagte ich leise. Mit Wehmut dachte ich daran, dass alles, was von diesem Land übriggeblieben war, nur noch einen Scherbenhaufen darstellte. Keine Bundesrepublik. Kein Europa. Alles war nur noch eine Art Schrebergärten, in denen jeder über seinen Nachbarn klagte.

»Ich wüsste gerne, was aus meiner Verwandtschaft geworden ist.« Aller Frohsinn war aus der Stimme des Mannes gewichen. »Ich kann von Glück sprechen, dass meine Brüder und Schwestern in Sicherheit sind. Es gibt aber Cousins und Cousinen, die das Land nicht mehr verlassen konnten und von denen ich seit Jahren nichts gehört habe. Ich hoffe, es geht ihnen gut.«

Diese Tragödie hatte ihm demnach ein ähnliches Schicksal beschert wie mir. Nein, das war zu unscharf formuliert. Es gab etwas, das uns verband: die Sorge um die Menschen im Osten. Meine neuen Freunde hatten sich an diesem ernsten Gespräch nicht mehr beteiligt. Auch ich und der Alte fielen in nachdenkliches Schweigen. Im Geiste wanderte ich zu den alten Städten. Einst hatte dort eine lebendige Kultur seinen Ausgang genommen, die Reformation ihre Blütezeit erlebte. Es waren Städte, die man nach der Wende liebevoll restauriert hatte, nachdem sie längere Zeit konserviert waren. Anders als in Westdeutschland, in dem man in den schnelllebigen Jahren und dieser Bauwut des Wiederaufbaus neue Wohnungen errichtet und wenig Rücksicht auf historische Bausubstanz genommen hatte. Außerhalb der Mauer war viel von der alten Architektur abgerissen worden, während im Osten wesentlich mehr erhalten blieb. Es moderte zwar über Jahrzehnte dahin, existierte aber noch. So war die DDR fast ein Glücksfall und nach der Wende eine Bereicherung für die gesamte Bundesrepublik. Die schönen alten Städte Weimar und Dresden, besonders diese phantastische mittelalterliche Stadt Quedlinburg wurden aus ihrem Dornröschenschlaf befreit. Neues Leben zog in alte Gemäuer, alles wurde mit Fleiß und Handarbeit restauriert, um diese musealen Städte in eine Attraktion für Touristen zu verwandeln. Eine gemeinsame Anstrengung. Damit nicht nur Gäste aus Deutschland kommen würden, sondern aus der ganzen Welt. Chinesen, Japaner und … doch plötzlich kamen die Neonazis. Sie machten den großen Traum zunichte, all die mit irrsinnig viel Geld instandgesetzten Siedlungen für die weltweite Öffentlichkeit attraktiv zu gestalten. Dass sie keine Jobs mehr bekamen, daran waren sie selbst schuld! Wo keine Hotel- und Restaurantgäste erschienen, dort benötigte man auch keine Bedienung, die Bier ausschenkte oder für hungrige Gäste Mahlzeiten zubereitete. Ganz und gar nicht brauchte man Kellner, die den Arm zum Hitlergruß reckten und 'Ausländer raus!' riefen, wenn zahlungskräftige Gäste aus Fernost in einem Restaurant ihre Bestellung vortrugen. Es war nicht leicht, es jedem recht zu machen. Man konnte versuchen,

Menschen in die geeignete Richtung zu führen. Wenn sie sich vehement gegen jegliche Veränderung wehrten, konnte man ihnen einfach nicht mehr helfen. Jeder war an irgendeinem Punkt auch für sich selbst verantwortlich.

Mein Gegenüber schreckte auf und riss mich aus meinen philosophischen Gedanken. Kurz war ich verwundert, was ihn so sehr verunsichert hatte. Nun hörte ich es selbst. Geräusche durchbrachen die Totenstille. Der Alte blickte nach oben und lauschte. Ich tat es ihm nach. Über uns waren Stimmen zu hören. Offensichtlich fand dort eine Diskussion statt.

»Was ist los?«, meldete sich Jürgen im Flüsterton. In diesem Moment wurde die Klappe über uns geöffnet, ein Mann im Tarnfleckenoutfit stieg die Leiter hinunter. Er eilte zu dem Alten und flüsterte etwas. Unser Gesprächspartner wurde kreidebleich, wirkte wie eingefroren. Das hatte nichts Gutes zu bedeuten.

»Habt ihr mehr herausfinden können? Wer ist jetzt an der Regierung?«, hörte ich den Alten. Der Mann im Tarnanzug zuckte statt einer Antwort nur mit den Schultern. Kurz darauf zog er sich wieder zurück. Wir starrten gebannt zu dem Alten, der unserem Blick erst auswich, aber plötzlich aufstand und sich geschäftig gab. »Für euch drängt die Zeit, zu gehen. Wichtige Amtsgeschäfte rufen nach meiner Unterstützung. Einige Dinge sind neu zu ordnen.«

»Es ist etwas Schlimmes passiert, oder irre ich mich? Könnt ihr uns nicht einweihen?« Ich hatte die Bedrohung in seinen Augen gesehen, nun forderte ich Klartext. In höflicher Form und freundlich bittend, wie ich es mir über die Jahre in der Politik angeeignet hatte.

»Nichts Ungewöhnliches in unserem Land. Ein Putsch.« Mit einem Wink zur Leiter forderte er uns auf, dass wir uns zum Ausgang begeben sollten. »Der Agent konnte mir nichts dazu sagen, wer die neue Regierung übernommen hat. In den meisten Fällen hat es nichts Gutes zu bedeuten. Meine Präsenz ist erforderlich. Mit den neuen Machthabern muss ich, wenn möglich, in Verhandlungen treten. Für euch ist es an der

Zeit zu gehen, da ihr besser jetzt nicht hier sein solltet. Meine Mitarbeiter werden euch zurückbringen.«

Zuerst verstand ich nicht, warum sie uns statt zum Tor hinaus in den hinteren Teil der von Unkraut überwucherten Parzelle führten. Die Ranken waren mehr als mannshoch. Als zwei Männer dieses Kraut beiseite zogen, erkannte ich meinen Irrtum. Das Grün war nur ein Tarnnetz. Ein großes Fahrzeug kam zum Vorschein. Es war ein Lastwagen.

»Es wäre unhöflich, wenn ich euch zu Fuß gehen ließe«, klärte uns der Alte auf. »Bevor wir uns verabschieden, will ich mich aber noch für euren Besuch bedanken.«

»Soll das alles gewesen sein?« Kassandra blickte den Alten traurig an. »Dürfen wir uns eurem Kampf nicht anschließen?«

»Davon haben wir uns schon lange verabschiedet. Zudem wird hier für eine Weile Chaos herrschen, bis sich herausstellt, welcher von den Clans zukünftig die Aufgabe der Organisation unseres Landes übernehmen wird. Erst wenn wieder Ruhe eingekehrt ist, können wir uns darüber Gedanken machen, ob wir die neue Regierung unterstützen wollen. Oder ob wir Widerstand leisten müssen.«

»Das hört sich kompliziert an«, merkte Odin an.

»Ist es nicht, wenn man die politischen Verhältnisse kennt und in diesem Land lebt. Für euch wirkt das alles sicher kompliziert. Es gibt über hundert Gruppierungen, die miteinander um die Vorherrschaft konkurrieren.«

»Gab es schon einen Versuch, demokratisch abzustimmen? Könnten die verschiedenen Parteien nicht eine gemeinsame Regierung bilden? « Ich hoffte, meine Frage war nicht zu naiv.

»Hier funktioniert das nicht!« Er schüttelte den Kopf. »Jeder Clan schließt die Mitbestimmung der anderen Gruppen aus. Die Regierung vertritt ausschließlich die persönlichen Interessen der Amtspersonen selbst und die ihrer Vettern. Wir haben Machthaber unterstützt, wenn wir es für richtig hielten. Andere haben wir sabotiert, wenn sie uns allen schadete. Zumindest, wenn ihr Handeln im Widerspruch zu unseren Vorstellungen stand.«

»Das hört sich etwas egoistisch an«, merkte Jürgen kritisch an, »wenn ihr nur zu eurem eigenen Vorteil handelt.«

»Im Prinzip stimmt das. Doch selbst, wenn man meint, höhere Ziele zu verfolgen, handelt jeder einzelne letztendlich zu seinem Vorteil. Zumindest zum Wohl derer, die ihm nahe stehen.«

Ich fühlte mich ertappt. Eigentlich war ich nicht egoistisch in meinem Bemühen, das Beste für unser Land zu erreichen. Dennoch war es mein Wunsch, dass die Menschen, die ich schätzte, von meiner Arbeit am meisten profitierten. Wenn ich zurückblicke, muss ich zugeben, dass mich der eine oder andere von ihnen sehr enttäuscht hat. Oft hatte man mich überredet, eine Ausnahme von der Gesetzgebung zu erreichen. Einige waren fast in Tränen ausgebrochen, weil ihnen beispielsweise die neuen Umweltgesetze die Lebensgrundlage zerstören würde. Öfters, das muss ich zugeben, war ich recht inkonsequent. Manchmal hatte ich mich von herzerweichenden Geschichten über vorgeblich traurige Schicksale erweichen lassen. Ich war vielleicht nachgiebig, aber nicht eigennützig. Das konnte man mir definitiv nicht vorhalten. Während viele Regierungen, besonders unsere südlichen EU-Staaten, vom Filz fest im Griff gehalten wurden, war dagegen in meiner Landesführung der Begriff Korruption fast schon ein Fremdwort. Man konnte mir vieles nachsagen, auf keinen Fall aber, käuflich zu sein oder zweifelhafte Geschenke anzunehmen.

»Ich habe ein Abschiedsgeschenk für euch!« Der Alte gab einem seiner Mitarbeiter einen Wink, der kurz im Hintergrund verschwand und mit einer gefüllten Kiste zurückkam. »Die sind für euch!«

»Zucchini!« Jürgen identifizierte den Inhalt, während ich erst nach genauem Hinsehen erkannte, worum es sich handelte. Das Zeug war von Schimmel überzogen. Nicht gerade das, was man seinen Gästen anbieten würde. Außer, man wollte sie unbedingt loswerden. Egal, ob es sich um etwas von Wert handelte oder etwas völlig Nutzloses, ich hatte meine Prinzipien! Eine unzulässige Zuwendung oder was dies auch immer bedeuten sollte. Ich durfte es nicht zulassen!

»Das können wir unmöglich annehmen.« Ich eilte los, um mich zwischen die Kiste und meine Freunde zu drängen, um den Bestechungsversuch zu vereiteln, als meine Hüfte plötzlich nachgab. Ich strauchelte, kippte und blieb im Gras liegen. Langsam ging mir mein körperliches Defizit unglaublich auf die Nerven. Auch wenn ich ein Alter von fast hundert Jahren erreicht hatte, ich wollte mich diesem Schicksal nicht hingeben. Nur deswegen geschlagen geben, weil mein Körper nicht mehr alles mitmachte. Hilfsbedürftige Hände, die versuchten, mich wieder aufzurichten, wehrte ich brüsk ab. Ich durfte mich jedoch nicht zu hastig erheben. Erst die Zähne zusammenbeißen und den Schmerz überstehen. Wenn der nachgelassen hatte, durfte ich erst mit Vorsicht versuchen, mein strapaziertes Bein zu belasten und mich auf die Füße zu stellen. Während ich mit meiner Physis kämpfte, bemerkte ich, wie der Alte im Hintergrund Odin etwas zuflüsterte. Dessen Augen leuchteten. Er schien fast aus dem Häuschen zu sein, hier musste etwas Ungewöhnliches vor sich gehen. Dem Geheimnis würde ich später noch auf den Grund gehen, erst musste ich mich darauf konzentrieren, dieser peinlichen Lage zu entkommen. Es gelang mir, mich auf Hände und Füße zu stützen und mich vorsichtig aufzurichten. Ich bog meinen Rücken durch und fühlte Kreuzschmerzen, sodass ich gezwungen war, in gebückter Haltung zu verharren. Als ich sah, dass Odin freudestrahlend die Gemüsekiste entgegennahm, war ich sicher, dass die Annahme dieses Geschenks illegal war. Doch konnte ich nichts mehr dagegen tun. Ich war zu müde und fast am Ende meiner Kräfte.

So gab ich mich dem Schicksal hin. Auf einmal war ich Mitglied einer nicht unbestechlichen Gruppe. Hoffentlich war die erwartete Gegenleistung nichts Unredliches wie die Unterstützung einer illegalen Aktion oder die eines unnützen Bauprojekts.

Wenig später saßen wir auf der Ladefläche des Lasters. Odin, der kurz eine Adresse genannt hatte, saß mir gegenüber und schien die Kiste mit dem wertlosen Zeug mit Argusaugen zu bewachen. In dem Moment, als sich das Fahrzeug in Bewegung setzte, erinnerte ich mich an die amerikanischen Filme aus der Zeit des Vietnamkrieges. Es war heiß und stickig. Ich stellte mir vor, dass wir Rekruten wären, die zu einem Militärflughafen gefahren wurden, um einen der riesigen Luftfrachter zu besteigen, und - vielleicht auf Nimmerwiedersehen - in den dichtesten Dschungel Vietnams geflogen wurden. Wäre unsere bunte Truppe überhaupt geeignet? Wie wäre es als Hubschrauberbesatzung? Jürgen als Pilot und Odin am Maschinengewehr! Ich würde wohl die Position eines Funkers bekleiden. Was wäre mit den beiden Frauen, als was würden sie fungieren? Als Maschinistinnen? Oder würden sie, wenn wir landeten, den Tank befüllen und das Fluggerät mit neuer Munition beladen? Vielleicht wären wir ein eingeschworener Squad, der zu Fuß in der tiefsten Wildnis auf Jagd nach Vietcongs war? Die schaukelnde Fahrt wirkte auf mich einschläfernd, der fehlende Schlaf zollte seinen Tribut.

»Dort vorne hat sich etwas bewegt, Sergeant Jürgen!« Odin wedelte mit der Hand in die Richtung, wo nur dichtes Buschwerk zu sehen war. Wie gebannt starrten wir dorthin. Viele Minuten verharrten wir in höchster Anspannung, ohne dass sich etwas regte. Plötzlich war ein lautes Knacken zu hören. Kassandra umklammerte ihr Maschinengewehr, Odin zog eine Handgranate hervor und visierte das Ziel an. Jürgen hielt sein Fernglas vor die Augen und gab zischelnd etwas Unverständliches von sich. Wo war Penelope? Die plötzliche Sorge um sie brach wie ein Ungewitter in meinem Inneren aus. Ich blickte mich um und war erleichtert, als ich sie entdeckte. Sie saß etwas abseits unter Palmenblättern und hielt ein Stofftier umklammert. Ich hörte sie schluchzen. Diese Frau war für einen Krieg in der grünen Hölle völlig ungeeignet. Doch wir waren Zwangsrekrutierte. Ob wir es wollten oder nicht, egal, ob wir die Nerven dazu hatten, wir mussten uns an die Front durchschlagen und dem Gegner stellen, der unsere Demokratie bedrohte. Notfalls mussten wir unser Leben opfern. Für ein höheres Ziel. An das wir alle glaubten. Ein lautes Geräusch war plötzlich zu hören. Ein Dutzend Vögel erhob sich an der Stelle, die Odin indiziert hatte. Alle atmeten erleichtert auf. Wieder Fehlalarm. Jürgen, der zuvor liegend gelauert hatte, erhob sich, winkte und gab mit seiner Hand ein

Signal. Es war der Befehl, weiter vorzurücken. Wir alle schulterten unsere Waffen, die bei Penelope ihr Stofftier war. In einem zackigen Marsch folgten wir Odin, der mit einem Buschmesser einen Weg durch das Dickicht bahnte. In diesem dichten Dschungel sah ich nur Blätter und Buschwerk. Unsere Sicht betrug weniger als zwei Meter. Doch selbst das Wenige, was ich sah, war fast schon ein wenig zu viel. Eine fette Spinne, die mir fast ins Gesicht gesprungen wäre, konnte ich soeben noch beiseite wischen. Ein riesiges Vieh! Und dann diese Schlange, die auf einem Ast schlummerte. Sie verharrte wenigstens regungslos, sodass ich unbeschadet unter diesem trägen Kaltblüter hindurch schleichen konnte. Eidechsen huschten flink davon, wenn wir uns auf Sichtweite genähert hatten. Sie waren jedoch keine Bedrohung. Was mir am meisten zusetzte, war dieses Viehzeug, das zu unseren Füßen kroch. Fette Käfer in wahren Massen, Tausendfüßler, Heuschrecken. Unzählige hatte ich zertreten, doch hatten viele schneller reagiert und mich gebissen. Dennoch musste ich da jetzt durch. Es galt die Losung zum Durchhalten, den Schmerz und diesen fürchterlichen Juckreiz zu ignorieren, den Boden unter mir nicht genauer anzuschauen und sich nicht von dem irritieren zu lassen, was zu meinen Füßen umher kroch. So reckte ich meinen Kopf nach oben. Was dort um mich herumschwirrte, war jedoch keineswegs erfreulicher. Aggressive Mücken sowie garstige Fliegen, die mir ins Gesicht klatschten, als wäre ihr Navigationssystem ausgefallen. Während wir schweigend durch den sumpfigen Wald stapften, sah ich, wie die Viecher größer und größer wurden. Mir war zwar bekannt, dass in den tropischen Regionen Insekten von solchen Ausmaßen lebten, von denen man in gemäßigten klimatischen Regionen zum Glück verschont blieb. Dennoch wunderte es mich, dass sie derartig riesig waren. Wie dieser mächtige Tausendfüßler. Ich sah ihn bei einem kurzen Blick nach unten, als ich an etwas hängengeblieben war. Er hatte eine Länge, die sogar meine Körpergröße überstiegen hätte. Dieses Vieh war unglaublich lang und ich konnte nicht mal erkennen, wo es begann und wo es aufhörte. Als ich dieses Hindernis endlich überwunden hatte, flog eine Fliege vorbei, die ich aufgrund ihrer Größe erst für einen Raubvogel hielt. Der Marsch durch diese unwirtliche Gegend trieb mich fast in den Wahnsinn! Ich fragte mich, wie lange ich dies noch durchhalten würde. Irgendwann würde es soweit kommen, dass ich mich auf den Boden fallen lassen würde und vor Verzweiflung schrie. In diesem Moment schien es mir, als hätte der Wahn tatsächlich von mir Besitz ergriffen, als ich Farben im gesamten Spektrum des Regenbogens vor meinen Augen sah – nein, es war noch viel bunter.

»Dort ist etwas!« Die bunten Farben bewegten sich weiter, ich blickte ihnen nach und stellte fest, dass es ein Schmetterling war. Er war direkt vor meinen Augen vorbeigeflogen. Welch imposante Erscheinung! Wie schön er war, einfach wunderbar und herrlich. Ein Wunder der Natur, fast wie ein Engel. Der Schmetterling war so groß, dass ich mir vorstellte, wie ich mich auf seine farbig schillernden Flügel setzte und mich aus dieser Hölle heraus von ihm forttragen lassen würde.

»Ist es die feindliche Stellung, die wir suchen?«, hörte ich Odin.

Jürgen nickte. Durch das Blattwerk war ein gerodetes Gelände zu erkennen. Es war ein mit Gras bewachsener Hügel. Als ich meine Augen nach oben zur Spitze richtete, erkannte ich eine graue Mauer, in der in kurzen Abständen schwarze Rechtecke auszumachen waren. Schießscharten, kein Zweifel: dies war ein Bunker. Vorsichtig krochen wir vorwärts. Im Schneckentempo, Jürgen voran, bewegten wir uns durch das Unterholz, bedacht darauf, nicht das geringste Geräusch zu verursachen. Sergeant Jürgen hob seine Hand. Es war das unverkennbare Signal: 'Stopp!'. Alle machten sich nun daran, ihre Waffen in Stellung zu bringen. Unser Anführer hielt eine Panzerfaust bereit, Kassandra baute ihr Maschinengewehr auf. Odin zog ein Funkgerät heraus und flüsterte: »Wir sind am Ziel.« Dazu gab er unsere Koordinaten durch. Ich schaute mich währenddessen sorgsam um und entdeckte Penelope wieder, die ihre - wenn man es so nennen mochte - Waffe fest umklammert hielt, den Kuschelbär. Bei diesem Anblick überlegte ich, womit ich eigentlich kämpfte. Ich sah zu meinen Händen und erkannte dieses Ding in meinen Händen. Ein Flammenwerfer.

»Angela, worauf wartest du?«, hörte ich Jürgen. »Fackel ihre Behausung ab.«

Er hatte mir gerade befohlen, diese verheerende Waffe einzusetzen und gegen Menschen zu richten. Sie bei lebendigem Leib zu verbrennen. Odin gab weitere Anweisungen per Funkgerät. Wahrscheinlich sollten nun auch Jagdflugzeuge Napalm über dem Gelände abwerfen. Plötzlich sah ich Penelope ihr Kuscheltier wegwerfen und zu der freien Fläche rennen. Sie war völlig ungeschützt und für jeden Gegner zu sehen, so lief sie über das gerodete Gelände auf den Bunker zu. Sie sprang hin und her, stoppte, hob ein Kaninchen auf und spurtete zurück. Als sie unsere Gruppe wieder erreicht hatte, setzte sie sich und streichelte das Langohr. »Ich musste das Tier unbedingt retten, bevor wir in die Offensive gehen!«

Ich zögerte, das Napalm einzusetzen. Obwohl dieses Kaninchen davon verschont blieb, würde ich Menschen mit meiner Waffe wie Heuschrecken grillen. Dieses höllische Zeug, mit Klebstoff versetztes Benzin, war ursprünglich gar keine Erfindung der Amerikaner. Diese Erfindung war wesentlich älter. Plötzlich wechselte die Szene, ich befand mich im belagerten Konstantinopel. Ein Angriff der orientalischen Seestreitkräfte stand kurz bevor. Immer noch hielt ich den Flammenwerfer in den Händen, derweil war die osmanische Flotte schon bis ans Ufer herangekommen. Im nächsten Augenblick landete das erste Schiff, Truppen gingen an Land. Ich durfte nicht mehr länger zögern und eröffnete das Feuer auf ihre Kriegsschiffe. Es war verheerend. Das erste Boot ging in Flammen auf, das Feuer kroch über das Wasser weiter und suchte sich sein Ziel selbst. Es war, als wäre dort eine Atombombe eingeschlagen. Alles brannte lichterloh, all diese Schiffe und ihre Besatzung. Eine unsägliche Hitze zog herauf. Diese Schlacht gegen die osmanische Flotte war gewonnen und das Kriegsglück auf unserer Seite. Innerhalb von Sekunden hatten wir die Angreifer besiegt - besser gesagt - vollständig vernichtet. Ich allein hatte dieses Werk vollbracht. Der Angriff auf die Festung Konstantinopel war abgewehrt, die gesamte feindliche Seestreitmacht verheerend geschlagen. Unser Europa war gerettet. Nun wurde die Hitze unerträglich. Jemand rüttelte mich.

»Angela, wach auf!« Langsam kam ich zu Sinnen. Odin und Jürgen rüttelten mich wach und sahen mich besorgt an. »Wir müssen umsteigen. Hast du geträumt?«

»Ja …«, war meine erste Reaktion. Was sollte ich in diesem Moment erklären? War dies ein Alptraum gewesen oder eine Vision? Mir wurde wieder bewusst, dass wir unter Moslems waren, somit durfte ich aus diplomatischen Gründen auf keinen Fall erzählen, dass ich die Osmanen im Traum erfolgreich aus Europa ferngehalten hatte. Auf eine Weise, die mehr als heikel war. Ich dachte Schritt für Schritt zurück und konzentrierte mich auf die Szene im Dschungel, die mir so zugesetzt hatte. Ich fühlte, wie mir Schweißtropfen über die Stirn liefen. Unter dieser Plane war die Luft kaum auszuhalten. »Ich hatte einen Alptraum!«

»Kommen Sie! Hier draußen ist es wesentlich angenehmer.« Einer der Männer hatte die Zeltplane beiseitegeschoben und winkte, um uns zu signalisieren, dass wir den Lastwagen nun verlassen sollten. Dort stand auch Odins Fahrzeug, das uns nach Köln gebracht hatte.

Nachdem wir uns verabschiedet und wieder im Gemüsetransporter Platz genommen hatten, war ich froh, nicht mehr zwischen den Salatköpfen sitzen zu müssen. In einer gemeinsamen Anstrengung hatten wir das mittlerweile stinkende Gemüse auf die Straße geworfen. Dadurch mussten wir den Laderaum nur noch mit einer Kiste teilen. Was wir mit diesen Zucchini anfangen sollten, die verschimmelt waren und faulig rochen? Das war mir vollkommen schleierhaft. Am liebsten hätte ich das Zeug über Bord geworfen.

Die Straßen wirkten wie ausgestorben und bis auf den Postboten sahen wir keine Menschenseele. Obwohl Vormittag war und eigentlich alle Geschäfte ihre Waren feilbieten sollten, waren alle Schaufenster verdunkelt. Die meisten waren mit dem Schild *'geschlossen'* versehen. Womöglich war ein Ausnahmezustand verhängt worden und alle verschanzten sich in ihren eigenen vier Wänden. Die Bürger warteten sicher ab, welche Verschärfungen es nach dem Putsch geben würde. Eigentlich mussten wir uns auf unserem Heimweg keine Gedanken machen. So ganz gelang es mir jedoch nicht, meine Befürchtungen zurückzudrängen. Wir konnten auf eine Panzersperre oder ein anderes Hindernis treffen. Auf verstreute Söldner, die unsere Fahrt in das friedliche Land Bayern stoppen und Wegezoll fordern könnten. Nachdem wir den Großraum Köln verlassen hatten und ohne ein jegliches Hindernis weiter nach Süden rauschten, verflogen langsam meine Ängste. Ich atmete entspannt durch. Nach einer Weile begann ich die Fahrt sogar zu genießen, denn auf unserem Rückweg konnte ich meine Gliedmaßen entspannt ausstrecken. Bald sah ich einen breiten Fluss neben uns. Wir reisten parallel zur Strömung aufwärts.

»Hier in der Ebene sparen wir Sprit«, hörte ich Odin sprechen, während ich den majestätischen Strom betrachtete. »Neben uns fließt der Rhein.«

Als wir jäh stoppten, schreckte ich hoch. Ich musste eingeschlummert sein. Das Bild von einem Minenfeld, das wir auf unserer Flucht durcheilen mussten, war noch präsent.

»Was ist los? Militär? Eine Panzersperre?« Mit Schrecken richtete ich mich auf, erkannte rundum jedoch nichts Bedrohliches. Die Traumbilder verschwammen. Die bedrohliche Szene, die ich soeben noch vor Augen gehabt hatte, wich der Realität. »Entschuldigt. Ich bin soeben aus einem Alptraum aufgewacht.«

»Wir brauchen Treibstoff!« Odin sprang aus dem Wagen und rannte in ein Gebäude. Was er dort wollte, war für mich unerklärbar, denn ich konnte hier weder Zapfhähne noch irgendwelche Vorrichtungen sehen, bei denen man sich mit Benzin oder Diesel versorgen konnte.

»Warum halten wir nicht an einer Tankstelle?« Ich betrachtete das etwas heruntergekommene Gebäude. Bis auf schwarze Platten, die nach Solarzellen aussahen, fiel mir nichts Ungewöhnliches auf.

»Eine was?« Penelope sah mich verdutzt an.

»Die gab es früher, als Treibstoff noch in größeren Mengen sehr billig zu haben war.« Jürgen zwinkerte ihr zu und versuchte diese heimliche Geste vor mir zu verbergen. Das empfand ich als ein wenig frech. Ich war weder so senil, noch so blind, dass mir das entgehen konnte. Es erfüllte jedoch seinen Zweck, als sie nickte und schwieg, während er sich zu mir wandte. »Hier wohnt offensichtlich ein Bastler. Odin hat eine Nase für so etwas. Oft bekommt man bei den Leuten Treibstoff.«

Nach einer Viertelstunde kam Odin mit einem Kanister zurück und machte sich an der Seite des Fahrzeugs zu schaffen.

»Hundert Franken pro Liter sind fast schon eine Sauerei! Mehr konnte ich den Preis aber nicht herunterhandeln«, schimpfte er, während er den Inhalt des Behälters vorsichtig in den Tank laufen ließ. »Dieser Ausflug ist richtig teuer geworden. Wenn ich den Treibstoff daheim nicht selbst produzieren könnte, würden wir uns bald gar keine Fahrten mehr leisten können.«

Mir ging durch den Kopf, dass die Solarzellen zur Treibstoffproduktion dienen könnten. Das erinnerte mich an die letzten Jahre meiner Amtszeit. Elektroautos waren plötzlich die Vision, die Zukunft. Ich fragte mich, was aus dieser großartigen Idee geworden war. Die Fahrzeuge, die uns unterwegs begegnet sind, hatten sich alle nicht so angehört, als würden sie diese Technologie nutzen. Ein Elektromobil produzierte kein lautes Motorengeräusch, sondern bewegte sich so leise wie ein U-Boot auf Schleichfahrt.

Es ging weiter. Ich wünschte, dass diese Fahrt durch das gebirgige Schwabenland schon hinter uns läge, da dieses ständige Auf und Ab sich extrem auf meinen Magen auswirkte. Ich erinnerte mich, dass in dieser Region das Automobil erfunden wurde. Von diesem legendären Gottlieb Daimler, einem Bastler. Es war eine Erfindung, die unsere Welt fast mehr veränderte als das Internet. Es war ein Wunderwerk, das der Menschheit unendliche Freiheiten eröffnete und jedem Individuum ermöglichte, aus den engen Grenzen seines Lebensraums auszubrechen, weite Distanzen zu überbrücken. Diese Schwaben waren für mich ein bizarres Volk. Trotz ihrer großen Erfindergabe wirkten sie auf mich kleinbürgerlich. Wie Ureinwohner, die sich gegen alle Einflüsse der Zivilisation wehrten und sich ebenso dagegen sträubten, die reguläre deutsche Sprache anzunehmen. Diese Art von Starrsinn teilten sie mit ihren Nachbarn, den Bayern. So viele Jahre später war ich jedoch froh, dass es diese Eigenbrötler gab und wünschte mir nichts anderes, als dass wir schleunigst die Grenze überquerten und wieder zurückkehrten. Vor allem sehnte ich mich nach meiner gemütlichen Pension. Ich fieberte der Idylle inmitten dieser grandiosen alpinen Kulisse entgegen.

Als wir die schwäbische Alb hinter uns gelassen hatten, wurde mir wieder wohler. Die gleichmäßige Fahrt vorbei an Wäldern wirkte beruhigend. Nachdem wir die Stadt Ulm durchquert hatten, sah ich schon den Grenzposten.

»Leider ist mir völlig entfallen, dass wir eigentlich als Gemüsetransporter unterwegs wären«, sprach Odin laut und drosselte das Tempo. »Es zu spät, uns zu tarnen. Bleibt ruhig und verhaltet euch unauffällig.«

Die Grenzbeamten schienen uns erst im letzten Moment kommen zu sehen. Sie wirkten aufgeregt. Mir fiel auf, dass Grenzpolizisten beider Seiten an der hiesigen Grenzstation herumstanden. Die Grenzer mit traditionell bayrischer Lederhosentracht diskutierten mit denen, deren Uniform der Halbmond zierte. Erst als wir am Schlagbaum hielten, bemerkten sie uns. Sie kamen auf uns zu, wirkten aber fast desorientiert. Ein Zollbeamter in Lederhose richtete das Wort an unseren Fahrer.

»Von wo kommt ihr?«

»Ich transportiere Gemüse von … äh … nach … «, stotterte Odin. Ihm war deutlich anzusehen, dass er auf diese Situation völlig unvorbereitet war und sich keine passenden Worte zurechtgelegt hatte. Es musste jedem auffallen, der nicht gerade auf den Kopf gefallen war, dass er sich benahm wie ein Schmuggler, der auf frischer Tat ertappt worden war.

»Wir erwarten keine Rechtfertigung dafür, warum ihr mit diesem abenteuerlichen Fahrzeug unterwegs seid. Ihr kommt aus der Islamischen Republik. Es ist für uns nicht die entscheidende Frage, wo ihr herkommt und warum ihr nach Bayern wollt.« Der Mann wirkte nervös. Er warf einen kurzen Blick zu unserem Laderaum, schien sich aber nicht an der Fracht, uns Passagieren zu stören, obwohl wir sicher weder wie Obst noch Gemüse aussahen. Zumindest hoffte ich das, da ich mich nicht besser fühlte als ein Salatkopf und vor allem nicht unbedingt frischer war als das, was wir in der Kiste transportierten. »Habt ihr irgendwelche Informationen für uns? Das wäre sehr wertvoll. Wir haben ein Problem. Alle Kommunikationsnetze sind ausgefallen. Leider haben wir bisher keine Informationen, wie und warum das passiert ist.«

»Es gab, glaube ich, einen Putsch.« Unser Fahrer sprach vorsichtig und betonte jedes Wort einzeln.

»Schon wieder?« Einer der Grenzer in Halbmonduniform kam näher. Mit weit aufgerissenen Augen stellte er sich an die Fahrertür. »Das glaube ich jetzt nicht. Die Leute erzählen einiges. Meistens zu viel. Oft sind es nur Gerüchte, die sie aufgeschnappt haben. Wahrscheinlich wollt ihr euch einfach wichtig machen oder davon ablenken, dass ihr Schmuggler seid. Vielleicht transportiert ihr Drogen …«

»Wir haben es direkt mitbekommen. Wir kommen gerade aus Köln«, sprach Odin mit fester Stimme. »Wir haben an einer Kundgebung teilgenommen. Danach wurden wir zu einem Verhör geladen. Als man uns gerade wieder entlassen hatte, gab es eine Explosion.«

Ich überlegte, ob dies noch der Wahrheit entsprach. Es gab verschiedene Stufen der Lüge. Die mildeste Form war, ein Detail auszulassen, was für das Gegenüber vielleicht interessant wäre. Eine besonders geschickte Verpackung der Wahrheit war, etwas zu sagen, das zweideutig war. Der andere konnte die Bedeutung heraushören, die er haben wollte. Es war sehr fraglich, ob sie uns nach unserem unkooperativen Verhalten wirklich wieder freigelassen hätten. Andererseits war es auffällig problemlos, zu verschwinden, als sich die Situation unvermittelt geändert hatte. Vielleicht sollte nicht ich jedes Wort so kritisch bewerten. Wir waren nun hier und es ging nur darum, diese Grenze zu überqueren. Für die Beamten gab es keinen Grund, uns daran zu hindern. Sie waren nur in Sorge, ob sie bis zur Rente einen sicheren Arbeitsplatz haben würden, bis sie von der nächsten Generation von Grenzbeamten abgelöst wurden.

»Das Land kommt wohl niemals zur Ruhe.« Der Grenzer der islamischen Republik ließ kurz seinen Kopf sinken. Nervös versuchte er, Haltung zu zeigen. »Wisst ihr, wer jetzt das Sagen in unserem Land hat? Versteht meine Frage nicht falsch, das soll keine Befragung sein, zu wem ihr steht oder was auch immer. Ich will nur wissen, für wen ich zukünftig arbeite. Es ist mein Job, unser Land und seine Regierung zu schützen.«

Fast musste ich laut lachen, denn das war äußerst bizarr. Er wusste nicht, für wen er eigentlich arbeitete und wollte diesem Unbekannten treu zu Diensten stehen. Der Beamte sah sich in der schwierigen Lage, einem Herrn zu dienen, der ihm unbekannt war. Vielleicht wusste sein Chef in diesem Moment selbst noch nicht, dass er es war und was er überhaupt wollte. Ich unterdrückte den Anflug von Heiterkeit, denn eigentlich war das gar nicht lustig, wenn man sich so verbiegen musste. Dennoch, hier und jetzt ging es um uns, und dass wir endlich zurückkehren konnten. Spontan entschloss ich mich, die Gunst des Augenblicks zu nutzen, um so schnell wie möglich hier herauszukommen.

»Die Salafisten haben die Regierung übernommen«, rief ich.

Der Mann wurde weiß im Gesicht. Auch seine Kollegen in Halbmond-Uniform erstarrten und sahen mich entsetzt an. Im nächsten Moment winkten sie, dass wir passieren durften. Die bayrischen Grenzbeamten nickten und gaben uns das Signal, dass wir weiterfahren sollten.

»Woher wusstest du das?« Penelope sah mich neugierig an, als nun die Landschaft von Bayern an uns vorbeirauschte.

»Eine spontane Eingebung.« Jetzt schämte ich mich etwas. In schwierigen Situationen half es immer, ein wenig Chaos zu stiften, um sich aus der Affäre zu ziehen. Das hatte hervorragend funktioniert. Wie sollte ich das nun erklären? Mir fiel keine passende Antwort ein, daher zuckte ich nur mit den Schultern.

Während wir unsere Fahrt gemächlich durch diese grüne Landschaft fortsetzten, schweifte mein Blick über die Felder, bis majestätische Berge am Horizont auftauchten. Mich erfasste eine melancholische Stimmung. Wie klein waren wir Menschen. Diese Titanen in der Ferne waren

Gestein, das vor unvorstellbar vielen Jahren den Entschluss gefasst hatte, sich vom Grunde des Meeres zu erheben. Eigentlich sind die Alpen nach Erkenntnissen der Wissenschaft ein junges Gebirge. Wie bizarr, dass ich nach Maßstäben der modernsten Zivilisation alt bin. Nur noch wenige Jahre, dann würde ich meinen hundertsten Geburtstag feiern.

Die Begriffe Jung und Alt kann man nicht genau definieren, man muss die Zeit in Relationen sehen. Die Existenz der Menschheit war in Bezug auf die gesamte Evolution ein kurzes Augenzwinkern. Auch mein Leben wird bald vorüber sein. Obwohl ich in der Zeit, die mir gegeben wurde, unglaublich viel an Veränderungen erlebt habe. Einige Ereignisse hatten die Welt zu meiner Zeit wesentlich verändert, dennoch glich auch meine lange Lebensspanne nur einem von vielen Millionen winziger Körner, die in einer riesigen Sanduhr herabrieselten. Unsere Momente der Zivilisation sind extrem kurz und es scheint fast schon ein Gesetz zu sein, dass die Menschheit immer nur einen kurzen Augenblick des Friedens erleben kann, bis das System implodiert und alles von vorne beginnt.

Selbst das Ende meines früheren Heimatstaates DDR kam für mich überraschend. Auch wenn mir und meinen Mitmenschen einiges nicht gefiel – niemand hatte gedacht, dass von einem Tag auf den nächsten der Staat Vergangenheit sein könnte. Dennoch kam das Ende des Regimes alter Männer und des Politbüros, das einem angeblich sozialistischen System vorstand. Jeder war angeblich gleich, jedoch war jeder benachteiligt, der über keine guten Beziehungen zum Regime verfügte.

Der Europäischen Gemeinschaft hätte eine große Zukunft bevorstehen können. An diese Union von Staaten hatte ich wirklich geglaubt, weil sie uns nicht nur ein halbes Jahrhundert des Friedens beschert hatte, sondern einen Wohlstand, um den uns der Rest der Welt beneidete. Die Bundesrepublik Deutschland hatte mehr oder weniger ein Jahrhundert Bestand, war aber trotz ihres Erfolges nun ebenso Geschichte. Waren es Fehler des Systems oder nur Schicksal? Manche unangenehmen Zeitgenossen träumen immer von einem Tausendjährigen Reich. Ein Jahrtausend des Glücks, des Friedens und Wohlstands. Die Nazis träumten zwar auch davon, doch endete deren Traum nach nur zwölf Jahren, nachdem unser Land in eine riesige Schutthalde verwandelt worden war. Die Amerikaner dagegen konnten ihr demokratisches System erfolgreich über die Jahrhunderte bewahren. Manche waren zwar überzeugt, dass dieses große Land regelmäßig von einem Versager regiert wurde. Dem konnte ich zwar nicht ganz zustimmen. Selbst wenn, es endete niemals in einer Katastrophe. Präsidenten kamen und gingen, doch die Vereinigten Staaten standen für Jahrhunderte wie ein Fels in der Brandung und blieben ein Hort der Stabilität, auf den man sich verlassen konnte. Das Erfolgsrezept dafür ist meiner Meinung nach die Gewaltenteilung. Dieses Prinzip haben die Amerikaner nicht erfunden, sondern vom Alten Rom übernommen. Senat und Kaiser, die sich im ständigen Widerstreit befanden, hatten ihrem Reich diese unglaublich lange Existenz beschert. Obwohl es manchmal seltsame Ausmaße angenommen hatte, als selbstverliebte Herrscher das höchste Amt innehatten. Kaiser Nero, der Rom angezündet haben soll und sich einen goldenen Palast errichten ließ. Der vom Wahnsinn getriebene Caligula, der als Höhepunkt seiner Tollheiten sein Pferd zum Senator ernannte. Die neuere Geschichtsforschung hat jedoch festgestellt, dass solche Berichte nicht unbedingt der Wahrheit entsprachen, dass Nero und Caligula in Wirklichkeit nicht so irre gewesen wären, wie behauptet wurde. Man meldete Zweifel an, da alle Aussagen über diese Kaiser von Männern aus dem Senat stammten, die ihre größten Konkurrenten noch nie leiden konnten.

»In einer Viertelstunde sind wir daheim!« Abrupt beendete Odin meine Träume vom Antiken Rom, und als ich meinen Kopf nach vorne richtete, sah ich die Berge hell gleißen. Die Gipfel der Riesen sahen noch weißer aus als zuvor. Mittlerweile hatte ich dieses alpine Land als meine Heimat liebgewonnen, mein Herz schlug für das Land Bayern. Die Sonne stand tief und leuchtete die Umgebung in einer Weise an, als befände ich mich in einer Märchenwelt.

Langsam rollten wir in eine Kurve, die Bremsen quietschten und die Fahrt war beendet. Diese Reise war ein wahrhaftiges Abenteuer und wir hatten es heil überstanden. Ich wollte die Aktion auf keinen Fall wiederholen, dennoch war sie etwas, auf das ich mit Stolz zurückblicken durfte. Dieser Ausflug hatte sich zur wirklichen Mutprobe entwickelt. Leider war diesem Vorhaben kein durchschlagender Erfolg beschert, letzten Endes zählten aber unsere guten Absichten.

Als wir den Transporter verlassen und unsere Gelenke einer Kontrolle der Funktionsfähigkeit unterzogen hatten, warf Odin einen skeptischen Blick unter die Motorhaube. Er ließ sie aber mit einem erleichterten Gesichtsausdruck zufallen. Als alle versammelt waren räusperte sich Jürgen und begann mit einer Ansprache.

»Ich danke euch, dass ihr an dieser mutigen Aktion teilgenommen habt. Wir haben unsere Meinung wirkungsvoll kundgetan. Vielleicht regt es einige zum Nachdenken an, ihre Einstellung zum Leben zu hinterfragen.« Er sah jeden von uns an. »Wir haben einiges gelernt. Den wirklich großen Durchbruch haben wir nicht erreicht und es ist etwas schade, dass wir mit leeren Händen zurückkehren.«

»Das tun wir nicht.« Odin eilte zum Transporter, hob die Kiste mit den Zucchini heraus und stellte sie in unsere Mitte.

»Was sollen wir damit?« Ich betrachtete das schimmlige Zeug. Vielleicht war ich undankbar, doch dies war wirklich nicht das, was ich als erfolgreiches Resultat unserer waghalsigen Expedition gesehen hätte.

»Schaut einmal genauer hin!« Er nahm eines der Gemüse und drehte es auseinander. Etwas stimmte damit nicht. Verwundert sah ich, wie er eine Metallröhre aus ihrem Inneren zog. »Na, was haltet ihr davon?«

»Was ist das?« Jürgen starrte verwundert auf das Ding. Mir dämmerte etwas. Dies war ein Versteck. Für etwas Gefährliches. Das sagte mir eine spontane Eingebung.

»Ist das nicht toll? Es ist Sprengstoff!«

Mir rutschte das Herz in die Hose. Das ging mir nun wirklich zu weit. Ich war bereit, Protestaktionen mitzumachen und das Risiko dieser Demonstration in Köln war wirklich sehr hoch, moralisch hatte ich daran nichts auszusetzen. Mit Sprengstoff zu hantieren, um für seine Ziele zu kämpfen, das jedoch war eine ganz andere Hausnummer. Töten, um seine Überzeugung kundzugeben, war Fanatismus. So etwas war irre. Jeder, der solche Leute kannte, sollte dies schnellstmöglich melden, damit solchen Spinnern das Handwerk gelegt werden konnte. Für Terrorismus hatte ich kein Verständnis. Niemals!

»Was sollen wir mit solchem Zeug?« Ich beschloss, spontan eine Standpauke zu halten. Meine Kameraden waren mir bisher sympathisch, doch wenn sie in ihr Unglück rennen wollten, dann nicht mit mir! »Sollen wir derart in Wahnsinn verfallen, dass wir Menschen töten? Sind wir derart besessen von unserer Idee? Wenn wir das tun, sind wir nicht besser als unsere Gegner. Wollen wir Unschuldige ermorden?«

»Keine Ahnung.« Kleinlaut legte Odin die Metallröhre zurück in die Kiste. »Als Bastler könnte ich das für irgendetwas Sinnvolles verwenden.«

»Odin!« Ich fixierte meinen Blick auf seine Augen und legte alle Überzeugungskraft in meine Worte. »Das Leben jedes Wesens ist wertvoller als aller Reichtum unseres Planeten. Es ist kostbarer als jede Religion der Welt. Das Existenzrecht des Individuums steht an erster Stelle. Wir dürfen nicht aus einem Wahn heraus Amok laufen und wahllos töten!«

Die ganze Nacht konnte ich nicht schlafen. Die Szenen von unserer Fahrt, der Demo und der Verhaftung gingen mir durch den Kopf. Wir hatten keinerlei Durchbruch erzielt. Das Einzige, das wir mitgenommen hatten, war Sprengstoff, mit dem wir gar nichts anfangen konnten. Und vor allem nicht durften. Denn was sollten wir damit tun? Wir waren Tierschützer und hatten uns den Schutz des Individuums auf unsere Fahnen geschrieben. Damit war für uns das menschliche Leben genauso etwas sehr Kostbares. Ich befürchtete, meine Parteifreunde könnten dies aus den Augen verloren haben. Unsere Demonstrationen waren noch vertretbar, vielleicht fast grenzwertig aus meiner Sicht, als wir nackt durch eine Moschee rannten und laut brüllten. Es war Beleidigung, eine extreme Provokation und eine schwerwiegende Missachtung des Glaubens. Den Zorn der Menschen zu erregen war vertretbar, auch wenn ich das nicht guthieß. Doch es gab Grenzen und die waren überschritten, wenn man aufgrund fehlender Erfolge sich zunehmend radikalisierte und zum Amokläufer wurde.

Jeder, der sich nicht zum rechten Glauben bekannte, sollte sterben. Aus der Perspektive eines so Besessenen, im seinem Zustand des Wahnsinns war es erlaubt zu schießen ohne zu fragen. Jeder, den man traf, konnte ein Andersgläubiger sein. Mit jedem Toten würde somit die Zahl der Andersgläubigen verringert. Rein hypothetisch. In dieser Art würde ich denken, wenn ich mich in die Sicht eines Amokläufers versetzte. Wenn mich niemand aufhielt, könnte ich eine hundertprozentige Zustimmung erreichen, wenn ich alle 10 Milliarden Menschen auf der Erde niedergemäht hatte. Zum Schluss wäre ich alleine und es gäbe keinen mehr, der mir widersprechen könnte. Umgekehrt wäre aber keiner mehr da, der mir auf die Schulter klopfen würde. Der sagte: »Das hast du ganz toll gemacht, du bist ein unglaublich toller Mensch.« Der Amokläufers wäre zum Schluss sehr traurig. Selbst er würde denken: was in Gottes Namen habe ich angestellt?

Es ist ja nicht so, dass ich ein Lob nicht genießen würde. Auch wenn es selten ist, ich erfreue mich daran wie jeder andere Mensch. Wie ein Kind, das an seinem Geburtstag etwas unglaublich Tolles bekommt, das seine Augen zum Leuchten bringt. Es ist eine Wonne, wenn Beifall ehrlich gemeint ist. Wenn derjenige nicht gerade mit einer Sondererlaubnis - für was auch immer - auf der Matte steht und der Bitte, dass ich doch sofort zustimmen möge. Zu oft versuchten Leute, die ausschließlich auf ihr eigenes Wohl bedacht waren, es auf die charmante Weise. In der Frühzeit meiner politischen Karriere war ich denen leider sehr zugetan. Dich ich lernte dazu, konnte die Blender von denen unterscheiden, die es ehrlich meinten. Zum Glück begegnete auch diesen Menschen, die mich wirklich schätzten. Vielleicht waren es zu wenige. Doch selbst wenn man primär schlechten Menschen begegnet sein sollte, man durfte nicht wahllos töten!

Ich sah die Szenen schon vor mir. Eine Metzgerei, die mitten in München explodierte. Blutüberströmte Menschen, die schreiend über den Marienplatz rannten, während wir auf dem Heck von Odins Transporter standen und Salven aus einem Maschinengewehr auf die verzweifelte Menge abfeuerten. Die Reifen rasten durch Pfützen von Blut, die Pflastersteine auf dem Platz färbten sich purpur, wir bretterten weiter durch die Fußgängerzone, verfolgten jeden der Fliehenden, um ihn in einem Kugelhagel niederzustrecken.

Es gab zum ersten Mal in meinem Leben eine katastrophale Entwicklung, die ich noch vor ihrem Beginn aufhalten konnte. Nun hatte ich eine wirkliche Mission. Mit diesem Gedanken schlief ich ein.

Der große Plan

Schlecht gelaunt klammerte ich mich an meiner morgendlichen Tasse Tee fest. Diese Nacht war alles andere als erholsam verlaufen. Ich hatte davon geträumt, von meiner neuen idyllischen Heimat aus einen Terroristenstaat zu gründen. Freilaufende irre Wissenschaftler kamen zu uns und entwickelten Atombomben, und wir planten, jeden Menschen zu vernichten, der unsere Meinung nicht teilte. Diese gruselige Phantasie widersprach allem, was mein früheres Leben bestimmt hatte. Ich hatte immer einen offenen und toleranten Führungsstil praktiziert, indem ich anderen Menschen zuhörte, um dazuzulernen und da ich neugierig war, warum sie anders dachten als ich.

Sprengstoff! Diese Gruppe hatte Ideale vertreten, die meine Zustimmung gefunden hatten. Damit war es aber vorbei. Das machte mich traurig. Nun war ich in einer Sackgasse. Bis vor kurzem galt dieser Gruppe meine Loyalität. Doch mein Menschenverstand ließ nichts anderes zu, als dass ich diese Leute verraten musste, bevor sie etwas wirklich Schlimmes anstellten, weil sie auf einem anderen Weg keinen Durchbruch … Plötzlich kam mir eine Idee! Ein Durchbruch. Das wäre es. Der große Nobel hatte dieses Dynamit entwickelt. Ursprünglich sollte es dem Wohl der Menschen dienen.

Das Treffen kam auf meine Initiative zustande. Als wir an diesem Abend bei vegetarischen Spezialitäten zusammensaßen, konnte ich mich kaum noch zurückhalten, unserer Gruppe meine Idee zu verkünden. Zur feierlichen Eröffnung überließ ich Jürgen jedoch das Wort.

»Angela hat euch etwas mitzuteilen. Sie hat mir noch nichts Genaues verraten. Doch hatte sie mir versichert, sie hätte einen großartigen Plan.«

Alle Augen richteten sich auf mich. Ich schaute mich in der Runde um. Vielleicht wirkte ich stolz. Doch ich war so nervös wie schon lange nicht mehr. Ich war unsicher, ob ich meine Parteigenossen von meiner Idee überzeugen konnte. Meine Ansprache hatte ich sehr präzise vorbereitet.

»Liebe Freunde!« Dies war zwar etwas gewagt für den Beginn einer politischen Rede, doch jetzt ging es um alles. Um eine Vision, die so unscheinbar in meinem Kopf begonnen hatte, dass ich sie anfangs kaum wahrgenommen hatte. Sie war jedoch immer wiedergekehrt und hatte sich immer mehr aufgedrängt. Jetzt war der große Moment gekommen. In dieser Runde waren Menschen, mit deren Hilfe mein Traum Wirklichkeit werden konnte. »Meine lieben Freunde! Ich habe einen Traum …«

»Was für einen?«, quatschte Kassandra dazwischen, was eigentlich unhöflich war. Es erfüllte jedoch genau seinen Zweck. Wenn es darum ging, die Gunst der Stunde zu nutzen, eine Unterbrechung, eine mögliche Kritik in Zustimmung zu verwandeln, dann war ich die Letzte, die sich diese Chance entgehen ließ.

»Eine Vision von einem wirklichen Durchbruch.« Ich ließ den Moment der Spannung vorerst in der Luft stehen und wartete, ob sich noch jemand zu Wort melden würde. Kassandra tat mir den Gefallen.

»Sag schon!« Es war das erste Mal, dass sie nicht gegen etwas schoss. Jetzt war ich mir sicher: diese Situation hatte ich gewonnen.

»Odin!« Ich sah ihn demonstrativ streng an. »Ist dir bekannt, dass dieser Wissenschaftler Alfred Nobel sein Dynamit ursprünglich zum Wohl der Menschheit erfunden hatte?« Unser Technikfreak nickte und ich erklärte, worauf ich hinauswollte: »Wenn ihr damit einverstanden seid, wird es in Kürze seinen ursprünglich gedachten Zweck erfüllen. Der rechte Zeitpunkt ist gekommen!«

Meine Parteifreunde starrten mich mit weit geöffneten Mündern an. Plötzlich kam mir ein Bild in den Sinn, dass ich Golfbälle werfen und versuchen würde, dort hinein zu treffen … Nein, ich durfte mich jetzt nicht ablenken lassen. Diese Angelegenheit war zu wichtig, ein geschichtlicher Moment. Wir konnten die Zukunft aller uns nachfolgenden Generation fundamental beeinflussen.

Ich holte weit aus.

»Hört eine Anekdote aus meinen jungen Jahren. Es begab sich vor mehr als einem halben Jahrhundert. Dieser Moment war einer der größten Momente in meinem Leben, für unser ganzes Volk. Es war ein Tag, an dem die Menschen auf den Straßen tanzten und jubelten, nachdem man verkündet hatte: Die Mauer ist gefallen!« Ich schaute mich um und bat im Stillen, dass einer von ihnen doch die alles entscheidende Frage stellen möge. Keiner außer mir war damals schon geboren, sie hatten diesen Tag nicht persönlich miterleben können, jedoch mussten sie von diesem legendären Ereignis aus den Geschichtsbüchern erfahren haben. Keine Reaktion folgte. Ich half ein wenig nach. »Der Mauerfall. Das geteilte Land war wieder vereint. Die Bürger waren nicht mehr eingesperrt. Es war ein unglaublich bewegender Moment, als alle riefen: *Wir sind das Volk!*«

»Hoffentlich hat keiner das gehört«, Jürgens Blicke schweiften hektisch umher, er fuchtelte wild mit seinen Händen und sah mich entsetzt an. »Angela, das gefällt mir gar nicht! Was willst du uns damit sagen? Du willst doch nicht, dass wir uns so benehmen wie die Nazis im Osten?«

»Ich hoffe, das sollte gerade ein Scherz sein!« Kassandra stierte mich an. »Die Pointe habe ich nicht verstanden. Sollen wir uns etwa diesem Nationaldeutschland anschließen? Worauf genau willst du hinaus?«

Fast gaben meine Beine nach. Jetzt wurde mir bewusst, dass ich einen großen Fehler begangen hatte. Zwar hatten damals schon die Pegida-Demonstranten diesen Spruch für ihre fremdenfeindlichen Aktionen zweckentfremdet. Wie aber hatte ich ahnen können, dass es sich darauf reduzieren würde? Der Spruch *Wir sind das Volk* hatte nun also eine politisch unkorrekte Bedeutung. Meine Freunde starrten mich an, als hätte ich gerade den Hitlergruß vorgeführt. In meinem Kopf ratterte es. Jetzt, hier und sofort musste ich mir dringend etwas einfallen lassen. Sonst konnte es das sofortige Aus für meine Vision sein. Mein großer Traum wäre geplatzt.

»Es war … nur ein Versprecher!« Etwas Besseres fiel mir auf die Schnelle nicht ein. »Sie riefen: *Wirsing für das Volk!* Damals gab es nämlich innerhalb unserer unüberwindlichen Grenzen weder Obst, noch Gemüse. Man bekam nur Dosenfleisch …« - ich biss mir auf die Zunge. Das F-Wort war mir vorschnell herausgerutscht. Schnell fügte ich hinzu: »Was natürlich eine absolute Katastrophe für die Vegetarier war, denn für sie gab es gar nichts.« Schweiß lief mir von der Stirn. Ich fühlte, wie ich rot anlief und hätte mich ohrfeigen können. Diese Situation hatte ich total vergeigt. Aber so was von vergeigt! Dass ich versucht hatte, dies mit einer Lüge zu retten, hatte alles nur noch schlimmer gemacht. Penelope fing an zu schluchzen.

»Ihr hattet nur die Wahl, Fleisch zu essen oder zu verhungern?« Kassandra starrte mich an, als hätte ich mich soeben in den Hüter des ewig brennenden Feuers verwandelt.

»Wie ging es weiter?« Odin blickte mich gespannt an. »Meine Geschichtskenntnisse sagen mir gar nichts dazu. Alle riefen nun *Wirsing für das Volk!* Was kam danach? Bekamen die Bürger nun endlich Gemüse?«

»Viel mehr.« Es war mir äußerst peinlich, mir blieb jedoch nichts anderes übrig, als dieses Spiel fortzusetzen. Soweit es in dem Rahmen des Möglichen stand, wollte ich versuchen, bei der Wahrheit bleiben. »Nachdem die Grenze geöffnet war, gab es als erstes Bananen. Aber nicht nur die. Es gab eine große Auswahl an Südfrüchten, nun gab es echten Kaffee …«

»Ich mache mir jetzt gerade Gedanken darüber, was sich hinter dieser Mauer, in dem faschistischen Land gerade abspielt. Wenn es dort so zugeht, wie du es von deinem isolierten Land damals erzählst …«, murmelte Odin nachdenklich.

»Wir müssen sofort handeln! Kein Geschwätz mehr, wir müssen aktiv werden!« Kassandra schlug mit ihrer Faust so fest auf den Tisch, als wollte sie ihn zerschmettern. »Niemand weiß, wie es dort zugeht. Auf jeden Fall müssen wir dorthin, uns ein Bild von der Lage machen und eingreifen!«

Alle anderen nickten.

»Alle für Angela!« Jürgen lächelte. »Das wird unser erster wirklicher Durchbruch! Angela, du hast jetzt die volle Zustimmung. Wir alle folgen dir auf die Mission. Wie ist dein Plan?«

Unglaublich! Gerade noch hatte ich diese Situation für verloren gehalten, plötzlich waren alle auf meiner Seite. Hätte ich damals bei meiner Griechenland-Rettung oder bei der Flüchtlingspolitik solche Zustimmungswerte erreicht, hätte ich in die Geschichte eingehen können … ich rief meine emotionale Seite zurück, denn jetzt musste ich eine wichtige Ansprache halten. Ich wollte damit beginnen, meinen Plan zu erklären, da blieb meine Stimme plötzlich weg. Ich hatte einen Frosch … politisch korrekt gesagt: Gemüse in meinem Hals. Ich griff nach meinem Wasserglas und nahm einen Schluck, gleichzeitig kamen mir Tränen.

»Das tut mir leid. Beruhige dich erst ein wenig. Es muss furchtbar gewesen sein damals. Deinen Plan kannst du noch in Ruhe erklären. Wir sind jedenfalls dabei.«

»Die Mauer, deswegen der Sprengstoff. Für den Durchbruch. Genial!« Diese Worte von unserem Bastler zu hören, war für mich wie eine Goldmedaille. Ich hatte meine Stimme leider noch nicht wiedergefunden. Daher stimmte ich mit einem Kopfnicken zu, weshalb Odin weitersprach: »Jetzt ist mir alles klar. Die Idee ist auch naheliegend. Das ist ein großartiger Plan. Die Mauer ist zwar massiv, mittlerweile aber etwas baufällig. Wir haben reichlich Dynamit zur Verfügung, mit dem kommen wir mit Sicherheit durch. Es ist nicht allzu weit zur Grenze, Otto wird uns hinbringen. Angela, war dies dein Plan? Du brauchst nur zu nicken.«

Dies tat ich. Es wunderte mich zwar, dennoch freute es mich, dass unsere Runde noch mehr Mitglieder als uns fünf hatte. »Wer ist Otto?«

»Mein Transportfahrzeug.« Er grinste.

»Dein Otto ist ein Mörder!« Kassandras Stimme überschlug sich. »Wenn du nicht verhindern kannst dass er noch weitere Lebewesen umbringt, mache ich ihn jetzt kaputt!«

Meine erste Intention war, sie brüsk zurechtzuweisen. Der Marder, der sich leichtsinnig in den Motorraum verirrt und Stromkabel durchgebissen hatte, war letztendlich selbst schuld. Das Nagetier hatte seinen Tod selbst verschuldet. Jedoch war ich sicher, dass diese Worte den Konflikt noch mehr aufgeheizt hätte. Dennoch musste ich ein Machtwort sprechen.

»Der Marder wird nicht wieder lebendig. Sollen wir wegen eines traurigen Einzelfalls alles aufgeben?« Meine Stimme funktionierte erneut, so als hätte es keine Probleme gegeben. »Vielleicht geht es ihm dort wo er jetzt ist sogar besser. Wenn wir nichts unternehmen, werden noch viel mehr sterben. Er hat sein Leben gegeben. Soll sein Tod umsonst gewesen sein?«

Als mich die anderen perplex anschauten, schämte ich mich, als vor meinen Augen ein ans Kreuz geschlagenes Nagetier auftauchte. Ich verdrängte diese Vision. Das Bild war fast ein Sakrileg.

Man konnte Kassandra ansehen, dass ein Sturm der Gedanken in ihrem Kopf ablief. Sie zog einen Schmollmund, der sich zu einer schmalen Linie formte. Sie blickte mich unsicher an und schüttelte langsam den Kopf. Jürgen ergriff das Wort.

»Also wäre auch diese Angelegenheit geklärt. Odin, du bist ein Fachmann – wie würde der Zeitplan aussehen. Wann könnten wir aufbrechen?«

Kurz zählte er mit seinen Fingern. »Ich muss noch Kunden beliefern, doch das schaffe ich morgen. Den Tag darauf können wir in aller Frühe starten.«

Jürgen warf einen Blick in die Runde, ob irgendwelche Widerworte folgten.

»So ist es beschlossen. In zwei Tagen treffen wir uns bei Odins Transporter.«

In der Wildnis

Odins betagter Gemüsetransporter stotterte, fauchte und wackelte wie ein Dampfer bei schwerem Seegang. Langsam kämpfte er sich auf der Piste voran. Einst war dies eine Straße, doch nun war sie von Schlaglöchern durchsetzt wie Schweizer Käse. Wir kamen vorwärts, auch wenn uns bei diesem Tempo ein Fußgänger leicht hätte überholen können. Weit und breit war jedoch niemand zu sehen. Plötzlich stieg Odin in die Eisen. Das Fahrzeug stoppte. Ein tiefer Graben tat sich vor uns auf.

»Ab hier ist die Straße nicht mehr befahrbar. Wir kommen nur noch zu Fuß weiter.« Der Motor verstummte und er zog die Handbremse an. »Die haben das Gelände so präpariert, dass sich keine Fahrzeuge ihrer Grenze nähern können.«

Wir hatten alles sorgfältig geplant und nach unserer Einschätzung war es nicht mehr allzu weit bis zur Grenze. Odin öffnete die Ladefläche und schulterte einen schweren Rucksack. Dieser war mit Werkzeugen bestückt, mit denen wir die Grenzanlage dieses merkwürdigen Staates in Angriff nehmen wollten. Nachdem wir durch den Graben geklettert waren, zeigte Odin eine beeindruckende Ausdauer trotz des schweren Gewichtes auf seinem Rücken. Wahrscheinlich war er durch seinen Job als grenzüberschreitender Gemüsehändler trainiert wie ein Lastesel und sicher musste er regelmäßig zentnerschwer beladene Kisten mit Kohlköpfen in die Hallen von Großhändlern schleppen. Viele Stunden hielt er durch, bis seine Kondition nachließ und er das schwere Gepäck an Jürgen weiterreichte. Bei der Tour über Felder und durch Wälder wechselten die beiden Männer sich regelmäßig ab. Den größten Teil der Zeit schulterte Odin die schwere Last. Nachdem wir eine Wiese überquert hatten, auf der Rehe weideten, die nach unserem Auftauchen sofort Reißaus nahmen, betraten wir eine wahre Wildnis. Wenn hier vor absehbarer Zeit Menschen unterwegs waren, hatte niemand von ihnen irgendwelche Spuren hinterlassen. Kassandra rief den Wesen der Wildnis entschuldigende Worte hinterher, Penelope vergoss Tränen darüber, dass wir der friedlichen Versammlung von wundervollen Geschöpfen solch ein abruptes Ende bereitet hatten. Nun zog Odin eine Machete hervor und reichte den schweren Rucksack an Jürgen. Meter für Meter schlug er eine Schneise durch das Dickicht und hackte Brombeerranken entzwei, riss Efeu herunter und fällte mannshohe Schachtelhalme, zwängte sich an Robinien vorbei und hieb auf das Dickicht ein. Die anderen blieben ihm dicht auf den Fersen. Nach unzähligen Hieben mit seiner Machete war er völlig erschöpft. Jürgen übernahm seine anstrengende Arbeit und setzte die Aufgabe fort. Er schuf einen schmalen Pfad für unser Team, bis auch ihn die Kraft verließ und er das Buschmesser weiterreichte. Kassandra und Penelope wirkten nacheinander mit Gewalt auf die dichtbewachsene Wildnis ein. Offensichtlich schienen sie einigen aufgestauten Ärger abreagieren zu können, aggressiv droschen sie mit dem scharfen Messer auf das Grün ein. Nachdem die beiden Frauen die Machete unzählige Male mit kräftigen Hieben geschwungen hatten, ließen auch ihre Kräfte nach. Oder ihre Wut ging zur Neige. Der schwere Rucksack wechselte immer wieder seinen Träger, so hatte jeder der Frontkämpfer freie Hände um Pionierarbeit zu leisten. Nach einiger Zeit fiel die Aufgabe an mich, einen Pfad durch das Dickicht zu bahnen. Ich gab mir alle Mühe. Meine Kräfte ließen jedoch schnell nach, sodass ich das Werkzeug wieder Odin, unserem ersten Dschungelpionier reichte. Während ich ihm langsam hinterher trottete, wurde mir bewusst, dass mir auf meine alten Tage endlich die Erfüllung eines langersehnten Traumes beschert wurde. Abenteuer dieser Art hatten wir bei den Jungen Pionieren niemals erlebt. Bei ihnen ging es nicht um das Erlebnis, primär um Drill. Damals sollten wir zu Jubelpersern für diese vorgeblich grandiose Einheitspartei erzogen werden. Manche sogenannten Kids träumten damals davon, zu einem Fahnen-schwenkenden Cheerleader zu werden. Ich dagegen hatte jedoch schnell die Nase gestrichen voll davon, die immer gleichen Lobeshymnen für irgendwelche Herren rezitieren zu müssen, die ich nicht mal kannte.

Das gemeinsame Abenteuer mit Jürgen, Odin, Kassandra und Penelope war etwas völlig anderes. Wir hatten uns aus freiem Willen dazu entschlossen. Aus eigener Überzeugung und in einer verschworenen Gruppe, in der jeder dem anderen gleichgestellt war. Genauso stellte ich mir die Expeditionen von Pfadfindergruppen vor. Mit dem Unterschied, dass es in unserer Gruppe keinen Gitarrenspieler gab, der abends beim Lagerfeuer seine Saiten hätte erklingen lassen. Und in unserer jetzigen verschworenen Gemeinde würden wir wohl keine Gesänge anstimmen. Statt Musikern hatten wir Mauerbrecher.

Es war, als hätte jemand meine Gedanken erhört, denn im gleichen Moment glänzte eine Betonwand durch das Dickicht. Glanz war wohl nicht die richtige Bezeichnung für das matte Grau, doch es sah nach der Grenzbefestigung aus, die wir suchten. Der zuvor undurchdringlich wirkende Pflanzenwuchs lichtete sich. Auf unserem Weg durch hüft-hohen Farn setzte unser Frontkämpfer nur noch hier und dort seine Machete ein. Wir trampelten über ein Feld von Walderdbeeren. Es endete abrupt und ein kahles Schotterfeld breitete sich vor uns aus. Nicht ein einzelner Grashalm gedieh darin. Man hatte wohl ein sehr effektives Unkrautvernichtungsmittel eingesetzt, welches über die Jahre seine Wirkung nicht verloren hatte. Als Odin seinen ersten Schritt darauf setzen wollte, griff ich aus einem Impuls heraus nach seiner Schulter und hielt ihn zurück.

»Was ist?«, fragte er überrascht.

»Das sieht sehr gefährlich aus. Wir sollten nicht unbedacht darauf treten.« Ich bemerkte verwitterte Schilder, die in den kahlen Grund gerammt waren und eindeutig warnten: 'Stopp!', 'Lebensgefahr', 'keinen Schritt weiter!'.

»Wegen den Schildern? Es ist doch niemand da, der uns stören könnte.«

Er war unglaublich naiv. Hätte er ein wenig Kenntnis über die perfiden DDR-Grenzbefestigungen gehabt, hätte er die Warnungen nicht derart leichtfertig ignoriert. Damals hätte er beim Eindringen zwar wenig befürchten müssen, da die Grenze primär nach innen gesichert war. Ich hatte große Zweifel, dass es auch in diesem Fall zutraf und das Gelände war womöglich mit zahllosen Sprengfallen bestückt, da es sich gegen Einwanderer richtete.

»Angela, warum gehst du nicht weiter?« Die drei anderen wollten sich schon an mir vorbeidrängen und in ihr Unglück laufen. Ich tat alles, um sie davon abzuhalten.

»Das Gelände ich mit Sicherheit vermint. Für jemanden, der hier einen falschen Schritt macht, kann das tödlich enden.«

»Was sollen wir denn sonst tun, um weiterzukommen?« Odin blickte zu mir, dann zur Mauer. Am Ende des breiten Schotterstreifens ragte sie mehr als vier Meter in die Höhe. Auf dessen Oberkante drohte Stacheldraht jedem noch so geschickten Kletterkünstler mit einem schmerzhaften Erlebnis. Wenn wir jegliche Vorsicht missachteten und unbedacht weitergingen, könnte diese Expedition für uns alle den Tod bedeuten.

»Wir sollten einen Minenspür … «, begann ich, biss mir jedoch auf die Zunge. Jeder meiner Mitstreiter wäre ganz und gar nicht damit einverstanden gewesen, einen Hund einzusetzen, der nach versteckten Sprengsätzen im Boden schnüffeln musste. Der an unserer statt riskierte, mit einer lauten Explosion in all seine Einzelteile zerrissen zu werden. Obwohl die Spezies Mensch die Urheber dieser Art von Unbill waren, müsste ein Tier die Drecksarbeit erledigen. Ich war sicher, dass meine erste Intention meinen Parteigenossen gar nicht gefallen würde. Ich korrigierte: »Einen Minenspürpanzer sollten wir einsetzen!«

»Wo sollen wir den herbekommen?« Kassandra lachte. »Bei unseren Aktionen war immer ein wenig Risiko dabei. Hätte jemand von euch denn lieber einen gemütlichen Spaziergang unternehmen wollen?« Mit diesen Worten trat sie auf das Schotterfeld, blieb im halben Abstand zur Mauer stehen, tanzte wild und lachte dabei fast hysterisch. »Seht ihr? Es ist völlig ungefährlich!« Ich kniff die Augen zusammen und wartete schon auf eine entsetzliche Detonation, die sie in die Höhe gerissen hätte. Womit ich mit meiner Warnung im Nachhinein recht gehabt hätte. Derart rechthaberisch war ich nicht, dass dies mein Wunsch gewesen wäre. Im Gegenteil. Ich war froh, dass sie trotz ihrer Narrheit bisher keinen der Sprengsätze ausgelöst hatte. Sie lachte und hüpfte, stoppte am Rand des Grabens vor der Mauer und wartete breit grinsend. Hätte sich im Umkreis ihres im Tanz zurückgelegten Weges eine Mine befunden, hätte sie diese zur Explosion gebracht. In dem Moment der Erleichterung ließ ich mich von ihrer ausgelassenen Stimmung sogar anstecken. Falls es passieren sollte, dass ich hier und jetzt den Tod finden sollte, dann war es nun einmal so. Ich hatte eigentlich keine Angst vor ihm. Häufig war er ein gnädiger Sensenmann, der einen von seinem Leid erlöste. Das Jenseits, in das er uns brachte, war vielleicht nicht schlimmer als unsere jetzige Welt, eine Welt, in der nichts so zu sein schien wie es sollte und die sich in katastrophaler Weise zu einem Etwas verkehrt hatte. So etwas hatte mich Jahre zuvor nur in meinen düstersten Träumen verfolgt. Ich biss die Zähne zusammen und ging ein paar Schritte. Zusammen mit den anderen tastete ich mich behutsam durch das gefährliche Gelände vorwärts, bis unsere verschworene Gemeinschaft am Graben angekommen war, der uns von der Mauer trennte. Kassandra erwartete uns freudestrahlend. Spontan fielen wir uns um den Hals und freuten uns wie DDR-Bürger nach dem Mauerfall über den ersten Sommerschlussverkauf. Fast fühlte ich mich berauscht. Wir hatten diese waghalsige Teiletappe trotz meiner ungeheuren Furcht, hier unser Ende zu finden, unbeschadet überstanden.

Ächzend ließ Odin den Rucksack herabgleiten und schüttete ein umfangreiches Arsenal an Werkzeugen heraus. Eine Bohrmaschine, eine Batterie und zahlreiche Spezialbohrer lagen vor seinen Füßen.

Während er sich an die Vorbereitungen machte, betrachtete ich dieses menschenverachtende Bollwerk. Es überragte uns wie ein mehrstöckiges Haus und verlief schnurgerade viele hundert Meter weiter. Dort konnte ich einen Wachturm ausmachen. In der gegenseitigen Richtung sah ich ein zweites mächtiges Gebäude gleicher Bauart. Ich betrachtete den Graben vor uns. Erdreich war hineingefallen, sodass wir an einer Stelle mühelos darüber hinweg gehen konnten. Dies war ebenso wenig ein Hindernis für uns wie der löchrige Stacheldrahtzaun, der von Rost weitgehend zersetzt worden war. Er war von billigster Machart. Nicht dieser rostfreie NATO-Stacheldraht, der Ewigkeiten überdauern konnte, solange sich kein Mensch daran zu schaffen machte. Nur noch die Betonwand war ein wirkliches Hindernis. Doch obwohl dieses Bauwerk wohl für die Ewigkeit errichtet worden sein sollte, zeigten sich überall

196

Risse. Es erinnerte mich an eine geschichtliche Parallele, als Erich Honecker davon sprach, dass seine Mauer noch fünfzig oder hundert Jahre überdauern würde. Wenn jemand etwas in solch einer zweifelhaften Art verkündete, deutete dies häufig auf ein ernsthaftes Problem hin. Man konnte meistens wie auch damals davon ausgehen, dass der Sprecher selbst nicht an seine Worte glaubte. Vielmehr deutete es darauf, dass er mit dem Rücken zur Wand stand. Besser gesagt, zur Mauer. Vom Zeitpunkt der Ansprache bis zu ihrem Ende überlebte das Bollwerk der DDR nicht einmal das Jahresende.

Jetzt wie damals befanden wir uns gerade vor einer schicksalhaften Wende. Wenn ich es recht verstanden hatte: In den letzten zwanzig Jahren hatten ebenso wenige Menschen diese Grenze überquert wie den Mars betreten. In dieser bizarren Welt hatte ich mich zwar noch nicht erkundigen können, ob der Menschheit so etwas Spektakuläres wie eine Mars-Landung mittlerweile gelungen wäre. In Anbetracht der jetzigen Zustände hielt ich einen solchen Erfolg für ausgeschlossen. Selbst eine neuerliche Mondlandung schien mir so aussichtslos wie die Überquerung dieser Staatsgrenze. Wenn uns diese Mission tatsächlich gelänge und wenn wir diesen Durchbruch schafften, würden wir Geschichte schreiben!

Ein großer historischer Augenblick stand uns möglicherweise bevor. Odin hatte seine Utensilien über den Graben geschleppt, den Stacheldraht beiseite gerissen. Nun bereitete er sein Bohrwerkzeug vor. Er schloss es an eine Autobatterie an, schaltete es ein und ohrenbetäubender Lärm zerriss die Stille der Wildnis. Vogelgesang, der kurz zuvor noch mein Herz erfüllt hatte, endete wie das Zirpen der Grillen abrupt und wurde von einem Dröhnen übertönt, das die Welt wohl Jahrzehnte hier nicht mehr gehört hatte. Eichhörnchen nahmen Reißaus und Hasen hüpften davon, während große Splitter aus der Betonwand weit umher spritzten. Odin quälte das Mauerwerk ebenso unnachgiebig wie meine Ohren. Beständig betete ich, dass keine Mauerschützen auftauchten und uns den Garaus machten. Im Umkreis von vielen Kilometern konnte jeder hören, was Odin mit seinem Bohrhammer veranstaltete. Ich würde darauf wetten, dass man diesen Lärm bis nach Zwickau hören konnte.

197

Dies war so leichtsinnig! Genauso gut hätten wir uns ein Fadenkreuz auf die Brust malen können und rufen: »Kommt, erschießt uns, feige Ochsen und Esel!« Meine Angst drehte Pirouetten.

Nirgends regte sich kein Verteidiger, während unser Vorarbeiter Loch um Loch in die Wand setzte. Odin legte eine kurze Pause ein, Jürgen übernahm die Schwerstarbeit. In der kurzen Stille dazwischen vernahm ich weder Laute, noch waren Schüsse zu hören. Die Grenzer nahmen ihre Aufgabe diesen Wall zu verteidigen offensichtlich nicht ernst. Vielleicht lauerten sie hinter der Mauer und würden uns in dem Moment schnappen, da wir den endgültigen Durchbruch schafften und unsere ganze Mühe wäre umsonst gewesen. Die wackeren Handwerker ließen jedoch nicht locker und quälten mit dem Schlagbohrer ohne Unterlass den Beton und meine Ohren. Stöhnend ließ Jürgen das Gerät zu Boden sinken. Die Löcher formten ein Rechteck, die Arbeit war vollendet.

Odin stöberte im Rucksack und zog eine Handvoll Stangen hervor. Ich hatte fast schon vergessen - besser gesagt, verdrängt -, dass uns das Schlimmste noch bevorstand. Ein Vorhaben, das womöglich die gesamte Volksarmee auf uns aufmerksam machen würde – wie auch immer man dieses Kanonenfutter der Diktatur jetzt auch nannte. Ich konnte eigentlich gar nicht mehr zuschauen. Dennoch tat ich es und sah, wie er eine Stange nach der anderen mit einem Kabel verband und die Röhren mit dem hochexplosiven Material versenkte. Ich war Theoretikerin und keine erfahrene Terroristin – dennoch war mir klar, dass etwas Furchtbares folgen musste!

»Der Durchbruch ist vorbereitet. Geht in Deckung! Die Mission *Enduring Freedom* beginnt in wenigen Sekunden!« Odin bestätigte meine Befürchtungen. Ich nahm meine Beine in die Hand und lief über das unebene Gelände. An Jürgens Seite ging ich in Deckung.

»Was meint er mit *Enduring Freedom*?«, wandte ich mich an ihn. Ich konnte mir nicht vorstellen, dass diese aussichtslose Militäroperation immer noch betrieben wurde.

»Keine Ahnung, woher dieser Ausdruck stammt, aber was er bedeutet: *was schief gehen kann, wird schiefgehen!*«

»Aha.« Mir fehlten die passenden Worte, während sich das ganze Desaster von damals wie ein Kurzfilm vor meinen Augen abspulte. »So, so …« Mehr brachte ich nicht heraus.

»Hat der Angeklagte noch etwas zu sagen?« Odin hatte die Zündvorrichtung einige Meter weiter gezogen, ging in Deckung und grinste zu uns herüber. »Jetzt wird das Urteil gesprochen. ZEHN! NEUN!«

Während er den Countdown herabzählte, liefen böse Vorahnungen als Szenen wahren Horrors vor meinem geistigen Auge ab.

WUMM!

Eine ohrenbetäubende Explosion riss mich aus meinem Alptraum – besser gesagt, sie riss mich aus dem einen und brachte mich hinein in den anderen. In die Realität. Spätestens jetzt würde man selbst in Berlin Bescheid wissen. Die Regierung würde erfahren, dass sich hier jemand widerrechtlich an der Mauer zu schaffen machte. Nachdem sich weiße Schwaden des zersetzten Zements verzogen hatten, war ein rechteckiges Loch in der Mauer zu erkennen. Mathematisch durfte man es nicht zu genau nehmen, denn ein Rechteck hatte genaue geometrische Vorgaben, die der Durchbruch nicht erfüllte. Noch war der Weg durch Eisenstreben versperrt.

Odin eilte zum Rucksack, kehrte mit einer Flex zurück und begann nun, das Metall zu zertrennen. Während ich das laute Kreischen des Winkelschleifers vernahm, spielten sich in meiner Phantasie bedrohliche Szenen auf der gegenüberliegenden Seite ab. Militärfahrzeuge fuhren heran und stoppten nahe bei der Lärmquelle. Aus einem Geländewagen sprang ein hochrangiger Offizier und ließ sich über die Lage informieren. Sogleich gab er Befehle und stellte eine bis auf die Zähne bewaffnete Truppe zusammen. Die Soldaten beobachteten, wie sich jemand an ihrem Heiligtum, diesem Bollwerk des ehrwürdigen Staates zu schaffen machte und hielten ihre Gewehre bereit. Ich war zwar nicht gerade feige, jedoch nicht bereit, meinen Kopf als erste durch das Loch zu stecken.

»Der Durchgang ist frei!«, rief Odin und schaltete die Flex aus. Sie brummte noch kurz. Als sie verstummte, herrschte Totenstille. Für einen Moment befürchtete ich, durch den immensen Lärm hätte ich mein Gehör vollständig verloren.

Der rechteckige Durchbruch wirkte nicht gerade vertrauenerweckend. Dahinter vermutete ich eine Armee von Soldaten, die ihre Gewehre genau auf diesen Punkt gerichtet hatten und nur darauf warteten, endlich ein Ziel zu finden, auf dass sie ihre Kugeln abfeuern konnten. Seit wir begonnen hatten, mit unserem Lärm jeden Soldaten weit und breit aus seinem Tiefschlaf zu reißen, wäre ihnen genügend Zeit geblieben, ihre Truppen zusammenzuziehen.

»Wir sollten sofort den Rückzug antreten!« Ich unternahm spontan den Versuch, unser aller Leben zu retten. Noch war es nicht zu spät, da die Mauerschützen noch nichts unternommen hatten, uns vom Durch-brechen dieser Grenzbefestigung abzuhalten. Wenn noch menschliches Leben jenseits der Grenze existierte, welches keine Eindringlinge wünschte, lauerte hinter dieser Mauer der sichere Tod.

»Darf ich als erste schauen?« Kassandra hüpfte unruhig umher. Ohne eine Antwort abzuwarten, lief sie vorwärts und kletterte durch das Loch in der Mauer. »Das Paradies! Ein Urwald. Unglaublich! Keine Menschen! Wunderschön!«, rief sie von der anderen Seite.

Mir fiel ein Stein vom Herzen. Gerade hatte ich sie schon von Kugeln durchsiebt aus dem Durchbruch fallen sehen. Ich hatte die traurige Szene vor meinen Augen, wie wir sie in die Arme nahmen und ihren letzten Wunsch von den Lippen ablasen. Doch es wäre leichtsinnig gewesen, sie sofort zu bergen. Mein Plan hätte in dem Fall vorgesehen, erst einmal in Deckung zu gehen und abzuwarten, ob weitere Schüsse fielen. Nach Einbruch der Dunkelheit, wenn alles ruhig war, wären wir langsam vorwärts gerobbt, hätten unsere gefallene Kameradin vorsichtig an ihren Füßen herausgezogen und in sicherer Entfernung unsere Tränen über ihren Tod vergossen. Der ersten Märtyrerin in unseren Reihen, die ihr Leben einer höheren Aufgabe gewidmet und ihr junges Leben ausgehaucht hatte.

Ich lauschte. Es war still wie auf dem Friedhof. Nichts passierte. Außer, dass Jürgen, Penelope und Odin ihr hinterhereilten und sich durch den engen Durchlass zwängten. Worauf wartete ich noch? Als ich hindurch kletterte, zog ich mir einen Krampf in meiner rechten Wade zu. Gleichzeitig meldete sich meine alte Skiverletzung. Erschöpft ließ ich mich auf der anderen Seite auf die Erde sinken. Meine Genossen tanzten in Euphorie durch die von Ranken überwucherte Wildnis und lachten, während ich versuchte, meine Wade so zu drehen, dass der Krampf nachließ. Endlich ließ der Schmerz nach. Jetzt konnte ich unseren gemeinsamen Erfolg genießen. Alle sahen aus wie aufgeschreckte Hühner. Kassandra, die einen wilden Tanz aufführte, Penelope, die von Glückseligkeit erfüllt laut vor sich hin sang. Odin schlug Purzelbäume, versuchte einen Handstand, landete aber ungeschickt auf seinem Rücken und keuchte. Jürgen kehrte, nachdem er einige Schritte durch diesen Urwald gewandert war, zu mir zurück.

»Das war eine tolle Idee! Erst hatte ich Angst, dass wir auf eine Armee von Nazis treffen würden.«

Alle Befürchtungen hatten sich nicht bestätigt. Ich hatte eine durchtrainierte Armee von Radikalen erwartet. Zumindest ein paar Söldner, die aus Langeweile auf uns schossen, weil ihnen andere Dinge zum Zeitvertreib fehlten. Vielleicht hätten sie sich sogar zurückgehalten und ein Spektakel organisiert, bei dem sie ihre fortschrittliche Waffentechnik vorführen konnten – von Flugabwehrraketen bis zu Atomwaffen. Doch niemand erschien, nicht eine Menschenseele. Weder religiöse Fanatiker, noch politische Extremisten. Selbst keine normal gestrickten Menschen. Einfache Bürger, die ihrem Tagewerk nachgingen. Hier regte sich nichts. Bis auf uns. Und ein paar Kaninchen, die durch das Gebüsch huschten und Vögel, die in den Baumkronen umherflogen und Eichhörnchen, die von Ast zu Ast sprangen.

Ich hätte niemals geglaubt, dass ein faschistischer Staat so schön sein könnte! Dies erinnerte mich an mein Erlebnis in den bayrischen Bergen, in dem ich Gott so nahe gefühlt hatte. Tatsächlich meldete sich jemand aus der Ferne. Der Kuckuck. Als wollte er mir zurufen und sagen, wohin ich gehen musste. So, als wäre mein Pfad vorbestimmt und ich nur meine Augen für die Schönheit der Natur öffnen sollte.

»Freunde, kommt ihr mit?«. Mir tat es zwar leid, die Symphonie der Natur zu unterbrechen, aber ich wollte mehr erfahren. Der Kuckuck meldete sich erneut. Fast mahnend. »Wir sollten uns in diesem Land umsehen.«

Es dauerte eine Weile, bis sich die anderen zu mir gesellten. Früher hätte ich angenommen, sie hätten Drogen genommen. Hier konnte ich jedoch sicher sein, dass keine Dealer unterwegs waren, bei denen sie sich mit etwas versorgt hatten, was sie in diese euphorische Stimmung versetzte. Glücksgefühle waren auch ohne Haschisch, Marihuana, Koks und Heroin möglich. Wenn ich das früher gewusst hätte, hätte ich manch einen Kollegen hierher geschickt. Nun, jetzt war es zu spät dafür. Wir stapften über eine Wiese mit Blumen in allen Farbvarianten. Bunte Schmetterlinge begleiteten uns. Das Vogtland war wunderschön. Meine Freunde, die immer wieder laut lachten, schienen von diesem Naturerlebnis überwältigt zu sein. Der Kuckuck meldete sich erneut. Er war noch weiter entfernt. Ich musste seinem Ruf folgen.

Einige Stunden waren wir schon unterwegs. Die Bäume warfen lange Schatten. Ich stellte fest, dass ich in dieser Gegend schon einmal war. Die Bauernhöfe, diese landwirtschaftliche Umgebung kamen mir bekannt vor. Die Stadt Plauen musste sich unmittelbar vor uns befinden. Als nach einer Anhöhe schwarz gedeckte Dächer unter uns schimmerten, wurde meine Vermutung bestätigt: Plauen lag direkt vor uns. Ich beschleunigte meinen Schritt und hoffte, dass meine alten Knochen diese Anstrengung noch eine Weile mitmachen würden. Sie taten es und wir erreichten den Stadtrand. Als sich Fassaden links und rechts erhoben, verharrten wir.

Raben flogen umher. Die Stadt war menschenleer. Auf der Straße blühten Löwenzahn, Ginster und Vergissmeinnicht. Es war wunderbar. Blühende Landschaften! Endlich war ein altes Versprechen Wirklichkeit geworden. Ein wenig anders, als es sich der alte Haudegen der Einheit vorgestellt hatte. Diese Idylle wurde dennoch ein wenig getrübt durch das Fehlen jeglicher Menschen. Ich vermisste die Brüder und Schwestern aus meiner alten Heimat. Zumindest sollte ich das – doch wo war es, das Gefühl des Bedauerns, des Schmerzes über mein verschwundenes Volk? Ihr Fehlen sollte mich innerlich berühren, und doch … ich musste plötzlich lachen vor Freude, als eine Gruppe von Rehen an uns vorbeirannte, mitten in dieser Stadt! Ein Rehkitz blieb kurz stehen, musterte uns kurz und galoppierte seiner Herde hinterher.

Diese Szene war völlig bizarr. Ich hatte erwartet, im Land hinter der Mauer auf eine Horde von Braunjacken zu treffen, die mit glatt rasierten Köpfen im Gleichschritt marschierten. Stattdessen trafen wir auf frei lebende Wildtiere.

Als wir uns in Plauen umgeschaut hatten, zog ein dunkler Schatten über meine positiven Gedanken. Den Menschen musste etwas Schlimmes zugestoßen sein – wo waren sie? Als wir weitergingen, fiel mein Blick in ein Schaufenster. Regionale Dinge wurden feilgeboten. Kunstvoll gestickte Tischdecken waren hinter dem Glas von einer dicken Staubschicht ebenso bedeckt wie niedliche Räuchermännchen aus dem Erzgebirge. Vor vielen Jahren lockten die Figuren Zielgruppen wie kaufkräftige Touristen aus Japan, China oder den USA in die Läden. Böse Zungen behaupteten, dass viele der Textilien in Bangladesch produziert, Räuchermännchen aus China importiert würden, und alles aus der Massenproduktion billiger Wanderarbeiter stammte. Hier und jetzt war dies ohne Bedeutung. Unsere illustre Gemeinschaft ging achtlos daran vorbei, ohne sich eines der Angebote genauer zu betrachten. Mir fehlte angesichts fehlender Händler die Motivation, bei meinen Freunden für die regionalen Produkte zu werben, um Arbeitsplätze in dieser Region zu retten. Die hatten zwar einen hohen Stellenwert. Dafür war es jetzt aber zu spät. Neugierige Touristen hatte ich hier genauso wenig erwartet wie Verkäufer von Souvenirs, da dieses Land jeglichen Fremdenverkehr unterbunden hatte. Doch selbst diejenigen, die ich als letzte Überlebende erwartet hatte, waren verschwunden. Keine Obdachlosen, Drogendealer oder Junkies. Kein Einbrecher, die sich umschauten, ob noch etwas von Wert zu holen wäre. Niemand. Der Tod hätte durch die Straßen schreiten können, doch auch der ließ sich nicht blicken. Selbst für ihn gab es hier nichts mehr zu holen. Nach kurzem Verharren beschleunigte ich den Schritt, um wieder zu meinen Freunden aufzuschließen.

Es hatte sich vieles in der Stadt verändert, seit ich das letzte Mal hier war. Das ist zwar nicht verwunderlich nach einem halben Jahrhundert, doch hoffte ich, wenigstens die Türme der Johanniskirche wiederzufinden. Wenn mich mein Ortssinn nicht täuschte, war dieses Gotteshaus verschwunden. Dahinter sah ich einen mir bekannten Turm … Wo wollten meine Freunde eigentlich hin?

»Stopp! Wartet!« Ich zeigte zum Rathausturm. »Vielleicht können wir in diesem Gebäude etwas darüber in Erfahrung bringen, was mit den ganzen Menschen passiert ist.«

»Kennst du dich etwa in der Stadt aus?«

»Vor vielen Jahren war ich hier, als das ganze Land noch … normal war«, beantwortete ich Jürgens Frage. Als normal würde ich die DDR zwar nicht uneingeschränkt bezeichnen. Den späteren neuen Bundesländern würde ich eine weitgehende Normalität zugestehen. Doch so genau wollte ich das nicht erörtern, sondern einfach recherchieren. »Dies ist das Rathaus. Es wäre einen Versuch wert, hier nach Informationen zu suchen.«

Die Rathaustür war aus massivem Eichenholz und mit schweren Eisenbeschlägen versehen, sodass wir sie eigentlich mit einem Rammbock hätten öffnen müssen. Zum Glück war sie unverschlossen. Ich musste nur ein wenig Druck ausüben, schon konnten wir eintreten. Ich ging voran, meine Genossen folgten mir. Im ersten Stock zeigte sich uns ein verheerendes Bild. Die Wände waren geschwärzt und das Deckengewölbe wies deutliche Spuren eines Brandes auf. Hoffentlich war das Gebäude nicht einsturzgefährdet. Nach dem Schrecken sprach Odin aus, was jeder mit Sicherheit schon erkannt hatte.

»Hier hat es gebrannt! Ich frage mich, was genau passiert ist.«

Als ich die umgestürzten Aktenschränke betrachtete, erinnerte mich diese Szene an die Zeit der Maueröffnung. Damals hatten Stasi-Mitarbeiter das Gebäude des Geheimdienstes gestürmt, alle Dokumente zerrissen und aus dem Fenster geworfen. Die Westmedien hatten es erst als einen Protest gegen die ehemaligen Unterdrücker gedeutet und nur lobende Worte dafür gefunden. Bis man herausfand, dass dies eine geplante Aktion von Geheimpolizisten war, um alle Schriftstücke zu vernichten, die sie und ihre Kollegen womöglich hätten belasten können. Wenn hier einiges darauf hindeutete, war es dennoch eine reine Mutmaßung. Ich schwieg, da ich keine falschen Gerüchte in Umlauf bringen wollte.

»Wahrscheinlich gab es einen Aufstand gegen die Regierung. Die Bürger hatten wohl das Rathaus niederbrennen wollen.«

»Es sieht ganz danach aus.«

Kassandra und Jürgen schienen zu glauben, dass sie die richtige Antwort gefunden hatten. Es war sehr naiv, vorschnelle Schlüsse zu ziehen, statt sich Geduld zu üben und Ergebnisse professioneller Ermittler der Feuerwehr oder Kriminalpolizei abzuwarten. Häufig war einfach ein Kabelbrand die Ursache. Wenn tatsächlich Brandstiftung vorlag, dann konnten sich die Untersuchungen länger hinziehen. Doch hier würde es keine Recherchen geben, so durfte man sich in diesem Fall wohl tatsächlich etwas ausdenken. Ärger stieg in mir hoch, weil die anderen sich gar nicht die Mühe machten, andere Möglichkeiten zu erwägen und ihrer ersten Intuition nachgaben.

»Vielleicht wurde hier gebrandschatzt?«, schlug ich vor, um sie zu provozieren. »Wie im Dreißigjährigen Krieg? Es könnten verirrte Söldner damit gedroht haben, das Rathaus niederzubrennen, wenn man nicht sofort alles Gold herausrücken würde.« Für eine wirkliche Revolte war Plauen noch zu sehr intakt. Eine marodierende Söldnertruppe, deren Forderungen nicht erfüllt wurden, hätte nichts als Schutt und Asche hinterlassen.

»Geldgierige Söldner?« Jürgen kratzte sich an seinen zunehmend wild sprießenden Barthaaren. »Deine Idee ergäbe Sinn, da das System offensichtlich implodiert ist. Somit wäre es auch nicht in der Lage, seine Armee weiter zu finanzieren.«

Unser Senior hatte meinen ironischen Unterton nicht bemerkt. Dennoch wollte ich sie erst einmal darüber aufklären, was im 17. Jahrhundert vor sich ging.

»Katholiken und Protestanten kämpften damals gegeneinander. Doch das war nur ein Vorwand. Im Dreißigjährigen Krieg streiften Truppen durch das Land, um eine Stadt nach der anderen zu überfallen und an deren Gold zu kommen.«

»Das hört sich an wie Menschenfresser, die letztendlich versucht hatten, etwas für ihren Kochtopf zu finden, um ihre Mägen zu füllen. Möglicherweise waren sie wie ein fahrendes Volk in einer Notlage.« Kassandra brachte es auf den Punkt. Doch nicht unbedingt auf den richtigen, zudem auf einen sehr gruseligen. »Ließen sie wenigstens die Tiere in Ruhe?«

»Damals nicht. Heute offensichtlich schon«, entgegnete ich in Erinnerung an die Bambi-Familie. »Ist denn nicht offensichtlich, was hier passiert ist?«

Als die anderen mit den Schultern zuckten, fiel mir ein, dass die Idee mit dem Brandschatzen gar nicht so abwegig war, wie ich es erst gedacht hatte. Im übertragenen Sinn gab es selbst in Zeiten des Internets eine Art Renaissance der erpresserischen Bereicherung. Zahlreiche Gemeinden waren betroffen. Anders als in früheren Jahrhunderten traten die Angreifer nicht persönlich in Erscheinung, sondern kamen durch die Hintertür. Wie über ein Trojanisches Pferd. Im Globalen Dorf fand alles auf einer Metaebene statt. Die Erpresser blieben völlig unsichtbar, wenn sie drohten, Daten unwiederbringlich zu vernichten, wenn man nicht ihre Forderungen erfüllte und Geld an einen anonymen Empfänger schickte. In meinen Jahren der Kanzlerschaft war die Welt fast klein geworden. Hier jedoch waren jegliche Datenströme versiegt und die Welt wieder größer geworden. Würden zwei Züge in China kollidierten, ein Amoklauf in den USA passieren – kein Europäer würde davon etwas erfahren. Wenn sie nun nicht mehr über Datenwege reisen konnten, mussten die Mafiosi also wieder zu rudimentären Mitteln greifen, um an ihr Geld zu kommen. Somit wäre es auch plausibel, dass ein Erpresser persönlich ins Rathaus eingedrungen war und gedroht hat, alle Akten in Brand zu setzen.

»Jemand wollte die Akten vernichten«, fasste ich meine Gedanken zusammen.

»Aber zu welchem Zweck?«

Jürgens letzte Frage konnte ich leider nicht Antwort beantworten. Zu meiner ersten Intention, es mit einer Stasi-ähnlichen Aktion in Verbindung zu bringen, kam auch ein Erpressungsversuch in Frage. Ich wünschte mir das Gespür einer Kriminalistin. Mit Sicherheit kämen noch weitere Motive in Frage, die mir aufgrund meines fehlenden Fachwissens verborgen waren. Manchmal konnten es triviale Dinge sein, wie beispielsweise ein Golfspieler, der ein Match verloren hatte. Der sein schlechtes Ergebnis aus den Akten tilgen wollte. Ein Kriminalist hätte das herausgefunden. Da keiner anwesend war, kamen wir an dieser Stelle nicht weiter. Wir mussten die Expedition also fortsetzen und weiterforschen.

»Das herauszufinden wäre womöglich ein Puzzlestück zur Aufklärung der ganzen Situation.« Plötzlich fühlte ich, wie sehr mir dieser anstrengende Tag zugesetzt hatte. Ich kam mir unendlich müde vor. »Wir sollten uns einen Platz für die Nacht suchen.«

»Vorhin habe ich das Zeichen einer Jugendherberge gesehen.« Penelope, die sich bisher im Hintergrund gehalten hatte, meldete sich zu Wort und forderte uns gutgelaunt auf. »Kommt, ich führe euch hin!«

Ich fühlte mich in meine Jugend zurückversetzt, als wir die Herberge *Alte Feuerwache* betraten. An diesem Ort wurde später wahre Geschichte geschrieben. Das musste ich meinen Parteifreunden unbedingt erzählen.

»Dieser Wasserwerfer wurde zur Wendezeit gegen die Demonstranten eingesetzt. Doch vergeblich. Die Proteste konnten nicht mehr eingedämmt werden. Da die Regierung darauf verzichtete, scharfe Waffen einzusetzen, verlief die Revolution sehr friedlich und ohne Blutvergießen.«

»Wirsing für das Volk! Wirsing für das Volk!« Kassandra imitierte den Slogan, den sie aufgrund unseres Missverständnisses den Protestlern zuordnete.

»Wieso bekämpfte man Demonstranten mit Wasser? Was wollte man damit erreichen?«

Während die Frauen sich an technischen Details desinteressiert auf die Suche nach etwas Essbarem begaben, erklärte ich Odin, dass es Tesla-Kanonen damals noch nicht gab. Anhand der an den Wänden hängenden Fotos schilderte ich den zwei Männern den genauen Verlauf der Revolution, als ein schrilles Geschrei von Kassandra die Halle erbeben ließ.

»Schaut, was wir in der Küche gefunden haben! Das ist ein Skandal! Es gibt nur solche Sachen, nichts anderes!« Penelope präsentierte einen Stapel Dosen. Auf den zweiten Anblick erkannte ich lauter leckere Dinge und mir lief das Wasser im Mund zusammen. Es waren Konserven von Leberwurst, Blutwurst, Bratwurst und allerlei weitere Thüringer Spezialitäten. Mit unüberhörbarem Brummen beklagte sich mein Magen darüber, dass er seit dem frühen Morgen derart vernachlässigt worden war.

»Kein Obst, kein Gemüse?«, fragte Jürgen mit enttäuschter Miene. »Was ist mit Brot?«

»Völlig vergammelt oder eingetrocknet. Heute müssen wir auf das Essen verzichten.« Mit hängenden Schultern zog sich Penelope wieder zurück und verließ die Halle mit all den Leckereien.

Die Unterkunft war sehr verstaubt, ansonsten aber recht komfortabel. Ich wurde in der Nacht weder von Flöhen noch von Bettwanzen gepiesackt. Über Jahrzehnte war mein Bett wohl verwaist geblieben, daher sind die blutsaugenden Insekten wohl allesamt verhungert. Das Einzige, was mich wirklich plagte, war mein Hunger. Ich spielte den Gedanken im Kopf durch, ob ich heimlich aufstehen und in die Küche schleichen sollte, um mir ein paar Dosen mit Thüringer Wurstspezialitäten zu schnappen. So könnte ich mein quälendes Gefühl im Magen stillen. Meine Kollegen schliefen aber im gleichen Raum und ich müsste an ihnen vorbei. Eines durfte ich nicht vergessen: es waren zwar sympathische Menschen, aber radikal auf ihre Weise, fast fanatisch. Sollte ich dabei ertappt werden, dass ich mich heimlich mit der köstlichen Blutwurst versorgte, würde hier die Hölle losbrechen. Ich könnte ihnen zwar etwas vormachen und erzählen, dass man nach der Wende Fleisch und Wurstwaren aus rein vegetarischen Rohstoffen hergestellt hätte und sich in diesen Dosen daher keine getöteten Tiere befänden. Das hätte mir aber etwas früher einfallen müssen. Zudem mussten laut Gesetz alle Zutaten aufgelistet werden. Schweinefleisch, Gewürze und Salz würde darauf stehen. Vielleicht kamen nach der Aufweichung der strengen Reinheitsgebote im Zuge der EU-Harmonisierung auch viele unappetitliche Dinge hinein. Geschmacksverstärker, Bindemittel, Glutamat, Farbstoffe und Soja. Letzteres wäre mit Sicherheit für meine Freunde akzeptabel. Selbst Sägespäne würden sie tolerieren. Doch nicht eines: Fleisch. Als ich mich unfreiwillig meiner Phantasie hingab, sah ich einen Leckerbissen nach dem anderen heranschweben. Immer, wenn ich danach greifen wollte, zerplatzte er wie eine Seifenblase.

Wir hätten für unsere Mission einfach Wegkost einpacken sollen. Warum hatte niemand von uns daran gedacht? Es war vielleicht ein etwas überheblicher Vorwurf an meine Parteigenossen, doch ich hatte meine eigenen Vorbereitungen primär darin gesehen, mir darüber Gedanken zu machen, wie wir mit einem feindlichen Empfang an der Grenze hätten umgehen können.

Hinter Mauern

Mit letzter Kraft gelangte ich es ans rettende Ufer. Als ich den Sand zwischen meinen Fingern spürte, ließ meine Anspannung nach. Ich richtete mich auf und blickte in die Ferne. Was ich dort sah, verursachte ein brennendes Gefühl in meinem Magen. Ich rannte los, wenig später hatte ich eine lange Reihe von Imbissbuden fast schon erreicht, als wie aus dem Nichts ein Vogelschwarm auftauchte und über mich hinwegzog. Es waren Brathühner. Ich sog ihren Duft ein – es roch jedoch nicht ganz so wie es sollte. Statt Bratenduft vernahm ich einen Geruch, der weniger angenehm war wie erwartet. Es war eine Mischung von Aromen: von Schweißfüßen bis zu dem Geruch einer Kanalisation. Nachdem die fliegenden Brathähnchen in der Ferne verschwunden waren, stand ich vor der Ansammlung von Imbissständen. An mir tapste ein klapperdürrer Mann vorbei, dem ich keine Beachtung schenkte, sondern nur den Angeboten. Allerlei Köstlichkeiten, was das Herz begehrt. Eine Döner-Bude stand neben einem chinesischen Imbiss, der nächste Stand lockte mit Thai-Spezialitäten. Nach kurzem Schnuppern vernahm ich erneut den Geruch wie aus einer Kläranlage. Zudem wären die gerösteten Skorpione, die ich erst auf den zweiten Blick erkannte, nicht meine Wahl gewesen. So reichlich und viel gab es zur Auswahl, da musste ich nicht das erstbeste nehmen. Die Pizza in der nächsten Auslage wirkte ein wenig verbrannt. Für die Burger-Spezialitäten hätte ich mich entschieden, wenn ich nicht das frisch gegrillte Spanferkel gesehen hätte, was die höchste Erfüllung meiner derzeitigen Träume darstellte. Hier wurden Böhmische Spezialitäten angeboten. Ich hob meine Nase und schnupperte eine Mischung von Bratenduft, Rotkraut und Serviettenknödeln … als mein jäher Traum von einem Schlaraffenland durch Odins Ruf zerschmettert wurde.

»Guten Morgen!«

Im Reflex hob ich meinen Kopf und merkte, dass es unter mir feucht war. Mein Kopfkissen hatte einen nassen Fleck. Mir wurde sofort klar, was die Ursache war. Der Traum vom Schlaraffenland hatte eine intensive Speichelproduktion ausgelöst. Nichts Ungewöhnliches also. Jetzt hätte ich nichts gegen ein reichhaltiges Frühstück einzuwenden gehabt. Doch als mir sogleich bewusst wurde, dass ich darauf verzichten musste, stützte ich mich auf. Alle standen vor meinem Bett, bereit zum Aufbruch. Nur Jürgen wirkte wackelig auf den Füßen. Der Senior litt offenbar ebenso immensen Hunger wie ich.

Notgedrungen stellte ich meine Bedürfnisse zurück. Es war an der Zeit, meine Freunde zu überzeugen, dass wir die Stadt durchkämmen und nach Hinweisen suchen mussten, welche das Verschwinden der Bürger erklären könnte. Es reichten wenige Worte, sie schlossen sich meinem Plan an und wenig später waren wir in der Stadt unterwegs. Meine Furcht, dass man uns als illegale Immigranten entdecken würde, war schon lange nicht mehr präsent. Sollten sie unserer Gruppe einen Verstoß gegen ihr Aufenthaltsbestimmungsrecht oder Ähnliches vorwerfen, würde ich den Landesverteidigern schlicht erklären, dass wir auf der Suche nach Überlebenden wären – was zudem der Wahrheit entsprach. Ich hoffte einfach, auf zumindest einen Menschen aus meiner alten Heimat zu treffen und war dafür bereit, ein gewisses Risiko einzugehen.

Als wir durch die Stadt irrten, fiel Jürgen immer häufiger zurück. Er schloss zwar immer wieder auf, doch nach einer Stunde stoppte er unvermittelt. Totenbleich.

»Was ist mit d…?«, wollte ich gerade ansetzen, als er zusammenzuckte und seinen Mageninhalt vor meine Füße entleerte.

»…tschuldigung!«, brachte er schnell heraus, bevor er abermals würgte. Die anderen Freunde kamen hinzu und setzten besorgte Minen auf.

»Jürgen, geht es dir gut?« Odins Frage beantwortete Jürgen erst mit einem abwehrenden Lächeln, stützte sich jedoch im nächsten Moment auf seine Hände und röchelte. Das ließ nichts Gutes erahnen. Definitiv nicht. Wäre er dazu in der Lage gewesen, hätte er wohl mit einem selbstsicheren 'Ja' geantwortet. Als er nochmals würgte und Schleim-

fäden aus seinem Mund hingen, wäre dies eine leicht zu durch-
schauende Lüge gewesen.

»Ich glaube, ihm ist schlecht«, gab Penelope einen - wahrlich überflüs-
sigen - Kommentar ab. Das Wort 'überflüssig' bestätigte Jürgen, als er in
einem Krampf letzte Reste aus seinem Magen auf die Pflastersteine
erbrach.

Als ich den Haufen der Materie betrachtete, die er hervor gebracht
hatte, wunderte mich ihre Menge. Denn ich war Physikerin und wusste:
aus dem fast vollkommenen Nichts kann nicht plötzlich eine große
Menge entstehen. Dies lehrt uns das Gesetz der Masse. Was sich in
Jürgens Magen befunden hatte, musste vorher auch hergekommen sein.
Die einzige Ausnahme war meines Wissens nur der Urknall, und dieses
Ereignis hatte sicherlich nicht nochmals in seinem Magen stattgefunden.
Jürgen musste heimlich etwas gegessen haben. Plötzlich wurde mir klar:
er wird sich dieses uralte Dosenfleisch einverleibt haben! So wurde mir
nachträglich klar, was dieses Tapsen in der Nacht zu bedeuten hatte.
Jürgen hatte wahrhaftig ein Sakrileg begangen, zumindest aus Sicht
seiner Parteigenossen. Die Strafe war eine Lebensmittelvergiftung, die
an seiner Gesichtsfarbe klar zu erkennen war. Doch wollte ich ihm hier
und jetzt keinen Vorwurf machen. Fast wäre ich der Versuchung ebenso
fast erlägen, so behielt ich meine These für mich. Nun war die Devise,
sofort zu handeln, ich gab die nötigen Anweisungen.

»Wir müssen schleunigst nach einem Krankenhaus suchen.« Ich griff
unter Jürgens Schulter, stützte ihn und führte seine wackeligen Schritte
ihn Richtung der nächsten Klinik. Meiner Erinnerung nach konnte es
nicht weit sein. Diese Kleinstadt Plauen war nicht gerade gut ausgestattet was die medizinische Versorgung anging. Jedoch hoffte ich, in
einer dieser ökonomisch geführten Einrichtungen wenigstens eine Basis-
ausstattung anzutreffen. Jürgen wird nach seinen Magenkrämpfen
dehydriert sein. Wenn wir ihm wenigstens eine Kochsalzlösung
zuführen könnten, wäre dies ein entscheidender erster Schritt. Natürlich
mussten weitere Maßnahmen folgen, aber wir würden vorerst ein wenig
Zeit gewinnen. Wenig später hatten wir das Klinikum erreicht und
traten ein. Ich überließ das Stützen unseres Kranken meinen Freunden

und rief schnell die Anweisung, alle Räume nach Medikamenten zu durchsuchen und eilte durch den leeren Korridor. Beim Blick ins erste Zimmer sah ich, dass dieses vollständig leer war. Ich rannte zum nächsten, sah hinein und wurde wieder von gähnender Leere begrüßt. Im dritten Raum fand ich genauso wenig wie auch im letzten Zimmer. Als ich zurückkehrte, meine Mitstreiter erwartungsvoll meinen Bericht erwarteten, vermochte ich meinen Ärger über den damaligen bundesrepublikanischen Privatisierungsfirlefanz im medizinischen Sektor nicht mehr zurückhalten.

»Einst wurde jedem Bürger eine medizinische Versorgung garantiert. Kostenlos. Die Gesundheit des Menschen stand an erster Stelle!« Wenn die DDR etwas Positives hatte, war es genau dieses Thema. Und es gab keine Diskussion über fehlende Arbeitsplätze, überteuerten Wohnraum, niedrige Renten und das schlechte Bildungssystem. Einiges war mehr Schein als Sein, doch der Medizinsektor funktionierte. Im System der BRD wurde er kaputtgespart. Am Ende wurde eine Klinik nach der anderen von gewinnsüchtigen Spekulanten übernommen und horrende Summen für Leistungen gefordert, die oft nur auf dem Papier geleistet wurden. Hier und jetzt sahen wir das Resultat. Die gähnende Leere dieser Klinik zeigte, dass alles zu Geld gemacht wurde, was nicht niet- und nagelfest war. An diesem Ort kamen wir nicht weiter. Wir mussten eine andere Lösung finden. »Los, wir suchen nach anderen Möglichkeiten, damit wir Jürgen retten …«

Plötzlich brach dieser zusammen, knallte auf den Boden und verfiel in wilde Zuckungen. Mir wurde bewusst, dass wir uns in einer todernsten Situation befanden. Viel Zeit blieb uns nicht mehr, um ein funktionierendes Krankenhaus zu finden. Ihm musste der Magen ausgepumpt werden. Er schwebte in Lebensgefahr. Einerseits war ich froh, dass ich mich nicht in seiner Situation befand, weil ich das Glück hatte, mich von den vermeintlichen Köstlichkeiten nicht verführen zu lassen. Der Ernst dieser Lage ließ es jedoch nicht zu, dass ich Freude darüber empfinden konnte. Wenn wir nicht schnellstens etwas unternehmen konnten, würde unser Parteigenosse sterben. Während ich die Alternativen durchdachte, wurde mir schnell bewusst, dass wir in Plauen keine

Chance hatten und die Möglichkeiten gleich Null waren, ihn zu retten. Meiner Erinnerung nach gab es in dieser Stadt nur Kliniken, die von dubiosen Konzernen übernommen wurden. Welche das Ziel verfolgten, die Einrichtungen auszuplündern und letztendlich zu ruinieren.

»Was können wir jetzt noch tun, Angela?« Odin knackte mit seinen Fingern, was ein Zeichen höchster Anspannung war. Gleichzeitig starrten mich beide Frauen mit großen Augen an.

»In Plauen können wir ihm nicht helfen. Wir müssen nach Zwickau. Dort ist man medizinisch bestens ausgestattet.« Ich erinnerte mich daran, dass es vor Jahrzehnten jedenfalls so war.

»Wie weit ist das?« Penelope starrte mich traurig an.

»Zwickau ist einen Tagesmarsch entfernt. Vierzig Kilometer könnten wir an einem Tag sicher schaffen.« Ich durchdachte die Möglichkeiten. Wir könnten ihn hier in der Alten Feuerwache unter Aufsicht eines unserer Parteimitglieder lassen, so kämen wir am schnellsten nach Zwickau. Dort würden wir paar Beutel mit Kochsalzlösung einpacken, vielleicht Blutkonserven und wären binnen zwei Tagen zurück. Wenn dort jedoch Mangel an medizinischer Versorgung herrschte, und die Wahrscheinlichkeit war sehr hoch, würde man uns kaum erlauben, etwas mitzunehmen. In dem Fall müssten wir einen echten Notfall präsentieren und nochmal zurückkehren, um ihn zu holen. Nein! Dies war ein schlechter Plan. Es führte kein Weg daran vorbei, er musste jetzt unbedingt mitkommen. »Jürgen! Kannst du aufstehen und gehen?«

Unser Senior nickte und versuchte sich aufzurichten. Er schaffte jedoch nicht, sich auf die Füße zu stellen. Odin ließ während der traurigen Szene die Finger ein paar Mal knacken. Mit verzweifelter Miene hob er den Kranken an und legte ihn über seine kräftigen Schultern.

»Dann müssen wir ihn eben transportieren!«, stöhnte er. »Kommt mit! Ich habe schon eine Idee.«

Unseren Notfall wird er kaum über die gesamte Entfernung tragen können. Das wusste er mit Sicherheit selbst. Ich war gespannt, was er im Schilde führte. Wir folgten Odin und kehrten zur Jugendherberge zurück. In der Halle legte er den alten Mann behutsam auf den Boden und hielt auf den Wasserwerfer zu. Ich sah ihn im Führerhaus verschwinden und hegte Zweifel an der Idee, wenn es die war, das Fahrzeug zu starten. Dies war ein Museumsstück. Genauso gut hätte er versuchen können, in einem der Technikmuseen einen Panzer aus dem Zweiten Weltkrieg zu starten. Er konnte nicht ernsthaft glauben, dass dieser Wasserwerfer über eine einsatzbereite Autobatterie und einen gefüllten Tank verfügte. Ich hoffte, er hatte noch eine andere Lösung in petto.

»Was hattest du gerade vor, Odin?«

»Mit dem Fahrzeug zu starten«, erklärte er geschäftig, kletterte aus dem Führerhaus, ging zur Motorhaube und öffnete sie.

»Der Wasserwerfer wurde über sechzig Jahre nicht mehr benutzt. Das Fahrzeug ist ausrangiert und mit Sicherheit so manipuliert, dass er nicht mehr eingesetzt werden kann.«

»So sieht es auch aus. Darin fehlt einiges.« Odin ließ die Motorhaube zufallen. »Das kann so nicht funktionieren. Nach Sprit müssen wir uns auch nicht mehr umschauen. Meine Idee hat sich erledigt.«

»Wenn ich es doch sage.« Neben mir hörte ich ein Gurgeln. Penelope hatte versucht, Jürgen etwas Flüssiges einzuflößen, während Kassandra seinen Kopf abstützte. Als Antwort kam ein Schwall Wasser aus seinem Mund. Eine medizinische Versorgung brauchte er dringend, sonst würde er nicht mehr lange unter uns weilen.

Verärgert trat Odin gegen das Fahrzeug und knackte erneut mit seinen Fingern. Kurz darauf rannte er die Treppe hinauf.

Als ich gerade das totenbleiche Gesicht Jürgens betrachtete und sah, dass der Einsatz der zwei Frauen vergeblich blieb, hörte ich plötzlich ein Krachen.

»Damit könnten wir ihn zusammen tragen!« Odin zeigte auf ein stabiles Bettgestell, das den Fall aus dem ersten Stock bis auf einige Beulen weitgehend intakt überstanden hatte. »Etwas Besseres fällt mir auf die Schnelle auch nicht ein.«

Wenig später war der alte Mann auf das Bettgestell gehievt. Unser Bastler vorne, Penelope sowie Kassandra am hinteren Ende trugen sie Jürgen aus dem Gebäude und verharrten.

»Wohin?« Odin schnappte nach Luft. »Führe uns!«

Ich kam der Aufforderung nach und führte sie nach Osten aus Plauen heraus. Während ich vorausging, kam mir in Erinnerung, dass das Wort *führen* während meiner späten Kanzlerschaft zu einem unkorrekten Begriff wurde. Den Titel Stadtführer wollte man ersetzen. Darüber wurde intensiv diskutiert. Viele Verlage versuchten, zum Wort *Reise-führer* und *Fremdenführer* Alternativbegriffe zu finden. Eigentlich war dies ein Widerspruch in sich. Das Wort Führer war zwar als Begriff aus der Zeit des Nationalsozialismus unverkennbar, doch als Kombination mit *Fremd* oder *Reise* sollte eigentlich jedem klar sein, dass es um das Interesse an fremden Kulturen ging. Die Menschen, die solchen Führern folgten, waren neugierig auf alles, was sich von unserer Kultur unter-schied. Bei ihnen durfte man davon ausgehen, dass sie Toleranz und Akzeptanz auf ihren Reisen mitbrachten, mehr noch, alles Fremde war für sie der eigentliche Reiz. Als ich vorausging und mich mit den Einschränkungen meiner Muttersprache beschäftigte, empfand ich etwas Neid auf die Mannigfaltigkeit, welche es in der englischen Sprache gab. Für solche freundlichen Menschen, die Touristen aus aller Welt ihre lebendige Geschichte näherbringen wollten, wäre dieses Wort kein Problem gewesen. Der Begriff Führer im Sinne der katastrophalen Diktatur, die unser Land damals heimgesucht hatte, entsprach dem englischen Wort *Leader*. Und der Begriff hatte nicht unbedingt negative Bedeutung, denn weder in den USA noch in Großbritannien hatte es meines Wissens jemanden gegeben, der die ganze Welt beherrschen wollte und derart jämmerlich gescheitert war. Vorausgesetzt, es hatte sich in meiner Abwesenheit nichts Gravierendes ereignet. Selbst wenn dort jemand in der Zwischenzeit versucht haben sollte, die ganze Welt ins Unglück zu stürzen, würde dies für angloamerikanische Stadtführer keine Auswirkungen haben. Der Begriff *Guide* hatte absolut nichts Bedenkliches.

»Chefin! Ich brauche eine Pause!«, Penelope rief mich abrupt aus meinen Gedanken. Zum Glück fiel das Wort 'Führerin' nicht. Erneut wurde mir bewusst, dass ich manchen meiner Gedanken zu viel Zeit widmete. Um sich über die bizarren Auswüchse unserer Sprache den Kopf zu zerbrechen, war es in dieser dramatischen Situation nicht die passende Zeit. Mit Entsetzen musste ich feststellen, dass das Gesicht unseres Ältesten nicht mehr bleich war. Es war grau und eingefallen, sein Zustand jämmerlich und wir hatten noch viele Kilometer vor uns. Mehr tot als lebendig sah er auf dieser Bettstatt aus und jetzt war es absolut nebensächlich, ob das eine oder andere Wort politisch unkorrekt sein würde. In diesem Moment wünschte ich mir eine Armee von Sklaven, die unseren Sterbenden schnellstens zur Intensivstation in das beste Krankenhaus von Zwickau transportiert hätten. Jedoch waren hier nur Odin, der sich erschöpft ins Gras sinken ließ und diese zwei Frauen. Kassandra hatte sich offensichtlich so verausgabt, dass sie nicht mehr imstande war, einen Kommentar abzugeben. Penelope saß im Gras und blickte geistesabwesend in die Ferne. Vielleicht hoffte sie auf ein Wunder. Vielleicht sehnte sie sich nach Außerirdischen, die mit dem Einsatz ihrer fortschrittlichen Technik Jürgens Schicksal noch aufhalten konnten. Wenn dies ihr Wunsch war, dann war sie nicht allein. Ich schloss mich ihrem Blick an und sendete ein Stoßgebet zum Himmel, dass sich doch irgendetwas ereignen möge, was dieses Drama stoppen könnte. Plötzlich sprang Odin auf und eilte davon.

Also löste sich unsere Gemeinschaft jetzt auf. Einer war am Sterben, der andere auf der Flucht. Beide Frauen schienen aller Hoffnungen beraubt und verfolgten diese dramatischen Ereignisse nur noch mit regloser Miene. Das Schlimmste war: ich allein war schuld daran. Letztendlich war es meine Idee gewesen, in dieses Land einzudringen. Diese vielversprechende Expedition hatte sich endgültig zum wahren Desaster entwickelt. Das war das Ende meiner Visionen. Ich ließ mich ins Grün fallen und beschloss, mein eigenes Ende einfach abzuwarten. In dieser wundervollen, aber sehr grausamen Natur befand ich mich in einem passenden Ambiente zum Sterben. Es war Zeit Abschied zu nehmen. Leise flüsterte ich zu meinem Schöpfer: *Danke, Gott.*

»Ich habe eine Lösung!« Überrascht sah ich Odin zurückkommen. Er war nicht allein. Eine Schubkarre rollte vor ihm her. »Damit wäre unser Transportproblem gelöst!«

Mir kam in den Sinn, dies als ein Wunder zu bezeichnen, während er ihn mit Unterstützung der zwei Mädels vorsichtig in das Vehikel hievte, welches unserem Todkranken das Leben retten könnte. Ich ging voraus und fand die Orientierung wieder. Es war keine große Herausforderung, die Autobahn war der kürzeste und gleichzeitig der am besten ausgeschilderte Weg, um nach Zwickau zu kommen. Und es war völlig ungefährlich auf dieser einsamen Piste. Kein Stau erwartete uns, kein Drängler wurde zur Gefahr.

Die meiste Zeit schob Odin die Karre über die Betonspur, gelegentlich lösten wir ihn ab. Nun kamen wir vergleichsweise schnell voran. Doch als die Sonne schon den Horizont überquert und ihr Lebewohl gesagt hatte, wünschte ich insgeheim, dass Zwickau ein wenig näher bei Plauen läge. Erst im Dunkel der Nacht wechselten wir von der Autobahn auf die Bundesstraße. Der Mond schien hell vom Himmel, da sah ich die ersten Schatten, die auf eine Siedlung deuteten. Wenige Schritte und wir befanden uns inmitten einer Stadt. Es war sehr düster, einzig der Mond erleuchtete unseren Pfad. Ich blickte mich immer wieder um, doch konnte ich nicht ein einziges elektrisches Licht erkennen. Weit und breit wirkte alles wie ausgestorben.

»Wohin?« Odin setzte die Schubkarre ab, wischte Schweiß von seiner Stirn und sah mich mit müden Augen an. »Wir sind doch in Zwickau, nicht? Kennst du den Weg zu diesem Krankenhaus?«

Ich nickte kurz, gab aufgrund des faden Lichts noch ein lautes *Ja* zur Bestätigung. Eine Bahntrasse zu unserer linken Seite gab mir Orientierung, auch wenn ich diese etwas anders in Erinnerung hatte. Damals waren die Stromleitungen noch nicht heruntergerissen. »Es ist viele Jahre her, doch ich erinnere mich. Folgt mir!«

In solchen Nächten stellte ich mir oft vor, wie der Mann im Mond von oben herabblickte. Ich fragte mich, welche Gedanken er sich über die Menschen hier unten machte. Was würde er nun von diesen einsamen

Gestalten denken, die einen Kranken in einer Karre über die Straße schoben. Natürlich glaubte ich als aufgeklärter Mensch nicht wirklich, dass jemand auf unserem einsamen Erdtrabanten wohnte. Es war ein Traum aus meinen Kindertagen, die Erinnerung an das freundliche Sandmännchen, das mich jeden Abend ins Bett geschickt hatte. Damals war die Welt noch in völliger Ordnung, wenn das liebevolle Männlein auf dem Bildschirm erschien. Ich war damals sicher, der Mann lebte auf dem Mond. Jeden Abend kam er ins Wohnzimmer. Aus Kinderaugen gesehen tat er das auch. Egal, was auch immer Furchtbares auf der Welt passierte: der kleine Mann gab mir die Sicherheit, dass ich keine Furcht haben musste. Er wurde oft mit gruseligen Gestalten konfrontiert, die in Wirklichkeit keine waren, denn es waren seine als Gespenster verkleideten Freunde, die ihm nur einen Schrecken einjagen wollten. Im Prinzip spiegelte diese kleine Welt des Sandmännchens viele Schwierigkeiten unserer Gesellschaft wider. Es gab Menschen, welche andere bewusst in Furcht und Schrecken versetzen wollten. Das nette Männchen war aber schlau wie ein Detektiv und durchblickte jede Fassade. Am Ende stellte sich jede Bedrohung als harmloser Scherz heraus. In der DDR gab tatsächlich viele Dinge, die sich größerer Beliebtheit erfreuten als in der BRD. Das sympathische Ost-Sandmännchen zu nennen, wäre vielleicht albern. Es gab das Ampelmännchen, den grünen Rechtsabbieger-Pfeil und neben genügend Arbeitsplätzen stand es auch bestens um die medizinische Versorgung …

Mein Gedankengang wurde jäh unterbrochen, als plötzlich dieses Mauerwerk vor uns auftauchte. Endlich! Die Fassade des Krankenhauses erkannte ich selbst im Halbdunkel wieder. Eigentlich müsste diese Klinik für den Fall eines Stromausfalls mit einem Notstromaggregat ausgestattet sein. Alles sollte hell erleuchtet sein, damit wir Jürgen schnell zur Notaufnahme bringen konnten. Odin stellte die Schubkarre ab und betrachtete das Gebäude nachdenklich.

»Nun mal ehrlich, Angela! Meinst du wirklich, hier finden wir Hilfe?«

Ich wusste keine Antwort darauf. Für einen Moment ging ich in mich und hoffte, mein Verstand würde einen letzten Strohhalm finden, um aus dieser ausweglosen Situation zu entkommen. Die innere Stimme, mein sechster Sinn, schwieg. Oder besser gesagt, sie klagte mich an. Und sie hatte recht. Was war das für ein Desaster, in das ich uns geführt hatte! Unser alter Mann in der Schubkarre gab kein Lebenszeichen mehr von sich und in diesem von Gott verlassenen Land konnte ihn niemand mehr retten. Mein kläglicher Rest von Hoffnung entwich aus meinem Geist. So wie eine Seele sich vom Körper löste und zum Himmel schwebte. Bevor ich endgültig zusammenbrach, lehnte ich mich an die Mauer und vergrub das Gesicht in den Händen, damit niemand die Verzweiflung in meinem Ausdruck sehen konnte. Doch in dieser Situation war eigentlich auch das egal. Ich hörte, wie die anderen tuschelten. Als ich zwischen meinen Fingern hindurch spähte, erkannte ich, dass sie Jürgen aus der Schubkarre gehoben hatten und behutsam ins Gras legten. Ich entspannte mich, sandte ein kurzes Gebet zum Himmel, dass für die Seele dieses Menschen ein freundlicher Empfang im Himmel vorbereitet würde. Im Anschluss bat ich den lieben Mann im Mond, dass er in dieser unheimlichen Nacht über die Überlebenden dieses Himmelfahrtkommandos wachen möge. Kurz darauf gingen mir die Lichter aus und ich wurde vom Schlaf übermannt.

Geheime Schriften

Ich erwachte und bemerkte, wie mich etwas Kaltes im Gesicht berührte. Es fühlte sich eisig an. Ein Schauer des Entsetzens durchfuhr meine Glieder. Ich wagte nicht, meine Augen zu öffnen. Wie Fingerspitzen des Sensenmannes fühlten sich diese punktuellen Berührungen an. Der Tod war wegen Jürgen zu uns gekommen und nutzte diese Gelegenheit wohl gleich für eine Untersuchung, ob der passende Moment gekommen wäre, damit er auch mich mitnehmen könnte. So musste er später nicht ein zweites Mal kommen. Ich stellte mir seine gruselige Figur vor, den kahlen Schädel, der von einer schwarzen Kapuze verdeckt wurde und die Gestalt, die seine knochigen Finger nach mir ausstreckte. So wurde der Tod immer dargestellt, als Skelett in einer schwarzen Mönchskutte. So, wie die Franziskaner gekleidet waren. Obwohl ich bei dieser Vision mit geschlossenen Augen zitterte, drängte sich mir plötzlich der Wunsch auf, er sollte mich mitnehmen. Nun hatte ich lange genug gelebt. Und ich konnte auf ein erfülltes Leben zurückblicken. Ich musste mir nicht vorwerfen, meine Lebenszeit verschwendet zu haben. Viele meiner Träume und Visionen hatten sich zwar nicht erfüllt. Hier und jetzt konnte ich mir jedoch nichts vorwerfen. Trotz aller Schwierigkeiten hatte ich meine Überzeugungen nicht aufgegeben, das Beste für die Menschen zu erreichen, es zumindest zu versuchen. Dies war tröstlich, nun nahm ich all meinen Mut zusammen und schlug die Augen auf. Vor mir war jedoch niemand. Wenn dort jemand gewesen wäre, war er in diesem Augenblick verschwunden. Erneut fühlte ich die Berührungen eiskalter Fingerknochen. Plötzlich nahm ich weiße Punkte wahr, die auf mein Gesicht fielen. Ein Graupelschauer hatte eingesetzt.

Ich fühlte mich unbeweglich, drehte meinen fast steifen Kopf und erkannte meine Freunde, die sich an dem Gebäude zu schaffen machten. Sie versuchten, eine Tür aufzuhebeln und als diese mit einem Knacken nachgab, eilten sie zurück zu der Stelle, an der sie Jürgen abgelegt hatten. Sie hoben seinen Körper an und trugen den Leblosen vorsichtig in das Gebäude. Diese Geschäftigkeit war mit Sicherheit der Not geschuldet. Genauso gut hätten sie seine Leiche dort liegen lassen können, solange, bis wir uns geeinigt hätten, wie wir seinen Körper auf würdige Art beerdigen sollten. Der Himmel war dunkelgrau. Es mochte schon zur Mittagszeit sein, doch es war düster wie in der Welt der ewigen Finsternis. Als hätte die Sonne ihr Antlitz verhüllt und würde mit uns trauern. Auch die Tierwelt schwieg. Wenn wir uns für eine Feuerbestattung entscheiden sollten, würde es ein wenig Licht in diesen schwarzen Tag bringen. Ein Moment des Schweigens. Gebete in aller Stille. In würdiger Weise nähmen von unserem Freund Abschied. Und sehr feierlich. Die Nacht würde hereinbrechen und Windböen das versiegende Feuer immer wieder anfachen. Als wären sie Glühwürmchen, würden Funken aufsteigen, gleißende Lichtpunkte, bis die Glut vollständig erlosch. Ich wünschte mir solch eine Beerdigung um diesen freundlichen alten Mann zu würdigen – ein helles Licht, das diese Finsternis durchdringen würde. Gerade war ich froh, dass die alte Tradition der Nordmenschen in der Zeit des frühen Mittelalters von den Christen toleriert wurde. In der Naturreligion wurden Verstorbene auf einen Scheiterhaufen gelegt und verbrannt. In dieser Finsternis, bei dem Schneeregen und in aller Einsamkeit ein Grab auszuheben wäre wirklich nicht feierlich.

»Angela, wo bleibst du?« Penelopes Stimme unterbrach meine Gedanken. »Komm herein, sonst erfrierst du noch!«

Dies war eine gute Vorstellung. Mir war bekannt, dass Tod durch Erfrieren ein gnädiges und schmerzloses Ende darstellte. Das Problem bestand erst beim Auftauen, wenn alle Nervenbahnen wieder aktiv wurden und verrückt spielten. In dieser Lage erlitt man höllische Qualen. Nach Abwägen der Alternativen und der Perspektive, dass sie mich irgendwann viel später sicher hereintragen und auftauen würden, erhob ich mich und schleppte meinen Körper durch die Tür in die düstere Halle hinein. Im Halbdunkel erkannte ich, wie sich drei Figuren an Jürgens Leiche zu schaffen machten. Mir war nicht klar, was sie mit dem leblosen Körper vorhatten. Bis mir auffiel, dass dessen Beine plötzlich zuckten.

»Er lebt!« Odins Stimme riss mich jäh aus der tiefen Trauer. Er gab Kommandos. »Dreht ihn auf die Seite! Kontrolliert die Atmung!«

Die glückliche Wendung konnte ich nicht fassen. Reglos beobachtete ich, was sich vor meinen Augen abspielte. Es kam mir vor, als wäre dies ein Film, der schon längst zu Ende war und nach dessen langem Abspann plötzlich doch noch etwas passierte. Eine Wendung. Die Überraschung hatte mich paralysiert und ich beobachtete nur, wie sie ihn in eine Position drehten, die ich als die angenehmste Stellung beim Schlafen erkannte. Es Vorteil war, dass man in der seitlichen Position kaum schnarchte.

»Ihr macht das falsch! Lasst mich ran, ich bin Krankenschwester. Zumindest war ich es.« Penelope drängte die anderen zur Seite und ging nun so forsch vor, wie ich es ihr niemals zugetraut hätte.

Sie hantierte mit dem wieder erwachten und zuckenden Körper unglaublich professionell und vollführte einige Handgriffe, von denen mir die meisten neu waren. Solche Techniken wie Beatmen oder Herzmassage, die ich in einem Erste-Hilfe-Kurs vor langer Zeit gelernt hatte, waren es jedenfalls nicht. Ihre Aktionen erinnerten mich eher an eine Tantra-Massage. So, wie ich mir eine solche Massage zumindest vorstellte, da mir dies nur aus der Erzählung von Dritten bekannt war. Was auch immer sie tat, es war hoffentlich das Richtige. Möglicherweise half dies nur bei Männern. Etwas beschämt zog ich mich etwas weiter zurück, lehnte mich an und wandte meinen Kopf ab. Obwohl es bei dieser Szene um die Rettung eines lieben Freundes ging, fühlte ich mich ein wenig beschämt und wie eine Schaulustige. Mir widerstrebte es, Penelope dabei zuzusehen, wie sie mit dem Einsatz ihres fast vollständig enthüllten Körpers versuchte, die Lebenskräfte unseres Seniors zu wecken.

Ich richtete meinen Blick zur Fensterfront. Jede zweite Scheibe fehlte. Graupeln fanden ihren Weg hindurch und ließen sich in einer der glänzenden Pfützen nieder. Die Tatsache, dass ich solche Kleinigkeiten wahrnahm, konnte nur darauf zurückzuführen sein, dass sich die Dunkelheit etwas zurückgezogen hatte. Als ich meinen Blick umherschweifen ließ, lösten sich die Schatten in mehr Details auf. Kurz sah ich zu den anderen, wandte jedoch sofort meinen Blick ab. Es schien mir unpassend, zwei fast nackte Menschen in dieser recht intimen Position zu sehen, auch wenn es Penelope war, die mir unbekannte Wiederbelebungsmaßnahmen an Jürgens Körper vollführte.

»Es ist heller geworden«, sprach ich kurz und sprang auf. »Ich will mich ein wenig umsehen.«

Ich ignorierte Odins Bitte, nichts auf eigene Faust zu unternehmen und verließ den Raum. Jede Einwände waren mir egal. Im Korridor gingen zu beiden Seiten Türen ab. Ich beschloss, eine systematische Suche durchzuführen. Das Rechte-Hand-Prinzip war die beste Strategie, das Gebäude von unten bis oben zu durchkämmen und alle Räume nacheinander in Augenschein zu nehmen. Ich warf einen Blick in jedes Büro, doch hinter jeder Tür herrschte gähnende Leere. Ich stieg eine weitere Treppe hinauf. Das knirschende Geräusch unter meinen Füßen ermahnte mich, vorsichtig zu sein. Alles hier war baufällig und insgeheim hoffte ich darauf, dass diese Klinik noch einen weiteren Tag standhielt. Im oberen Stockwerk wurde ich ebenso wenig fündig wie im Erdgeschoss und so erklomm ich weitere Stufen, bis ich die oberste Etage erreichte. Hier bröckelte alles. Auf dieser Treppe lag eine Eisschicht. Tropfen fielen auf meine Stirn, als befände ich mich in einer Tropfsteinhöhle. Behutsam tastete ich mich Stufe für Stufe empor. Ich musste strikt vermeiden, auszurutschen oder alles Gewicht gleichzeitig auf eine Stufe zu verlagern. Auf allen Vieren gelangte ich nach oben. Hier befanden sich Durchgänge zu beiden Seiten. Als ich mich an das fahle Licht gewöhnt hatte und ein wenig mehr wahrnahm, erkannte ich Stahltüren. Sie waren aus ihren Angeln gerissen worden. Hier hatte sich jemand offenbar mit äußerster Brutalität Zugang verschaffen wollen. Es war ihm gelungen. Sehr düster war es im ersten Raum, jedoch zeigte mir das wenige hineinfallende Licht, dass hier eine Verwüstung stattgefunden hatte. Ein Stahlschrank an der Wand war völlig ramponiert und alle Schubladen herausgerissen. Auf dem Boden erkannte ich Reste von verbrannten Aktenordnern. Links davon lag ein aufgebrochener Tresor. Ich tastete hinein, stellte jedoch fest, dass es darin ebenso leer war wie in den Schubladen, in welchen sich vermutlich Patientenakten befunden hatten. Jemand hatte ganz eindeutig Spuren verwischen wollen, kombinierte ich. Das war diesem Jemand auch gelungen. Ein letzter Blick über die in der Asche liegenden Überreste machte mir klar, dass selbst die Recherchearbeit eines Genies vergebens sein würde. Oft bewunderte ich Archäologen und Forensiker, die aus extrem verwitterten und zerfallenen Schriftstücken noch unglaublich so viel herausholen konnten. Von einem Ägyptologen ließ ich mir einmal demonstrieren, wie er aus dem Fragment eines Papyrus, auf dem nur ein einziges Symbol sichtbar war, eine Schrift über die widersprüchliche Beziehung zwischen Cäsar und Kleopatra wiederhergestellt hatte. Mit jenem Bericht kam man zur Erkenntnis, dass manches, was wir heute für anzüglich oder pervers halten, für die Römer ganz normaler Alltag gewesen sein muss. Alle Bedenken über ungewöhnliche Praktiken, so war sein mit Enthusiasmus vorgetragenes Fazit, wären nur ein Resultat von den Moralvorstellungen unseres Christentums.

Selbst dieser mit einer genialen Gabe ausgestattete Wissenschaftler hätte aus diesem Staub nichts mehr lesen können. Enttäuscht setzte ich meine Suche fort, alle meine Hoffnungen legte ich in die Examination des letzte Zimmers. Als ich die Tür öffnete, wurde Asche durch den Luftzug aufgewirbelt. Mehrere brachial aufgerissene Stahlschränke zeigten, dass auch hier dafür gesorgt worden war, dass kein Historiker oder Forensiker aus den Überbleibseln irgendetwas hätten herauslesen können. Nach dem Ausmaß dieses Desasters waren hier mehrere Leute zugange gewesen, um jegliche Daten zu vernichten und sie schienen mit äußerster Sorgfalt vorgegangen zu sein. Eigentlich passte dieses Wort nicht zu der Arbeit, alles in diesem verheerendem Zustand zu hinterlassen.

Es gab seltene Momente in meinem Leben, in denen ich mich vom Zorn überwältigen ließ. Derart außer mir war ich seit meiner Kindheit nicht. Jeder kannte die sich stets beherrschende Angela. Nun aber stürzten alle Emotionen auf mich ein, die ich über all die Jahre zurückgehalten hatte. Es war ein klares Bild: jemand hatte etwas Entsetzliches verbrochen. Und demjenigen war es gelungen, alle Spuren zu vernichten. Dies war endgültig eine Sackgasse. Unsere Mission war gescheitert. Öl ins Feuer meiner Rage goss die Erkenntnis, dass ich unser Leben leichtfertig riskiert hatte und der friedliche Parteigenosse Jürgen deswegen sein Ende finden würde.

Mir platzte der Kragen endgültig. Aus einem Impuls heraus griff ich nach dem Nächsten, was ich in die Finger bekommen konnte, holte Schwung und warf die verschmorten Überbleibsel eines Sessels quer durch den Raum. Lautes Scheppern folgte, doch konnte es meinen Zorn noch nicht bändigen, so hob ich das weitgehend zerstörte Fußteil erneut hoch und ließ es mit voller Wucht abermals gegen die Wand schmettern. Ich hatte mich gewundert, welche Kraft ich in meinem Zustand aufbrachte, denn mein erster Wurf hatte den Beton eingedrückt. Als das Eisengestänge erneut dagegen schepperte, öffnete sich ein Durchbruch in der Wand. Entgegen der Vernunft glaubte ich zuerst, dass mein Zornesausbruch mir Superkräfte verliehen hätte. Auf den zweiten Blick erkannte ich, dass mit der Wand etwas nicht stimmte. Darin befand sich ein Hohlraum. Ein Versteck. Wenn dieser Moment mir einen bedeutsamen Fund versprach, verzichtete ich gerne auf übermenschliche Kräfte. Ich brach weitere Brocken von Putz heraus und wurde in dem Hohlraum, der sich auftat, fündig. Darin befanden sich zwei gebundene Schriftwerke sowie ein Aktenordner. Auf einmal fühlte ich mich wie ein kleines Kind auf einer erfolgreichen Schatzsuche. Gerade als ich alles schon aufgeben wollte, wurde wie aus heiterem Himmel die Mission von einem kleinen Erfolg gekrönt. Mich überwältigten die Gefühle, welche die Muse Fortuna in mir auslöste und erlaubte mir ein paar Luftsprünge, bevor ich meinen vielversprechenden Fund in Augenschein nahm. Ein Blick in die Dokumente zeigten mir jedoch, dass meine Augen nicht mehr dazu bestimmt waren, in der Düsternis noch etwas zu entziffern. Was immer auch diese Dokumente ans Licht bringen würden, dieser Moment der Spannung würde sich noch etwas hinziehen.

Zwar konnte ich es kaum erwarten, die Dokumente unter besseren Lichtverhältnissen in Augenschein zu nehmen. Jedoch musste ich äußerste Vorsicht walten lassen, als ich mich mit dem Stapel der

Geheimnisse auf den Weg nach unten begab. Ohne Vorwarnung sackte die Treppe plötzlich unter mir weg. Ich sah sie schon unter mir einstürzen und mich selbst in die Tiefe fallen, da stoppte mein Sturz unvermittelt in einer federnden Bewegung. Hastig richtete ich mich auf, das laute Krachen konnte nichts Gutes bedeuten. Auf den Knien robbte zum rettenden Flur und verharrte einen Moment. Ich musste mich beruhigen und durchatmen. »Reiß dich zusammen, Angela«, sprach ich laut zu mir, »es ist gar nichts passiert!«. Es dauerte eine ganze Weile, bis sich mein Herzschlag so weit beruhigt hatte, dass ich wagte, mich wieder aufzurichten und über den Korridor zu wandern. Vor der Treppe ins Erdgeschoss ließ ich mich abermals auf die Knie fallen. Jetzt durfte ich nichts überstürzen, Eile war in dieser Situation unnötig. Es befand sich keine Bombe in diesem Gebäude, die jeden Augenblick zünden könnte. Selbst wenn, war mir nichts davon bekannt. Nachdem ich einige Minuten auf der obersten Stufe verharrt hatte, sah ich am Fuß der Treppe einen Lichtschimmer. Meine Freunde hatten offensichtlich für ein wenig Helligkeit gesorgt. Das Flackern in der Dunkelheit wirkte beruhigend. Es weckte Erinnerungen an die Sonntage vor Weihnachten, wenn eine einsame Kerze den ersten Advent erleuchtete. Und zu der sich weitere Lichter hinzugesellten. Wenn alle vier Kerzen brannten und der Kranz die Dunkelheit vollkommen überstrahlte, so würde es in der Welt keine Finsternis mehr geben. Die Vorfreude auf das Fest, die sinnbildlich strahlende Erwartung der Ankunft des Herrn half mir jedes Jahr, die schwere Zeit der Schatten zu überstehen. Der klirrende Frost und das allmorgendliche Kratzen an Windschutzscheiben gerieten derweil fast in Vergessenheit.

Ich riss mich aus meinen weihnachtlichen Gedanken, erhob mich und ging vorsichtig Stufe für Stufe hinab. Die Treppe hielt stand – Gott sei Dank! Unten erkannte ich, was diesen heimeligen Lichtschein verursacht hatte. Meine Freunde hatten ein Lagerfeuer entzündet und saßen dort im Kreis um flackernde Holzscheite. Beim Anblick meiner Genossen fiel mir ein Stein vom Herzen, denn diese Gruppe bestand aus vier Personen! Jürgen war an dem Feuer in eine Decke gehüllt. Kassandra saß neben ihm und hielt seine Hand. Unser Senior wirkte blass. Doch er war am Leben. Mit meinem Stapel an Dokumenten ging ich auf sie zu. Als sie meine Schritte hörten, rückten sie zusammen, um auch mir einen Platz am Feuer anzubieten. Ich legte die Dokumente ab.

»Was hast du mitgebracht?« Penelope sah mich neugierig an.

»Etwas, das möglicherweise alle Geheimnisse über dieses Land lüften könnte.« Ich wollte es spannend machen. »Diese Dokumente waren in einem Versteck. Durch reinen Zufall habe ich sie gefunden. Eigentlich wollte ich … ein wenig aufräumen. Dabei bin ich gegen eine Wand gestoßen. Plötzlich entstand Loch und ich habe dies gefunden.«

»Wieso wolltest du irgendwo aufräumen?« Odin lachte. »Ordnungsliebe ergibt doch hier gar keinen Sinn!«

»Natürlich nicht. Es war auch etwas spontan …« Das Wort *Aufräumen* hatte ich natürlich zweideutig gemeint. So bezeichnen es die Mafiosi, wenn sie in einer Pizzeria nach der Weigerung von Schutzgeldzahlungen alles kurz und klein schlagen. Ebenso war das sogenannte *Aufräumen* die Arbeit von Rocker-Gangs, wenn ein Diskothekenbesitzer statt der vorgeschlagenen Leute lieber andere als Türsteher beschäftigten. In Musikclubs nutzten sie oft perfide Mittel. Nacht für Nacht erschienen oft zunehmend unangenehme Besucher, worauf erst die Stammkundschaft das Weite suchte und irgendwann später das Etablissement mangels Kundschaft schließen musste. Im Rotlichtmilieu ging es härter zu, dort ging es letztendlich auch um das wirklich große Geld. Schläger wurden gegen potentiell interessierte Laufkundschaft eingesetzt und hielten Freier von einem Besuch ab, bis der Eigentümer eines Rotlichtclubs gewillt war, jede Forderung zu erfüllen. Tat er es nicht, wurde *aufgeräumt*. Ich war ebenso kreativ, um diesen Fund mit einem Sinn für Ordnung zu erklären. Ich hatte Hemmungen davor, dass ich das erste Mal in meinem Leben als Erwachsene derart ausgerastet war, dass ich jegliche Kontrolle verloren hatte. Letztendlich war es auch egal. Ich hatte einen Schatz geborgen, etwas in einem ungewöhnlichen Versteck gefunden. Es gab nur eine Sache, die jetzt zählte: das Geheimnis dieser Dokumente zu lüften. »Dabei war ich rein zufällig darauf gestoßen, es war reines Glück. Wer könnte diese Dokumente derart gut verstecken wollen?«

Alle sahen mich mit weit offenen Augen an. Kurz flogen meine Gedanken zu Jürgens Situation. Er hätte sich einen Vorrat an leckeren Thüringer Fleischkonserven auf diese Weise anlegen können. Langsam machte mich der Hunger verrückt. Doch ich musste mich beherrschen und zum eigentlichen Thema zurückkehren. Der Alte meldete sich zu Wort.

»Jemand, der den Tod fürchtete, falls seine Geheimnisse aufgedeckt werden sollten.« Jürgens Worte erinnerten mich wieder an seine Missetat, von toten Tieren zu kosten.

So sehr ich bewegt war nach dem unverhofften Auftauchen dieses Schatzes, musste ich mich umso mehr zurückhalten. Es war zwar wahrscheinlich, dass dieser Fund von großer Bedeutung war. Doch genauso gut könnte dies etwas völlig Nutzloses sein. Ein paranoider Mensch, der besessen war und irgendwelchen Verschwörungstheorien nachhing, konnte versucht haben, diese Dokumente für immer verschwinden zu lassen. Oder ein Aufrührer, der nicht gewagt hatte, seine regimekritischen Werke zu verbrennen. Wir sind die Nachwelt dieses geheimnisvollen Menschen. Wer auch immer es gewesen sein mag.

Ich griff nach einem der gebundenen Schriftstücke und warf einen Blick auf den Titel. *Selbstprogrammierende Zellen – Dissertation von Dr. Dr. Schmidt.* Dies war eine Doktorarbeit. Ich schlug das Werk auf und las laut.

»Unsere moderne Medizin beschäftigt sich intensiv vor allem mit zwei Themen. Die Heilung von Krebs sowie die Abstoßung vermeintlich körperfremder Zellen zu verhindern. Meine wissenschaftliche Arbeit wird sich nun den zwei der großen Geißeln der Menschheit widmen. Meine Forschung beruht auf der Entwicklung einer neuen Generation von DNA, die eine Form von eigener Intelligenz entwickeln und sich selbst an die Komplexität höherer Lebensformen automatisch anpassen kann.«

»Frankenstein!« Penelopes Kommentar war vorschnell. Aber nicht von der Hand zu weisen. Die Idee, mit den fundamentalen Dingen des Lebens herumzuspielen war einer der zentralen Visionen der Menschheit. Gleichzeitig immer ein gravierender Eingriff in die Schöpfung. *Der moderne Prometheus* lautete daher der Untertitel des Frankenstein-Romans in Anlehnung an den antiken Helden, der die Götter herausgefordert und ihren Zorn heraufbeschworen hatte. Es war eine eindeutige Warnung des Autors an die Adresse allzu bedenkenloser Wissenschaftler. Eigentlich war es eine Autorin, was für die damalige zeit recht ungewöhnlich war. Allgemeine Vermutungen gehen dahin, dass viele Bücher von angeblich männlichen Autoren eigentlich von Frauen geschrieben worden waren. Ich blätterte zur nächsten Seite und las:

»Der Aufbau einer DNA ist in ihren Grundprinzipien trivial. Die genetische Information jedes Individuums wird durch eine Kombination von vier Molekülen bestimmt. Die jeweilige Inkarnation unterscheidet sich letztendlich nur dadurch, wie diese Moleküle angeordnet sind.« Für diese Worte wäre dieser Wissenschaftler in frühen Jahren wohl wegen Blasphemie angeklagt worden. Aber nun stellte sich die Frage, ob es sich beim Verfasser dieser Schrift um einen sogenannten Dummschwätzer handelte. Zu meiner Zeit, als ich in der Wissenschaft aktiv war und besonders später, als ich ständig diese lästigen Pharma-Vertreter im Haus hatte, kam auf meine konkreten Rückfragen nichts Belastbares. Ich werde immer wieder zornig, wenn ich an diese Phrasendrescher zurückdenke. Es gab sogar einen Pharmareferenten, der mich mit einem pseudo-wissenschaflichen Vortrag nicht einnehmen konnte und danach behauptete, er könnte Blei in Gold verwandeln. Als das auch nicht funktionierte, versuchte er mich mit Kartenlegen, Zukunftsvorhersagen und der Deutung von Sternzeichen zu überzeugen.

»Guter Freund, der du alles Wissen für dich gepachtet zu haben scheinst«, sprach ich zu ihm, »hast du noch etwas anderes zu bieten? Sonst wird es Zeit, zu gehen.«

»Das steht in dieser Doktorarbeit?« Jürgens dünne Stimme ließ mich aufschrecken und mir wurde klar, dass ich meine Gedanken laut ausgesprochen hatte.

»Nein, ich habe gerade laut gedacht«, entschuldigte ich mich. Spontan blätterte ich weiter und überflog einige Seiten. Bei einer Seite blieb ich hängen. Das Wort *Nebenwirkungen* stach mir ins Auge. Es war eine Überschrift, besonders auffällig gestaltet, mit rotem Stift dick unterstrichen. Was definitiv nicht dazu passte, wenn man eigentlich die Vorzüge seiner Arbeit herausstellen wollte. Oder sollte. Jeder Forscher, den ich kennengelernt hatte, wollte seine Ergebnisse als durchschlagenden Erfolg verkaufen. Abgesehen von Eigenbrötlern, die eine ganz eigene Spezies darstellten. Aber selbst diese hielten jegliches Negative so klein wie möglich und benannten es nur in den Fußnoten.

»Nach eingehenden Experimenten konnte ein positiver Effekt gegen Erkrankungen nicht festgestellt werden. Die Zellen führten nicht bei einem einzigen Probanden zu dem gewünschten Resultat.« Im Anschluss an die gedruckte Passage befanden sich weitere handschriftliche Notizen. Ich drehte sie mehr ins Licht des Lagerfeuers, so dass sie klar und deutlich zu entziffern waren. Nach kurzer Überlegung verlas ich den Text laut, denn ich war neugierig, wie meine Mitstreiter auf diese erschreckenden Details reagieren würden. »Trotz aller Vorsicht und der Erwägung jeglicher Risiken: alle Versuche mit den Versuchspersonen verliefen tödlich. Von weiterer Forschung in diesem Bereich ist abzuraten. Im medizinischen Bereich ist dieses biologische Material von keinerlei Nutzen. Als Kampfstoff für militärische Zwecke dagegen wäre es wohl äußerst wirksam.«

»Die Forscher merken es nie, wenn sie mit ihrer Forschung die Grenzen des ethisch vertretbaren überschreiten. In ihrem Wahn erschaffen sie Monster!« Penelope brachte mich zurück in die düstere Gegenwart. Ich blätterte ein wenig weiter, wurde jedoch nicht wirklich schlau aus den Tabellen und Zeichnungen komplexer Moleküle und DNA-Variationen. Mit denen war dieser Einband bis ans Ende gefüllt. Nun konnte ich weder die Geduld, noch die Muße aufbringen, mich hier an diesem Lagerfeuer in diese wissenschaftliche Arbeit noch weiter zu vertiefen. Ich betrachtete den Ordner. *Patientenakten* stand in schweren schwarzen Lettern darauf. Im Normalfall wenig vielversprechend.

Normal war es aber nicht, dass diese in der Wand eingemauerten Schriftstücke vermutlich seit Jahrzehnten versteckt waren.

Die erste Akte darin sah nach dem Üblichen aus, was die Mediziner nebenbei produzieren. Patientendaten waren aufgelistet, darüber befand sich der handschriftliche Vermerk *Lungenödem*. Mit Rotstift eingerahmt. Nach kurzem Blättern schlugen mir unappetitliche Bilder entgegen und da sie mir ein Unwohlsein in der Magengegend einbrachten, schloss ich die Akte wieder und zog die nächste hervor. Mein Blick fiel sofort auf die krakelige Notiz *Lungenembolie*. Auch hier war der Text mit Rotstift eingekreist. Ich heftete das Schriftstück wieder ein, zog das nächste heraus und wieder fiel mir der rote Kreis ins Auge. Dort lautete das Wort *Lungenkrebs*.

»Hast du etwas gefunden?« Penelope stand auf und setzte sich neben mich. Neugierig blickte sie in die nächste Akte, mit hinein. »Lungendysfunktion! Warum ist es rot markiert?«

»Das weiß ich nicht. Jedenfalls hat jede dieser Akten mit Lungenerkrankungen zu tun.« Ich blätterte weiter in den Patientendaten und stieß auf ähnliche Diagnosen. Nachdem ich dies auch meiner neugierigen Parteikollegin gezeigt hatte, legte ich den Ordner beiseite. »Wer auch immer diese Sammlung erstellt hat, muss einen konkreten Grund dafür gehabt haben.«

»Welchen?« Mit neugierigen Augen sah sie mich an. »Was wollte derjenige bezwecken?«

»Er könnte ein Lungenspezialist sein«, entgegnete ich spontan. Dieser Schluss war jedoch für mich selbst nicht zufriedenstellend. Hätte dies woanders gelegen als in einem Geheimversteck, wäre diese Antwort durchaus plausibel gewesen. Da mir jetzt mit Verzögerung bewusst wurde, dass die Namen der behandelnden Ärzte variierten, würde ich dazu tendieren, dass es eine auffällige Häufigkeit von Erkrankungen gegeben haben muss, bei denen immer die Lunge betroffen war.

Kurz dachte ich an die Zeit damals in der DDR. Deren Industrie hatte sich das Thema umweltfreundlich nicht unbedingt auf die Fahnen geschrieben. Schadstoffe wurden ungefiltert in die Luft geblasen, alte

Chemiewerke stießen dicke Schwaden aus, die einem wahrhaft den Atem raubten. Erst zur Wende änderte sich das, als unsere Wirtschaft ihren Dienst weitgehend eingestellt hatte, besser gesagt, alles nach Fernost verlagert wurde. Doch selbst in der dicken Luft chinesischer Industrieparks gab es meines Wissens keine solche auffällige Häufung von Erkrankungen der Atemwege wie in diesen Papieren.

Dies legte den Verdacht nahe, dass eine Epidemie ausgebrochen sein könnte. Es fehlten jedoch belastbare Informationen. Auf diese hoffte ich bei meinem dritten Fundstück. Ich betrachtete den Einband. Es war ein unbeschrifteter Karton, der keinen Hinweis darauf gab, worum es sich bei dem Inhalt handeln könnte. Als ich das Buch öffnete, fand ich hand-schriftliche Notizen, die jeweils mit einem Datum begannen. Es handelte sich also um eine Art Tagebuch. Stumm las ich den ersten Eintrag.

2. Januar 2035: die Behandlung von Patienten leidet mittlerweile sehr unter der verheerenden Versorgungslage. Viele Vorräte gehen zur Neige. Impfstoffe sind weitgehend aufgebraucht, der größte Teil der Medikamente fehlt. Wir können von Glück sagen, dass durch den Anbau von Drogen wie Schlafmohn und Cannabis Schmerzmittel noch verfügbar sind.

»Drogen?« Penelope hatte die Notizen mitgelesen. »Den Gerüchten zufolge war jegliches Rauschmittel strengstens verboten. Aus kaum nachvollziehbaren Gründen.«

»Weil dieser Staat alles richtig machen wollte, was die anderen falsch machten. Angeblich.« Odin setzte sich auf meine andere Seite und ich war froh, dass er meine Wissenslücken über die Ereignisse der letzten Jahre weiter vervollständigte. »Eine Zeitlang waren Werber unterwegs, die von der anderen Seite der Grenze zu uns geschickt wurden und uns ihr System schmackhaft machen wollten. *Wir schaffen das ab*, war zentraler Slogan und ihre Antwort zu allem. Arbeitslosigkeit, Drogen, Migranten und egal was den Leuten so einfiel. Selbst Krankheiten, so behaupteten sie, wird es mit ihnen zukünftig nicht geben. Sie hatten zu allem eine Antwort: *Ja, wir schaffen das ab*. Mit den Wahlen war es ihnen geglückt, die wurden sofort abgeschafft. Das war noch vor dem Tag, an dem die Grenze vollständig dicht gemacht wurde. Nach dem jetzigen Bild und was sich hier bisher gezeigt hat, haben die auch noch ein weiteres Ziel erreicht: sie haben alle Menschen in diesem Land abgeschafft!« Er knurrte ärgerlich und wollte noch mehr erfahren: »Was steht noch in dem Bericht?«

»Es geht darin vor allem um Probleme mit medizinischer Versorgung.« Ich hatte in der Zwischenzeit ein paar Einträge überflogen. Kurz warf ich einen Blick zu Jürgen. Kassandra hatte ihren Arm liebevoll um ihn gelegt. Sie konnte also auch ganz anders sein. Wenn jemand in Not war, wurde sie wohl so zahm wie ein Welpe. Ich blätterte ein paar Seiten weiter, bis sich der Schriftstil unvermittelt änderte. Ein Graphologe hatte mir einmal gesagt, die Handschrift eines Menschen wäre für ihn ein Tor zur Seele. Er konnte die aktuelle Stimmung eines Verfassers herauslesen … dies genauer zu erklären, wäre an dieser Stelle zu kompliziert. Nun: die Notizen, die vorher von einem offensichtlich depressiven Menschen verfasst wurden, zeigten nun einen optimistischen Schriftstil. Den graphologisch auffälligen Schwüngen nach mussten sie von der gleichen Person stammen. Aufgrund eines positiven Ereignisses krakelte die Person nicht mehr sondern schrieb sehr ruhig: *10. März 2035: der versprochene Transport ist eingetroffen. Das Regime hat Wort gehalten und alle versprochenen Medikamente geliefert. Meine Forschungsergebnisse sind also positiv angekommen. In einem Schreiben wurde mir zudem mitgeteilt, dass man mich aufgrund meiner hervorragenden Arbeiten weiter unterstützen würde. Hinzugefügt war eine eindringliche Bitte, dass ich baldmöglichst etwas davon liefern möge. Diese Forderung war verwunderlich, denn die Wirkung der Substanz war bisher noch nicht aktiv an Menschen getestet worden …*

»Lies doch laut«, forderte Penelope.

»Es geht um irgendwelche Leistungen«, fasste ich das Bisherige zusammen. »Noch ist das recht nichtssagend.«

Still las ich eine Notiz nach der anderen, blätterte weiter. Ich überflog einige Seiten, die sich der Lieferung erhoffter Impfstoffe widmete. Experimente mit Materialien wurden beschrieben, die keine Nebenwirkungen bei den Patienten hervorrufen würden. Ich blätterte weiter.

Ende April. Alles wirkte neutral bis positiv, bis auf eine Notiz am Ende der Seite.

Sie haben es auf die gefährliche Wirkung dieser Substanz abgesehen! Ich muss mich entscheiden. Soll ich meine Zustimmung geben? In diesem Fall - so ihr Angebot - würde die medizinische Versorgung unserer Einrichtung für die nächsten Jahrzehnte garantiert werden. Bei allen Bedenken war mir klar, dass uns kaum ein anderer Ausweg blieb. Wenn ich zustimme, würden die durch Unterversorgung bedrohten Leben der Menschen in dieser Einrichtung gerettet werden.

»Ist es immer noch belanglos?« Penelope schaute mir über die Schulter. »Es wird etwas krakelig.«

»Es hat sich geändert. Jetzt wird es plötzlich interessant. Der Forscher oder Arzt schreibt über irgendetwas Gefährliches.« Ich blätterte weiter. Der Text war mittlerweile schwierig zu entziffern. Er wirkte, als hätte ihn jemand in aller Eile verfasst. Ein Graphologe hätte weit mehr Details in der Schrift erkennen können und mehr über die Stimmung des Verfassers sagen können. Stand er unter Stress, wurde er vielleicht bedroht? Ich setzte meine Arbeit fort, die Worte zu entziffern.

Anfangs war mir der Zusammenhang mit meiner Arbeit nicht klar. Mittlerweile habe ich verstanden, warum man meinen Geschwistern derart privilegierte Wohnungen in der Hauptstadt angeboten hatte. Nun lebten sie in bester Wohnlage und in direkter Nähe zum Nationaltag. In dem Prachtbau, wo der Generaloberst immer seine Ansprachen hielt. Sie haben meine Verwandten in ihren Klauen. Ich bin nun unmittelbar für ihr leibliches Wohl verantwortlich. Ihr Leben ist in großer Gefahr, sollte ich nicht mit dem Regime kooperieren. Meinen Plan B muss ich zu Grabe tragen.

»Ergibt sich irgendein Bild?« Die Ungeduld störte mich bei der Konzentration und machte es nicht leichter, den Text zu entziffern. Aber ich versuchte, mich nicht aus der Ruhe bringen zu lassen.

»Der Verfasser schreibt von einem Plan B, erklärt ihn aber nicht.« Ich überflog einige Einträge, blätterte um und las weiter.

Abermals hatte ich sie gewarnt. Mit diesem Teufelswerk ist absolut nicht zu spaßen. Ich musste mich damit abfinden, dass meine Erfindung niemals die Erfüllung eines lange verfolgten Traums der Mediziner sein wird. Zudem ist mir bewusst geworden, dass ein Wundermittel, welches jegliche Krankheiten heilen könnte, immer eine unerfüllte Vision bleiben wird. Das wird es nie geben. Nun befinde ich mich in einer Falle. Endgültig muss ich von meinem Plan Abschied nehmen. Es ist zu spät, um jegliche Dokumente zu vernichten und die Flucht anzutreten. Das wage ich nicht. Alle, die mir etwas bedeuten, befinden sich in ihrer Obhut und sind ihrer Willkür ausgeliefert. Ich bin nun in ihrer Hand und muss mich in dieses Schicksal fügen. Ich bin ein Monster! Welches Unheil habe ich über die Welt gebracht!

»Ich bin ein Monster …«, las Penelope laut. »Das erinnert mich an *Doktor Jekyll und Mr. Hyde*. Meinst du, der hat eine Art Wunderdroge entwickelt?«

»Eine Droge scheint es nicht zu sein.« Ich warf einen vorsichtigen Blick zu Jürgen, doch der schien die Erwähnung dieses Reizwortes überhört zu haben. Kassandra hielt ihn jetzt fest umschlungen. Ihm tat dies gut, seinem Gesichtsausdruck nach schien er seine aktuelle Lage sehr zu genießen. Ich richtete meinen Blick wieder auf das immer aufschlussreichere Tagebuch. »Es handelt sich also um eine sehr gefährliche Waffe, deren Auswirkung völlig außer Kontrolle geraten könnte. Ich hoffe, dies wird hier noch ein wenig genauer ausgeführt.«

Bedauerlicherweise haben sie sich nicht von dem Placebo täuschen lassen. Mein Ersatzstoff, eine harmlose Substanz, die ich mitgebracht hatte, zeigte wie erwartet keinerlei Effekt. Leider hatten sie noch etwas übrig von dem Stoff. Intelligente Zellen. Ich wurde gezwungen, dabei zusehen, welche Wirkung dieses Mittel hatte. Mit Hamstern demonstrierten sie ihre verheerende Wirkung. Es dauerte eine Weile, doch war zu erkennen, dass sie rot anliefen. Wenig später platzte jeder der kleinen Körper. Wahrhaftig. Es war dieses teuflische Zeug! Meine Erfindung. Exakt meine Substanz, die bei den Probanden ein Lungenödem ausgelöst hatte, welches binnen weniger Tage zum Tod geführt hatte.

»Was steht dort von Hamstern?« Penelope kniff ihre Augen zusammen, um den Text zu entziffern. Hastig schlug ich das Blatt um und betrachtete die nächste Seite. Die Schrift wurde immer unverständlicher. Kurz warf ich einen Blick auf die Folgeseiten, aber bis auf nahezu unleserliches Gekrakel schlossen sich nur noch weiße Seiten an. Das war schade. Mehr als die von einer Klaue verfassten Notizen würden wir also nicht mehr finden. Vielleicht enthielten die letzten Ergüsse dieses verkappten Genies dennoch etwas sehr Wichtiges. Eine Erklärung möglicherweise, warum wir in diesem Land keinem Menschen begegnet waren. So etwas wie ein gemeinsamer Abschiedsbrief aller Mitglieder einer Sekte, die einen Massenselbstmord begangen hatten. In Erwartung, zu einer exakten Uhrzeit würde ein UFO über ihnen auftauchen und ihre gleichzeitig empor schwebenden Seelen auffangen, um sie in irgendein Paradies zu bringen. Der Märtyrertod hatte zu meiner Zeit eine wahre Renaissance erlebt. Viele Selbstmordattentäter, die sich in die Luft sprengten, träumten vom Paradies inklusive zahlloser Jungfrauen. Dies hatte etwas sehr Bizarres. Gerne hätte ich solchen Irren lieber einen Besuch gewisser Etablissements spendiert, um sie von ihren wirren Taten abzuhalten. Für seine Religion zu sterben, das wurde zu etwas, was viele Leute in den Wahnsinn trieb. Fast so wie damals die Bürger der DDR beim ersten Schlussverkauf. Die Buchstaben vor mir schienen zu tanzen. Als ich die nächsten Worte las, wirkte alles, was ich im noch Magen hatte, sehr schwer. Eigentlich befand sich darin so gut wie nichts. Das Gefühl, Bleibarren verschluckt zu haben, war aber vorhanden. Die armen Hamster! Kurz erinnerte ich mich an die Frage meiner Parteigenossin. Der grausige Tod der Versuchstiere war aber weder etwas, worauf ich eingehen wollte, noch erschien mir das wirklich wichtig. Alles, was ich danach gelesen hatte, war wesentlich gravierender als ich befürchtet hatte. Ich las die Zeilen laut:

Meine schlimmsten Befürchtungen haben sich bestätigt. Dieses todbringende Teufelszeug soll zukünftig als biologische Waffe eingesetzt werden. Es gab in der früheren Geschichte, zur technologisch hochgerüsteten Zeit des vorhergehenden Jahrhunderts zahllose Versuche. Es war die Strategie, auf feindlichem Gebiet biologische

Substanzen einzusetzen, die jedes Leben im weiten Umkreis auslöschen sollten. In meinen Recherchen kam ich an Informationen zu einer sogenannten biologischen Waffe namens Antrax. Sie muss auf einer abgelegenen Insel eine verheerende Wirkung erzielt haben. Jenes Eiland weitab der Zivilisation soll nach dem erfolgreichen Versuch weiträumig abgesperrt worden sein. Wie ich mit Bedauern feststellen muss, war das damalige Experiment gegen dieses deutlich verheerender wirkende Biomaterial vergleichsweise harmlos. Was habe ich angerichtet? Ich bin fassungslos, dass jemand daran denken konnte, derart weit zu gehen. Der geplante Einsatz der Intelligenten Zellen als Vernichtungswaffe ist kompletter Wahnsinn. Die Generäle dieses Staates sind wahrhaftig zu gefühllosen Robotern verkommen.

»Eine biologische Waffe?« Penelope zog ihre Stirn kraus und blickte mich verdutzt an. »Ist das nicht ein Widerspruch?«

»Es ist eine Bezeichnung für die Art der Waffe«, begann ich und musste darüber nachdenken, wie ich das plausibel erklären konnte. ABC-Waffen waren damals ein große Thema. Atomwaffen, von denen ging seinerzeit die größte Bedrohung aus. Die Russen sollen nach einer endlosen Phase der Aufrüstung genauso wie die Amerikaner in der Lage gewesen sein, unsere Erde mehr als hundertmal zu zerstören. Bei einem dritten Weltkrieg wäre von unserem Planeten theoretisch also nicht viel übrig geblieben. Chemiewaffen wurden häufig eingesetzt und haben unzähligen Menschen einen qualvollen Tod gebracht. Von A bis C war alles ein Massenvernichtungsmittel. Meine Parteigenossin dachte bei B wohl an einen Biobauernhof und an freilaufende Hühner. Nach kurzer Überlegung musste ich zugeben, dass diese Vorstellung nicht ganz passte. Bei dem Wort biologisch dachte sie wohl an die artgerechte Aufzucht von Mohrrüben, Kartoffeln und Getreide. Mir kam die passende Idee für eine Erklärung. »Es geht um Bioorganismen wie Bakterien und Viren. Beispielsweise die Lebewesen, von denen Grippe ausgelöst wird.« Gerade fiel mir ein, dass ich etwas Falsches gesagt hatte. Viren sind eigentlich keine Lebensform, sondern nur ein lebloser Haufen genetischer Daten. Dennoch gelang es dieser heimtückischen

238

Sammlung genetischer Informationen, sich zu vermehren und den Tod zahlloser Menschen zu verursachen.

Meine Parteikollegin zuckte mit den Schultern. Sie schien meine Begründung für die Verwendung des Begriffes *biologisch* immer noch nicht verstanden zu haben. Für weitere Worte fehlte mir jetzt die Geduld. Ich blätterte um und las:

Ich wurde die letzten Wochen oft von Alpträumen geplagt. Dennoch sind mir solche Nächte lieber, denn die Realität ist um vieles schlimmer. Die Symptome zeigen sich mittlerweile auch bei vielen Angestellten im Versuchslabor. Es lässt nur einen Schluss zu: das Teufelszeug ist ansteckend!

Diese Notiz war in zittriger Schrift verfasst. Die Folgeseiten waren unbeschrieben, leere Blätter bis zum Schluss. Mir kam eine Idee aus alten Zeiten. Zur Kontrolle hielt ich das Buch näher an das Lagerfeuer. Denn in meiner Jugend war ich einst mit einer Gruppe unterwegs, die sich als konspirativ bezeichnete. So lernte ich die Technik von Geheimschriften mit unsichtbarer Tinte. Wir schickten uns damals Nachrichten, die wir mit Zitronensaft geschrieben hatten und die Notizen waren so lange unsichtbar, bis man den Brief über einer Kerzenflamme erwärmte. Danach konnte man Mitteilungen lesen wie: »Im Westen gibt es Bananen!« Beispielsweise. Eigentlich war alles weitgehend belanglos, aber wir hielten uns für große Revolutionäre. Nur weil wir uns Botschaften sandten, die das Regime der Demokratischen Republik unserer Auffassung nach nicht gutgeheißen hätte. Sie konnten sie natürlich nicht sehen. Dank der Geheimtinte. Für den Nachrichtendienst, wie ich später erfuhr, wären dies zu triviale Methoden. Kein Agent hätte sie wirklich genutzt, denn die Technik wäre viel zu simpel gewesen. Das meiste lief über Kontaktanzeigen. Die Botschaft war zwischen den Zeilen verborgen. Die DDR-Geheimdienstler waren in der Verschlüsselung von Nachrichten wahre Meister.

»Wohlbeleibter Senior. Raucher, 55 Jahre mit gutem Leumund sucht attraktive Partnerin, um für eine zeitlich begrenzte Zukunft in Partnerschaft zu leben.«

Kein normaler Mensch würde bei einem solchen Text in einem Provinzblatt vermuten, dass hier ein in die höchsten Regierungskreise eingeschleuster Maulwurf Staatsgeheimnisse an einen neugierigen Leser mitteilte. Ein Kurier schickte lokale Druckerzeugnisse regelmäßig an die Zentrale des Nachrichtendienstes, dort wurde der Text eingehend untersucht. Es wurde mitgeteilt, wann und wo im westlichen Teil von Deutschland Atomwaffen deponiert, Informationen über geheime Schriftwechsel mit den Amerikanern ausgetauscht wurden und an welcher Stelle die Infiltration eines neuen Agenten erfolgreich gewesen ist. Immer wieder gab es Westpolitiker, die vorhatten, die Seite zu wechseln oder ihre Erkenntnisse dem Regime auf der anderen Seite des Eisernen Vorhangs anboten. Gegen Bares natürlich. All das konnte man aus solch einer harmlos wirkenden Kontaktanzeige herauslesen. Auf den ersten Blick erschien mir der Text völlig belanglos, den mir ein hochrangiger Mitarbeiter des Bundesnachrichtendienstes vorgelegt hatte. Da er darauf bestand, dass ich mir das Inserat etwas genauer ansehen sollte, wurden mir die Worte zunehmend suspekter. Nach längerer Überlegung hatte ich ihm erklärt, dass ein vernünftiger Mensch mit Sicherheit solch einen Text niemals verfasst hätte. Zu offensichtlich war, dass er niemals Chancen gehabt hätte, dass irgendeine Frau sich daraufhin melden würde. Viel zu durchsichtig, dass er nur eine kurze Nummer im Sinn hatte. »Dieses Inserat ist eines der wenigen, das nicht von unseren Agenten erstellt wurde!«, erklärte er damals. Als er mich breit grinsend ansah, ärgerte es mich sehr und ich fühlte mich für dumm verkauft. Doch nachdem er mir in einem längeren Vortrag klargemacht hatte, dass die Geheimbotschaften im Vergleich zu dieser Kontaktanzeige viel belangloser wirkten, dass sie jeden schlicht zum Ignorieren verleiteten, da war ich beeindruckt von dieser konspirativen Perfektion, die auf unserer Seite der Mauer entwickelt worden war. Leider war der Schwerpunkt bei Spionage, Zensur und dem Ziel, jeden Bürger von der Überquerung der Grenze abzuhalten. Ein Lob verdiente zumindest das Gesundheitssystem. Im Geschichtsunterricht jedoch und in der politischen Bildung der Deutschen Demokratischen Republik gab es gravierende Mängel. Andererseits waren wir hervorragend in Mathematik, Physik und Biologie …

»Was ist so verheerend an Biologie?« Auf Penelopes Frage wollte ich gerade meine Gedanken laut vorbringen, dass in naturwissenschaftlichen Fächern keine Zensur ausgeübt wurde und wir im Osten darin eine qualitativ bessere Ausbildung genießen durften als die Schüler im westlichen Teil Deutschlands. Doch hatte ich mich erneut zu sehr in die Vergangenheit vertieft. Mit Lichtgeschwindigkeit schickte ich meine Gedanken wieder in die Gegenwart und schlug das Buch zu. Jetzt war alles klar. Was wir hier gesehen hatten, war das Resultat der Entwicklung einer furchterregenden Waffe. Der Schuss war unübersehbar nach hinten losgegangen. Zugegeben war es ein böser Gedanke. Wenn es sich genauso ereignet hatte, wie aus diesen Dokumenten hervorging, wurden auch unzählige Unschuldige von der Katastrophe heimgesucht.

»Biologische Waffen sind äußerst heimtückisch. Genetische Daten gefährlicher Krankheitserreger werden manipuliert und ihre Eigenschaften verändert, damit ihnen noch mehr Leben zum Opfer fallen. In der Natur passiert es gelegentlich, dass sich eine Mutation mit einer tödlichen Wirkung entwickelt. Im Normalfall verschwinden solche Krankheitserreger jedoch genau so schnell, wie sie auftauchen. Denn mit der Zerstörung ihres Wirts verlieren sie die Möglichkeit, sich weiter auszubreiten.«

»Das hört sich absurd und irrwitzig an. Welcher Mensch mit klarem Verstand erschafft solches Zeug?«, Odin schüttelte angewidert den Kopf.

»Sie haben eine Krankheit entwickelt und sich damit selbst ausgerottet?« Penelope zog ihre Stirn kraus. »Warum?«

»Mit Sicherheit haben sie nicht beabsichtigt, die Waffe gegen sich selbst zu richten. Und die Gründe, so etwas zu erfinden, sind vielfältig.« Zuerst fielen mir die Begriffe Machtgier und Besessenheit ein. Viele Diktaturen begannen harmlos. In manchen Staaten stand sogar der Großteil der Bevölkerung hinter den Putschisten. Viele hofften darauf, dass mit einem Machtwechsel alles besser werden würde. Doch wurden

241

die Menschen, die aller Welt beweisen wollten, dass sie alles besser konnten, oft überschätzt. Wenn Alltag eingekehrt war und die Leute erkennen mussten, dass ihre großen Erwartungen auf gutbezahlte Jobs nicht erfüllt wurden, begannen sie aufzubegehren. Es bauten sich Fronten auf, der Herrscher hatte nach einer Weile nur noch eins im Sinn: seine Position zu erhalten. Um sich gegen die Widerstände zu wehren, musste er eine Drohkulisse aufbauen. So schaukelten sich Regimegegner und Verteidiger gegenseitig hoch, am Ende galt nur noch das Recht des Stärkeren. Fatal war es, wenn der Diktator ein Instrument in der Hand hatte, mit dem er notfalls sein ganzes Volk auslöschen könnte. Da fiel mir etwas ein, das für diesen Fall die entscheidende Frage wäre. »Hatte der *Faschistische Staat* jemals mit dem Einsatz verheerender Waffen gedroht?«

»Davon ist mir nichts bekannt, solche Drohungen gab es nie.« Odin schaute sich in der Runde um. »Hat jemand von euch so etwas gehört?« Als keiner reagierte, bestätigte er meine Theorie.

»So gibt es nur ein Resümee: der Diktator hatte mit dem Einsatz verheerender Waffen gegen das eigene Volk gedroht.« Jeder Geschichts- forscher würde hier die übliche Praxis eines machtbesessenen Diktators feststellen, der gescheitert war. Mir fiel eine zweite Variante ein: erweiterter Suizid. Gemeinsam mit dem Volk untergehen. Dies war eine mögliche Alternative, um ohne Gesichtsverlust abzutreten. Man musste bei dieser Lösung jedoch all seine Bürger ins Jenseits mitnehmen. Der Gedanke erschien mir zu brutal, damit durfte ich auf keinen Fall meine Parteigenossen belasten. Und doch war die Idee nicht wirklich abwegig. Ich erinnerte mich an die Pharaonen, die ihre Dienerschaft mit ins Grab mitgenommen hatten … »Damit sie dem großen Pharao auch im Jenseits den Hintern abwischen konnten!«

»Er wollte, dass man ihm … wie bitte?« Penelope brach ab. Aus großen Augen sahen mich alle an. Gerade wurde mir bewusst, dass ich im Zustand höchster Erregung versehentlich laut gesprochen hatte. Ich wünschte, ich könnte die Zeit eine Minute zurückdrehen und an der Stelle schweigen. Aber so funktionierte das leider nicht. Ich blickte schweigend zu Boden, dies war mir ein wenig peinlich. Allgemein war es das Beste, nichts zu sagen und zu warten. Bis sich ein anderer blamierte und die Aufmerksamkeit auf sich zog. Jürgen begann plötzlich laut zu lachen.

»Gerade habe ich mir einen Diktator vorgestellt, der auf dem stillen Örtchen nach einem seiner Diener ruft.« Alle Augen richteten sich auf ihn. Erleichtert atmete ich durch. Mein Moment der Blamage war überstanden. »Das kann ich für mich selbst regeln. Dafür brauche ich niemanden. Jedes meiner Bedürfnisse zu regeln, dazu bin ich allein in der Lage.«

»Jürgen! Geht es dir wieder gut?« Nachdem auf den leeren Seiten kein Text mehr erschien, legte ich das Buch beiseite. »Ich hatte mir solche Sorgen um dich gemacht.«

»Das Jenseits ist gar nicht so schlecht.« Er sprach träge, doch hörte sich seine Stimme gut an. »Im Prinzip bin ich schon dort angekommen.«

»Wie meinst du das?« Penelope schienen seine Worte ebenso wie mir ein Rätsel. Jetzt erwachte meine Sorge um Jürgens geistigen Zustand.

»Nachdem wir die Grenze überquert haben, meldete sich eine Stimme in meinem Inneren. Es war dieses Land. Es sprach zu mir. Es liebt mich. Hier hat die Natur den Menschen überwunden, dies ist das wahre Paradies. Ich habe mich entschieden und werde für immer hier bleiben. Bis zum Ende meines Lebens. Ich werde in dieser schönen Natur leben.«

Das Paradies stellte ich mir anders vor. In einem baufälligen Gebäude zu sitzen, ehemals eine hochmoderne Klinik, in dessen Empfangshalle wir an einem Lagerfeuer saßen. Alle schwiegen. Das Knacken von Holzscheiten war das einzige Geräusch, welches die Stille durchbrach. Wir hatten weder einen Plan, wie wir diese Erkenntnisse bewerten sollten, noch was wir tun wollten. Oder in nächster Zukunft tun sollten. Dieses Ambiente der Geselligkeit in der tiefen Einsamkeit eines ausgestorbenen Landes hatte dennoch etwas Spirituelles. Möglicherweise würde diese kleine Gruppe irgendetwas ausbrüteten, was für uns und die Gesellschaft von großer Bedeutung wäre. Erst viel später sollte mir bewusst werden, dass es dieser Moment des langen Schweigens war, der einen entscheidenden Wendepunkt darstellen sollte.

»Ich glaube, wir alle sind sehr müde. Schlafen wir die wenigen Stunden bis zum Sonnenaufgang und sehen dann weiter.« Odin entfernte sich vom Feuer und nahm eine ruhende Position an.

Als wäre es ein Befehl, folgten auch Penelope und Kassandra. Nach einem kurzen und verwirrt wirkenden Blick in die Runde legte sich auch Jürgen nieder. Wenig später kündete ein Pfeifen von seinem Tiefschlaf.

Es den anderen gleichzutun gelang mir nicht. Ich war zu aufgewühlt. Was in dem Land meiner Jugend passiert war, lief wie ein Film vor meinem geistigen Auge ab. Diese Vision auszuschalten, gelang mir nicht. Ich sah Szenen reinsten Horrors. Verzweifelte Menschen irrten umher, rangen nach Atem. Einer nach dem anderen brach zusammen, hauchte sein Leben aus und blieb vor meinen Füßen liegen. Tod und Siechtum. Ich sah diese Szenen, als wären sie real.

Verschollen

»Guten Morgen!« Eine blutüberströmte Gestalt stand vor mir und reichte mir den Stumpf ihres Arms. Ich bewegte mich rückwärts. Keinesfalls durfte mich der ausgezehrte Körper berühren und mit seiner tödlichen Krankheit anstecken. Das Wesen kam einen Schritt auf mich zu. Schnell robbte ich außer Reichweite. Die Situation war brenzlig. Plötzlich wuchs aus dem Stumpf eine Hand und der blutrote Körper färbte sich rosig. Der zuvor mumifizierte Kopf verwandelte sich in ein Gesicht und der Schemen wurde zu einer Gestalt. Ich erkannte Odin. Er lächelte und stellte etwas vor mir ab. »Frühstück! Wir haben heute früh die Umgebung abgesucht und sind fündig geworden. Ich hoffe, es mundet dir.«

Ich betrachtete das Gefäß. Es war eine Nierenschale. Dinge befanden sich darin, die verschrumpelt waren. Zum Teil hatten sie die Form eingetrockneter Früchte, andere sahen aus wie Wurzeln. Ich griff nach einem Objekt, das wie ein verschrumpelter Apfel aussah, aber deutlich kleiner war. Es überraschte mich, welche Gaumenfreude sich bei mir entwickelte. Angenehme Süße mischte sich mit der Note eines dezent säuerlichen Aromas. Während des Kauens griff ich sogleich nach dem nächsten Objekt in der Schale, das ebenso vorzüglich mundete. Von Hunger getrieben probierte ich weiter. Es entwickelte sich eine wahre Geschmacksexplosion, wie ich sie bisher nie kennengelernt hatte. Der Effekt übertraf die Kunst der Sterneköche bei weitem, die mit grandiosem Schauspiel einen Rehrücken im Beet aus Ambrosia-Gemüse servierten. Oder gespickte Wachtel mit Serviettenknödeln garniert an einer Soße aus blauen Trüffeln. Was mir damals als wahrhaft kaiserlicher Genuss serviert worden war, wirkte bei weiten nicht wie dieser Hochgenuss. Ich schob mir eine weitere der verschrumpelten Früchte in den Mund. Der Geschmack des gedörrten Obstes war unglaublich. Was mir bei Staatsempfängen serviert worden war reichte bei weitem nicht an dieses Erlebnis. Ich tauchte meine Hand erneut in die Nierenschale, griff jedoch ins Leere. Viel war es zu meinem Bedauern nicht gewesen.

Aber unglaublich. Ich wollte unbedingt wissen, um welche Leckereien es sich gehandelt hatte.

»So ein Geschmackserlebnis habe ich seit meiner Jugend nicht erlebt.« Mein Lob war ausnahmsweise nicht der Diplomatie geschuldet. Es war die Wahrheit. »Dies war wahnsinnig lecker. Was habt ihr zubereitet?«

»Eine Kombination von allem, was wir finden konnten. Die Früchte von wilden Rosen und Wurzeln von irgendwelchen Pflanzen.« Odin zuckte mit den Schultern. »Eigentlich habe ich keine Ahnung, von welchen Pflanzen die Wurzeln stammen. Die sind grundsätzlich essbar, solange sie nicht zu zäh sind.«

Vielleicht hätte dieses kleine Frühstück von den Meisterleistungen weltweit berühmter Gourmets dann übertroffen werden können, wenn sie mir ihre Kochkünste an diesem Morgen serviert hätten. Doch sie waren nicht gekommen. Vielleicht war solch ein Vergleich unfair. In diesem Zustand konnte ich möglicherweise kein seriöses Urteil fällen. Bevor man verhungerte, schmeckte wohl alles, als wäre es perfekt zubereitet. Mir fiel auf, dass Odin die ganze Zeit gewartet hatte. Er sah mich mit einem rätselhaften Gesichtsausdruck an. Sorge sprach aus seiner Miene.

»Ist etwas?«

»Wir sind schon länger wach. Seit einiger Zeit diskutieren wir, wie es weitergehen soll. Jürgen hat einen Plan. Er wirkt … ein wenig …« Er vollführte eine Handbewegung, die andeutete, dass mit dem Alten etwas nicht stimmte. Doch er wagte nicht, seinen Gedanken laut auszusprechen. »Kommst du in die Runde? Vielleicht kannst du ihn von seiner Idee abbringen.«

Schnell stemmte ich mich hoch und folgte.

»Es ist doch sinnlos, hierzubleiben«, hörte ich Kassandra. »Hier erreichen wir nichts mehr. In der Einsamkeit können wir dich auch nicht alleine zurücklassen.«

»Geht zurück, wenn ihr wollt!« Seine Stimme hörte sich trotzig an. Ich betrachtete Jürgen. Seine Augen waren weit aufgerissen. Er schien fast einem Wahnsinn verfallen. »Dieses Paradies verlasse ich nie mehr. Nein, niemals!«

»Angela! Wie ist dein Plan?« Kassandra wandte sich an mich und sprach so laut, dass der Alte mithören konnte. »Willst du dich noch weiter hier umsehen? Sollen wir nicht den Heimweg antreten? Außer Jürgen sind alle anderen dafür, zurückzugehen. Es wird Winter. Wir sind nicht solche Überlebenskünstler wie all die Tiere, die hier jetzt wohnen.«

Uns blieb nur eins. Meiner Meinung nach war es, dieses Land zu verlassen. Die geheimnisvollen Schriften haben darauf hingedeutet, dass wir keinen einzigen Menschen mehr antreffen dürften. Es wäre Wahnsinn, länger zu bleiben. Jetzt verstand ich Odins Geste: unser Parteigründer war dem Irrsinn verfallen. Offensichtlich hatte er einen Schaden davongetragen. Wir hätten vielleicht noch wenige Monate überleben können, falls wir wie Steinzeitmenschen auf die Jagd gingen … Jürgen zeigte plötzlich wilde Handbewegungen, sprang auf und lief fort. Während die anderen ihm irritiert nachstarrten, reagierte ich und sprintete ihm nach. Unter Einsatz meiner letzten Reserven gelang es mir, ihn einzuholen.

»Unsere Aufgabe! Denke an unsere Mission!« Ich versuchte, Jürgen an der Schulter festzuhalten, doch er wand sich frei und rannte, als wäre der Teufel hinter ihm her. Ich konnte ihm noch bis zum Rand der Stadt folgen. Dort ging mir endgültig die Luft aus. Sein Schatten verschwand hinter einer Anhöhe. Als ich diese kurz darauf erklommen hatte, spähte ich in alle Richtungen. Seine Gestalt war außer Sichtweite verschwunden. Ich blickte in die Ferne. Für einen Moment war ich eingenommen von dem, was die Natur vor mir zeichnete. Sonnenstrahlen brachen durch die dichte Wolkendecke. Das Bild erinnerte mich an ein altes Gemälde, das Jesus Himmelfahrt darstellte.

In diesem Moment nahm ich meine Freunde an meiner Seite wahr.

»Mir ist es nicht gelungen, ihn zurückhalten.« Nach einer kurzen Verschnaufpause traf ich eine Entscheidung. »Gehen wir gemeinsam auf die Suche!«

Wir setzten uns in Bewegung und stiegen den Hügel hinab. Abwechselnd riefen wir seinen Namen. Bei der Suche nach dem Vermissten teilten wir uns zeitweise auf, achteten jedoch darauf, uns nicht gegenseitig zu verlieren. Die Sicht wurde immer schlechter. Nebel zog auf. Nach vielen Stunden wurde jedoch allen klar: Jürgen werden wir niemals wiedersehen. Er war weg. Endgültig, für immer. Er war seinem Glück gefolgt. Ich gab den anderen das Signal zum Sammeln.

»Was jetzt?« Penelope warf einen letzten Blick in die Ferne. Sie schluchzte leise. Die Genossen wirkten zerstreut. Ich musste ihnen nun Mut zusprechen. Ich senkte die Stimme.

»Jürgen hat seine Entscheidung getroffen. Es ist seine Bestimmung. Möglicherweise hat er sein Glück, den Sinn seines Lebens gefunden. Vielleicht ist es gut so. Dies ist nicht das Ende von allem. Wir werden uns weiter zur Seite stehen und für das Gute kämpfen.«

Manch ein Betrachter würde in diesem Moment jammern. Was für eine Schnulze! Doch wer einmal so eine bewegende Szene in Wirklichkeit erlebt hat, der weiß, welche Gefühle in einem solchen Augenblick ausgelöst werden. Es ist eine Art Schauder, der erst im Kopf beginnt, einem auf die Tränendrüsen drückt und den Körper in ein leichtes Zittern versetzt.

Plötzlich durchströmte mich jedoch ein Wohlbehagen. Odins Hand plötzlich auf meiner Schulter zu spüren, fühlte sich sehr gut an. Er flüsterte.

»Gemeinsam schaffen wir das.« Es waren Worte, die sehr ungewöhnlich für unseren Bastler waren. Plötzlich war er erwachsen. Bisher schien seine Gefühlswelt verborgen und verdrängt, sein individuelles Selbst auf technische Fähigkeiten reduziert zu sein. Zuvor schien sein Verständnis von seinem Dasein darin bestanden zu haben, dass er eine Aufgabe hatte. Jetzt zeigte er Gefühle und aus meinem Augenwinkel sah ich Tränen über seine Wange rollen. Spontan reagierte ich und strich zur Beruhigung über seinen Rücken. Er hatte Worte der Zuversicht geäußert, doch ihre Wirkung, ihre ganze Tragweite hatte er in diesem Moment wohl nicht verstanden. Kurz sondierte ich die Lage. Kassandra und Penelope standen paralysiert da, wie Statuen, deren Geister ihren Körper verlassen hatten. Jetzt war der geeignete Moment, sie mit einer bedeutungsvollen Ansprache aus ihrer Verzweiflung zu holen.

»Jemanden, den man geliebt hat, muss man bereitwillig loslassen. Es ist unsere Pflicht, ihn freizugeben und gehen zu lassen, wenn es sein größter Wunsch ist. Dies ist ein Akt der Liebe. Es war für uns alle das größte Glück, dich kennenlernen zu dürfen. Danke, Jürgen! Wir sind dankbar für die Zeit, die wir mit dir verbringen durften. Deine Lebensfreude hat uns stärker gemacht. Nun hast du uns verlassen und ein neues Leben gefunden, das für dich vollkommenes Glück bedeutet. Du hast dich für deinen Weg entschieden. Danke für alles! Fortan werden wir immer an dich denken. Danke, Jürgen!« Ich betrachtete meine rechte Hand. Darin befand sich keine Schaufel mit Graberde. Die Rede meines Abschieds an den Verschollenen, so hoffte ich, hatte nicht wie eine Trauerrede gewirkt. Mich fröstelte. »Es wird Zeit. Gehen wir zurück.«

Meine Genossen nickten. Ich schritt voran. Unser stummer Gang wirkte wie eine stille Prozession für einen Heiligen. Einen Märtyrer. Die Autobahn Richtung Plauen war für unsere Rückkehr am besten geeignet und wir konnten auf dem gleichen Weg zurückkehren. Wir schritten über die breite Betonpiste.

Das lange Schweigen auf unserem Marsch wurde mir langsam unangenehm. Gespenstisches Licht umhüllte uns, Nebel zog über diese Trostlosigkeit. Es waberte vor uns, wie Geister hinter und neben uns zogen weiße Schwaden vorbei. Es war unheimlich und düster. Was man tun konnte, um eine positive Stimmung hervorzurufen, war Musik. Nicht umsonst wurde im Gottesdienst ein stimmungsvolles Lied angestimmt, dabei durfte sich jeder aktiv beteiligen und mitsingen. Vor allem tat es den Menschen gut, die niemanden für eine Unterhaltung hatten. Bewusst wählte man sakrale Melodien, die jeder ohne große Mühe mitsingen konnte. Meine Freunde wären wohl nicht begeistert, jetzt ein religiöses Lied anzustimmen wie *Lamm Gottes*, sie könnten es mit dem

Schlachten der Lämmer in Verbindung bringen. Ein belangloses Volkslied ohne eine tieferen Sinn wäre nun angemessen.

»Kennt ihr dieses alte Lied?« Ich stimmte *Das Wandern ist des Müllers Lust* an und sang im Rhythmus der Schritte. Keiner stimmte mit ein, alle schüttelten nur den Kopf. Nun versuchte ich es von neuem. *Alle meine Entchen.* Auch dieses Lied schien ihnen ebenso unbekannt wie *Fuchs, du hast die Gans gestohlen!* Aus irgendeinem Grund löste der Text sogar Irritation aus. Vielleicht hätte ich die folgende Frage schon zuvor stellen sollen: »Was singt ihr denn normalerweise?«

»Ohne Instrumentalbegleitung?« Odin zog die Stirn kraus. »Mir fällt *Das Lied vom Sensenmann* ein. Das wäre mir jetzt aber zu traurig.«

»Als ich klein war, hatte meine Tante mir von dem Monster vorgesungen, das kleine Kinder frisst.« Kassandra setzte an: »*Kennt ihr das alte Märchen von dem Menschenfresser? Nun schlaft ein, sonst kommt das Bärchen mit dem Messer …*«

»Bitte nicht!«, unterbrach Penelope. »Deswegen hatte ich als kleines Kind alle meine Plüschtiere verbrannt. Ich kann das Lied nicht mehr ertragen!«

Schweigend setzten wir unseren Weg fort. Es war bedauerlich, dass es mir nicht gelungen war, diese traurige Stimmung mit Gesang ein wenig aufzubessern. Wenn es nicht möglich war, dann musste es eben ohne Gesang gehen. Das war leicht gesagt, denn dieser Kulturschock war fast nicht zu verkraften. Eine Kultur, in der die guten alten Volkslieder in Vergessenheit geraten sind, schleuderte mich fast aus der Bahn. So fremd, wie ich nun diese bizarre Welt empfand, so musste sich wohl ein Flüchtling gefühlt haben, der seine weitläufige Landschaft der Sahara verlassen hatte und nach seiner endlosen Flucht bei unserem Bundesamt für Migration vorstellig wurde. An seiner Stelle wäre ich womöglich sofort zurückgekehrt. Doch für mich war hier und jetzt der Rückweg versperrt. Es war unmöglich, in die Vergangenheit zurückzureisen. Und gegen Naturgesetze zu klagen, das täte nur ein Narr. Kurz stellte ich mir vor, was aus unserer Welt geworden wäre, hätten solche Klagen Erfolg gehabt. Die Menschheit wäre unter der Kontrolle von Außerirdischen und die Erde wäre eine Scheibe.

Warum, fragte ich mich jetzt, waren Verschwörungstheoretiker derart besessen, die Welt bedrohlicher darzustellen, als sie wirklich war? Man musste ja nicht unbedingt religiös sein, um für unsere irdische Existenz einen Daseinszweck zu finden. Irgendetwas sollte jeder Einzelne für sich selbst entdecken können. Eine Nische, die für ihn einen Sinn ergab und die seine Existenz erklärte. Dies gelang natürlich nicht, wenn man sich strikt allen positiven Empfindungen verweigerte. Starrsinn, eine zur Besessenheit führende Opferrolle und jegliche Weigerung, irgendein Glück empfinden zu können, führte unweigerlich zur Verneinung jeglichen Lebens, zu tiefgründigem Hass. Im Extremfall kam man zu dem Wunsch, andere mit in sein Unglück reißen zu wollen. Von der Personifizierung biblischer Gestalten war der Glaube in der Zeit der Aufklärung weitgehend abgekommen, doch hatten Begriffe wie Gut und Böse auch bei Atheisten, Agnostikern und Vertretern der modernen Philosophie überlebt. Der sinnbildliche Teufel hat somit Jahrtausende überlebt. Sein verheerender Einfluss konnte trotz großartiger Fortschritte der Menschheit nicht zurückgedrängt werden. Im Gegenteil: er war stärker geworden. Er gierte nach Macht, nach Menschen, die nach seinen Vorstellungen handeln und ihn hofieren sollten. Die vollständige Vernichtung allen Lebens konnte somit niemals sein Ziel gewesen sein. Denn, falls es ihn geben sollte, war Satan eine narzisstische Persönlichkeit. So ergäbe vieles einen Sinn. Zwar mochten Gott und Teufel nur in der Vorstellungswelt existieren, doch ergänzten sich Chaos und Ordnung wie ein Pendel, das niemals stillstehen konnte. Aufgrund der Schwerkraft schwang es unaufhaltsam. Zwangsläufig musste es wieder zurück pendeln und nur ein Narr würde Klage gegen dieses Gesetz der Natur klagen. Seit dem Urknall, dem Anbeginn der Zeit, seit dem ersten Anstoß folgt im Universum bis zum Ende alles den Gesetzen von Zeit und Raum. Durch das Ringen nach einem Gleichgewicht zwischen Chaos und Ordnung ist es in permanenter Bewegung. Was am Ende aller Zeiten wird, das übersteigt all unsere Vorstellung …

»Stopp! Abpfiff!« Die Hand von Odin auf meiner Schulter beendete meinen Gedankenfluss. »Halt, Angela! Ich frage mich, wo du deine Energie her nimmst. Wir können alle nicht mehr!«

Überraschend stellte ich fest, dass es mittlerweile stockdunkel geworden war. Meine Erschöpfung wurde mir erst gewiss, als ich still-stand. So musste sich ein Fußballspieler fühlen, der wie im Rausch für sein Team gekämpft und sich verausgabt hat. Ich war kurz davor, zusammenzuklappen. Eine Rast einzulegen, war dringend notwendig. Dieser Ort war dafür eine miserable Wahl. Doch wenn man nicht mehr weiterkonnte, musste man sich auch mit dem Asphalt als Schlafplatz begnügen. Diese vierspurige Autobahn war in meiner Vorstellung immer noch ein großes Wagnis, obwohl ich mir eigentlich sicher sein konnte, dass nicht einmal ein Ochsenkarren über diese Fahrbahn rollen würde.

Rückkehr aus dem Abenteuer

Als ich aus meinem Schlaf erwachte, glänzte die Betonpiste in den ersten Sonnenstrahlen. Ich fühlte mich äußerst lebendig und wider Erwarten hatte ich eine sehr erholsame Nacht hinter mir. Mittlerweile war ich wohl hart im Nehmen, was Unterkünfte anging. Es war gar nicht so schlimm wie erwartet, eine Nacht obdachlos auf der Straße zu verbringen. Wenn es die Umstände erforderten, war der Mensch erstaunlich anpassungsfähig. Dies wurde mir jetzt bei meinem eigenen Leib bewusst. Langsam wurde es wärmer und letzte meiner Mitstreiter erwachte. Die Unentschlossenheit in ihren Augen forderte mich dazu auf, meinen Freunden Mut zuzusprechen. Einen Anstoß zu geben, weiterzumachen. Schließlich hatten wir auf unserer Mission das Geheimnis dieses Landes gelüftet. Wir hatten den Grund für das Verschwinden seiner Einwohner aufgedeckt.

»Freunde! In nur einem Tagesmarsch werden wir wieder in unsere Heimat erreicht haben! Wir werden nicht erfolglos von unserer Mission zurückkehren. Die Dinge sind nun mal so wie sie sind. Kein Bürger dieses Landes wird jemals wieder auftauchen. Wir aber sind am Leben. Und auf uns wartet eine große Aufgabe. Nehmen wir die Herausforderung an!«

»Ich will auch heim.« Penelope folgte mir sofort, die anderen schlossen sich ohne Widerspruch an.

»Was ist denn unsere Aufgabe?« Odin sah mich neugierig an. Statt einer Antwort warf ich ihm einen verschwörerischen Blick zu. Doch hatte ich noch keine Idee. Irgendetwas würde mir schon einfallen. Das Wichtigste war jetzt, das Land, in dem wir uns nicht versorgen konnten, zu verlassen.

Der Rückweg verlief ohne größere Vorkommnisse. Es war ein angenehmer Marsch durch grüne, blühende Landschaft. Nach einigen Stunden hatten wir endlich die Mauer erreicht. Endlich standen wir vor dem Durchbruch.

»Ich wäre dafür, den Gang hinter uns zu verschließen.« Kassandra betrachtete das abstoßende Betongebilde nachdenklich. »Dann können die Tiere ungestört hier leben. Die Mauer wird sie vor den Menschen schützen.«

»Und was wird aus Jürgen? Falls er seine Entscheidung ändern sollte und zurückkehren will?« Penelopes Worte waren gut gemeint, doch hatte der Gesichtsausdruck des alten Mannes etwas Endgültiges, Fanatisches. Er würde eher sterben als in die zivilisierte Welt zurückzukehren.

»Wenn er will, kann er jederzeit zurückkehren.« Odin verfiel in seine technische Sachlichkeit. »Meine Lösung ist, den Durchbruch so zu verbergen, dass er von außen nicht sichtbar ist. Ich werde eine Sollbruchstelle implementieren, über die er den Durchgang jederzeit problemlos wieder öffnen kann. Eine leichte Gipsplatte wird diesen Zweck erfüllen.« Er prägte sich die Form des Durchbruchs kurz ein und kletterte als erster hindurch.

Als wir das Schotterfeld abermals überquerten, amüsierte es mich erst, welche Panik mich bei unserem Hinweg ergriffen hatte. Als ich die Kiesel unter meinen Füßen knarzen hörte, meldeten sich jedoch wieder meine Bedenken. Bevor sich die Katastrophe jenseits der Mauer ereignet hatte, war nicht auszuschließen, dass zuvor noch ein paar Minen vergraben wurden.

Der Marsch zurück verlief ohne größere Anstrengungen, die auf dem Hinweg geschaffene Passage durch die wilden Gewächse konnten wir kaum verfehlen. Odins Gefährt, sein Otto brachte uns zuverlässig wieder in die Heimat. Die Bergkulisse von Garmisch-Partenkirchen, die sich wie ein von Titanen erschaffenes Kunstwerk im Hintergrund erhob, brachte mir die Erkenntnis, welch unglaubliches Glück mir zuteil geworden war. Es war wie ein Wunder, dass ich all dies noch erleben durfte. Im hohen Alter hatte ich soeben das größte Abenteuer meines Lebens erlebt und mit Bravour bestanden. Nun fühlte ich mich wie die ersten Forscher in der Frühzeit der Archäologie, die mutig auf Entdeckungsreise gegangen waren, auf ihren Expeditionen großartige Schätze in Pyramiden gefunden, oder Homers verschollenes Troja aus einem Schutthügel freigelegt hatten. Es war nicht dieses mythische Atlantis, das wir entdeckt hatten. Doch ist der Vergleich nicht weit hergeholt. Denn dieses Land wurde von einer Katastrophe vergleichbaren Ausmaßes heimgesucht. Wir durften stolz auf unseren Mut und unsere Leistungen sein!

Odin trat auf die Bremse. Ein kurzes Quietschen folgte und der Transporter stand still.

»Da wären wir nun. Leider sind wir nicht vollständig. Einer fehlt.«

Als wir vor dem Fahrzeug standen, herrschte gedämpfte Euphorie. Natürlich wäre es perfekt gewesen, hätten wir hier zu fünft gestanden. Doch hätte alles viel schlimmer kommen können. Wir vier waren in Sicherheit. Und dem Verschollenen ging es möglicherweise gut. Ich hoffte es für ihn. Nun wäre es meine allerwichtigste Aufgabe, den Glauben an das Gute in unserer Gemeinschaft zu stärken.

»Wir sollten uns um Jürgen nicht grämen. Er hat großen Mut bewiesen und ist einer Vision gefolgt. Ich kann ihn gut verstehen. Denn jeder Mensch steht einmal vor der wichtigsten Entscheidung seines Lebens. Jürgen hat sie getroffen. Außerdem ist für ihn der Rückweg nicht versperrt. Falls ihm eines Tages danach wäre, könnte er jederzeit zurückkehren. Durch die Sollbruchstelle in der Mauer.«

»Darum werde ich mich gleich morgen früh kümmern.« Odin sah mich pflichtbewusst an. Neugier zeigte sich in seinen Augen. »Was ist diese große Aufgabe, von der du gesprochen hast?«

»Habt Geduld. Ich habe einen Plan. Bei unserem nächsten Treffen werde ich euch einweihen.« Zwar hatte immer noch keine Idee, doch hatte ich mir ein wenig Zeit verschafft. Irgendetwas würde mir sicher noch einfallen. Bestimmt würde es das.

Die Eigentümerin der Pension befreite den Eingang vor ihrem Gästehaus gerade von einzelnen Laubblättern. Als sie mich sah, begrüßte sie mich überschwänglich.

»Wunderbar, Sie wiederzusehen! Ich hatte mir wegen Ihrer Abwesenheit Sorgen gemacht. Sie sehen mager aus. Waren Sie auf Kur? Wenn Sie möchten, kann ich ihnen noch etwas zum Abendessen servieren.«

»Ich war auf einer Reise«, entgegnete ich kurz. »Was hätten Sie anzubieten?«

»Rehbraten in Sahnesauce! Das Tier hat ein befreundeter Jäger heute früh geschossen und es ist köstlich, dieses leckere …« Schuldbewusst sah sie mich an. »Das tut mir wirklich leid, dass ich von dem Braten gesprochen habe, denn Sie gehören ja zu den Vegetariern.«

»Kein Problem!« Es grämte mich, dass ich diese Rolle weiter spielen musste. Ich fragte mich, wer ihr von meiner Mitgliedschaft erzählt hatte. Dieser Jemand würde möglicherweise ärgerlich werden, wenn er erfuhr, dass mein Verzicht auf Fleisch nicht von meiner eigenen Überzeugung herrührte. Mir floss der Speichel im Mund zusammen, mein Bauch meldete Bedürfnisse an, doch ich durfte seiner Gier nicht erliegen. Ein kurzer Gedanke an Jürgens Schicksal war eine klare Warnung, ich schickte sie zu meinem Magen. Die Vorstellung, beim Genuss des Bratens wahnsinnig zu werden … mein Bauch knurrte unter Protest, doch ich musste einen klaren Kopf bewahren. Ohne Umwege und von Müdigkeit überwältigt begab ich mich direkt zu Bett.

Ich befand mich wieder im Osten.

Es war nicht so einfach, trotz der unzähligen Konserven, die wir allerorts in den Häusern fanden, Nahrung zu finden. Selbst auf den Nudel-Tomateneintopf-Dosen stand kleingedruckt Schweineschmalz als Zutat. Zwar nicht wörtlich, doch die als E-Nummern verschleierten Kennzeichnungen erkannten meine Kollegen stets als Zutaten tierischen Ursprungs. Seien sie auch harmlos wie bakterielle Erzeugnisse. Oder Hefepilze. Ihre Einwände konnte ich nicht wirklich nachvollziehen, doch jedes Mal meldeten sie Widerspruch an, wenn ich eine Palette herangeschleppt hatte. Bestehen denn Pflanzen nicht ebenso aus Bakterien?

Als ich einen Korb mit Hühnereiern herbeischleppte, eskalierte die Situation.

»Das ist Kindermord! Lege bitte jedes Ei wieder in das Gelege des jeweiligen Huhnes!« Kassandra war außer sich und ich stolperte fast, als sie mich aus der Tür unsrer Kommune schubste. Wenn jemand ungeborene Kinder fast getötet hätte, war es unsere Furie. Aber ich wusste, dass man mit ihr in ihrem Zustand der Rage nicht diskutieren konnte. Ich trug den Korb wieder zurück zu dem Hühnerstall, in dem ich die Eier eingesammelt hatte. Wie sollte ich nun erkennen, welches Huhn welches Ei gelegt hatte? Ich war ratlos. Es gab das einzige Kriterium, dass Hühner mit braunem Gewand keine weißen Eier legten, umgekehrt legten weiß gefiederte Hühner keine braunen Eier. So wie Hebammen wussten, zu wem sie dunkelhäutige Säuglinge legen mussten, zu wem die mit weißer Hautfarbe. Sie hatten es viel einfacher, denn neben dem Teint gab es zusätzliche Unterscheidungsmerkmale wie beispielsweise ihre Haarfarben. Blond, rot, brünett, schwarz. Locken und glattes Haar. Oder Glatze. Freilich konnte sich das mit dem fehlendem Haarwuchs später auch ändern. Meine Aufgabe nun, jedes Ei dem passenden Huhn zuzuordnen, war absolut unlösbar. Zudem liefen die meisten Hühner umher, statt brav in ihrem Nest zu hocken. Daher half selbst die Unterscheidung ihrer Federfarbe nicht. Dies war mir jetzt egal – Hauptsache, ich wurde alle Eier so schnell wie möglich wieder los. Gerecht verteilte ich sie auf alle Nester.

Die Vision

Mit knurrendem Magen erwachte ich aus meinem bizarren Traum. Als ich die Bettdecke zurückschob, schwebten lose Hühnerfedern durch den Raum. Der Anblick des Pensionszimmers war eine Erleichterung. Ich befand mich wieder in Sicherheit. Im Westen. In einem Teil von dem, was der Westen einst gewesen war.

Nachdem ich mich an frischgebackenen Frühstücksbrötchen satt gegessen hatte, brach ich sofort auf. Ich brauchte eine Vision. Dringend. Zumindest eine Idee, wohin die Zukunft führen sollte. Die mächtigen Berge Bayerns hatten zuvor eine inspirierende Wirkung auf mich gehabt. Darauf hoffte ich. Nun befand ich mich auf dem Weg und wanderte in die Höhe, um Gott näher zu sein. Dem Berggott vielleicht. Er wusste Rat. Mit Sicherheit konnte er mir helfen. Seine Wege waren zwar meist unergründlich und oft war mir nicht klar, wohin er mich führen wollte. Wenn er Botschaften mitteilte, war dies für uns Menschen nicht immer zu erkennen. Ich musste meine Augen offenhalten und auf jeden Laut achten.

Nach vielen Stunden kehrte ich zurück. Ich war enttäuscht. Trotz der Wanderung, die mich weit hinauf in die Kälte und über die Schneegrenze hinausgeführt hatte, Gott hatte sich nicht gezeigt. Alle Tiere blieben stumm und das Laub war herbstlich in allen Farbtönen gefärbt. Zwar schön, doch kündete es von der Vergänglichkeit allen Lebens. Als ich die Stadtgrenze erreichte, war ich äußerst erschöpft. Ich verharrte und betrachtete die rot leuchtende Sonne. Warum meldest du dich nicht, Schöpfer, in dieser entscheidenden Situation? Ich würde alles tun, wenn ich wüsste, was das Richtige wäre. Der kleinste Hinweis hätte mir sehr geholfen, den richtigen Weg einzuschlagen. Ich betrachtete die am Horizont versinkende Sonne. Dunkelheit breitete sich aus. Hätte er mir etwas mitteilen wollen, hätte er es sicher getan. Wenn Gott wollte, dass ich Gutes tat, hätte er es einfach sagen können. Doch er schwieg. Ich wand dem rot leuchtenden Horizont den Rücken zu. Jetzt war ich völlig auf mich selbst gestellt und musste alleine herausfinden, was für unsere

Gruppe, was für mich und mein weiteres Leben einen Sinn ergeben würde.

Heute Abend sollte das Treffen stattfinden. Wenige Stunden verblieben mir für eine Vision oder einen Geistesblitz. Irgendetwas musste ich ihnen verkünden, musste sagen, warum es wichtig war, dass wir weitermachten. Unser Parteigründer und Stammesältester Jürgen war abhanden gekommen. So wie es aussah, musste ich nun seine Stelle einnehmen. Es lag an mir, ob die Gruppe weiter bestand oder sich auflöste. Die Zeit drängte. Ich begab mich auf den Weg, war schon spät dran, ich musste mein Versprechen einlösen, etwas zu verkünden. Etwas Großartiges, Außergewöhnliches. Eine Vision … mein Kopf fühlte sich leer an.

Als ich die anderen schon vor dem Restaurant stehen sah, wollte ich fast spontan umdrehen und das Weite suchen. Denn ich müsste ihnen erklären, dass mir die Vision abhanden gekommen war. Oder dass sie in Wahrheit gar nicht existiert hatte und zugeben, dass ich alle belogen hatte. Offenbaren, dass ich nicht die leiseste Idee gehabt hatte. Und vielleicht auch, dass ich in Wirklichkeit keine Vegetarierin war. In Gedanken ging ich weiter vorwärts und nun stand ich wahrhaft nackt - mental gesehen - vor ihnen.

»Leider ist die Gastwirtschaft geschlossen. Endgültig, für immer.« Penelope wich meinem Blick aus. »Mangels Kundschaft mussten sie die Gastronomie aufgeben. Sie war unser letzter Treffpunkt, der letzte Platz für uns Vegetarier.«

Nach meiner ersten Intention war ich fast in Versuchung zu sagen, dass der Besitzer seinen Speiseplan ein wenig hätte ändern sollen. Traditionelle bayrische Hausmannskost hätte bei guter Qualität mit Sicherheit mehr Gäste eingebracht. Doch dies war der falsche Rat am falschen Ort. Mir kam eine Idee. Ich las die Aufschriften der Türklingel und versuchte mein Glück bei 'Inhaber'.

»Ja?«, krächzte es aus der Gegensprechanlage.

»Wir wollten uns hier zum Abendessen treffen«, sprach ich knapp.

»Das Restaurant ist geschlossen!«, schallte es mir fast feindselig entgegen. Doch ich wusste, dass es nicht gegen uns gerichtet war. Die Stimme hörte sich eigentlich eher frustriert an und dies war verständlich, wenn man sich von der Vision seines Lebens verabschieden musste.

»Wenn Sie bereit sind, ihr Restaurant heute Abend noch einmal zu eröffnen«, sprach ich mit beherrschter Stimme, »verspreche ich, dass Sie davon profitieren werden. Ihre Gastronomie wird bald bessere Zeiten sehen.«

Ich hörte Getrappel und die Tür öffnete sich.

»Das wäre natürlich wunderbar. Wie aber kann ich daran noch glauben?« Die Dame stand in Schlafrock und Pantoffeln im Türrahmen und sah mich gespannt an. Ihre Hände hielt sie … in Form einer Raute. Damit demonstrierte sie, dass sie offen gegenüber überzeugenden Argumenten war, wenn ich sie glaubwürdig ausführte. Einerseits durfte ich nicht zu hoch stapeln. Doch es gab viel zu verlieren, wenn ich nicht bereit war, mich auf etwas dünnes Eis zu wagen. Menschen waren bereit, Visionen zu folgen, wenn man ihnen Hoffnung und Zuversicht brachte, die ihr Herz erwärmte.

»Es ist einige Jahre her – einst war ich quer durch das Land gereist und hielt unzählige Vorträge. Tausende von Menschen hörten mir zu.« Als sie mich mit skeptischem Blick ansah, musste ich dies in Bezug zum Hier und Jetzt bringen. »So viele Bürger wie damals werde ich auf die Schnelle nicht erreichen. Doch ich bin überzeugt, dass es gelingen wird, das Blatt zu wenden. Wenn mein Plan erst mal Fuß gefasst haben wird und anfängt, Früchte zu tragen, wird sich ihre Gastronomie in ein Begegnungszentrum verwandeln, ein Treffpunkt für kulturell Interessierte wird entstehen. Sicher haben Sie Interesse, mehr Gäste für Ihr Lokal zu gewinnen?«

»Eigentlich wollte ich endgültig aufgeben.« Sie zuckte mit den Schultern. »Womit wollt ihr denn die Leute überzeugen? Ich hatte es mit einer Band versucht, wollte ein wenig Unterhaltung bieten. An einem Abend kam eine Handvoll mehr Besucher, doch die Tage danach hatte sich kaum jemand eingefunden. Fast nur Stammgäste.«

»Meine Kollegen und ich können von spannenden Abenteuern berichten.« Schnell warf ich einen Blick hinter mich. Wenn ich flüsterte, waren meine Freunde außer Hörweite – sehr gut! Nun konnte ich einen Trumpf ausspielen, der dieser Wirtin und ihrer Unentschlossenheit den entscheidenden Stoß in die richtige Richtung versetzen würde. »Vor zwei Tagen sind wir aus dem faschistischen Osten zurückgekehrt. Nur knapp haben wir überlebt. Einer von uns fehlt seitdem leider.«

»Im Osten?« Sie fragte laut. Doch weil ich nicht wollte, dass meine Kollegen mithörten, legte ich meinen Finger auf die Lippen. Sie verstand und flüsterte. »Darüber würde ich gerne mehr wissen. Was geht jenseits der Mauer vor sich?«

»Das werden sich viele fragen, mit Sicherheit! Ich will jedoch nicht mehr verraten, in diesem Moment noch nicht. Wenn Sie bereit sind, Ihr Restaurant wiederzueröffnen, werde ich hier Vorträge halten und von unseren unglaublichen Abenteuern erzählen. Es gibt noch mehr zu berichten, denn zuvor waren wir im islamischen Westen. Bei einer wagemutigen Demonstration wurden wir verhaftet und eingesperrt. Widerständler kamen uns zu Hilfe und befreiten uns aus der Kerkerhaft.«

»Wartet kurz! Ich komme gleich zurück« Die Dame verschwand aus dem Türrahmen, kehrte wenig später mit einem Schlüsselbund wieder. »Folgt mir, ich schließe euch auf!«

Es war eine rührselige Stimmung und fast feierlich, als wir beisammen saßen. Die Wirtin stellte einige Öllampen auf, lief zur Küche und servierte uns kurz darauf eine Schale knuspriger Karottenchips.

»Ich bringe euch noch mehr. Heute geht dies alles auf Kosten des Hauses. Greift nur zu!«

Als sie verschwunden war, starrten mich alle mit großen Augen an.

»Das ist ein Wunder! Womit hast du sie überzeugt, ihre Entscheidung zu revidieren? Sie hatte ewig über ihre Situation geklagt und schon lange angekündigt, aufzugeben.« Kassandra war trotz ihrer wilden Mähne wirklich hübsch anzusehen, wie sie in diesem Moment lächelte.

»Die Einrichtung in ein Zentrum der Kultur, einer neuen politischen Bewegung zu entwickeln – das ist mein Plan. Mehr Gäste für sie und weitere Mitglieder für unsere Partei.« Es war ein Spagat. Möglicherweise wollten meine Genossen den Ausflug in den Osten als ein strenges Geheimnis bewahren. Ich wollte es ohne ihr Einverständnis nicht an die Öffentlichkeit tragen. Denn wenn das einfache Volk erfuhr, dass man ohne Gefahr die Grenze überqueren konnte, würden sie wohl in Scharen hineinstürmen und alle Tiere stören. Darüber müssten wir reden. Mir würde noch etwas dazu einfallen. Vielleicht würde ich vor möglichen Minen warnen, von unkalkulierbaren Risiken und großen Gefahren erzählen. Eine ernste Miene würde ich dabei aufsetzen und betonen, dass nicht alle von uns zurückgekehrt waren.

»Das ist eigentlich ein guter Plan. Der alte Jürgen hatte sich sehr darin engagiert, zusätzliche Mitglieder zu gewinnen – als er noch da war. Natürlich hatte er soweit Erfolg, dass wir uns immerhin zu fünft getroffen hatten.« Odin drückte unschlüssig an einer der Öllampen herum. »Zu viert, um genau zu sein. Er hatte eine Vision … aber du hattest erwähnt, dass es noch eine wichtige Aufgabe für uns gäbe?«

Sein entschuldigender Blick konnte nicht verbergen, dass er hohe Erwartungen an mich stellte. Er stotterte ein wenig, was mir den schwierigen Stand unserer Bewegung demonstrierte. Unsere Partei stand vor dem Zerfall, wenn ich ihr Verhalten richtig deutete. Wenn ich nicht eine Art Rettungsboot aus dem Hut zauberte, wäre es endgültig aus.

Die Lösung stand die ganze Zeit vor mir und doch hatte ich sie nicht sehen können. Jetzt erst wurde mir bewusst: es war ein Fehler, nach der großen Lösung zu suchen. Nach einem Wunder, einer Eingebung, die nicht von dieser Welt wäre. Gott saß vielleicht irgendwo gemütlich und schaute uns dabei zu, was wir taten. Es war so einfach. So trivial! Unsere Aufgabe war das Naheliegendste, das man sich nur denken konnte. Jetzt konnte ich mich nicht mehr zurückhalten, es sprudelte einfach aus mir heraus.

»Ich bin einst in einem winzigen Staat aufgewachsen. Dort wurde man innerhalb der Grenzen gefangen gehalten. Niemand durfte das Land verlassen – bis auf wenige Ausnahmen. Eines Tages kam die Wende, die Mauern stürzten ein und wir durften reisen, wohin wir wollten. Wir konnten gehen und arbeiten, wo immer unser Herz uns hinführte. Es gab weder einen islamischen Staat, noch einen faschistischen.« Auch keinen eigenständigen bayrischen Staat – fügte ich in Gedanken hinzu. »Es gab keine Grenzen mehr. Weder im Norden, noch im Süden. Nicht im Osten oder Westen. Vom Atlantik bis zum schwarzen Meer und von der Nordsee bis zum Mittelmeer konnte sich jeder frei auf dem Kontinent bewegen, ohne auf eine Staatsgrenze zu treffen.« Kurz dachte ich nach – und ja, es entsprach fast der Wahrheit. Den Sonderstatus der Schweiz fand ich in diesem Augenblick nicht erwähnenswert.

»War das wirklich so?« Penelope sah mich ungläubig an. »Meine Mutter berichtete mir von alten Zeiten. Ohne Grenzkontrollen. Vorstellen konnte ich mir das nicht.«

»Wenn man über gute Kontakte verfügt, läuft es ja«, wandte Odin ein. »manche Grenzbeamten können auch nett sein. Natürlich haben sie persönliche Interessen und beim Import von Südfrüchten aus Südtirol halten sie gerne die Hand auf. Richtig teuer wird es sogar, wenn man Waren aus Katalonien oder aus dem Baskenland besorgt. Und in Frankreich fangen manche einen an der Grenze ab und betteln …«

»Ohne Grenzen!« Zorn überkam mich, als mir Odin dieses Fiasko tiefer ins Bewusstsein brachte. »Keine Kontrollen, keine Grenzzäune! Auch keine Bettler an der Grenze. Einfach keiner, der für die Überfahrt irgendeinen Cent verlangen würde. Keinen Groschen, Silberling oder Pfennig, was auch immer die an Devisen fordern! Nicht mal einen Rappen«, fügte ich der Vollständigkeit halber zum aktuell gültigen Zahlungsmittel hinzu. »Unbegrenzter Grenzverkehr! Freier Austausch aller Waren.«

»Das kann ich fast nicht glauben!« Odin schwankte offenbar zwischen Unglaube und Überraschung. »Wie kann ich mir das vorstellen? Schafskäse und Oliven am Mittelmeer einladen und ohne Wegzoll im Norden verkaufen? Auch Tomaten aus Spanien? Marihuana konnte man überall hinbringen, ohne einen Grenzbeamten zu bestechen?«

Auf den letzten Punkt wollte ich jetzt einfach nicht eingehen.

»Freier Handel von Portugal nach Bulgarien, von Schweden bis Griechenland. Es ist traurig, was daraus geworden ist. Und diesen Scherbenhaufen wieder zusammenzufügen, darin sehe ich unsere große Aufgabe. In einer gemeinsamen Kraftanstrengung kann es uns gelingen, die Auferstehung aus Ruinen …«, diese einstudierte Losung aus der Jugendzeit war mir versehentlich herausgerutscht. Schnell korrigierte ich den Fauxpas. »Dieses Europa ist ein komplexes Puzzle, das wir wieder zusammensetzen sollten, wenn wir in Würde und Freiheit leben wollen. Von diesem Treffpunkt aus wird sich diese Idee verbreiten. Das Zentrum der Bewegung wird hier sein und bald wird die Idee der Freiheit, Demokratie und Gerechtigkeit weitergetragen, zahllose Menschen werden sich begeistert anschließen. So wie diese kleine Lampe ist sie noch ein kleiner Funke, der bald hell leuchten wird und sich über die Landesgrenzen ausbreitet. Über den ganzen Kontinent, vielleicht darüber hinaus.«

Ich war wieder in meinem Element, meine Bürger in ihrer Seele zu bewegen. Die alte Angela war wieder da! Meine Stimme verhallte und Stille folgte. Die Küchentür flog in dem Moment auf und die Wirtin kam mit einem Teewagen herein, stellte eine dampfende Schüssel auf unseren Tisch und füllte für jeden eine Schale mit vorzüglich duftender Suppe.

Was würden meine Mitstreiter über meine Vision denken? Sicher waren sie nachdenklich geworden. Ich gönnte mir einen Löffel Suppe, dabei beobachtete ich sie unauffällig. Waren sie überzeugt? Oder dachten sie womöglich, ich sei einem Wahn verfallen? Bei diesem Drama, auf dem zersplitterten Kontinent Europa war es nicht abwegig, wenn sie mich für verrückt erklärten und annahmen, dass ich den Verstand verloren hätte. So wie Jürgen.

»Das ist wahrhaft eine Vision!« Kassandra schaute mich mit Bedenken in ihrer Miene an. »Doch wie halten wir es mit der Zone, dem deutschen Osten? Wenn die Mauer verschwindet, dringen irgendwelche Spinner dort ein und stören die Tiere. Sie werden wohl auch Schlimmeres tun.«

»Und wie gewinnen wir weitere Mitglieder für die Tierschutzpartei?« Odin zuckte mit den Schultern. »Wir hatten uns alle Mühe gegeben, doch mehr als fünf sind wir nicht geworden – beziehungsweise vier.«

»Die Rechte der Tiere sind äußerst wichtig. Doch dieses Thema allein wird nur wenige überzeugen. Wir können es in unsere Statuten aufnehmen und für jedes Wesen die gleichen Rechte fordern. Das mit dem Osten werden wir auch noch hinbekommen. Irgendwann wird jemand kommen und feststellen, dass dort niemand lebt. Zumindest kein Mensch – bis auf Jürgen. Dem Ereignis sollten wir zuvorkommen und dafür Regeln aufstellen, wer kommen darf und wer nicht. Gute Menschen dürfen eintreten, schlechte Menschen müssen draußen bleiben.« Ich dachte zurück an den Zustrom der Flüchtlinge. Hätte ich damals so etwas postuliert … hätte es Proteste gegeben. Linksradikale hätten meine Aussage auf ihre eigene Weise ausgelegt und mich als Rassistin beschimpft. Manche hätten behauptet, ich würde Gut und Böse über die Hautfarbe definieren. Wenn Leute das Bedürfnis hatten zu schimpfen, fanden sie immer etwas. Ein Haar in der Suppe, wenn sie lange genug danach suchten. Wenn sie keines darin fanden, legten sie vielleicht eines hinein. In dem Moment sah ich es: ein Haar schwamm auf meinem Löffel. Ich wollte aber jetzt keine Affäre daraus machen und schluckte die Suppe mitsamt Haar. So einfach war das Problem gelöst. Der Fall war erledigt. »Wir brauchen einen neuen Namen. Einen, der die Bürger überzeugt. Demokratie sollte auf jeden Fall drinstehen – wie wäre es mit *Menschen für Demokratie?*« Ich unterdrückte meine Intention, das Wort christlich hinzuzufügen. Damit konnte keiner in der Runde etwas anfangen.

»Menschen!«, brummte Penelope, »das gefällt mir nicht! Wie wäre es mit *Demokratie für Tiere?*«

Ich schüttelte den Kopf. »Dann könnten wir es genauso gut auch sein lassen und bei unserem alten Namen bleiben – und ohne Erfolg.«

Wir diskutierten noch einige Stunden. Immer wieder fielen mir die Augen zu. Während die anderen Vorschläge einbrachten, einer unsinniger als der andere, nickte ich immer häufiger ein. Damit ich vermied, dass die Situation zu peinlich würde und bevor ich endgültig schnarchend am Tisch säße, beschloss ich, den Rückzug anzutreten und sie bei ihrer Diskussion alleine zu lassen.

Die neue Partei

Als Odin in den folgenden Tagen eines Morgens bei der Pension vorbeikam, teilte er mir mit, sie hätten sich auf einen Namen geeinigt. Er tat sehr geheimnisvoll und erklärte, mehr dürfte er nicht verraten. Sie hätten eine Überraschung für mich, hatte er gesagt.

Nun waren zwei Tage vergangen und gespannt machte ich mich auf den Weg zu unserer neuen Parteizentrale. Es war ehemals das Restaurant *zum glücklichen Schaf*, das die Eigentümerin nicht glücklich gemacht hatte. Wie würde der neue Name sein? *Zum glücklichen Wolf* – bei der Vorstellung bekam ich spontan einen Lachanfall. Da die Wirtschaft schon in Sichtweite kam, musste ich mich beherrschen. Ich wischte meine Tränen der Heiterkeit aus den Augen und ging die wenigen Schritte zum Platz davor, wo sich alle versammelt hatten. Ein helles Tuch verdeckte die Fläche auf der Fassade. Ich war gespannt, was sich dahinter verbergen mochte.

»Wir haben uns auf einen neuen Namen für unsere Partei geeinigt!« Odin stand fast ehrfürchtig vor mir, als wäre ich ein Götzenbild. In seiner Hand hielt er ein Seil, das bis zum weißen Laken reichte.

»Wir haben beschlossen, uns nach dir zu benennen! Denn deinem Ziel, unser gespaltenes Land wieder zu vereinen, wollten wir eine ganz persönliche Note geben.« Penelope strahlte über das ganze Gesicht. Es war ein wunderbarer Moment. Als wäre auch die Sonne neugierig geworden, schob sie sich hinter den Wolken hervor. Sie strahlte auf uns herab. Alle Traurigkeit war gewichen, alle lächelten. Die Spannung knisterte, denn es war kurz davor, dass gleich etwas Großartiges passieren würde. Ein gemeinsamer Name, der uns alle zusammenschweißen würde, ein gemeinsames Ziel. Mit diesem Namen würden wir uns auf den Weg in eine großartige Zukunft begeben. Für unsere Nation, für ganz Europa.

»Spannt mich nicht zu sehr auf die Folter!« Ich konnte es nicht mehr erwarten. »Bitte! Wie heißt unsere neue Partei?«

»Wir haben uns einstimmig entschieden. Da du diejenige in der Gruppe bist, die sich stets am besonnensten gezeigt hat, haben wir dich zu unserer Parteichefin bestimmt. Dein Vorschlag, den Begriff Demokratie zu verwenden, wurde berücksichtigt. Es hat uns letztendlich auch überzeugt und so sind wir uns alle einig. Nach dir nennen wir unsere Partei: *Angela für Demokratie. Kurz AfD.*« In dem Moment zog Odin am Seil, das weiße Tuch fiel herab. Auf der Fassade prangte in großen Buchstaben:

Parteizentrale der AfD.

Spontan sprang ich in die Höhe, all meine über die Jahre geschonten Geduldsfäden zerrissen in diesem Moment schlagartig und die angestaute Wut entlud sich in einer wahren Supernova. Ich konnte nicht anders und musste laut brüllen.

»NEIN!«

Michael Sohmen

Satirischer Roman:

Winfried
von Franken

Ein Investmentbanker wird zum Kreuzritter

Eine Geschichte über einen Menschen wie ihn jeder kennt, der als Investmenbanker in Frankfurt täglich seinen Frust ins Büro mitbringt und wieder nach Hause schleppt.

Winfried.

Eines Tages erkennt er sein wahres ICH.

Mit *Winfried von Franken* erwacht der legendäre Ritter von der traurigen Gestalt wieder zum Leben. Auf unbekannter Mission zieht er in den Kreuzzug, um sich einer unbekannten Aufgabe zu stellen.

Im dichten Morgennebel erscheint eine Gestalt auf der Frankfurter Mainbrücke. *Winfried von Franken* – ein Kreuzritter und Held. Gekleidet in eine eigentümliche Rüstung, die er selbst zusammengestellt hat, trägt er ein markantes Zeichen, das seinen Helm ziert: ein rot leuchtender Gummihandschuh, das Symbol eines Hahnenkamms, der seine Heimat *Frankfurt-Gallus* repräsentiert.

Der Held ruft alle Götter des Himmels an. Keiner antwortet.

Vor 900 Jahren waren es Tausende. Winfried ist allein. Ein einsamer Held, der in den Nahen Osten zieht und das Schicksal der Welt in die Hand nimmt.

270

Michael Sohmen

Der erste Bericht vom Jakobsweg:

Eine Pilgerreise zum Ende der Welt

Abenteuer,
ungewöhnliche Erlebnisse
und Legenden vom Jakobsweg

Fünf Wochen Wanderung auf dem *Jakobsweg* – dieser Bericht erzählt von außergewöhnlichen Erlebnissen auf dem bekanntesten Pilgerweg der Welt, dem *Camino Francés* nach *Santiago de Compostela*. Alljährlich sind hunderttausende Pilger dorthin unterwegs, denn - so besagt eine alte Legende - in dieser Stadt befände sich das Heilige Grab des Apostels *Jakobs des Älteren*.

Im kargen Hochgebirge der spanischen *Mesetas* wird diese Wanderung zu einer Reise in die Vergangenheit. Anekdoten aus fünf abenteuerlichen Wochen drehen sich um *Begegnungen* mit vielen *Pilgern aus aller Welt*, von *lustig bis absurd*, abgerundet durch *Legenden* über den faszinierenden Weg und historische Informationen.

Michael Sohmen

Eine fatale Winterreise:

Auf dem Jakobsweg durch die weiße Hölle

Das Winterabenteuer auf dem
Camino Primitivo
Der älteste Pilgerweg nach
Santiago de Compostela

Ein etwas anderer Bericht vom Jakobsweg.
Erste Pilger waren schon im 9. und 10. Jahrhundert aufgebrochen, nahmen die Wanderung durch die gebirgige Landschaft im Nordwesten Spaniens auf sich, überwanden hohe Pässe mit dem Ziel *Santiago de Compostela*. Die *Kleine Schweiz* nennen Spanier diese wilde Region, über der sich die majestätischen Gipfel der *Picos de Europa* erheben.

Ruhelos, geistig noch auf dem *Camino Francés* und ständig mit dem Gedanken befasst zurückzukehren, hatte ich mir vorgenommen, noch vor Jahresende eine weitere Tour zu unternehmen.
Vom Wintereinbruch überrascht, entwickelt sich der Marsch im Schneesturm über tiefverschneite Bergpässe zum Alptraum.
Willkommen in der weißen Hölle!

9 783744 874267